dtv

Ob sie will oder nicht: Barbara ist fasziniert von Mischa, dem merkwürdigen Mitreisenden mit den erstaunlichen Bibelkenntnissen. Während die Literaturkritikerin in Israel nur Urlaub machen will, sucht Mischa dort die Antwort auf dringliche Fragen. Nach der Landung in Tel Aviv verlieren sie einander aus den Augen. Doch als Barbara heimkehrt, erwartet sie eine Reihe von Briefen, in denen Mischa von seiner Reise auf den Spuren Jesu erzählt. Die Lektüre wird zu einer Erkundungsfahrt durch Gegenwart und biblische Vergangenheit, Fantasie und mögliche Realität. Die Atheistin Barbara schwankt zwischen wachsender Zuneigung für diesen seltsamen Menschen und Abwehr gegen die von ihm ausgehende »spirituelle Belästigung«.
So amüsant wie brisant: Peter Henisch erweckt eine 2000 Jahre alte Geschichte zu neuem Leben.

Peter Henisch, 1943 in Wien geboren, studierte Germanistik, Philosophie, Geschichte und Psychologie. Er ist Mitbegründer der Zeitschrift ›Wespennest‹ und der Musikgruppe ›Wiener Fleisch und Blut‹. Er wurde vielfach ausgezeichnet, unter anderem mit dem Rauriser Sonderpreis für Literatur, dem Anton-Wildgans-Preis und mit dem Literaturpreis der Stadt Wien. Seine Romane ›Die schwangere Madonna‹ (2005) und ›Eine sehr kleine Frau‹ (2007) waren für den Deutschen Buchpreis nominiert. Zuletzt erschien sein Roman ›Großes Finale für Novak‹ (2011).

Peter Henisch

Der verirrte Messias

Roman

Deutscher Taschenbuch Verlag

Von Peter Henisch
sind im Deutschen Taschenbuch Verlag erschienen:
Die schwangere Madonna (13591)
Die kleine Figur meines Vaters (13673)
Eine sehr kleine Frau (13866)
Schwarzer Peter (13975)

›Der verirrte Messias‹ erschien 2009 im Deuticke Verlag.
Die vorliegende Taschenbuchausgabe wurde von
Peter Henisch neu durchgesehen.

MIX
Papier aus verantwortungsvollen Quellen
FSC® C019821
FSC www.fsc.org

2012 Deutscher Taschenbuch Verlag GmbH & Co. KG,
München

Umschlagkonzept: Balk & Brumshagen
Umschlaggestaltung: Wildes Blut, Atelier für Gestaltung,
Stephanie Weischer unter Verwendung eines Fotos
von plainpicture/S. Godere
Satz: Eva Kaltenbrunner-Dorfinger, Wien
Druck und Bindung: Druckerei C. H. Beck, Nördlingen
Gedruckt auf säurefreiem, chlorfrei gebleichtem Papier
Printed in Germany · ISBN 978-3-423-14111-6

Der verirrte Messias

Erster Teil

1

Nein, er sah nicht außergewöhnlich aus. Ganz bestimmt nicht wie eine dieser Ikonen. Auch nicht wie irgendein Fanatiker oder Psychopath. Allerdings hatte sein Blick etwas sehr Beharrliches.

So fing es jedenfalls an: Daß er sie anschaute und daß sie es bemerkte. Dort, in der Abflugzone des Flughafens Frankfurt. Sie blätterte in den Zeitungen, die sie eigentlich erst während des Flugs hatte lesen wollen. Aber der Start der Maschine, das wurde nun schon zum dritten Mal durchgesagt, würde sich noch ein wenig verzögern.

Daß sie sich nicht so recht auf die Feuilletons konzentrieren konnte, die sie eigentlich interessieren sollten, von Berufs wegen, denn sie verdiente ihr Geld mit Literaturkritik, hing vielleicht nicht nur mit der Übersättigung zusammen, die sich auf der heurigen Buchmesse früher eingestellt hatte als in den vergangenen Jahren, sondern auch mit diesem Blick. Dem Blick eines Menschen, den sie ganz einfach spürte. Wie funktioniert das? Wissenschaftlich, hatte sie einmal gelesen, ist es nicht nachweisbar. Aber in einer Umfrage gaben 90 Prozent der Befragten an, diese Erfahrung zu haben.

Sie hob also ihren Blick aus den Zeitungen und sah ihn. Den Typ, der sie anschaute, denn das tat er nach wie vor. Ein Mann um die Dreißig, er saß ihr schräg gegenüber. Die Beine in den unten etwas abgestoßenen Jeans übereinandergeschlagen.

Jetzt lächelte er. Wahrscheinlich hätte sie seinen Blick nicht erwidern sollen. Denn schon war er aufgestanden und kam auf sie zu. Im Gehen wirkte er kleiner als im Sitzen. Aber vielleicht lag das nur daran, daß er leicht gebeugt ging.

Vorgebeugt ging er. *Auf sie zu geneigt.*

Dann stand er vor ihr. Und lächelte noch immer.

Die Perspektive von links unten war nicht günstig.

Seine Schneidezähne waren in Ordnung, aber weiter rechts oben hatte er eine Zahnlücke.

Sie fliegen also auch nach Israel, sagte er. So treffen wir uns wieder.

Wieso? fragte sie. Sind wir uns schon begegnet?

Gewiß, sagte er.

Hier auf der Buchmesse? fragte sie.

Das auch, sagte er. Auf dem Empfang von Hoffmann und Campe.

Entschuldigung, sagte sie, aber man trifft so viele Leute …

Ja, sagte er, vor lauter Leuten sieht man die Menschen nicht. Aber ich habe Sie gesehen, gleich an der Garderobe habe ich Sie gesehen. Nachdem Sie Ihren Mantel abgelegt hatten, haben Sie sich über die Schulter geschaut – da habe ich gewußt, daß wir uns schon lang kennen.

So, sagte sie, ach du lieber Gott, dachte sie, anscheinend wollte sich der Typ auf diese Art was mit ihr anfangen! Auf so etwas hatte sie jetzt überhaupt keine Lust. Nach drei Tagen in den Messehallen und auf diversen Empfängen war sie einfach müde. Im übrigen fand sie nichts Attraktives an ihm.

Außer vielleicht seine Augen, aber denen wich sie jetzt aus. Es war ja auch fast eine Frechheit, wie er sie ansah. Distanzlos. Wie kam er dazu? Was berechtigte ihn zu dieser Vertrautheit? Andererseits … Vielleicht kannte er sie wirklich von früher … Ganz und gar unhöflich wollte sie auch nicht sein …

Woher sollten wir uns kennen? fragte sie also. Aus Berlin?

Sie hatte ein paar Jahre dort gelebt und für diverse Zeitungen geschrieben. Das wäre ganz gut gegangen, aber dann hatte sie sich Max zugezogen. Was ihre Jahre in Berlin betraf, so hatte sie danach einiges zu vergessen versucht.

Nein, sagte er, nicht aus Berlin.

Also aus Hamburg.

Nein, auch nicht.

Dann müsse ihre Bekanntschaft eine sehr frühe gewesen sein.

Ja, sagte er und nickte ganz ernsthaft. Erlauben Sie?

Was? fragte sie.

Daß ich mich neben Sie setze?

Da konnte sie wieder einmal nicht nein sagen.

Allerdings wandte sie sich demonstrativ wieder den Zeitungen zu. Die Tatsache, daß sie keine Lust hatte, ein weiterführendes Gespräch mit diesem etwas aufdringlichen Menschen zu führen, würde ihr möglicherweise helfen, sich doch noch auf die Buchbesprechungen zu konzentrieren. Das war nun einmal ihr Metier, so absurd es ihr manchmal vorkam. Zu lesen, was andere Leute geschrieben hatten, und dann darüber zu schreiben; aber auch zu lesen, was wieder anderen, die das Buch mit ganz anderen Augen gelesen hatten, dazu einfiel.

Sie versuchte sich in eine der Kritiken über eins der angeblich wesentlichen Werke dieses Herbstes zu vertiefen. Sie selbst hatte es noch nicht zu Ende gelesen, obwohl sie von der Presseabteilung des Verlags, der anscheinend sein ganzes Werbeetat für diesen Roman ausgab, schon Anfang des Sommers damit beglückt worden war. Trotz einer Fülle von (in langen, laut Klappentext kühn konstruierten Sätzen dargebotenen) Details über das Leben in Zeiten der Globalisierung, deren Wahrnehmung der Autor durch eine Menge schwer unterscheidbarer

Personen vermittelte, die zwischen New York und Peking im Grunde überall das gleiche vorfanden (dies allerdings in Variationen, Kombinationen und Permutationen, die sich über anstrengend klein bedruckte sechshundert Seiten verbreiteten), war ihr das Buch leer erschienen. Nun bemühte sie sich zu verstehen, was der Kritiker, der hier darüber geschrieben hatte, so epochal fand.

Doch ließ das der Mann, der nun neben ihr saß, nicht zu.

Es geht Ihnen auch so wie mir, sagte er, nicht wahr?

Wie meinen Sie das, fragte sie, und bemühte sich nicht zu verbergen, daß sie über die neuerliche Störung ungehalten war – womit?

Mit den neuen Büchern, sagte er. Sie kommen Ihnen leer vor.

Sie ließ die Zeitung sinken und sah ihn an. Auf irgendeine Art, die sie noch nicht in den Setzkasten ihrer bisherigen Erfahrungen einordnen konnte, war dieser Mensch unverschämt.

Das haben Sie doch gerade gedacht, sagte er, und damit haben Sie ganz recht ... Diesen Büchern fehlt etwas ganz wesentliches: Der Geist.

Was Sie nicht sagen!

Ich meine nicht Intelligenz, sagte er, ich meine nicht Intellekt.

Hier wollte Barbara etwas Ironisches einwerfen. Etwas Ironisches als Abwehr, als Selbstschutz. Aber sie dachte eine Sekunde zu lang über ein treffendes Wort nach.

Ich meine nicht Ironie, sagte der Typ. Ich meine nicht Esprit.

Sondern?

Er lächelte. Den *heiligen* Geist.

Oh lord! sagte sie unwillkürlich – nach ihrer Trennung von Max hatte sie ein Jahr in Boston verbracht. Vielleicht war die

Verwendung dieser amerikanischen Phrase auch ein weiterer Versuch, auf Distanz zu gehen.

Ohne Erfolg. Zwar waren die Stühle, auf denen sie saßen, fix im Boden verankert, aber sie hatte den Eindruck, als rücke ihr der Mann noch näher. Er lächelte wieder. Es fiel ihr schwer, von der Zahnlücke abzusehen.

Ich meine nicht das Täubchen, sagte er. Ich meine den *Geist Gottes.*

Einfach und ergreifend? fragte sie.

Ja, sagte er. Einfach und ergreifend.

Wissen Sie, wie das ist, sagte er, wenn man von diesem Geist ergriffen wird?

Er sprach, das fiel ihr jetzt auf, mit leichtem Akzent.

Doch dieser Akzent war wie eine verblaßte Erinnerung.

Nein, sagte sie. Wissen *Sie* es?

Ja, sagte er. Ich weiß es.

Er nickte ein paarmal, vielleicht weniger, um *ihr* diese starke Aussage zu bestätigen, als sich selbst.

Ihr war eher nach Kopfschütteln. Aber sie unterließ es.

Sie sagte auch nichts. Was soll man auf so etwas sagen?

Die Durchsage, daß die Maschine nach Tel Aviv nun bereitstehe, und daß sich die Passagiere zum entsprechenden Ausgang begeben sollten, enthob sie vorläufig der Peinlichkeit.

Daß er im Flugzeug prompt auf dem Sitz neben ihr saß! Gibt es solche Zufälle? Ja, es gibt solche Zufälle! Das heißt, wenn man so etwas für Zufall hält. Er lächelte. Es schien ihn nicht besonders zu überraschen.

Eine Stewardeß auf einem Bildschirm führte den Gebrauch der Atemgeräte und der Schwimmwesten vor. Dann wurden die Fluggäste noch einmal aufgefordert, sich anzuschnallen, und von der Stimme des Kapitäns begrüßt. Schon vibrierte die Maschine unter ihnen und fuhr auf die Rollbahn. Als sie abhoben, warf sie ihm einen Blick zu – oder war es *er*, der ihr in just diesem Moment einen Blick zuwarf? – jedenfalls fiel ihr da zum ersten Mal die Farbe seiner Augen auf.

Braun. Das war überraschend bei seinem sonst hellen Teint. Er war nicht blaß, aber auf Stirn und Wangen hatte er einige Sommersprossen. Sein Haar hatte einen rötlichen Stich, desgleichen die Augenbrauen und Wimpern. Die Augen kamen ihr vor, als wären sie für ein anderes Gesicht gemacht.

Sie notierte das später. Wie die Augen eines anderen, schrieb sie. Schöne Augen? Vielleicht hatten sie etwas, das zu Herzen ging. So etwas darf man ja heutzutage kaum schreiben. Sie schrieb es trotzdem. Manche Tiere sehen auch so drein.

Nein, aber sie wollte sich nicht auf einen näheren Kontakt mit ihm einlassen. Sie sah weg. Geradeaus. Auf dem Bildschirm vorne wurde nun ein Film gezeigt. Ein Film über Israel. Sie setzte die Kopfhörer auf. Auch er setzte die Kopfhörer auf. Aber damit hatte es nicht sein Bewenden.

Auf dem Bildschirm sah man zuerst das Panorama von Tel Aviv, dann das von Jerusalem. Dann sah man Menschen, die in einem landwirtschaftlichen Betrieb arbeiteten. Orangen und Grapefruits wurden geerntet, sie waren sehr groß und hatten schöne Farben. Dann sah man den Jordan. Sein Wasser glitzerte in der Sonne.

Die Kamera näherte sich einer Stelle, an der der Fluß eine kleine Furt bildete. Dort tummelte sich eine Schar arabischer Kinder. Die Landschaft im Hintergrund war karg, aber ein paar schlanke Bäumchen auf den karstigen Hügeln verliehen ihr eine eigentümliche Anmut. Die Kinder bespritzten einander gegenseitig mit Wasser und lachten.

Hier nahm Barbaras Nachbar die Kopfhörer ab.

Er wandte sich ihr zu und fragte etwas, das sie vorerst nicht verstand.

Sie seufzte und nahm die Kopfhörer ebenfalls ab.

Waren Sie schon öfter in Israel?

Ein paarmal, sagte sie.

Das habe ich mir gedacht, sagte er. Sie haben Verwandte dort?

Was ging ihn das an?

Lassen Sie mich raten. Eine Schwester?

Er sagte das einfach so und lächelte schon wieder.

Beinah, sagte sie nach einer Sekunde, in der sie sich räuspern mußte. Eine Halbschwester.

Eine Schwester namens Esther. Eine Schwester, die sie aus Frankfurt angerufen hatte. Um sie zu fragen, ob sie nicht schon einen Tag früher kommen könne. Ihr reiche es, sie sei einfach urlaubsreif! Aber warum sollte sie das diesem Mann erzählen?

Und Sie? fragte sie, um weiteren Fragen von seiner Seite zuvorzukommen, waren *Sie* schon öfter in Israel?

Ich? sagte er. Ich war bisher nur einmal dort. Aber das ist schon eine Weile her. Damals habe ich allerdings eine gewisse Zeit dort zugebracht.

Nun nickte er wieder. Vielleicht war dieses Nicken ein Tick.

Eine gewisse Zeit? fragte sie.

Ja, sagte er, die Zeit, die ich damals hatte … Nicht allzu lang, aber doch … Hier sprach er nicht weiter. Sehen Sie, sagte er, wie schön die Wolken sind!

Tatsächlich. Die Wolken sahen ganz prächtig aus. Barbara erinnerte sich an ihren ersten Flug. Mit ihrem Vater. Das war kurz nachdem er sich von ihrer Mutter getrennt hatte. Aus Kompensationsgründen flog er mit der Tochter auf Urlaub.

Sie war damals sieben. Daß ihr der Vater abhanden kam, überschattete diese Ferien. Aber das ist doch nicht wahr, behauptete er. Du wirst jedes zweite Wochenende bei mir verbringen. Und jetzt fliegen wir erst einmal für drei Wochen in die Sonne.

Ihr Vater flog nicht nur mit ihr nach Griechenland, er hatte ihr auch eine Kamera geschenkt. Mit dieser Kamera fotografierte sie auf dem Flug vor allem Wolken. Von den sechsunddreißig Fotos auf dem ersten, von ihr belichteten Film, waren wahrscheinlich dreißig nichts als Wolkenfotos. Der Rest waren Fotos von ihrem Vater, der ein beeindruckendes Profil hatte.

Anders als dieser Mann, der nun neben ihr saß. Dessen Profil hatte eher etwas Schafartiges. Jedenfalls wenn er lächelte, was er entschieden zu oft tat. Vielleicht lag die Assoziation allerdings auch an den Wolken im Hintergrund.

Er saß am Fenster, Barbara auf dem Sitz, der an den Mittelgang grenzte. Damals war es umgekehrt gewesen, ihr Vater hatte ihr natürlich den Fensterplatz gelassen.

Wollen Sie den Platz tauschen? sagte in diesem Moment ihr Nachbar.

Sie schüttelte den Kopf. Nein, danke, sagte sie, die Wolken kämen ihr nicht mehr so sensationell vor, sie wolle nicht hinaussehen, sondern lieber ein bißchen schlafen.

Sie schloß die Augen. Aber auch unter den Lidern sah sie vorerst nichts als Wolken.

Du wirst sehen, hatte ihr Vater gesagt, in Griechenland wird es dir gefallen.

Aber was ist, wenn wir abstürzen? hatte sie gefragt.

Wenn wir jetzt abstürzen, hatte ihr Vater geantwortet, dann fallen wir weich.

Sie brauchen keine Angst zu haben, sagte die Stimme des Mannes neben ihr.

Wie bitte? Sie öffnete die Augen wieder und sah ihn an.

Sie brauchen keine Angst zu haben, wiederholte er. Dieses Flugzeug stürzt nicht ab.

So? Und warum nicht?

Weil *ich* an Bord bin, sagte er.

Da haben Sie ja ein beneidenswertes Selbstvertrauen, sagte Barbara. Oder ein beneidenswertes Gottvertrauen.

Die Ironie kam nicht an. Sagen Sie das nicht, sagte der Mann neben ihr. Lange Zeit war gerade das Gegenteil der Fall.

Sein halbes Leben lang habe er Angst gehabt, abzustürzen. Obwohl er sich nie auf einer besonderen Höhe befunden habe. Aber dann. Dann sei es eben geschehen.

Was? fragte Barbara.

Daß *der Geist* über ihn gekommen sei.

Schön für Sie, sagte Barbara.

Ja, sagte der Mann, der neben ihr saß. Das habe sein Leben radikal verändert. Daß er begonnen habe, *die Schrift* zu lesen. Und zwar unter ziemlich ungewöhnlichen Umständen.

Ach ja? sagte Barbara. Sie versuchte das möglichst cool zu sagen. Um Himmels willen! dachte sie. Um Himmels willen, nur das nicht! Der Mann hatte offenbar ein starkes Mitteilungsbedürfnis. Dem durfte sie auf keinen Fall Vorschub leisten. Sie kannte das schon. Sie hatte etwas, das solche Leute anzog. Sie konnte gut zuhören, war geduldig und gutmütig. Sie unterbrach andere Menschen ungern, vielleicht war sie in dieser Hinsicht zu langsam. Meist, wenn sie sich endlich entschlossen hatte, jemand bei aller Einsicht in seine Probleme doch noch zu unterbrechen, redete der- oder diejenige bereits weiter.

Und der da hatte es noch dazu mit der Religion! Sie erinnerte sich eines Novemberabends, an dem es an ihrer Tür geklingelt hatte. Ein paar Tage davor hatte sie Max hinausgeworfen und ihm nachgerufen, daß er ja nicht zurückkommen solle. Aber an diesem finsteren Abend hatte sie vielleicht gehofft, daß er es noch einmal versuchen würde.

Sie hatte also geöffnet, aber draußen standen zwei fremde junge Männer. Junge Männer in weißen Hemden und grauen Anzügen, die sie auf eigenartig altmodische Weise trugen. Die hatten behauptet, sie hätten ihr eine Botschaft von Gott zu übermitteln. Und dann waren sie im Vorzimmer gestanden wie – dieser Vergleich war Barbara spontan in den Sinn gekommen – wie zwei Angestellte eines Begräbnisinstituts, mindestens zwanzig Minuten, wenn nicht länger, lang genug jedenfalls, daß sich das Profil ihrer klobigen Schuhe sehr nachhaltig auf dem Spannteppich abdrückte.

Eine Botschaft von Gott? Nein danke! hätte sie sagen sollen. Aber dazu war sie einfach zu pietätvoll. Das hatte sie dann davon: Die beiden hatten geredet und geredet. In einem Ton, den sie, ganz abgesehen vom Inhalt ihrer zweifelhaften Verkündigung, nicht aushielt.

Der Mann, der nun neben ihr saß, redete zwar anders. Doch führte er anscheinend etwas Ähnliches im Schilde. Einen Augenblick hatte sie gedacht, er neige zu eigenartigen Scherzen. Aber nun hatte sie wieder den Eindruck, daß er es ernst meinte.

Die Art, wie er *die Schrift* sagte – ja, das war ein Indiz. Wahrscheinlich gehörte er doch zu irgendeiner Sekte. Ich habe ja lang überhaupt nicht gewußt, *wer ich bin*. Erst als ich begonnen habe, *die Schrift* zu lesen, habe ich mich nach und nach daran erinnert.

Der Flug nach Israel sollte vier Stunden dauern. Nein, Barbara hatte nicht die Absicht, sich das die ganze Zeit über anzuhören. Sie mußte das deutlich machen, ein Zeichen setzen. Sie schlug das Buch auf, das sie eigentlich schon im Juli hatte lesen wollen.

Keins von den schwereren, auch was das Gewicht betraf. Sie hatte weder ihr Handgepäck überlasten wollen, noch ihren Kopf. Ihr Kopf war zwar voll mit gewichtiger Literatur. Doch ab und zu hatte auch sie Lust auf etwas Leichteres. Das Buch war als Sommerlektüre gepriesen worden. Tatsächlich hatte sie es schon im Juni gekauft. Für Juli hatte sie, gemeinsam mit Vera, einer Freundin, die sie noch aus der Zeit ihres Studiums kannte, vierzehn Tage an einem Strand in Portugal gebucht. Aber zwei Tage vor dem geplanten Abflug hatte sie Vera angerufen und ihr gesagt, daß ihr etwas dazwischen gekommen sei.

Gottseidank hatte Vera dann noch eine andere Studienkollegin gefunden, der sie vierzehn Tage lang von ihrer Scheidung erzählen konnte. Barbara aber war zwei Wochen im Zimmer gesessen, bei geschlossenen Rolläden. So ging es ihr manchmal. Sie verließ das Haus nur, um rasch im Supermarkt einzukaufen. Das wars dann. Im August hatte es die meiste Zeit geregnet.

Es war zwar schon Mitte Oktober, aber vielleicht konnte sie in Israel noch etwas vom Sommer nachholen. Ja. Und sie würde schon jetzt damit beginnen. Mit Sommerlektüre. Ganz ohne großartige Ansprüche. Die Autorin, deren Foto über dem Klappentext zu sehen war, eine Frau ungefähr ihres Alters, aber mit Struwwelpeterhaarschnitt und T-Shirt betont jugendlich gestylt, lächelte ermutigend.

Sie begann also zu lesen, und zu ihrer Erleichterung schien ihr Nachbar das zu akzeptieren. Er schlug seinerseits ein Buch auf, es war dicker als ihres. Allerdings war das Format deutlich kleiner, ein Format, in dem belletristische Bücher selten erscheinen. Barbara schielte hinüber, sah die klein bedruckten, in der Mitte durch einen Strich geteilten Seiten – tatsächlich, das war eine Bibel!

Aber was ging das sie an? Sollte der komische Kauz doch lesen, was er wollte. Sie versuchte, sich in ihr eigenes Buch zu vertiefen. Da war eine Frau, die, kaum daß sie vom Büro nach Hause kam, den PC einschaltete und sich in ein Fantasy-Spiel versenkte. Und ein Mann, der nicht glaubte, daß es sich dabei bloß um ein Fantasy-Spiel handelte. In dem Spiel ging es um eine Art Second Life in einer anderen Galaxis. Nach und nach hatte der Mann den Verdacht, daß diese Galaxis nicht Lichtjahre, sondern nur einige Wohnblocks entfernt war. Bei einem gemeinsamen Bekannten, der dasselbe Spiel spielte. Das Buch hatte den Ruf, lustig zu sein, aber auf den ersten zwanzig Seiten fand Barbara wenig zu lachen.

Ihr Nachbar hingegen lachte plötzlich laut auf. Das überraschte sie: Welche Version der Bibel las er?

Die Übersetzung von Luther, sagte er (sie hatte ihn nicht danach gefragt). Das ist wirklich lustig, sagte er, wie das hier formuliert ist.

Was? fragte sie.

Hier, sagte er, erinnern Sie sich an die Stelle mit den Schweinen? Ein armer Mensch läuft Jesus über den Weg, der fühlt sich von einer Unzahl Dämonen besessen. Und die Dämonen sprechen aus dem Besessenen zu Jesus. Und der treibt sie aus und läßt sie in die Schweine fahren; und die Schweine stürzen sich ins Wasser.

Und *das* finden Sie witzig? sagte sie.

Er wischte sich die Tränen aus den Augen.

Was ich zum Lachen finde, sagte er, ist der letzte Satz dieser Episode. Die Schweine haben sich ins Wasser gestürzt, der Besessene fühlt sich geheilt, die Hirten sind in den Ort gerannt, um zu erzählen, was passiert ist. Und dann kamen, so heißt es hier bei Markus, die Bewohner des Ortes, und baten ihn, *sich aus ihrer Gegend zu entfernen*.

Na ja, sagte Barbara. Irgendwie ist das schon komisch.

Es ist noch komischer, sagte er, wenn man weiß, ich meine, wenn man sich vorstellt … Er lachte erneut: Sie *baten* ihn. Ich bitte Sie! … Hören Sie zu. Ich werde Ihnen das etwas realitätsnäher erzählen.

Das war auf der anderen Seite des großen Sees. Die Gegend, die Galiläa gegenüber liegt. Das Gebiet der Gadarener. Heute muß das ganz nah an der syrischen Grenze sein. Die Karten sind ungenau, wissen Sie, manche Orte sind darauf gar nicht zu finden.

Wie hat der Ort bloß geheißen? Nein, ich erinnere mich nicht mehr. Matthäus schreibt von einer Stadt, aber er neigt zu Übertreibungen. Es war ein Nest. Ein paar Häuser auf einer Anhöhe. Ein paar Fischerhütten am Ufer. Aber wir sind froh, wieder halbwegs festen Boden unter den Füßen zu haben.

Wer wir? fragte sie.

Darauf gab er keine Antwort. Er sah sie auch nicht an. Er saß da und schaute geradeaus.

Die Überfahrt, sagte er, war tatsächlich recht rauh. Vielleicht hätte ich doch auf Simon hören sollen, der den See besser kannte.

Vielleicht hätte er doch auf Simon hören sollen, der dreißig Jahre in diesem See gefischt hatte. Simon und sein Bruder Andreas, jeden Abend waren sie auf den Genezareth hinausgefahren. Abends mit der untergehenden Sonne hatten sie die Netze mit den Schwimmern aus Kork ausgeworfen, in einem bedächtigen Rhythmus, in Mäanderlinien, die ihrem inneren Maß entsprachen, morgens, mit der aufgehenden Sonne, hatten sie die Netze wieder eingeholt. Sie kannten die guten Stellen, an denen zu den verschiedenen Jahreszeiten die verschiedenen Fischschwärme vorbeikamen, jegliche Sorte nach ihrer Art, und sie kannten auch die bösen Stellen, an denen sich das Wasser tückisch zu Strudeln formte oder der Wind sich hinterhältig drehte.

Rabbi, hatte Simon gesagt, die kleine Wolke dort drüben gefällt mir nicht. Außerdem ist es zu spät, um noch überzusetzen. Tun wir das morgen früh, wenn der Himmel klar ist. Aber sein Rabbi wollte einfach weg, er wollte auf und davon, besser früher als später.

Genau genommen war er gar kein Rabbi, aber sie nannten

ihn so. So wie er redete, so wie er betete, so wie er auftrat. In Kefar-Naum, in der Synagoge, wie er dort einfach das Wort ergriffen hatte! Oder wie das Wort *ihn* ergriffen hatte. Da hatte es allen anderen die Rede verschlagen.

Genau genommen war er natürlich auch kein Arzt. Aber danach fragten die nicht, die von ihm geheilt werden wollten. Vielleicht hätte er nie damit anfangen sollen – aber war es überhaupt *er*, der damit angefangen hatte? Es war einfach geschehen, er wußte auch nicht genau, wie, er hätte jedenfalls nicht sagen können, wie er es machte.

Die Leute rührten ihn an. Ihr Elend berührte ihn. Da ging eine Kraft von ihm aus. Vielleicht ging diese Kraft auch durch ihn durch. Diese Kraft riß ihn mit. Anfangs war er mitgerissen von ihrer Wirkung. Aber sie *nahm* ihn auch mit. Von Mal zu Mal fühlte er sich davon stärker mitgenommen.

Es war einfach zuviel geworden. Die Leute waren einfach zu viele geworden. Erst waren es Dutzende gewesen, dann Hunderte, aber jetzt waren es manchmal schon Tausende. Stimmt, er hatte sie nie gezählt, dafür war Matthäus zuständig. Aber an jenem Nachmittag war ihr Andrang eindeutig zu groß.

Zum ersten Mal hatte er Angst vor der Menge gehabt. Angst, ihre Distanzlosigkeit nicht mehr auszuhalten. Diese massenhafte Nähe! Diese unverschämte Bedürftigkeit! Ein paarmal war er nahe daran, sie anzubrüllen, daß sie ihm nicht derart zu Leibe rücken, ihm nicht die Luft zum Atmen nehmen sollten, aber wahrscheinlich wäre seine Stimme gar nicht stark genug dazu gewesen.

Es war also eine Flucht, das kann man schon sagen. Weg vom Land, auf dem er die Menge zurückließ, hinaus auf den See. Auch der Schlaf, in den er da sank, war nicht nur Müdigkeit, nicht nur Erschöpfung. Sondern eine Flucht, ein zumindest vorübergehendes Sich-Entziehen, ein vorläufig rettendes Versinken.

Er lag hingesunken auf dem Heck, Mirjam aus Magdala hatte ihm ein Kissen unter den Kopf geschoben. So bekam er den Anfang des Unwetters nicht mit. Wie die Windstärke zunahm, wie die Wellen höher und höher wurden. Aber dann weckten ihn die Männer; um das Wasser aus dem Kahn zu schöpfen, hatten sie alle Hände voll zu tun; auch *seine* Hände wurden gebraucht.

Kaum zum Beten. Vielleicht murmelte er dennoch ein paar Sprüche. Da legte sich der Sturm. Wahrscheinlich hätte er sich ohnehin gelegt. Jedenfalls ruderten sie dann sehr rasch an Land. Ein paar hatten zwar Vorbehalte gegen den Ort, an dem nichts als Gojim hausten, aber die Mehrheit fand, es sei die Hauptsache, wieder festen Boden unter die Füße zu bekommen.

Dort also. Im Gebiet der Gadarener. Der Himmel war grau. Der Boden war tief. Und es stank ein wenig fremd. Kein Wunder, nicht weit vom Ufer tummelte sich eine Schweineherde. Der sensible Johannes hielt sich demonstrativ die Nase zu.

Sie grüßten trotzdem, riefen ihr Schalom zu den Hirten hinüber, die die unreinen Tiere bewachten. Die Hirten antworteten nicht, offenbar waren ihnen die Fremden auf den ersten Blick verdächtig. Und damit hatten sie ja eigentlich recht. Jedenfalls wenn man bedenkt, was kurz darauf geschah.

Es ging alles sehr schnell. Also zuerst kam dieser arme Mensch auf die Gruppe der Ankömmlinge zugerannt. Ein großer, hagerer Mensch, fast nackt, nur um die Lenden trug er ein dreckiges Tuch. Sein Haar war verfilzt, seine Haut war grau verkrustet. Wahrscheinlich wälzte er sich im lehmigen Grund, wie die Schweine.

Kam also auf sie zugerannt und schrie. Das heißt, *es* schrie aus ihm. Mit einer unmenschlichen Stimme. Die kam von woanders her, so klang sie zumindest. Unversehens waren es mehrere Stimmen, Kopfstimmen und Bauchstimmen.

Das war erschreckend. Aber das Erschreckendste war, daß der Mann *ihn* kannte. Ihn, den Rabbi. Den manche in seiner Schar ihren Wunderrabbi nannten. Oder nein: Es war nicht der Mann selbst, der Jeschua beim Namen rief. Es waren die Stimmen, die er aus sich herauswürgte, sie nannten ihn beim Vor- und Vaternamen, sie wußten sogar, woher er kam.

Was willst du von uns, schrien sie, Jeschua ben Yussef, was gehen wir dich an? Bist du etwa nicht der Sohn des Tischlers aus Nazareth, warum bleibst du nicht an deiner Werkbank? Daß sie sich in der Mehrzahl äußerten, veranlaßte Matthäus, von *zwei* Besessenen zu schreiben. Er wollte wohl realistisch sein, aber was sich hier äußerte, war eine andere Realität.

Unser Revier! schrien die Stimmen. Was hast du darin zu suchen? Bildest du dir etwa ein, du bist etwas Besseres, der Sohn eines *ganz anderen*? Vom Himmel gefallen, das ist ja zum Lachen! – hier schüttelten sie den Besessenen in einem Krampf. Und ließen ihn allerlei Zotiges brüllen und rissen ihn hin und her, daß ihm der Geifer in großen Flocken aus dem Mund flog.

Bei den Zoten, die seine Zeugung betrafen, hatte der Rabbi einen roten Kopf bekommen. Es dauerte eine Weile, bis er sich faßte. Inzwischen war der Besessene vor ihm zusammengebrochen, ein zuschanden gerittenes Pferd. Da lag er, schwer atmend. Und da schloß der Rabbi die Augen und legte ihm die Hand aufs Haupt.

Letzten Endes war es ganz einfach das Mitleid. Sagte der Mann, der neben Barbara saß. Im Flugzeug, das nun irgendwo über den Alpen flog. Um 15 Uhr 10 waren sie in Frankfurt gestartet, um 20 Uhr 20 sollten sie in Tel Aviv ankommen.

Das Mitleid war einfach stärker, sagte er. Stärker als die Wut. Und stärker als die Scham, die diese Wut ausgelöst hatte. Und stärker als der Ekel. Wissen Sie, die Kopfhaut unter den verfilzten Haaren war extrem grindig. Und wir hatten ja damals sehr strenge Sauberkeitsvorschriften.

Wer wir? fragte Barbara. Sie erinnerte sich, daß sie eine gleichlautende Frage schon gestellt hatte. Das konnte erst ein paar Minuten her sein, aber es kam ihr viel länger vor. Draußen war nun Nebel. Auch ihr Kopf schien ihr eigenartig benebelt. Der Typ hatte weit ausgeholt. Sie war erstaunt, daß sie ihn nicht unterbrochen hatte.

Wer wir? unterbrach sie ihn immerhin jetzt. Es war Zeit.

Wir Juden, sagte er.

Sind Sie Jude? fragte sie.

Nein, sagte er, jetzt nicht mehr.

Sind Sie konvertiert?

Über diese Frage ging er hinweg.

Eigentlich, sagte er, wollte ich Ihnen das komische Ende der Geschichte erzählen.

Das Mitleid mit dem Besessenen war ja angebracht. Aber, ob Sie es glauben oder nicht, da war auch ein bißchen Mitleid mit den Dämonen. Als die merkten, daß es ernst wurde, fingen sie an zu bitten und zu betteln. Tu's nicht! sagten sie, treib uns nicht einfach zurück in die Tiefe – na ja, und dann ließ er sie halt in die Schweine fahren.

Ehrlich gesagt, das war eine Kurzschlußhandlung. Wohin mit den unreinen Geistern? Jeschua wußte das im ersten Moment nicht. Die Schweine waren zu ihrem Pech in der Nähe. Aber so, wie er gebaut war, taten ihm nachher sogar sie leid.

Unsaubere Tiere, das wohl! Aber auch sie waren Gottes Kreaturen. Im übrigen hatte er nicht mit dieser extremen Reaktion gerechnet. Mit dieser Panik, die die Schweine erfaßte. Daß sie sofort, als die Dämonen in ihnen ankamen, losrasten und sich in den See stürzten.

Aber Sie glauben doch nicht wirklich, unterbrach Barbara, daß es Dämonen gibt!

Er zuckte die Achseln. Was soll ich heute dazu sagen? Damals waren sie jedenfalls ziemlich real. Wenn man die Kraft dazu hatte, konnte man sie nach ihren Namen fragen, und sie antworteten.

Ja, sagte Barbara, aber in Wirklichkeit …

Was meinen Sie mit Wirklichkeit, sagte er – ein System von Ursachen und Wirkungen? Was wollen Sie? In diesem Fall war die Wirkung doch sehr eindeutig! Die Dämonen fuhren aus dem Besessenen aus und in die Schweine. Und die Schweine stürzten sich in den See.

Die Hirten allerdings, die rannten davon. Auch ein Effekt. Den man vorerst zu wenig beachtet. Wenn man das liest, wie es hier steht, bloß so nebenbei. Ja, klar, ein Evangelium ist eine *frohe Botschaft* – die Aufmerksamkeit konzentriert sich auf den geheilten Besessenen.

Auch denen, die damals dabei waren, ging es so. Welch ein Mensch! Es war, als hätte ihm der Rabbi eine erdrückende Last abgenommen. Gerade noch war er zu seinen Füßen im Dreck gelegen. Jetzt erhob er sich und stand aufrecht. Sie hätten seine Augen sehen sollen!

Aber die Hirten! Die waren nicht einfach davongerannt. Die kamen wieder, und zwar mit erheblicher Verstärkung. Nicht gerade eine Legion, aber beinah eine Kohorte. Eine Truppe, mit Knüppeln und Steinen bewaffnet.

Sie baten ihn, daß er sich aus ihrer Gegend entferne. Der Kerl, der neben Barbara saß, lachte herzlich. Das ist hübsch gesagt! Dieser Markus ist mir einer! Und die anderen haben natürlich von ihm abgeschrieben!

Er blätterte in der Bibel, die er noch immer auf dem Schoß hielt. Hier, Matthäus, sehen Sie, fast dieselben Worte! Und Lukas detto! Nur Johannes läßt diese Szene ganz einfach weg. Das sieht ihm ähnlich. Sie war ihm wahrscheinlich peinlich.

Sie *baten* ihn! Das ist köstlich! Die Wirklichkeit sah etwas anders aus! – Dem Rabbi und seinen Leuten gelang es noch mit knapper Not aufs Boot zu kommen. Dann ruderten sie, was das Zeug hielt; trotzdem wurden einige von ihnen von Steinen getroffen. Und der Besitzer der Schweine, ein Grieche namens Timon, verfolgte Jeschua mit einer Schadenersatzklage.

Was schauen Sie mich so an? Haben Sie gedacht, so etwas gab es damals noch nicht? Aber ich bitte Sie! Die römische Welt war voll von Juristen! Stimmt, die Dekapolis, in der dieser Timon sein Geld übrigens nicht nur mit Schweinezucht verdiente, sondern auch Handel mit den Karawanen trieb, die durch die arabische Wüste kamen, wodurch er es zu einem recht netten Wohlstand gebracht hatte, gehörte nicht zum selben Verwaltungsgebiet wie Galiläa und Peräa. Aber im Prinzip galt das Römische Recht grenzüberschreitend, und daß der Rabbi dem Mann den Verlust der armen Schweine nicht ersetzen oder, angesichts seiner offensichtlichen Zahlungsunfähigkeit, schlicht ins Gefängnis mußte, hängt einfach damit zusammen, daß er in den Jahren, die ihm noch blieben, keinen festen Wohnsitz hatte, und daß die Zuständigkeit der örtlichen Gerichte nicht eindeutig war.

Hier machte der Mann neben Barbara eine Pause. Er sah sie an, mit einem Ausdruck, aus dem sie nicht schlau wurde. Später versuchte sie diesen Ausdruck zu beschreiben. Einerseits sah er so drein, als hätte er alles, was er in den letzten paar Minuten gesagt hatte, tatsächlich ernst gemeint, andererseits schien ihr darunter, sozusagen unter der Haut, etwas Schalkhaftes zu lauern.

Schalkhaft, ja. Auch wenn ihr das Wort anachronistisch vorkam. Aber es paßte. Der Typ selbst hatte einfach etwas Unzeitgemäßes. *Wie* unzeitgemäß und *woher*, das begriff sie erst später. Oder *glaubte* es zu begreifen, jedenfalls in den Phasen, in denen sie ihm glaubte.

Damals begriff sie es jedenfalls noch nicht. Oder sie wehrte sich dagegen, auch oder gerade *weil* sie schon etwas ahnte. Von der Wirkung, die dieser Typ auf sie ausübte. Zumindest potentiell. Nein, sie würde das nicht zulassen!

Schon wahr, wenn er beim Reden in Schwung kam, dann hatte er etwas Suggestives. Aber sie würde nicht darauf hereinfallen. Nicht *auf ihn* hereinfallen, das wäre ja noch schöner! Erstens war er zu jung für sie und zweitens gefiel er ihr nicht.

Obwohl … das war seltsam … während er vorhin erzählt hatte, da hatte sie so eine Anwandlung gespürt. Es war ihr so vorgekommen, als hätte er plötzlich besser ausgesehen. Sein Schafsprofil war ihr auf einmal fast edel erschienen. Aber dann, als er von den Dämonen geredet hatte, war ihr diese Anwandlung wieder vergangen.

Also hören Sie, sagte sie, das mit den Dämonen … Sie glauben doch nicht im Ernst, daß die existieren?!

Ich werde Ihnen etwas sagen, lächelte er, es kommt auf den Blick an. Wenn Sie den Blick dafür haben, können Sie sie hier draußen am Fenster vorbeifliegen sehen.

Draußen flogen zerfetzte, graue Wolken. Offenbar war ein heftiger Wind aufgekommen.

Sie wandte ihren Blick rasch vom Fenster ab und stand auf. Jetzt reicht es aber, sagte sie. Solche Geschichten können Sie wem anderen erzählen!

Abrupt stand sie auf ging im Mittelgang vorwärts. Links vorn gab es nämlich einige freie Sitze. Schon wollte sie der Stewardeß, die ihr entgegenkam, sagen, daß ihr daran gelegen sei, den Platz zu tauschen, aber in diesem Moment ging ein schweres Rumpeln durch die Maschine. Gehen Sie rasch zurück, wo Sie hingehören, sagte die Stewardeß, und schnallen Sie sich an, es gibt leichte Turbulenzen.

Ein paar Sekunden später saß sie also wieder auf ihrem Sitz neben dem Typ. Der lächelte und half ihr zu allem Überfluß beim Anschnallen. Don't worry, sagte die launige Stimme des Flugkapitäns, it's only the weather. For a while our flight may be a little bit rocky.

2

Ehrlich gesagt hatte sie ihre Flugangst nie ganz abgelegt. Sie hatte sie nur hinter einer gewissen Routine versteckt. Schon als Kind, denn es war nicht bei jenem ersten Flug mit ihrem Vater geblieben. Ein Jahr nach dem Urlaub in Griechenland hatten sie Ferien in Tunesien gemacht und dann, zwei Jahre danach, bereits in Israel.

Da war sie schon neun und gab sich ziemlich erwachsen. Was blieb ihr auch übrig. Altklug schaute sie durch ihre Brille. Erstens würden sie schon nicht abstürzen, so etwas kam relativ selten vor, und warum sollte es gerade sie treffen. Und zweitens würde es, falls es doch geschehen würde, rasch gehen, sie würden wahrscheinlich kaum was davon merken.

Aber was ist, wenn es einen Terroranschlag gibt? fragte sie ihren Vater. Dieses Gespenst hatte ihre Mutter in den Wochen vor dem Abflug an die Wand gemalt. Absolut unverantwortlich, mit dem Kind ausgerechnet nach Israel zu fliegen! Unsinn, hatte ihr Vater gesagt, es gebe Friedensverhandlungen zwischen Israel und seinen arabischen Nachbarn, die Verantwortlichen auf beiden Seiten seien jetzt wirklich guten Willens.

Das war nun dreißig Jahre her. Ihr Vater war ein unverbesserlicher Optimist gewesen. Oder einer, der die Probleme nicht wirklich wahrhaben wollte. Einer, der etwas zu leicht darüber hinwegredete. Die einzige, die hier noch Terror macht, ist deine Mama!

Aber auch das wird sich geben, hatte er gesagt. Du wirst sehen, hatte er gesagt, in ein, zwei Jahren ist das alles ausgestanden. Deine Mama wird sich beruhigen und vielleicht auch jemanden finden, den sie so gern hat, wie ich Judith. Und dann werden sich alle vertragen, wir sind doch vernünftige Menschen.

Natürlich war diese Prognose naiv gewesen. Zwar – soviel traf zu – war Barbaras Mutter nicht lang ohne Freund geblieben, kein Wunder, sie war damals noch jung und sah gut aus, aber daß sie das Verhältnis ihres Exmanns zu Judith und daß sie vor allem Judith selbst akzeptierte, davon konnte keine Rede sein. Diese Judith war und blieb für sie eine hinterhältige Person. Noch als sie bereits regelmäßig mit Barbaras Vater ins Bett gegangen sei, habe sie ihr, seiner Frau, kühl lächelnd eine Korallenkette verkauft in ihrem Schmuckladen, nein, ihrem *Ramsch*laden in der Leopoldstraße, und außerdem seien die Geschäfte, die sie treibe, sei dieses Pendeln zwischen Israel und Deutschland höchst dubios.

So redete Barbaras Mutter mit ihren Freudinnen. Und auch mit den Freunden, die sie jeweils hatte. Als es dann, ein paar Jahre später, einen Brandanschlag auf Judiths Geschäft gab, da hielt sich, so ihre Rede, ihr Mitleid in Grenzen. Es war ohnehin nur Sachschaden zu beklagen, die Versicherung würde zahlen, und daß Judith dann aufhörte zu pendeln und in Israel blieb, sodaß sie ihr in München nicht mehr über den Weg laufen konnte, fand sie ganz in Ordnung.

Ein paar weitere Äußerungen, zu denen sich ihre Mutter in diesem Zusammenhang hinreißen ließ, beunruhigten Barbara tief. Wenn sie sich in ihr Zimmer einschloß und auf der Couch lag, mit großen, weit offenen Augen zur Decke starrend, statt Mathe oder Französisch zu lernen, kam sie sogar auf die Idee, daß womöglich ihre Mutter oder ihr Freund etwas mit dem Anschlag zu tun hatten. Das war, so sagte sie sich mit der ernüchterten Vernunft ihrer zwölf Jahre, natürlich jenseits aller realistischen Wahrscheinlichkeit. Aber in den Projektionen ihrer Phantasie, die sie nicht ohne weiteres abschalten konnte, sah sie diesen Freund, Nummer drei oder vier nach der Trennung von ihrem Vater, mit einem Palästinensertuch auf dem Kopf und einer Flasche in der Hand, in der ein wahrscheinlich benzingetränkter Fetzen steckte.

Die Liebe zum Vater und die Wut auf die Mutter! Das hatte ihr damals sehr zu schaffen gemacht. Sicher, anfangs hatte sie es auch fragwürdig gefunden, daß sich ihr Vater einer anderen Frau zuwandte. Aber auf die Dauer war es ihr einfach unmöglich gewesen, Judith, die an den Wochenenden, die sie mit ihrem Vater verbrachte, immer häufiger auftauchte und mit der Zeit ganz selbstverständlich dabei war, so häßlich und unsympathisch zu finden, wie ihre Mutter sie gern darstellte.

Sie war eben *die Andere*. Schon ihre Stimme war anders. Dunkler. Und voller. Das paßte zu ihrem Teint und ihrer Figur. Die Stimme von Barbaras Mutter klang hell, in guten Stunden wie die einer nur unwesentlich älteren Freundin ihrer Tochter, aber gelegentlich spitz. In der Aufregung konnte sie unangenehm schrill klingen.

Ja, so war es. Diese Unterschiede bemerkte Barbara. Von Anfang an. Diese Judith hatte etwas, das ihre Mutter nicht hatte. Etwas angenehm und unaufgeregt in sich Ruhendes. Das Aufatmen in ihrer Nähe konnte Barbara ihrem Vater nachfühlen.

Aber durfte sie denn das? Wenn es ihr bewußt wurde, erschrak sie. Irgend etwas würde zur Strafe passieren. Zum Beispiel, wenn sie gemeinsam nach Israel flogen. Ihr Vater und sie. In manchen Alpträumen fiel Barbara ins Bodenlose.

Darf ich fragen, was Sie in Israel vorhaben?

Barbara war jetzt fast dankbar, daß der Mann neben ihr das Gespräch wieder anknüpfte. Zwar hatten die Turbulenzen draußen etwas nachgelassen. Aber die Turbulenzen in ihrem Inneren drohten überhandzunehmen.

Und die Angst, die sie für gewöhnlich ganz gut im Griff hatte. Schließlich lebte sie in einer Welt, in der sich Flüge kaum vermeiden ließen. Diese Angst, die zuerst im Bauch saß, diese Angst war im Begriff gewesen, aufzusteigen. Viel hätte nicht mehr gefehlt, und sie hätte auch den Kopf erfaßt.

Die Frage also unterbrach das Aufsteigen der Angst. Deswegen antwortete Barbara geradezu bereitwillig. Daß sie in Israel ihre Schwester besuche. Und daß diese Schwester in Tel Aviv lebe.

Eine Halbschwester, ja, wie zuvor schon erwähnt. Esther. Ganze zwölf Jahre jünger als sie. Daß sie einander jahrelang gar nicht gekannt hatten. Woran das lag, das zu erklären hätte etwas zu weit geführt, daß und wie ihre Mutter die Vater-Tochter-Flüge nach Israel schließlich doch unterbunden habe, erzählte sie nicht, aber daß Esther, die als Musikstudentin für zwei Semester nach Salzburg gekommen sei, dann eines Tages bei ihr in München angerufen habe, eine sympathische Stimme am Telefon, ob sie einander nicht kennenlernen könnten, das erzählte sie, und das war ohnehin der schönere Teil der Geschichte.

Der Nachmittag im Englischen Garten und der Abend in Schwabing. Und dann, weil sie sich nicht gleich wieder trennen wollten, die gemeinsame Fahrt nach Salzburg. Und die Ferienwochen, die Esther bei ihrer großen Schwester verbracht hatte. Trotz des Altersunterschieds hatten sie sich gefühlt wie zwei Freundinnen.

Im Jahr darauf war sie wieder nach Israel geflogen. Sie war damals 30. Ihre Mutter konnte ihr nichts mehr dreinreden. Und dann noch ein weiteres Mal. Das lag jetzt auch schon wieder fünf Jahre zurück. Drei davon hatte sie an Max verschwendet.

Nein, das erzählte sie jetzt natürlich auch nicht. Nur, daß sie aus Frankfurt angerufen und Esther gefragt habe, ob es ihr etwas ausmache, wenn sie schon zwei Tage früher komme. Ach was, ich freu mich, hatte Esther gesagt. Nimm die nächste Maschine, in der ein Platz frei ist, und flieg.

Und? fragte der Mann. Was werden Sie nun miteinander unternehmen?

Falls Esther Zeit hat, sagte Barbara, würde ich gern noch ein wenig Sonne tanken. Vielleicht in Ashqelon. Oder gleich in Elat. Wenn es nach mir geht, setzen wir uns in ihr Auto und fahren nach Süden.

Schade, sagte der Typ. Verzeihung, aber das finde ich schade.

Wieso? fragte Barbara.

Weil ich vorerst nach Norden muß.

Ja und? sagte Barbara. Worauf wollte er jetzt hinaus?

Ich wollte Sie fragen, sagte er, ob Sie mich begleiten.

Na großartig! dachte sie. Aber das hatte sie sich selbst zuzuschreiben. Da war sie schon wieder zu unvorsichtig gewesen. Reich ihm den kleinen Finger, und er will die ganze Hand! Der Mensch war unglaublich in seiner Distanzlosigkeit.

Er schien das nicht so zu empfinden. Wissen Sie, sagte er, ich muß gewisse Orte besuchen. Gewisse Wege, sagte er, muß ich nachgehen. Er zog einen Plan aus der Brusttasche und entfaltete ihn. Auf dieser Karte habe ich alles eingezeichnet. Hier ist Nazareth, hier ist Kana, hier ist Kafarnaum. Diese Orte und noch einige andere hatte er mit grünem Filzstift verbunden. Jerusalem hatte er mit einem roten Kreis umgeben. Aber dorthin, sagte er, komme ich erst später.

Die Schlechtwetterzone über den Alpen habe man nun hinter sich, sagte die Stimme des Flugkapitäns. Über der Poebene werde man noch etwas Nebel haben, aber danach werde der Himmel strahlend blau sein. Na sehen Sie, sagte der Mann neben Barbara. Das Geräusch, das die aufschnappenden Schlösser der Sicherheitsgurte verursachten, lief durch die Maschine. Barbara atmete auf und erhob sich rasch. Entschuldigen Sie, sagte sie und bewegte sich im Mittelgang vorwärts. Noch etwas unsicher auf den Beinen, steif vom angespannten Sitzen. Im Bereich vor der Toilette hatte sich bereits eine kleine Menschenschlange gebildet, aber das Warten störte sie jetzt gar nicht, sie wollte sich ohnehin nur ein bißchen frisch machen, wenn es etwas länger dauerte, war ihr das in dieser Situation sogar ganz recht, ein wenig Abstand, räumlich und zeitlich, konnte nicht schaden.

Was war das bloß für ein Mensch, in dessen Magnetfeld sie unversehens geraten war? Zwar wehrte sich, kaum daß sie dieses Wort gedacht hatte, der nüchterne Teil ihres Wesens dagegen, Magnetfeld, dachte sie, was denke ich denn da, das ist doch übertrieben! Hätte sie es in einem Buch gelesen, so hätte sie es vielleicht mit ihrem spitzen Bleistift unterwellt und dann für die Kritik, die sie darüber schrieb, eine spitze Bemerkung dazu gesucht und gefunden. Aber etwas Wahres war doch dran, Magnetismus war da irgendwie im Spiel, das war nun einmal genau der Effekt, den sie spürte: diese Ambivalenz von anziehenden und abstoßenden Kräften.

Einerseits kam ihr der Typ ja leicht gestört vor. Und die Art, wie er ihr zu nahe rückte – naiv oder unverschämt, womöglich beides –, war dazu angetan, sie zu ärgern. Andererseits aber hatte er etwas, das sie zuerst nicht wahrnehmen, nicht wahr-*haben* hatte wollen. Nicht daß sie ihn sexy fand, du lieber Gott, das wäre ja noch schöner, aber irgendeinen Appeal hatte er.

Auf der Toilette ordnete sie ihre Haare und tupfte sich eine Nuance Farbe ins Gesicht. Sie war blaß. Die Sonne würde ihr guttun. Ja, dachte sie. Sie sollte sich nicht von ihrer Idee abbringen lassen. Sie würde im Ashqelon oder Elat am Strand liegen, während dieser komische Mensch irgendwo in Galiläa herumkurvte.

Ist das also eine Art Pilgerreise, fragte sie, auf den Sitz neben ihm zurückgekehrt, die Sie da vorhaben? Für so etwas, sagte sie, habe ich nicht viel übrig. Sie sagte das einfach, um etwas klarzustellen.

Nein, sagte er. Eine Pilgerreise sei das nicht.

Die Landkarte lag noch immer entfaltet vor ihm. Auf dem Pult, das jetzt bald zum Abstellen des Lunchpakets gebraucht werden würde. Schon fuhren die Stewardessen mit den Servierwägen, Barbara hörte ihr Herannahen im Hintergrund. Vor ihm aber lag nach wie vor diese Karte, blau eingezeichnet das Mittelmeer, grün und gelb Israel, durch grau gepunktete Streifen eingegrenzt das Westjordanland und der Gazastreifen.

Keine Pilgerreise, sagte er, eher ein Lokalaugenschein. Wenn auch nicht im kriminalistischen Sinn. Jedenfalls vorerst. Es gehe ihm darum, gewisse Örtlichkeiten zu finden. Und die Realität dieser Örtlichkeiten mit gewissen Bildern zu vergleichen, die er von ihnen habe.

Alte Bilder? fragte Barbara. Unwillkürlich sah sie Fotos vor sich. Braun getönt, verblaßt, ein bißchen komisch, wenn man die Details darauf genauer ansah, die Kleider, die die Leute trugen, die Fahrzeuge, die Gegenstände des täglichen Gebrauchs … Ein bißchen komisch, aber auch ehrwürdig.

Nein, keine Fotos, sagte der Mann neben ihr. Es handle sich einfach um Bilder in seinem Kopf. Genaugenommen um Folgen von Bildern, um Szenen. Um Bilder und Szenen, die ihm seit Jahren durch den Kopf liefen.

Er nickte. Ja, so ist das mit meinem Kopf … Vielleicht, sagte er, ist das ja mit jedem Kopf so … Vielleicht kennen Sie das ja auch: dieses Gefühl, einen Bildschirm hinter der Stirn zu haben … Auf dem dann auf einmal Bilder zu laufen beginnen.

Nicht wahr, Sie kennen das auch? Aber was ist das nur? … Einerseits sind es wohl Erinnerungsbilder … Doch andererseits gibt es Bilder, die einfach fremd sind … Oder gleichzeitig fremd und fatal bekannt.

Aber woher bloß? Woher kommen diese Programme? Woher empfangen wir sie? Oder: Wer hat sie uns eingespeichert? Was diese Programme in meinem Kopf betrifft, so haben sie mich lange Zeit irritiert. Eine Kindheit und Jugend lang konnte ich absolut nichts damit anfangen.

Sehen Sie, sagte er, ich bin ja überhaupt nicht religiös erzogen. Es sei denn, man interpretiert den Kommunismus, oder, wie es dort, wo ich herkomme, offiziell geheißen hat, den Sozialismus, auch als Religion …

Woher kommen Sie eigentlich? fragte Barbara, anscheinend überhörte er diese Frage. Oder er wollte die Erzählung, zu der er gerade angehoben hatte, sich selbst auf der Spur, aber mit der Intention, etwas weiter auszuholen, Zusammenhänge herzustellen, von denen seine Zuhörerin noch nichts ahnte, nicht gleich wieder unterbrechen lassen.

Vielleicht hätten seine Eltern früher, lang bevor er geboren worden sei, tatsächlich noch an den Sozialismus geglaubt. An den idealen Sozialismus, der irgendwann einmal kommen sollte, aber im real existierenden Sozialismus war ihnen dieser Glaube offenbar vergangen. Jedenfalls war kaum mehr etwas davon übrig, als ich ein Kind war, sagte er – seinen Vater und seine Mutter habe er als Menschen in Erinnerung, die sich im Grunde genommen um ihr Leben betrogen fühlten. Ihnen blieb nichts mehr übrig, als es halbwegs anständig zu Ende zu führen, im Vertrauen auf die bescheidenen Sicherheiten, die sie sich durch ihr Ausharren verdient hatten, ein Vertrauen, das dann auch noch enttäuscht wurde.

Allerdings gab es trotzdem Reste des vergangenen Idealismus, des Stolzes auf etwas, durch das sich alle erhoben fühlen konnten, die dazu beigetragen hatten. Die Masse der werktätigen Menschen, die auch der leider immer noch nicht bekehrten Welt zeigen sollten, was möglich war. So hoch hinaus war man immerhin gekommen, zumindest einer von ihnen, stellvertretend für alle, und das sollte man, darüber blieben sich Vater und Mutter einig, nicht vergessen. Im Wohnzimmer, über dem abgewetzten Sofa, hing das Bild von Gagarin.

Jurij Gagarin, der erste Mensch im Weltall. Der Kosmonaut mit dem netten, runden Gesicht. Leider war er nicht mehr am Leben, so jung er auf diesem Bild auch aussah. Irgendwie absurd, daß einer, der es geschafft hat, mit dem Satelliten dem Gravitationsfeld der Erde zu entkommen, dann mit einem simplen Düsenflugzeug abstürzt.

Von seinem Raumflug zurückgekehrt, hatte er übrigens festgestellt, daß er dort oben keinen lieben Gott gesehen habe. Er hielt das wahrscheinlich für einen guten Witz. Das erzählten sie uns in der Grundschule, ich fand das ebenso lustig wie alle anderen. Jurij Gagarin war damals auch *mein* Idol.

So einer wie der wäre ich gern geworden. Wenn ich später ein Technikum oder gar eine Technische Hochschule besuchen durfte, würde ich es vielleicht schaffen. Wie *er* durch den Weltraum fliegen und strahlend zurückkehren. Den Helm abnehmen und lächeln: Der Stolz der Nation.

Der Mann neben Barbara lächelte seinerseits. Solcherart waren damals seine Visionen. Es war schön, die Phantasie Richtung Weltraum abheben und fliegen zu lassen. Jene anderen Visionen kamen ihm nur dazwischen.

Namentlich im Dämmerzustand vor dem Einschlafen oder nach dem Aufwachen. Auf einmal, sagte er, waren die Bilder da. Sie waren mir schleierhaft. Sie waren obskur. Erst als ich *die Schrift* zu lesen begonnen habe, haben sie sich aufgehellt.

Die Schrift – genaugenommen handelte es sich um ein Neues Testament. Und zwar um eine Ausgabe in vier Sprachen. Englisch, Französisch, Italienisch und Deutsch. Vielleicht ist Ihnen so ein Band ja auch schon einmal in die Hände gekommen.

Schon, sagte Barbara. Vage erinnerte sie sich an etwas altmodisch eingerichtete Hotelzimmer, in denen solche Ausgaben in der Nachttischlade gelegen waren. Doch hatte sie ihnen kaum Beachtung geschenkt. Allenfalls hatte sie flüchtig darin geblättert. Meistens hatte sie ja etwas anderes zu lesen.

Bei ihm war das anders gewesen: Für ihn war so ein Buch ein Fund. Es lag nicht in der Nachttischlade, sondern obenauf. Das Hotelzimmer war vermutlich noch um einiges schäbiger als alle, an die sich Barbara erinnern konnte. Aber es war, als hätte dieses Buch dort auf ihn gewartet.

Ach ja, dachte Barbara. Da machte sich nun wieder sein Beziehungswahn bemerkbar. Aber wie sollte er das denn anders deuten? Daß er in diesem Hotel gelandet war – nein, es war kein Hotel, begriff sie, es war eine kleine Pension, in der sonst kaum jemand wohnte – das grenzte ja schon an ein Wunder. Damals veränderte sich sein Leben radikal, aber er hätte sich dabei auch den Tod holen können.

Zuvor schon hatte sich aber *die Welt* verändert. Ost und West, diese Teilung gab es nicht mehr. So hieß es zumindest. Für die Leute, die davon profitiert hatten, die mehr Glück gehabt hatten oder mehr Geschick oder weniger Skrupel, jedenfalls im Endeffekt mehr Geld, tausendmal, zehntausendmal, millionen- und millardenmal mehr Geld, man durfte gar nicht daran denken, für solche Leute war es kein Problem, die Grenzen zu überschreiten. Fiel das aber einem wie ihm ein, so einem armen Idioten, der die angemessene Verhaltensweise unter den veränderten Verhältnissen nicht rechtzeitig kapiert hatte – Intelligenz, so wurde eine im Westen längst gefundene Definition nun endlich im Osten richtig verstanden, ist die Fähigkeit, in neuen Situationen möglichst rasch und ohne Rücksicht auf die Verluste anderer seinen Vorteil wahrzunehmen – fiel es also einem solchen Lahmarsch und Weichei zu spät aber doch ein, daß er dort, wo er war, nicht bleiben wollte, und daß die Freiheit, von der zuvor so viel die Rede gewesen war, zuallererst in Freiheit der Bewegung von *da* nach *dort* bestehen sollte, so mußte er halt manche Strapazen auf sich nehmen.

Zum Beispiel recht unkomfortabel zu reisen, im Laderaum eines Kleinbusses, tage- und nächtelang zusammengepfercht mit ein paar anderen, die schwitzen und stinken wie Vieh, aber was ist so ein Mensch denn anderes. Und dann über ein Feld zu rennen und sich durch einen Wald zu schlagen, bis man an einen Fluß kommt, ein Bad wird jetzt gar nicht schaden. Wie dieser Fluß heißt, ist nicht wichtig, Hauptsache, er fließt an der Grenze, sobald es dunkel ist, schwimmt ihr ans andere Ufer. Und dann sei er also wirklich geschwommen, die ersten zwanzig Jahre seines Lebens hinter sich lassend, auf Gedeih und Verderb, zum Glück war der Fluß nicht besonders breit, aber kalt war er, auch die Strömung war heftiger als erwartet, als er endlich drüben war und dann ein paar Minuten dort lag, auf einem Acker mit harten, wahrscheinlich bereits gefrorenen Schollen, rang er nach Luft.

Wo die anderen geblieben seien, wußte er nicht, wahrscheinlich noch weiter abgetrieben als er, oder weniger weit. Die meisten kannte er nicht, nur die zwei aus der Kleinstadt, aus der er kam, Burschen, mit denen er an den Ecken herumgestanden war oder herumgehangen in den paar Pubs, die es neuerdings gab, Errungenschaften der neuen Zeit. Freunde, das konnte man nicht so sagen, Bierkumpel, Haschkumpel, Crackkumpel. Einen von ihnen sah er später im Lager wieder, aber den anderen sahen sie beide nicht mehr.

Daß einer verlorenging, ja, vielleicht auch sich selbst verlorenging, stimmt, das war eben das Risiko. Er selbst sei nah dran gewesen, sich aufzugeben, auch als er so dort lag, schon drüben, es wäre verlockend gewesen, liegenzubleiben. Doch dann habe er sich aufgerafft und sei querfeldein gestolpert. So hatte er, sagte er, obwohl er vorerst überhaupt nicht wußte, wohin, Gelegenheit, sich selbst zu finden.

Mit Gottes Hilfe, aber das wußte er damals noch nicht. Mit Hilfe freundlicher Menschen, das war überraschend. Wie er, in einer Gruppe von finsteren Silhouetten, ein Haus mit einem erleuchteten Fenster fand. Wie er anklopfte oder anklingelte, und wie ihm wirklich aufgetan wurde.

Das war überraschend in kalten Zeiten wie diesen. Sei freundlich zu Fremden, sie könnten verkleidete Götter sein – daß Menschen noch solchen Empfehlungen folgten, war lange her. Sehr ungewöhnlich also, daß der Mann und die Frau, die da wohnten, ihm nicht gleich die Tür vor der Nase zuschlugen, als sie ihn sahen, der zitternd vor ihnen stand, er muß ja elend ausgesehen haben. Und daß sie nicht sofort zum Telefon griffen, um den nächsten Polizeiposten zu verständigen, sondern ihn erst einmal eintreten ließen, ihm, wenn auch seufzend, trockene Kleider gaben und heißen Tee, sogar ein Stück Graubrot mit Margarine dazu, und erst dann telefonierten, nämlich mit dem Besitzer jener kleinen Pension, mit dem sie anscheinend befreundet waren, der Ton, in dem sie mit ihm sprachen, erst der Mann, dann die Frau, klang vertraulich, soviel bekam er mit, er verstand ja die Sprache nicht, nur ein paar Wörter, die er von seinem Großvater gehört hatte – *ja, nein, halt, vorwärts, Hände hoch, kaputt* – er konnte ja noch nicht Deutsch, aber das sollte sich ändern.

Die zwei also brachten ihn in jene Pension, das heißt sie setzten ihn ins Auto, einen alten Trabi, und fuhren möglichst leise, um die paar Nachbarn nicht zu wecken. Es war ja mitten in der Nacht, aber das war ihnen ganz recht, kein Mensch war auf der Straße. Und der Pensionsbesitzer war ein älterer Herr, sagte der Mann, der neben Barbara saß, noch immer im Flugzeug, inzwischen hatten die Stewardessen den Lunch serviert, aber er kam kaum zum Essen vor lauter Reden. Dieser ältere Herr also öffnete eine Hintertür, das war in einem Hof, in den sie sehr vorsichtig hineingefahren waren, und dann brachte man ihn in das Zimmer, von dem zuerst die Rede war, nur für eine Nacht, das versuchte man ihm verständlich zu machen, das verstand er auch, nur bis morgen früh, und das Zimmer war kalt und die Glühbirne, die an einem häßlichen Kabel aus dem Plafond hing, war nackt, aber auf dem Nachttisch lag das Neue Testament.

Das Neue Testament, herausgegeben von den Gideons. Eine lobenswerte Gesellschaft, die sich um die Seelen einsamer Reisender sorgte. Die ließen nichts aus, was ihnen zugänglich war, da ja der real existierende Atheismus auch im Osten Deutschlands zusammengebrochen war, hatten sie nun sogar diese Ecke beliefert. Und unmittelbar nach der Wiedervereinigung waren vielleicht auch viele Vertreter dorthin gekommen, wieso nicht, auch diese Grenzregion war ein Hoffnungsgebiet für den Verkauf aller möglichen Konsumgüter, die es zuvor dort nicht gegeben hatte, und da mochte die Pension sogar eine Weile floriert haben.

Das Neue Testament also in vier Sprachen, vorab die Evangelien, Matthäus, Markus, Lukas und Johannes. Dahinter die Apostelgeschichte, die Paulusbriefe und die Apokalypse. Das war ihm ja alles noch fremd, sagte er, auch las er lateinische Buchstaben bei weitem nicht so flüssig wie kyrillische. Aber er hatte ein wenig Englisch gelernt, das schon, erstens in der Schule, die er besucht hatte, bis man die Geräte, an denen die Schüler gearbeitet hatten, verscherbelte und das Gebäude profitabler vermietete; zweitens in den Pubs, wo man Popmusik hörte, Rock und Punk, immerhin, davon hatte es dann deutlich mehr gegeben als früher.

So habe er also angefangen zu lesen. Noch an diesem Abend, an dem er nicht einschlafen konnte. Zuvor war er ja völlig erschöpft, aber nun war er auf beunruhigende Weise wach. Er spürte, wie das Blut in ihm kreiste, wie es vom Herz in die Gliedmaßen und in den Kopf gepumpt wurde.

Wahrscheinlich hatte er Fieber, das wäre kein Wunder gewesen. Jedenfalls lag er wach und da nahm er das Buch. *Nimm und lies.* Nein, er hörte keine Stimme, die ihm das sagte. Aber als er sah, daß es den jeweils gleichen Text in vier Sprachen gab, schien ihm das Buch in seiner Situation sehr brauchbar.

In the beginning, las er. Er versuchte, die gleiche Stelle auf deutsch zu finden. *Am Anfang*, las er. *Am Anfang war das Wort.* Er las wie ein Grundschüler, die noch fremden Laute erprobend. Ob Sie es glauben oder nicht, sagte er, aber ich habe aus diesem Buch Deutsch gelernt.

Nebenbei auch Französisch und Italienisch. Nicht so gut wie Deutsch, aber doch, einigermaßen. Im Lager, in das man ihn am nächsten Tag brachte, hatte er ja viel Zeit. Sicher, daß er das Buch einsteckte, als sie ihn holen kamen – zwei Uniformierte, die deutlich unfreundlicher waren als die Leute am Vorabend, von denen er niemand mehr sah, auch den Besitzer der Pension nicht –, daß er jenes Neue Testament in die Brusttasche der Jacke steckte, die ihm ebenfalls blieb, obwohl sie ja eigentlich nicht ihm gehörte, das war vielleicht nicht ganz recht, aber es war ein Reflex.

Vom Lager wollte er nicht viel erzählen. Wie seine Daten aufgenommen worden seien, wie man ihn frontal und im Profil fotografierte, wie man ihm die Fingerabdrücke abnahm. Er habe das über sich ergehen lassen. Warum er behandelt wurde wie ein Straftäter, war nicht einzusehen, aber so ging es dort offenbar allen.

Zwar hatte er, das traf zu, jenes Buch entwendet. Doch das

interessierte die Uniformierten gar nicht. Sie nahmen ihm eine Halskette weg und ein Taschenmesser, steckten beides in ein Plastikbehältnis, das sie mit Heftklammern aus einem Apparat verschlossen, den er im ersten Moment für eine Pistole hielt, weswegen ein Vermerk über sein etwas gestörtes Verhalten im Computer gespeichert wurde. Aber das Buch mit den Evangelien ließen sie ihm, ein Jüngerer grinste darüber, ein Älterer jedoch nickte ernsthaft und, so sein Eindruck, ermutigend; was sie sagten, verstand er noch nicht, aber dabei sollte es nicht bleiben.

Denn er las und er lernte, er lernte und las. Er hatte ja dort im Lager, wie gesagt, Zeit. Zeit, die den meisten anderen rasch zuviel wurde, wegen der Langsamkeit, mit der sie verging. Er wußte die Zeit zu nützen, das half ihm, sie zu überstehen. Manche reagierten auf dieses Zuviel an Zeit mit Lethargie, andere mit Aggression. Es gab welche, die herumhingen wie die Oktoberfliegen, und andere, die einander wegen jeder Kleinigkeit an die Gurgel fuhren. Es gab auch welche, die richteten die Aggression gegen sich selbst. In der Zeit, die er im Lager verbringen mußte, gab es vier Selbstmordversuche, zwei davon waren erfolgreich.

Er aber las. Das half ihm über die Zeit hinweg. Nicht nur über die Zeit in jenem Lager. Er las, und allmählich verstand er, was er da las. Da kam ihm dann manches davon frappant bekannt vor.

Als hätte er dies und das schon einmal geträumt. Oder auch mehrere Male. Ja, so war das. Zum Beispiel die Szene am Fluß, mit dem Mann, der da bis zu den Knien im Wasser stand. Oben langes Haar, etwas wie Dreadlocks, unten nur mit einem Lendenschurz bekleidet, ein verwegenes Outfit.

Recht dürr war der Kerl, wenn man näher kam, konnte man seine Rippen zählen. Und hielt eine Schale in der Hand, die sah auf den ersten Blick aus wie eine Teetasse. Da war eine kleine Furt, die Landschaft im Hintergrund war karg. Aber am Fluß wuchs Schilf oder hohes Gras.

In der Furt war das Gras allerdings niedergetreten, denn da lagerten ein paar Dutzend Leute. Männer, Frauen, Kinder, auch sie etwas eigenartig gekleidet. Der Mensch, der im Wasser stand, redete, und sie hörten ihm zu. Was er redete, war in den Träumen nie zu verstehen gewesen, entweder sie liefen ab wie Stummfilme – ja, sagte der Mann, der neben Barbara saß, noch immer im Flugzeug, der Lunch wurde gerade wieder abserviert, er hatte kaum etwas davon angerührt – entweder stumm liefen jene Träume ab, oder der, der im Zentrum stand, wenngleich eigenartigerweise bis zu den Knien im Wasser, sprach in einer fremden Sprache. Ab und zu erhob sich jemand von seinen Zuhörern – war es ein Mann, so warf er seine Oberkleider in die Büsche, war es eine Frau, so schürzte sie ihr langes Gewand – und watete vorwärts ins Naß.

So etwa die Träume, die er nun wiedererkannte. Dort, im Lager; manchmal lag er auch im Lazarett. Auch er war ja in einen Fluß gestiegen, allerdings in einen kälteren als die Akteure dieser Szene. Die wirkte sommerlich, auch wenn er sie nur schwarzweiß sah – die Kinder, die ins Wasser liefen, und das alles eher als Spaß auffaßten als die Erwachsenen, diese Kinder waren splitternackt.

Vielleicht hatte er eine Lungenentzündung, jedenfalls kam das Fieber immer wieder. Das war ihm jedoch keineswegs nur unangenehm. Im Lazarett war er ungestörter als überall sonst. Er las. Er verglich. Er schlief ein. Und er träumte über die Ränder seiner bisherigen Träume hinaus.

Er träumte, daß er von einer Anhöhe herunterkam. Und daß unten der Fluß war, an dessen Namen er sich nun erinnerte. Ja natürlich, der Fluß dort unten hieß Jordan. Und er stieg hinunter, er, der noch keinen Namen hatte, denn ihm waren die Papiere abhanden gekommen, die seine Identität und seine Herkunft nachwiesen, vielleicht hatte er sie auch weggeworfen, jedenfalls waren diese Daten verlorengegangen.

Ich kam mir ja damals wirklich vor, sagte er, wie *der Mann, der vom Himmel fiel.* Oder wie *der Mann, der auf die Erde fiel – The Man Who Fell to Earth*, so der englische Titel eines Films, den er dann später einmal gesehen hatte. In einem Cineastenkino in Tübingen oder Wittenberg, wo er das Glück gehabt habe, studieren zu dürfen, nein, nicht im Kino, sondern an der Uni, was eigentlich? Von allem etwas, Philosophie, Juristerei, Theologie – gewiß, ein erstaunlicher Aufstieg für einen Immigranten.

Wie er das geschafft hatte, darüber machte er vorerst nur vage Andeutungen. *Mit Gottes Hilfe*, natürlich, aber auch ein Priester hatte da anscheinend seine Hände im Spiel. Mutmaßlich einer von der eher alternativen Sorte, einer, den man nicht ohne weiteres von den NGOs unterscheiden konnte, Leuten, deren Besuche im Lager eher geduldet als akzeptiert wurden. Und der den Flüchtling, den er auf so ungewöhnliche Weise mit den Evangelien beschäftigt vorfand, zuerst einmal bei der Abfassung seines Asylantrags beriet.

Vorerst muß es übrigens darum gegangen sein, die rasche Abschiebung zu verhindern.

Sagen Sie, sagte der Priester. Sind Sie nicht irgendwie traumatisiert? Es wäre von Vorteil, wenn Sie traumatisiert wären!

So ungefähr. Genaueres darüber vielleicht später.

Sagte der Mann, der neben Barbara saß. Jetzt wollte er lieber von diesem Film erzählen. Das sei ein Schwarzweißfilm gewesen, mit David Bowie. Der Mann, den Bowie da spielt, übrigens sehr glaubwürdig, einerseits cool aber andererseits irgendwie rührend, dieser Mann kommt von einem anderen Stern.

Und genau so habe er sich gefühlt. Damals, im Lager. Jahre bevor er diesen Film gesehen habe. Im Wachzustand und im Traum. Einerseits war alles neu und er mußte sich erst orientieren. Und andererseits war es ein ständiges Wiedererkennen.

In jenem Traum, sagte er, von dem ich Ihnen erzählen wollte, einem Traum, den ich, so mein Gefühl, schon oft geträumt hatte, kam ich jedenfalls von einer Anhöhe herunter. Und wußte *nicht mehr* oder wußte *noch nicht*, wer ich war. Und da unten steht dieser hagere Kerl im Wasser, und redet, ziemlich aufgebracht wirkt er, immer lauter redet er, ziemlich in Rage. Doch als er mich sieht, unterbricht er sich, und faßt mich ins Aug, wie ein Raubvogel, ja, er hat scharfe Augen, und dann kommt er auf mich zu, ich weiß gar nicht, wie mir geschieht, und umarmt mich.

Der Bautischler wußte gar nicht, wie ihm geschah. Zwar war er aus Galiläa heruntergewandert, weil er neugierig war, was es mit diesem Jochanaan wirklich auf sich hatte. Mit diesem Kerl, der sich, so hieß es, da unten am Jordan aufgestellt hatte und Reden hielt und die Leute mit Wasser begoß oder sie ganz und gar untertauchte. War das nun einfach ein komischer Vogel, oder steckte mehr dahinter, das wollte er wissen, Jeschua war ein Mensch, der manchmal mitten in der Arbeit innehielt und lauschte.

Jehoschua ben Yussef, also der Sohn des Josef. Auch wenn die Leute geredet hatten, daß mit dessen Vaterschaft etwas nicht stimmte. Als er ein Kind gewesen war, hatten die Nachbarbuben manchmal böse Worte hinter ihm her gerufen. Jehoschua Hurenkind. Aber mit der Zeit hatte sich das aufgehört.

Jetzt war er seit Jahren ganz einfach der Bautischler. Früher war *Josef* der Bautischler gewesen, aber Josef war gestorben. Ein Mann mit gutem aber leider schwachem Herzen. Eines

Tages, kurz vor der Fertigstellung eines Dachstuhls in Sepphoris, der Stadt, die von den Römern nach dem Aufstand eines Partisanenführers namens Juda eiskalt eingeäschert worden war und deren Wiederaufbau durch Herodes Junior, der, anders als sein Vater, zwar wenig Macht besaß aber immer noch viel Geld, mehr als ein Jahrzehnt dauerte, sodaß die Leute aus den umliegenden Dörfern erfreulich lang Arbeit hatten, eines Tages hatte sich Josef abrupt an die linke Brustseite gegriffen und war vom Gerüst gefallen.

Jehoschua *ben Yussef* also oder *bar Josef*. Der Sohn Mirjams, mit der die anderen Frauen lange Zeit nicht geredet hatten. Aber auch das war besser geworden, seit sie seine Brüder und Schwestern geboren hatte, nicht irgendwo unterwegs, sondern daheim in Nazareth, wie es sich gehörte. Diese Geschwister waren um einiges jünger als er, eine Zeitlang, nach dem frühen Ableben Josefs, hatte sich Jeschua, so nannten sie ihn, wie ihr Ersatzvater gefühlt, aber inzwischen wirkte die Distanz zwischen ihnen und ihm nicht mehr so groß.

Sie nannten ihn Jeschua, ja – Jesus nannten sie ihn nie. Er wurde auch ungern so angesprochen, Lateinisch war die Sprache der Besatzer. Die Verkürzung Jeschua aber war in Ordnung. Aus dem Mund seiner Mutter und seiner Schwestern klang das oft zärtlich, aus dem Mund seiner Brüder, die drauf und dran waren, ihm über den Kopf zu wachsen, manchmal ein bißchen spöttisch, aber nicht bösartig – ihr Bruder, das stellten sie jetzt, da sie sich immer erwachsener fühlten, immer häufiger fest, war ein etwas weltfremder Mensch, durchaus liebenswert, aber von zunehmender Abwesenheit, weiß Gott, was er hörte oder sah, wenn er so seltsam in die Luft schaute.

Das war nicht gut fürs Geschäft, darüber waren sie sich allerdings einig. Höchste Zeit, daß sie die Dinge in die Hand nahmen. Ihr Bruder hatte vorgeschlagen, zu Rosch Haschanah oder Jom Kippur nach Jerusalem zu pilgern und sich im Vorbeiwandern diesen Jochanaan anzusehen, der nun nicht mehr unten im Süden redete und taufte, wie er es ursprünglich getan hatte, am Rand der Wüste, fast schon beim Toten Meer, sondern seinen Standort ein Stück weiter nach Norden verlegt hatte, an die Grenze zwischen Galiläa und Samaria, weil dort der Jordan mehr Wasser führte. Geh du nur allein, hatten sie gesagt, wir lassen heuer die Herbstwallfahrt aus, wir können ja auch hier feiern, und was unsere Neugier auf Heuschreckenfresser betrifft, so hält sie sich in Grenzen.

Dieser Heuschreckenfresser und Reinheitsfanatiker! Nichts gegen Reinigung, auch wir nehmen die vorgeschriebenen Bäder. Aber brauchen wir wen, der uns untertaucht? Geh du in Gottes Namen, wenn dir danach ist, hör dir an, was dieser entlaufene Essener redet, und falls es nicht nur Unsinn ist, erzähl uns nachher davon.

Es war aber keineswegs Unsinn, was Jochanaan sprach. Ungefähr so sprach er: Hört zu, Leute, es reicht! Gottes Land in drei Teile zerschlagen, Gottes Volk resigniert, seine Fürsten und Priester korrupte Kollaborateure! Wehe denen, die dabei reich geworden sind, Schande über jene, die sich diesen Verhältnissen bereitwillig anpassen!

Auch ihr fühlt euch beschmutzt von diesen Verhältnissen? Gut! So wascht den Dreck endlich von euch ab! Laßt euch nicht einreden, daß die Welt einfach so *ist* und so *sein muß*, jetzt scheint sie euch gottverlassen, das ist kein Wunder. Aber ich sage euch, wenn ihr aufhört einzuwilligen, wenn ihr den festen Willen habt und den Glauben, daß es auch anders sein kann, dann werden wirklich Zeichen und Wunder geschehen, über die werden sowohl die Herrschaften in Jerusalem als auch die in Rom Augen machen!

Es *war* einmal anders und es *wird* einmal anders sein! Diese Zeit geht zu Ende, spürt ihr es nicht? Das große Gewitter liegt in der Luft, habt keine Angst davor, hofft vielmehr darauf! Erwartet es guten Mutes, helft mit, es herbeizuführen, betet darum, ruft Gott, daß er euch hört, holt ihn zurück, erinnert ihn an sein Versprechen, wenn ihr es wirklich wollt, ist sein Reich nah!

Ungefähr so. Das waren schon starke Worte. Wohl ging die Art, wie der Täufer auftrat, dem Bautischler anfangs noch auf die Nerven. Mein Gott, diese Prophetenmaskerade! hatte er, von der Anhöhe heruntersteigend, gedacht. Vielleicht hatten seine Brüder ja recht, und der Mann war eher ein Scharlatan.

Auch die Begrüßung war ihm alles andere als angenehm. Was sollte denn das? Was wollte der Mensch von ihm? Faßte ihn ins Aug und kam auf ihn zu und drückte ihn an seine nackte, feuchte Brust. Da bist du ja endlich, wir haben auf dich gewartet!

Vielleicht hätte er gleich wieder umdrehen sollen, das war auch sein erster Impuls, denn das Aufsehen war ihm peinlich. Doch nachdem Jochanaan nun einmal eine gewisse Aufmerksamkeit auf ihn gelenkt hatte, war das schwer möglich. Er hockte sich also hin in den Halbkreis der Zuhörer, hielt den Schwerpunkt des Körpers über den Fersen, wie er es von Kind an gewöhnt war, und hörte zu, was der Täufer sprach. Der war nun auf einen großen flachen Stein gestiegen, der mitten im Fluß lag, einen Instinkt für Effekte hatte er, das mußte man ihm lassen, und sprach seine starken Worte, womöglich durch die Ankunft des Neuankömmlings beflügelt, dessen Ansprechbarkeit er auf den ersten Blick erkannt hatte, und der hörte sie, als wären sie ganz besonders an ihn gerichtet.

Liebe Brüder! schrieb Jeschua nach Nazareth. – Aber natürlich konnte er schreiben! sagte der Mann neben Barbara. Ein einfacher Bautischler, ja, aber das kann man nicht mit heidnischen Verhältnissen vergleichen, auch nicht mit heutigen. Das Volk des Buches kannte die Thora, das war nicht nur die Angelegenheit der Rabbiner und Schriftgelehrten!

Daß deswegen *alle* lesen und schreiben konnten, wolle er nicht behaupten, besonders die Mädchen waren benachteiligt und lernten das nur in Ausnahmefällen. Aber die Knaben wurden ab dem fünften Jahr unterrichtet. Vom Rabbi, der ja nicht nur so etwas wie ein Landpfarrer war, sondern auch eine Art Gemeindevorsteher und Dorfschullehrer. Und wenn sie talentiert und besonders an der *Schrift* und den *Propheten* interessiert waren, gab er ihnen noch Extrastunden.

Daß seine Söhne die bekamen, darauf hatte Josef Wert gelegt. Ehrlich gesagt fingen die Jüngeren weniger damit an, als der Erstgeborene, der ja lange ein Einzelkind geblieben war, sei es, weil der Schoß seiner Mutter nach seiner Geburt eine Zeitlang versiegelt blieb, sei es, weil Josef sie dann lang nicht angerührt hatte (daß ein Fluch auf ihm lag, der seine Männlichkeit außer Kraft setzte, das hätte er nicht verdient, denn er war ein frommer Mann). Die Jüngeren, die ja dann doch sehr eindeutig seine Söhne waren, denn sie sahen ihm ähnlicher als der Älteste, neigten also weniger zur Beschäftigung mit den Schriftrollen. Aber lesen hatten sie immerhin gelernt, und daher konnten sie auch Jeschuas Brief lesen.

Liebe Brüder, lasen sie, ich werde wohl etwas länger ausbleiben als geplant. An den Reden, die dieser Jochanaan führt, ist doch etwas dran. Vielleicht übertreibt er manchmal mit seinem Pathos, aber er redet wie jemand, der Kraft hat. Nicht wie die Schriftgelehrten und Pharisäer, die wir beim vorigen Pessach in Jerusalem gehört haben.

Er ist mir übrigens sehr zugeneigt, ich muß sagen, etwas mehr als mir angenehm ist. Ich würde lieber weniger beachtet im Schatten sitzen und einfach hören, was er sagt. Er behauptet sogar, daß wir verwandt sind, und nennt mich seinen Cousin, aber vielleicht meint er das auch nur im übertragenen Sinn. Es ist aber nicht ganz ausgeschlossen, angeblich gibt es ja einen judäischen Zweig unserer Familie, fragt unsere Mutter, ob sie sich an eine Cousine oder Tante namens Elischeva erinnert.

Laßt mir also noch ein paar Tage Zeit, ich will einfach wissen, was ich persönlich mit seiner Botschaft anfangen kann. Versteht das nicht falsch, ich will mich nicht um die Arbeit drücken. Ich weiß ja, wie tüchtig Ihr seid und daß Ihr ganz gut ohne mich auskommt. Grüßt unsere Mutter und küßt die Schwestern von mir, in Liebe Euer Jeschua.

Und wie, fragte Barbara, wurde der Brief befördert? – Sie mußte endlich wieder etwas einwerfen, um den Mann dezent zu bremsen.

Zweifeln Sie an der Effizienz der antiken Post? sagte er. Das sollten Sie nicht tun! Sie hat gelegentlich besser funktioniert als die heutige.

Nein, aber im Ernst …, sagte sie.

Das ist mein voller Ernst, lächelte er. Diesen Brief allerdings hat Jeschua einem Bekannten aus Kana mitgegeben. Der hieß Nathanael und war ebenfalls gekommen, um Jochanaan zu hören. Aber er hat es nicht ganz so lang ausgehalten.

Nathanael aus Kana, ja, sagte er, er könne den Brief gern mitnehmen. Kana liegt ja nur wenige Kilometer nördlich von Nazareth. Es gab da nur eine Straße, er kam praktisch an der Werkstatt des leider früh verstorbenen Josef vorbei. Was soll denn nun das, sagten Jeschuas Brüder, aber im Grunde waren sie nicht unzufrieden.

Jeschua ging ihnen nicht wirklich ab. Die Schwestern vermißten ihn wohl und natürlich die Mutter. Aber die Brüder, die brauchten ihn eigentlich nicht. Als er dann doch zurückkam, nicht, wie angekündigt, nach zehn Tagen oder maximal zwei

Wochen, also wenigstens noch rechtzeitig zu Sukkoth, sondern erst zu Hannukkah, also mehr zwei Monate später, da hatten sie die halbe Werkstatt umgebaut, ja, sie waren geschickte und flotte Arbeiter, und er fand sich dort kaum mehr zurecht.

Es muß aber dem Bautischler Jeschua dort unten am Jordan etwas recht eigenartiges widerfahren sein. Er versuchte es seinen Brüdern wiederholt zu erklären, aber sie hörten ihm nicht zu. Ja, ja, sagten sie, wir haben schon kapiert, dieser Verrückte hat dich untergetaucht und dann bist du wieder aufgetaucht. Und dann hat er behauptet, daß er ein Licht auf dich herabfahren gesehen hat, oder du hast dir eingebildet, es selbst gesehen zu haben, und womöglich hast du sogar eine Stimme gehört.

Und alsbald stieg er aus dem Wasser, heißt es bei Markus, und sah, daß sich der Himmel auftat. Und sah den Geist gleich wie eine Taube herabkommen auf ihn. Matthäus findet dafür etwas stärkere Worte. Er sah den Geist Gottes gleich einer Taube herabfahren und über ihn kommen.

Und über ihn kommen, ja, beachten Sie diese Wendung! Da kann man sich die Vehemenz des Vorgangs schon etwas besser vorstellen. Da ist von etwas die Rede, das einen Menschen ergreift, erfaßt, mitreißt. Die zum Symbol des Heiligen Geistes gewordene Taube ist schlicht und einfach ein Übersetzungsfehler.

Der *Geist Gottes*, sagte der Mann neben Barbara, heute wissen ja die meisten Menschen überhaupt nicht mehr, was das ist! Der *Heilige* Geist, mein Gott, darunter kann sich ja niemand was Sinnliches vorstellen! Die dritte göttliche Person – es ist schon komisch, was sich die Theologen ausdenken, die offenbar auch nie nur einen Hauch von diesem Geist gespürt haben! Wahrhaftig eine blasse Person, ein Gespenst, ein Gespinst, zu dünn, um wahr zu sein!

Von wegen Taube! Und der Heilige Geist fuhr hernieder auf ihn, heißt es bei Lukas. *Fuhr hernieder auf ihn.* Ich bitte Sie – *wie eine Taube*? Man würde sich an dieser Stelle eher einen Falken oder einen Sperber vorstellen, einen Bussard oder einen Habicht. Zurückübersetzt ins Aramäische würde es übrigens eher *wie ein Blitz* heißen.

Sagen Sie bloß, Sie können auch Aramäisch!

Ein wenig. Das Fünkchen Ironie, das Barbara trotz allem am Glimmen zu halten versuchte, nahm er nun kaum mehr wahr. Ein wenig, sagte er schlicht. Ein wenig Aramäisch und ein bißchen Hebräisch. Auf hebräisch heißt der Geist Gottes übrigens die *ruach*, dieses Wort ist wohlgemerkt weiblich.

Modern übersetzt könnte man vielleicht sagen: Die *Energie* Gottes. Wenn man daran angeschlossen ist, dann spürt man es, wenn man von ihr aufgeladen wird, stehen einem die Haare zu Berge. Sagte der Mann neben Barbara. Etwas von der Energie, von der er da sprach, schien nun auch ihn zu durchfließen. Nicht daß ihm die Haare zu Berge standen, aber seine Ohren waren gerötet.

Und schon war er – im Geiste – wieder dort unten, am Jordan. In der Bucht oder der Furt, in der Jochanaan taufte. Und wurde untergetaucht und tauchte wieder auf und spürte, daß die Energie, von der er gerade so eindrucksvoll gesprochen hatte, über ihn kam. Und da *geschah*, heißt es sehr schön bei Matthäus, eine Stimme vom Himmel – aber in diesem Moment meldete sich die Stimme des Flugkapitäns.

Es war eine ruhige, leicht amüsiert klingende Stimme. Sollte jemand an Bord versehentlich ein Mobiltelefon, ein privates Funkgerät oder etwas Ähnliches eingeschaltet haben, so werde er ersucht, es wieder auszuschalten. In der Elektronik der Maschine machten sich kleine Störungen bemerkbar. Das sei kein Grund zur Beunruhigung, aber es sei doch besser, solche Irritationen zu vermeiden.

Da schwieg Barbaras Nachbar. Der Satz über die Stimme vom Himmel blieb unvollendet. Auch hatte Barbara den Eindruck, daß die Röte, die zuerst nur seine Ohren erfaßt hatte, sich jetzt über sein ganzes Gesicht ausbreitete. Nur einen kurzen Moment. Dann war es vorbei. Aber vielleicht war es auch der Reflex der Abendröte von draußen.

Das war allerdings eigenartig. Sie hätten doch nach Osten fliegen sollen. Unten war gerade noch die Adriaküste zu sehen gewesen, vor kurzem hatten sie Ancona überflogen, gleich, hatte Barbara erwartet, würden sie über dem Meer sein und den Italienischen Stiefel hinter sich lassen. Statt dessen schwenkte die Maschine nun ins Landesinnere, nach Westen. Kein Anlaß zur Panik, sagte der Flugkapitän, die Irritationen seien zwar schwächer geworden, aber nicht ganz verschwunden – er werde vorsichtshalber in Rom zwischenlanden.

3

Ungefähr eine Stunde später versuchte Barbara ihre Halbschwester anzurufen. Das war in einem Zimmer des Hotels, in dem die Passagiere des Flugs 381 von Frankfurt nach Tel Aviv unerwarteterweise gelandet waren. Das Hotel stand irgendwo in der Gegend. Auf einer von Zypressen und Pinien gesäumten Straße hatte sie ein Bus vom Flughafen hierhergebracht.

Das Zimmer lag im sechsten Stock, die Luft darin war etwas stickig. Als Barbara eingetreten war, hatte sie sofort die Rollläden hochgezogen, aber draußen roch es nach Benzin. Unten war der Parkplatz und die Straße, auf der sie gekommen waren, dahinter war nichts mehr zu sehen. Es war noch nicht sieben, aber stockfinster, es war schon Mitte Oktober, aber schwül.

Am Festnetzanschluß in Tel Aviv meldete sich nur der Anrufbeantworter. Barbara versuchte es mit der Handynummer, aber die Verbindung kam nicht zustande. Also wählte sie nochmals die Festnetznummer. Hallo Esther, sagte sie, ich hoffe, du bist noch nicht auf dem Weg hinaus nach Lod. Sie sei in Rom, sagte sie, das heißt, sie sei irgendwo zwischen Fiumicino und Rom. Sie müsse die Nacht hier verbringen, das sei die Lage. Wenn alles gutginge, würde ihr Flug am nächsten Morgen um 8 Uhr 30 fortgesetzt. Sie sollte dann gegen Mittag in Tel Aviv ankommen.

Sie warf Bluse, Rock und Unterwäsche ab und stellte sich unter die Dusche. Das Wasser kam fürs erste nur tropfenweise. Wahrscheinlich war sie nicht die einzige, die gerade jetzt duschen wollte. Natürlich, jetzt versuchten es auch all die anderen, die mit ihr angekommen waren.

Sicherlich alle mehr oder minder verschwitzt. In den paar Minuten zwischen dem Moment, als der Flugkapitän die unvorhergesehene Zwischenlandung angekündigt hatte und dem Augenblick, als man dann endlich die Sicherheitsgurte lösen und aus der Maschine, die trotz ihrer Größe plötzlich sehr eng erschien, aussteigen durfte, war man doch ziemlich nervös geworden. Jetzt wollten sie also fast alle auf einmal duschen. Wahrscheinlich auch der Typ, der neben ihr gesessen war.

Der war auf besondere Weise nervös geworden. Er hatte an seinen Nägeln zu nagen begonnen. Ganz ungeniert, wie ein unerzogenes Kind. Irgendwie ärgerlich, aber auch irgendwie rührend.

Oder war es umgekehrt? Irgendwie rührend, aber auch irgendwie ärgerlich? Und darüber hinaus noch einiges mehr? Irgendwie war er ja imponierend, wenn er erzählte, und irgendwie – ja – irritierend.

Aber was sollte denn das? Barbara ärgerte sich nun über sich selbst. Da stand sie unter der Dusche, nackt, und dachte an diesen Menschen! Der womöglich wirklich gerade auch unter der Dusche stand, irgendwo ein paar Stockwerke tiefer oder höher oder gar in derselben Etage, jedenfalls im selben Hotel, in einem ganz ähnlich eingerichteten Badezimmer. Sehr heftig empfand sie, daß sich das nicht gehörte.

In dem Bus, in den sie am Flughafen verfrachtet worden waren, in eigenartiger Hast, so als gelte es, sie möglichst rasch aus dem Gefahrenbereich der Maschine zu bringen, die doch angeblich gar nicht wirklich gefährdet war (es handle sich, mit diesen Worten hatte sich der Flugkapitän vorläufig verabschiedet, um einen reinen Routinecheck, der allerdings seine Zeit brauche; angesichts der unvorhergesehenen Flugunterbrechung empfahl er heitere Gelassenheit), in diesem Bus war der Typ nicht mehr neben Barbara zu sitzen gekommen. Das war ihr einerseits ganz recht gewesen, andererseits hatte sie nicht umhin gekonnt, sich nach ihm umzusehen. Er war zwei oder drei Reihen hinter ihr gesessen. Im Hotel, an der Rezeption, hatte er dann etwas verloren gewirkt, wie er da neben seiner Reisetasche stand, verloren oder abwesend, wiederholt mußte er dazu aufgefordert werden, seinen Namen und seinen Wohnort in den Anmeldeschein einzutragen.

So war er noch immer dort gestanden, als Barbara in den Lift gestiegen war. Noch ein kurzer Blick durch die getönte Glasscheibe, aber dann setzte sich der Aufzug in Bewegung. Und das war gut so gewesen, dachte sie jetzt. Denn die Anwandlung von schlechtem Gewissen oder Mitleid, die sie angesichts seiner, ja, so hatte sie ihn in diesem Augenblick gesehen, seiner Hilflosigkeit gehabt hatte, fand sie nun ganz unangebracht.

Plötzlich kam das Wasser in einem Guß. Kalt. Aber das war Barbara in dieser Situation ganz recht. Sie widerstand dem Impuls, sofort abzudrehen oder auszuweichen. Danach, vor dem Spiegel, betrachtete sie ihre Gänsehaut.

Das war die Haut, in der sie nun einmal steckte. Frottiert

und eingecremt sah sie besser aus. Trotzdem zu weiß. Da und dort mit geplatzten Äderchen. Die kannst du dir doch entfernen lassen, hatte ihr eine Freundin gesagt, mit der sie einmal und dann nie wieder in die Sauna gegangen war, sie konnte solche Ratschläge einfach nicht leiden. Andererseits – vielleicht hatte diese Freundin ja recht. So etwas muß man rechtzeitig machen lassen, hatte sie gemeint, wenn es früh kommt, kann man früh etwas dagegen unternehmen. Na schön, dachte Barbara, vielleicht, nach ihrer Rückkehr aus Israel. Aber womöglich sah man dann ohnehin weniger davon unter der Sonnenbräune.

Die Haarfarbe konnte auch eine Auffrischung brauchen. Ja, sie würde in Tel Aviv zum Friseur gehen. Sie griff zum Fön, aber das Kabel, an dem der hing, sah alles andere als vertrauenerweckend aus. Zwar war sie von ihrem Leben in letzter Zeit nicht so recht überzeugt gewesen, aber ein früher Tod in einem Hotel im römischen Niemandsland kam ihr denn doch zu blöd vor – sie konnte ihr Haar auch an der Luft trocknen lassen.

An der Hotelbar standen und saßen einige Leute, mit denen sie im Flugzeug und im Bus gefahren war, *er* war nicht darunter. Barbara fand es ärgerlich, daß sie schon wieder an ihn dachte. Und sei es nur in der Negation, also um festzustellen, daß er nicht da war. Außerdem fand sie es ärgerlich, daß sie nicht wußte, wie er hieß.

Wenn sie schon an ihn dachte. Hätte sie seinen Namen gewußt, wäre es einfacher gewesen.

Was eigentlich? An ihn zu denken. – Oder besser: *Nicht* an ihn zu denken.

An diesen eigentlich völlig unmöglichen Menschen.

Der es geschafft hatte, gut die Hälfte der Flugzeit auf sie einzureden, ohne auch nur seinen Namen zu nennen.

Sie trat ins Freie. Die Luft war nun nicht mehr so schwül wie vorher, eher lau. Sie überquerte den Parkplatz und ging über die Straße. Im Licht vorbeifahrender Autos tauchten die Kronen einiger Pinien auf. War dahinter ein Weg? Barbara hatte das Bedürfnis, ein paar Schritte zu tun.

Ihr fiel jetzt der Empfang von Hoffmann und Campe ein. Der Mensch hatte ja behauptet, daß sie sich dort begegnet seien. In der Garderobe. Und wenn schon, was hatte das zu bedeuten!? Sie war übrigens bald gegangen, sie hatte das Gewimmel und den Smalltalk an diesem Abend nicht mehr ausgehalten.

Den Besuch des Stargasts, der dort erwartet wurde, hatte sie gar nicht abgewartet. Der Name der Frau war ihr bekannt vorgekommen, aber sie hatte, müde und im Grunde genommen verärgert über den Wust von Informationen, die sie und ihresgleichen auf so einer Messe zur Kenntnis nehmen sollten, gar nicht recht realisiert, um wen es sich handelte. Jetzt war es ihr plötzlich klar. Das war doch …! Natürlich …! Diese amerikanische Bestsellerautorin, die durch eine endlose Serie von Vampirromanen berühmt geworden, nun, zur Verwirrung ihrer Fangemeinde, auf einmal ein Buch über Jesus geschrieben hatte.

Jetzt konnte sie sich bereits etwas besser vorstellen, warum dieser Typ dort gewesen war! Sie hatte sich schon gefragt, was er da gesucht hatte. Überhaupt auf der Buchmesse. War er ein Autor? Zweifellos neigte er zum Fabulieren, und das tat zumindest ein Teil der Autoren, die sie mehr oder minder flüchtig kannte, ebenfalls (einige waren darunter, deren egozentrische Lügengeschichten geradezu eine Zumutung waren), aber etwas an ihm kam ihr anders vor.

Barbara war vielleicht zweihundert Meter gegangen, da ging er auf einmal neben ihr. Sie erschrak ein wenig. Sie hatte ihn nicht kommen gehört. Gesehen schon gar nicht. Es war auch erstaunlich dunkel. Aber sie zweifelte keinen Augenblick daran, daß *er* es war.

Guten Abend, sagte er.

Hallo, sagte sie.

Es tut mir leid, sagte er.

Was tut Ihnen leid? sagte sie.

Das mit der Flugunterbrechung. Das habe ich nicht gewollt.

Barbara sah nicht, ob er bei diesen Worten ernst blieb oder lächelte.

Das ist aber nicht Ihr Ernst! sagte sie vorsichtshalber.

Ich weiß nicht, sagte er. Mir passieren manchmal Dinge …

Jetzt hören Sie auf! sagte sie.

Vielleicht hat dieser unvorhergesehene Aufenthalt aber auch sein Gutes, sagte er. Er gibt uns Gelegenheit, einander etwas besser kennenzulernen.

Der Boden war weich. Sie gingen nun anscheinend am Rand eines abgeernteten Feldes.

Sie wolle nicht zu weit gehen, sagte sie. Es sei doch recht finster.

Ja, sagte er. Das hier ist keine besondere Gegend. Aber wenn wir schon einmal da sind, könnten wir auch hinein nach Rom fahren.

So, sagte Barbara. Könnten wir.

Ja, sagte er. Oder wollen Sie wirklich in diesem häßlichen Hotel abendessen?

Und wie kommen wir nach Rom?

Wir nehmen ein Taxi.

Das ist bestimmt nicht so einfach, sagte sie.

Sie werden sehen, sagte er, wenn wir zum Hotel zurückkommen, wird eines für uns da sein.

Tatsächlich stand da ein Taxi, als sie zurückkamen.

Stand vor dem Portal und wartete anscheinend auf jemanden.

Der Fahrer, ein junger Mann mit langen Haaren, deren Blond im Neonlicht, in das hier alles getaucht war, extrem gelb erschien, stand daneben und rauchte.

È lei chi a *chiesto*?

Ma certo, sagte Barbaras Begleiter und öffnete die Wagentür.

Wiederholt versuchte Barbara später, den Ablauf dieses Abends zu rekonstruieren. Sie wollte einfach begreifen, was damals passiert war. Was damals passiert war und was es zu bedeuten hatte. Das war allerdings nicht ganz leicht, angesichts des Zustands, in den sie im Lauf dieses Abends geriet, und des Schocks, den sie am Ende dieses Abends, also eigentlich schon gegen Morgen, erlitt.

Da sei, schrieb sie, ihre Erinnerung abgestürzt. Indem sie diesen Ausdruck verwendete, hatte sie natürlich einerseits, sehr zeitgemäß, ein PC-Dokument im Sinn, das ihr unversehens abhanden gekommen und, wenn überhaupt, nur durch zahllose sachkundige Arbeitsgänge wiederherstellbar war. Andererseits assoziierte sie, ganz klassisch, ein Gefäß, eine antike Amphore etwa, die ihr, sie sah das dann szenisch vor sich, vor Schreck entglitt. Und beim Aufprall auf dem Boden zerbrach – einem Boden, den es allerdings in dem Hotelzimmer, in dem sie gesehen hatte, was sie gesehen hatte, mit eigenen Augen – aber konnte sie, fragte sie sich, ihren Augen, der Erinnerung dieser Augen, unter den gegebenen Umständen trauen? –, einem Steinboden mit Mosaiken, den es dort gar nicht gab.

Wieso war sie überhaupt in dieses Taxi eingestiegen? Nur weil ihr der Typ, der sich immer noch nicht vorgestellt hatte, die Tür aufhielt? Im Flugzeug hatte sie seiner Gravitation zu entkommen versucht, im Bus war sie froh gewesen, daß er den Platz neben ihr nicht mehr ergattert hatte. Und nun stieg sie ein, und gleich würde er wieder neben ihr sitzen, natürlich näher als zuvor.

Was hatte sie sich dabei gedacht? Daß sie nicht wirklich losfahren würden? Weil seine Behauptung, das Taxi bestellt zu haben, nicht stimmte? Daß derjenige, der es wirklich bestellt hatte, gleich am Hotelportal erscheinen würde? Wenn das so war, hätte sie erst gar nicht einzusteigen brauchen!

Nein, sie wollte sich diesbezüglich nichts vormachen. Einerseits hatte sie sich vielleicht überrumpelt gefühlt, aber andererseits hatte ihr die Frechheit und der Schwung imponiert, mit dem er plötzlich agierte. Der Schwung übertrug sich anscheinend auch auf den Fahrer. Der nämlich wartete keineswegs, ob noch jemand anderer erschien und die Bestellung des Taxis urgierte, im Gegenteil, er fuhr los, als wolle er gerade diese Komplikation vermeiden, ihm konnte egal sein, wen er nach Rom brachte, es war ein gutes Geschäft, Roma città? hatte er gefragt, Si, Roma città, al Ristorante Da Matteo, hatte der Mann neben Barbara geantwortet.

So schwungvoll war dieser Start, so rasant fuhr der gelb gelockte Chauffeur um die runde Blumeninsel vor dem Hotel, daß Barbara gleich einmal an die Schulter ihres dubiosen Kavaliers gepreßt wurde. Wohl beendete sie diesen doch etwas zu plötzlich zustandegekommenen Körperkontakt, sobald die Kurve und damit die Wirkung der Fliehkraft vorbei war, setzte sich aufrecht, so gut das auf dem etwas zu weichen Rücksitz des Taxis ging, zog ihr Kleid über die Knie. Aber sie sagte kein einziges Wort des Protests. Im Gegenteil, sie war angetan von der Aussicht eines guten Abendessens in Rom, auch wenn sie zwischendurch zweifelte, ob sie wirklich nach Rom fuhren, denn der Fahrer nahm offenbar nicht die Autostrada di Fiumicino, sondern dunkle Schleichwege – als sie letzten Endes doch in der Stadt anlangten, war es an einer Peripherie, die sie nicht kannte, auch als sie sich dem Zentrum näherten, kam ihr noch eine Weile alles seitenverkehrt vor, der Tiber, den sie rechts erwartet hätte, lag links, und als sie ausstiegen, fühlte sie sich schon ohne den Wein, dem sie dann im Lokal recht bereitwillig zusprach, ein klein wenig schwindlig.

Vielleicht wurde dieses Schwindelgefühl noch dadurch verstärkt, daß sie, um das Lokal zu erreichen, über eine Folge behelfsmäßiger Treppen und Stege balancieren mußten, die über irgendwelche offenen Stellen im Pflaster hinweg führten. Barbara hatte nicht so recht mitbekommen, ob es sich dabei um eine simple Baustelle handelte oder um archäologische Ausgrabungen. Die Schuhe, die sie an diesem Abend trug, hatten zwar nur halbhohe Absätze. Aber sie fürchtete trotzdem, umzukippen, und war froh, an ihrem Begleiter, der ihr bereitwillig den Arm reichte, Halt zu finden.

Nicht nur ein gewisses Schwindelgefühl zog sich durch ihre Erinnerung an diesen Abend, sondern auch eine gewisse Benebelung. Schon vorweg, wie ihr schien, nicht erst vom Wein, von dem sie allerdings nicht viel vertrug. Auf dem Lokal, dessen Portal sich hinter jenen Hindernissen auftat – *Da Matteo* oder hieß es *Da Marco*? –, lag überdies eine im Lauf vieler Jahrzehnte entstandene Patina. I Signori hanno prenotato? Haben die Herrschaften reserviert? Ma di sicuro, antwortete Barbaras Kavalier.

Aber sicher. Mit diesen Worten steckte er dem Kellner einen Geldschein zu. Es war, wie es schien, ein überzeugender Geldschein. Die Gewandtheit, mit der er agierte, seit sie das Taxi geentert hatten, überraschte und, ja, das war es, amüsierte Barbara. War er ihr am Nachmittag im Flugzeug noch unattraktiv und, trotz der eigenartigen Suggestivkraft seiner Rede, ungeschickt erschienen, so wirkte er nun fast elegant.

In ihrer Erinnerung trug er nun übrigens ein weißes oder beiges Sakko, nicht mehr die Cordjacke von vorher. Er mußte sich wohl schon im Hotel umgezogen haben, aber es fiel ihr erst jetzt auf. Sie sah ihn in einem der edeltrüben Spiegel, die in diesem Lokal hingen, sich selbst neben ihm, der Goldton, mit dem diese Spiegel die Wirklichkeit schönten, tat auch ihrer Erscheinung gut. Sie war nicht ganz passend gekleidet für so ein Lokal, aber sie sah besser und jünger aus, als sie befürchtet hatte.

Die Locken stehen Ihnen gut, sagte er, Sie sollten Ihr Haar immer so tragen! Da saßen sie schon an dem Tisch, den der Kellner für sie gefunden hatte. Und der gewandte Mensch im hellen Sakko saß ihr vis-à-vis und lächelte richtig charmant. Die Zahnlücke wäre ihr jetzt überhaupt nicht mehr aufgefallen.

Er hob sein Glas mit dem *aperitivo.* Eigentlich wollten wir beide ja jetzt ganz woanders sein, sagte er. Aber da wir nun einmal hier gelandet sind, lassen Sie uns das Beste daraus machen. Auf Sie und mich; mein Vorname ist übrigens Michail; wenn Sie wollen, können Sie auch Mischa sagen.

Wie er dann groß und schwungvoll bestellte: das volle Programm. Offenbar bewandert in der italienischen Küche, die Empfehlungen des Kellners angeregt anhörend, aber da und dort besondere Wünsche artikulierend. In einem Italienisch, das er, wie Barbara bemerkte, nicht nur aus dem viersprachigen Evangelienbuch haben konnte. Natürlich nicht *nur,* sagte er, auch wenn jenes Buch die Basis für alles gewesen sei – etliche Jahre, nachdem er daraus seinen Grundwortschatz erworben hatte und eine vage Ahnung von der italienischen Grammatik, habe er einige Zeit in Italien verbracht.

Und zwar als Statist bei diversen Filmproduktionen. Ja, sagte er, damit habe er eine Weile sein Geld verdient. Zuvor schon in Deutschland, aber in Italien hätte es diesbezüglich mehr Möglichkeiten gegeben. Jedenfalls was Historienfilme betraf, bei denen man besonders viele Statisten brauchte.

Darüber erzählte er beim *antipasto.* Für einen Film über

den Niedergang Roms habe man ihn als gotischen Krieger verkleidet. Für einen anderen, der im Mittelalter spielte, als einen der Gefolgsleute Friedrich Barbarossas. Und in einem Film über Franz von Assisi war er einer der mindesten Minderbrüder.

Statist, das sei halt ein Job gewesen, nicht mehr und nicht weniger. Nicht daß Sie glauben, ich wollte auf diese Weise entdeckt werden! Einfach nur eine Möglichkeit, Geld zu verdienen. Weniger anstrengend und schmutzig als Arbeit auf einer Baustelle oder bei der Müllabfuhr, weniger auszehrend und riskant als häufiges Blutspenden.

Zwar habe er in Deutschland, das erwähnte er zuerst eher beiläufig, eine Schauspielschule besucht. Aber das sei nur einer der vielen Irrwege gewesen, auf die er geraten sei. Bevor er zu sich selbst gefunden habe: zur wahren Erkenntnis seiner selbst. Vielleicht handelte es sich dabei allerdings um einen besonderen Irrweg.

Jedenfalls kam er ein paarmal darauf zurück. Hatte er beim *antipasto* nur von einer Schauspielschule geredet, so erzählte er beim *primo* von Theatern, an denen er gespielt habe. Kleinere Rollen, obwohl er gern auch größere bekommen hätte. Aber sobald er begriffen habe, daß an den meisten deutschen Theatern alles andere als das gespielt werde, was ihm in seiner vielleicht doch noch irgendwie russischen Seele vorschwebte, habe er sich die Schauspielerei aus dem Kopf geschlagen.

Da hast du ganz recht, Junge, habe Klaus Kinski gesagt, den er einmal zufällig in einem Café getroffen habe. War das in einem Café in Berlin oder war es in einem Café in Wien? Mischa, so schien es Barbara, hatte einmal das gesagt und einmal jenes. Möglicherweise war es ein Wiener Café in Berlin.

Als er das erzählte, waren sie schon beim *secondo*. Und bei der zweiten Flasche Wein, der sich sehr kühl und süffig trank.

Kinski also. In einem Wintermantel, obwohl Sommer gewesen sei. Die langen Haare schon traurig ausgedünnt.

An einem Tisch am Fenster sei Kinski gesessen. Und habe trübe hinaus auf die Straße geschaut. Entschuldigung, habe Mischa gesagt, aber Sie sind doch Klaus Kinski!? Der war ich einmal, habe jener geantwortet, jetzt bin ich nur mehr ein Gespenst.

Er habe sich trotzdem gefreut, daß er noch erkannt wurde. Offenbar war ihm das schon lang nicht passiert. Du bist in Ordnung, Junge, habe er gesagt, du bist schwer in Ordnung! Kehr diesem Zirkus den Rücken, er ist deiner nicht wert, laß dich nicht mißbrauchen zu dieser erniedrigenden Bodengymnastik, die sie heute Theater nennen, du bist kein Schauspieler, du bist etwas ganz anderes, das wirst du noch herausfinden!

Oder hatte er gesagt: Das solltest du ja selbst wissen? Hätte er das gesagt, so hätte er jedenfalls recht gehabt. Sagte Mischa. Eigentlich hätte er ja schon damals, im Flüchtlingslager, alles kapieren können. Aber er habe nur einiges, im Grunde genommen weniges kapiert.

Und schon redete er wieder von diesem Flüchtlingslager. Das muß irgendwo in Vorpommern gewesen sein – oder war es schon in Sachsen-Anhalt? Vom Schlafsaal oder vom Lazarett, in dem er gelegen sei und die Evangelien entziffert habe. Wort für Wort. Satz für Satz. Kapitel für Kapitel.

Soviel habe er mitgekriegt, daß ihn diese Texte auf besondere Weise ansprachen. Und daß sie, solang er fieberte, ein eigenartiges Echo in seinem Kopf auslösten. Aber er zog nicht die richtigen Schlüsse daraus. Es sollte noch Jahre dauern, bis er die richtigen Schlüsse daraus ziehen würde.

Zwar habe er sich damals noch ein paar Monate intensiv mit der *Schrift* beschäftigt. Nicht nur im Lager, sondern auch im Pfarrhaus, in dem er die Wartezeit auf seinen Asylbescheid verbrachte. Und gewiß habe ihn der Pfarrer, der seinen Antrag nach Kräften unterstützte, in dieser Lektüre bestärkt und ihm an etlichen Abenden die Inhalte der Botschaft noch etwas näherzubringen versucht. Aber als er, Mischa, dann endlich seinen Asylbescheid in den Händen gehalten habe, da habe es ihn nicht mehr lang im Weihrauchkreis der Kirche gehalten, da habe er auch die Arbeit in der benachbarten Bautischlerei, die er durch die Fürsprache des Pfarrers bekommen hatte, stehen und liegen lassen, und sei einfach davon, ohne sich zu verabschieden oder etwas mitzunehmen, hinaus in die profane Welt.

Natürlich war das extrem undankbar dem Pfarrer gegenüber. Einem Mann übrigens, der schwer enttäuscht war nach der Wende, von der er sich viel erhofft hatte, wir sind das Volk und so, davon war wenig geblieben. Aber dann, als er die Enttäuschung überwunden hatte, die Bitternis angesichts der neuen Verhältnisse hinuntergeschluckt, da hatte er sich der Flüchtlingsbetreuung gewidmet. Mischa war keineswegs der einzige, dem er so eifrig geholfen hatte, aber ein ganz Spezieller, einer, auf den man nicht nur als Flüchtlings-, sondern auch als Seelenbetreuer stolz sein konnte – und nun das!

Auch die Frau des Pfarrers dürfte das Verschwinden des jungen Mannes, der ein paar Monate in ihrem Haus gewohnt hatte, getroffen haben. Mischa machte Andeutungen, und Barbara konnte sich das inzwischen ganz gut vorstellen. Er hatte einen spezifischen Charme, auch wenn sich der nicht gleich auf den ersten Blick zeigte. Sie waren aber viele Tage miteinander beim Frühstück und beim Abendessen gesessen, manchmal waren sich ihre Blicke auf ganz eigentümliche Weise begegnet, dann mußte die Pfarrersfrau rasch aufstehen und sich als Hausfrau zu schaffen machen, und er mußte aufpassen, daß er nicht zu auffallend rot wurde.

Was sollte er tun, er mußte weg, er hatte seine Gründe. Auch daß er nicht dort bleiben wollte, in der Provinz, in dieser verwahrlosten Idylle. Es war drei Uhr nachmittag, als er aus der Tischlerwerkstatt wegging. Auf der Straße, an deren Rand er dann stand, nahm ihn schließlich ein Fernfahrer mit.

Er fuhr einfach davon, vielleicht versuchte er auch vor sich selbst davonzufahren. Die Zeit, die nun folgte, nannte er seine Latenzphase. Um sich über Wasser zu halten, habe er als Markthelfer gearbeitet, als Werbezettelausträger, als Kellner in diversen Kneipen, als Verkäufer in dubiosen Videoshops. Mit einem Tschetschenen oder Georgier, der ein kleines Kapital in die Partnerschaft einbrachte, habe er eine Zeitlang Mobiltelefone, Swatches und Digitalkameras verkauft; als allerdings der Verdacht aufgekommen sei, daß es sich dabei um geschmuggelte Ware handelte, sei er lieber aus diesem Geschäft ausgestiegen.

So sei jener abgeschoben worden, er aber habe es geschafft zu bleiben, eine in Deutschland gültige Reifeprüfung nachzuholen und sogar zu studieren. Zuerst Slawistik, das sei nahegelegen, obwohl er sein früheres Leben hinter sich gelassen hatte, wollte er die Sprache, in der er vormals gesprochen und gedacht hatte, nicht ganz verlernen. Schon um der Literatur willen, mit der er sich erst jetzt so richtig zu beschäftigen begann. Gogol, Dostojewskij, Bulgakow wollte er doch lieber im Original lesen.

Das war in Marburg an der Lahn oder war es in Gießen? Jedenfalls habe es dort auch eine Kunstschule gegeben, in der er abends zeichnete und malte. In ihm habe einfach etwas zum Ausdruck gedrängt. Er habe aber noch nicht recht gewußt, was.

So habe er, sagte er, einige Jahre verbracht. Diverse Studien, verschiedene Jobs. Einige Liebschaften, wenige wirkliche Freundschaften. Viele Möglichkeiten, aber keine Wirklichkeit.

Ich meine, sagte er, etwas hat mir gefehlt. Ich habe mir nur nicht klar machen wollen, was das war. Dieses Gefühl, nicht ganz bei sich selbst zu sein. Neben dem her zu leben, was man sein könnte oder sein sollte.

Ihm sei durchaus bewußt gewesen, daß er ja eigentlich unglaubliches Glück gehabt hatte. Er war über die Grenze geschwommen, er war nicht ertrunken, er hatte das diesseitige Ufer erreicht und hier einigermaßen Fuß fassen können. Manchmal hatte es zwar Probleme gegeben, weil die Arbeiten, die er nachweisen konnte, den Behörden nicht seriös genug erschienen (der Job als Aktmodell zum Beispiel, der sich, sozusagen als Nebeneffekt, durch den Besuch der Kunstschule ergab). Aber er habe immer noch rechtzeitig etwas gefunden, das sie besänftigte.

Daß er sein Studium, wie er ihnen erzählte, mit einer Diplomdolmetscherprüfung abschließen wollte, war eine Perspektive, die sie billigten. Er habe, sagte er, gute Kenntnisse in vier Sprachen außer seiner ursprünglichen. Zumindest *Grund*kenntnisse, korrigierte er sich, etwas Bescheidenheit vor Amtspersonen, die wahrscheinlich bestenfalls zwei Fremdsprachen beherrschten, kam besser an. Was aber auf jeden Fall gut ankam, waren seine Deutschkenntnisse.

Deutsch sprach er ganz anders als die meisten Immigranten, mit denen sie sich sonst herumärgern mußten. Sein Deutsch war der artikulierte Integrationswille. Eine rechte Freude für deutsche Ohren. Auch wenn er manchmal etwas außer Kurs geratene Wendungen gebrauchte.

Schließlich glaubten sie ihm sogar, daß er deutschsprachige Vorfahren gehabt habe. Natürlich konnte er das nicht nachweisen, aber mit der Zeit glaubte er es beinah selbst. Möglich war es – in dem untergegangenen Imperium, aus dem er aufgetaucht war, hatte es viele Nationalitäten gegeben, manche auf fast vergessenen Sprachinseln. Vielleicht gab es ja so etwas wie deutschstämmige Gene.

Daß das die Beamten zu glauben schienen, war jedenfalls praktisch. So war sogar die deutsche Staatsbürgerschaft ein in abesehbarer Zeit erreichbares Ziel. An das Buch, mit dessen Hilfe er die Basis für seine guten Sprachkenntnisse gelegt hatte, dachte er nur noch wenig. Wenn er daran dachte, dann aus der Position eines praktisch denkenden Menschen: Es war ihm von Nutzen gewesen. Schon wahr, es hatte ehemals recht eigenartige Reaktionen bei ihm ausgelöst. Aber das hatte wohl an der extremen Situation gelegen und am Fieber. Nein, er war nicht undankbar, er bewahrte es mit der angemessenen Pietät auf. Aber was die Botschaft betraf, die ihm da gleich in vier Sprachen vermittelt worden war, so tat er nun so, als ob sie ihn nichts weiter anginge.

War das Verdrängung? Nein, sagte Mischa, ich wußte es ja im Grunde meiner Seele. Daß diese Botschaft mich auf ganz besondere Weise betraf. Daß sie mich an etwas erinnert hatte. Es brauchte nur die entsprechende Anregung, daß sie mir wieder einfiel.

Irgendwann fuhr er dann im Sommer nach Frankreich. Das tat er allerdings kaum der Sprache wegen. Ein Studienkollege habe ihn darauf hingewiesen, daß man dort im Rahmen eines alternativen Projekts Schafe hüten könne. Von der Konversation mit den Schafen war jedenfalls in Hinblick auf die Verbesserung seiner Französischkenntnisse nicht viel zu erwarten.

Trotzdem habe ihn dieser Job gereizt. Vielleicht, weil ihm ohnehin weniger nach Reden als nach Schweigen zumute war. Da rührte sich ein Bedürfnis nach Kontemplation. Er habe sich also zusammengepackt, das heißt, er habe nur das Notwendigste mitgenommen, zwei Garnituren Unterwäsche, eine Allwetterjacke, Wanderschuhe, Schlafsack, und sei in den von seinem Bekannten genannten Ort gefahren.

Zwei Wochen habe man ihn eingeschult, aber dann sei er allein mit den Schafen unterwegs gewesen. Irgendwo im Jura oder im Zentralplateau. Da habe er wochenlang keine menschliche Stimme gehört. Doch war das Schafehüten eine Tätigkeit, durch die er sich auf andere Weise angesprochen gefühlt habe.

Er habe eine gewisse Affinität zu den Schafen empfunden. Was lächeln Sie? sagte er, ich meine das ernst! Sie waren nun schon bei der Nachspeise, Barbara ließ sich ihr Tiramisu schmecken. Er jedoch aß lieber Schafskäse mit Oliven.

Ja, sagte er. Die Schafe. Ich habe sie gern geweidet. Und nicht ein einziges sei ihm verlorengegangen. Und jedes einzelne habe er gern gehabt. Manchmal, des Nachts, habe er allerdings von Wölfen geträumt.

Im Umgang mit den Schafen, sagte er, sei ihm ganz alttestamentarisch zumute geworden. Bis dahin, sagte er, habe er ja nur das *Neue* Testament gekannt. Zwar hätten ihm der Pfarrer und vor allem die Pfarrersfrau, die ihn anfangs so engagiert betreut hatten, ein paar Geschichten daraus erzählt. Aber die geisterten vorläufig noch recht vage und beziehungslos in seinem Kopf herum.

Das sollte sich ändern. Richtig gelesen habe er das Alte Testament allerdings erst später. Dort oben in den Cevennen habe ihn aber eine sozusagen natürliche Anmutung davon erfaßt.

Hatte er zuvor nicht vom Jura oder vom Zentralplateau geredet?

Ja klar, sagte er, aber natürlich sei er mit den Schafen nicht an einem Ort geblieben.

Das sei doch das Wesen des archaischen Weidens. Daß man nicht nur an einem Ort bleibe, sondern immer weiterziehe. Und genau das, diese ursprünglichen Formen zu alternativem

Leben zu erwecken, war das Programm der Kooperative, der er sich da angeschlossen hatte. Zu den alten Formen zurückzukehren, auch wenn die neuen Strukturen das sehr erschwerten.

Aber wir lassen uns nicht aufhalten, sagten die Aktivisten. Weder durch Stacheldrahtzäune noch durch Autobahnen. Übrigens waren es nicht nur Aktivisten, sondern auch Aktivistinnen. Mit einer davon dürfte er dann doch noch etwas besser kommuniziert haben als mit den Schafen.

Ach ja? sagte Barbara. Nett. Jetzt würde die Geschichte also noch richtig bukolisch.

Sie trug eine Rastafrisur. Möglicherweise waren ihre Haare aber auch durch den vielen Aufenthalt im Freien verfilzt. Anscheinend ging sie aus Prinzip barfuß, jedenfalls hatte sie ganz ledrige Fußsohlen. Sie war aber Studentin der Ethnologie und wußte eine Menge.

Zum Beispiel, daß mit der Seßhaftigkeit, mit dem Übergang vom Nomadentum zur Bebauung des dann als Besitz begehrten Landes, die ganze Misere beginne. Weil nämlich die Ausbeutung nicht nur des Landes, sondern auch der Menschen sehr viel damit zu tun habe. Und daß Gottes Sympathien ursprünglich eindeutig den Nomaden gehörten. Ja daß er selbst, den man nicht einmal durch Aussprechen seines Namens festhalten durfte, sich vehement gegen seine Einsperrung in irgendwelche Tempel gewehrt hatte.

So etwas wußte sie. Außerdem spielte sie hübsch auf der Panflöte. Sie hieß Zippora, sagte Mischa, das heißt Vögelchen.

Ach, wie hübsch, sagte Barbara.

Sie kam aus Amsterdam, sagte Mischa. Leider war sie nur vierzehn Tage bei mir, dann zog sie weiter, irgendwohin nach Afrika.

Dann waren Sie also, sagte Barbara, wieder auf die Konversation mit den Schafen angewiesen.

Ja, sagte er, ohne auf ihren ironischen Ton einzugehen, auf die Konversation mit den Schafen und mit den Hunden. Die Schafe seien ja überaus freundliche Tiere. Aber die Hundesprache sei differenzierter als die Schafsprache.

Vielleicht kommt uns das aber auch nur so vor, weil sie etwas mehr auf die Menschen eingehen. Sie sind sozusagen assimilationswilliger als die Schafe. Aber das liegt wohl daran, daß sie kaum noch in Rudeln leben. Die Schafe sind nach wie vor unter sich, sie brauchen sich den Menschen nicht so anzubiedern.

Ich mag lieber Katzen als Hunde, sagte Barbara. Die Nachspeise war aufgegessen, der Kellner hatte eine Flasche Grappa auf den Tisch gestellt, *un offerto della casa*, unwillkürlich wurde sie ein bißchen traurig. Sie erinnerte sich an den Kater Moritz, um den sie bei der Trennung von Max gekämpft hatte. Schließlich hatte sie sich durchgesetzt, Moritz war das Scheidungskind, das ihr blieb.

Aber im Jahr darauf hatte sie das Angebot aus Boston bekommen. Da hatte sie Moritz bei einer Freundin deponiert. Der hatte sie eingeschärft, gut auf ihn aufzupassen. Doch als sie zurückgekommen war, hatte ihr die Freundin gestanden, daß der Kater gleich am zweiten Tag nach ihrer Abreise verschwunden sei.

Auf Barbaras wiederholt gemailte Frage nach seinem Wohlbefinden hatte sie geantwortet, es gehe ihm gut. Und das müsse ja nicht falsch sein, verteidigte sie sich, jenseits der Hinterhofmauer, über die er wahrscheinlich getürmt sei, war damals noch ein unverbautes Areal. Ein Wiese mit Brennesseln und Klettengesträuch, ein wahres Katzenparadies. Nach Barbaras Rückkehr war dort allerdings eine Großbaustelle für eine Tiefgarage.

Mit der Erinnerung an den Kater war Barbara für ein paar Minuten aus Mischas Erzählungen weggedriftet. Hatte sie etwas versäumt? Er erzählte ohnehin recht sprunghaft. Irgend etwas war da mit einer Klinik, in der er eine Zeitlang zugebracht habe. Für Barbara klang es so, als sei er nach einer Verletzung rekonvaleszent gewesen.

Klang so. Es stimmt, daß sie seine Geschichten über manche Intervalle des inhaltlichen Begreifens hinweg wie Musik hörte. Musik, auf die sie sich, mit fortschreitender Benebelung, nicht kontinuierlich konzentrieren wollte oder konnte. Es schien darin aber ein paar immer wiederkehrende Motive zu geben. Als sie wieder etwas aufmerksamer zuhörte, redete er noch immer oder aufs neue von den Schafen.

Die Schafe nämlich seien so etwas wie die Totemtiere des Volkes Israel. Kein Wunder also, daß Jesus ein Naheverhältnis zu Schafen hatte. Und der Täufer hatte ihn ja gleich auf den ersten Blick als Lamm gesehen. Jedenfalls, wenn man die Worte glaube, die ihm der Evangelist Johannes in den Mund lege.

In einem apokryphen Evangelium stehe übrigens geschrieben, daß Jesus nach seinem Weggang von seiner Familie eine Zeitlang als Schafhirte verbracht habe. Das heißt genaugenommen als Gehilfe eines Schafhirten. Hatte das auch diese Frau gesagt, diese neunmalkluge barfüßige Person? Ja, sagte Mischa, aber das sei wahr, er habe es später nachgelesen.

Und habe sich das besonders gut vorstellen können. Nach den zwei Monaten seines eigenen Hirtenlebens. Eines Lebens, ja, zwischen Himmel und Erde. Dort oben, in jenem Bergland, sei es nun irgendwo in Gallien oder in Galiläa. Das strahlende Blau des Himmels, das manchmal fast wehtat. Und das Braun und das Rot der Erde, das Grau und das Weiß der Steine. Und der Wind in den Haaren und das Aroma der Kräuter in der Nase. Und darüber oder darunter natürlich der Geruch der Schafe.

Anfangs müsse man sich daran gewöhnen, aber schon bald finde man diesen Geruch anheimelnd. Ja, sagte er. Jedenfalls ihm sei es so gegangen. Und das Blöken der Tiere und das Gebimmel ihrer Glöckchen. Man sei unterwegs, habe kein Dach über dem Kopf und fühle sich doch zu Hause.

Und die Rufe der Bussarde oder Habichte und die schöne Transparenz ihres Gefieders in der Sonne. Und das Bellen der Hunde, wenn sie eine Schlange aufstöberten, aber die Schönheit der Zeichnungen auf den Schuppenleibern. Und wie sich die Schafe zusammendrängten, wenn sich ein Gewitter zusammenballte, schneller als man dachte. Und wie die Blitze das mit einem Mal schwarze Firmament zerrissen, grell leuchtend, und dann der Donner folgte, eine Elementarstimme, deren Nachdrücklichkeit man dort draußen ganz anders wahrnahm als in bewohnten Gebieten.

Natürlich müsse man in solchen Gegenden auf der Hut sein. Da könne einem so manches Unerwartete widerfahren. Man komme vom Weg ab, man wisse auf einmal nicht mehr, wo man sei. Ein Schritt zuviel und man stürze ins Bodenlose. Knochenbrüche seien noch das Geringste, was man sich bei einem solchen Sturz zuziehen könne. Wenn man doch noch auf dem Boden aufpralle. Naturgemäß hart. Doch es gebe ganz andere Brüche. Frakturen nicht nur des Körpers, sondern auch der Seele.

Aber davon, sagte er, wollte ich eigentlich gar nicht reden. So etwas kommt vor, sagte er, aber es geht auch vorbei. Eigentlich, sagte er, wollte ich Ihnen erzählen, wie schön es war. Dort draußen, sagte er. Dort drüben. Dort droben.

Täglich das große Erleben des nächtlichen Himmels … Und der Mond wandert von einer Seite auf die andere. Und wenn man später wieder aufwacht ist man manchmal überrascht, welche Strecke er zurückgelegt hat, während man selbst ganz ruhig gelegen ist. Aber eigentlich stimmt das ja nicht, sondern man fährt mit der rotierenden Erde durchs All.

Zumindest der Körper tut das, das heißt, er läßt es mit sich geschehen. Aber die Seele, was tut inzwischen die Seele? Manche Seelen machen inzwischen Reisen. Sagen die alten Hirten, jene, die wirklich Bescheid wissen.

Aber was war das für ein Hirte, bei dem Jesus sich angeblich verdingte? Möglicherweise war er ein Nachkomme der Hagar. Erinnern Sie sich? Das war die Frau, die der Stammvater Abraham in die Wüste schickte. Mitsamt ihrem Sohn Ismael, dem Gott immerhin versprach, er werde auch ein großes Volk werden, aber nicht im Gelobten Land, denn das sollte den Nachkommen Isaaks gehören, dem Sohn der noch in recht ungewöhnlichem Alter schwanger gewordenen Sara.

Vielleicht war das keine so gute Idee von Gott. Sagte der Hirte, auf den Jeschua traf. Da war er schon mehrere Tage in der Einöde unterwegs. Nicht gerade vierzig, aber es kam ihm schon lang genug vor.

Gewiß, er hatte in sich gehen wollen, als er von den Seinen wegging. Es war ihm allerdings auch nichts anderes übriggeblieben. Mit seinen Brüdern war einfach kein Auskommen mehr. Sie hatten nichts übrig für ihn als Spott, für sie war er einfach übergeschnappt.

Er war ja schon immer etwas seltsam gewesen. Hatte manchmal während der Arbeit innegehalten und den Kopf schief gelegt, als ob er auf etwas lauschte. Jetzt aber hatte das überhandgenommen. Dieser Jochanaan, sagten sie untereinander, hat ihn völlig verrückt gemacht.

Er war also gegangen. Er hatte schon immer geahnt, daß er nicht zu ihnen paßte. Sie sahen einander ähnlich, das heißt, sie sahen Josef ähnlich, aber er war aus der Art geschlagen. Er geriet eher der Mutter nach, jedenfalls hatte er ihre Augen. Aber da war auch noch etwas anderes in seinem Gesicht und seinem Körperbau, weiß Gott, woher.

Seinen Brüdern kehrte er einfach den Rücken. Seine drei Schwestern küßte er auf die Stirn. Als er seine Mutter umarmte, mußte er sich gleichzeitig von ihr losreißen. Ach, lieber Sohn, sagte sie, es war alles ganz anders, als die Leute glauben.

Er ging also weg, er ging in die Wüste, heißt es. Was man so Wüste nennt, Sie müssen sich keine Sandwüste vorstellen. Nicht bebaute Landstriche, unbewohnte oder dünn besiedelte Gegenden. Galiläa war zwar ein vergleichsweise grünes Land, aber diese Art von Wüste gab es schon ein paar Steinwürfe außerhalb Nazareths.

Er war allerdings immer weiter und weiter gegangen. Er hatte mit Absicht nicht viel mitgenommen, wenn man in sich gehen will, darf man nicht viel mitschleppen. Nur das Notwendigste – einen Sack mit getrockneten Feigen etwa und einen Wasserschlauch. Anfangs war er noch ab und zu an einem Dorf vorbeigekommen, wo er diese Vorräte ergänzen konnte, doch jenseits des Jordan, den er an einer Furt überquert haben mußte, aber daran erinnerte er sich nur wie an einen Traum, waren auch die kleinsten Ansiedlungen immer weniger geworden.

Im Gehen hatte er manchmal nur seine Füße beobachtet. Die staubigen Zehen, die aus den allmählich zerfallenden Sandalen hervorsahen, die eingerissenen Nägel. Und manchmal, wenn er auf seinen Fersen gesessen war, um zu rasten, hatte er nur seine Hände betrachtet. Die Schwielen, die er sich durch zwanzig Jahre Arbeit erworben hatte, und die Linien, die ihm von Geburt an mitgegeben waren.

Deine Lebenslinie ist kurz, das hatte ihm einmal eine Wahrsagerin in Tirus gesagt, wo Josef und seine Söhne einige Stämme Zedernholz gekauft hatten. Aber Wahrsagerei und Handlesen, an so etwas sollte er als guter Jude nicht glauben. So war er weiter und weiter gegangen und hatte es auch vermieden, seine Schritte zu zählen. Wie weit wir kommen, das liegt nicht in unserem Ermessen, wohin wir gehen, das hat Gott schon längst beschlossen.

Dann aber dieser Hirte mit seinen Schafen. Einer, der das Vertrauen Jeschuas in den Gott Abrahams, diese Bereitschaft, sich diesem Gott ganz einfach zu überlassen, wieder aus dem Lot brachte. Obwohl er ihm zuerst einmal vorkam wie von Gott gesandt. Denn er hatte Hunger und er hatte vor allem Durst, und dieser Mann konnte ihm aller Voraussicht nach helfen.

Wenn er denn echt war. Und keine Fata Morgana. War es am Vormittag, war es am Nachmittag, Jeschua hatte nicht nur das Gefühl für die Entfernung verloren, die er zurücklegte, sondern auch für die Stunden des Tages. Die Sonne stand jedenfalls hoch, das Licht zitterte vor Hitze. Und der Boden, auf dem dieser Mensch mit seinen Tieren daherkam, wirkte nicht fest, sondern eher auf fragwürdige Weise flüssig, vielleicht sogar gasförmig, so als schwebe er ein paar Fuß hoch darüber, obwohl er, auf einen Stab gestützt, Schritte machte.

Nein, bitte nicht schon wieder eine Vision! Visionen hatte er in den letzten Tagen genug gehabt. Allerdings nicht unbedingt die, von denen die Synoptiker berichten. Weder war er dem Teufel persönlich begegnet, noch waren, nachdem er dessen Versuchungsreihe widerstanden hatte, Engel gekommen, um ihm zu dienen.

Eher waren ihm die Geister der Männer erschienen, die Varus hatte kreuzigen lassen. Jeschua war damals knapp zwölf gewesen, es war kurz nach seiner Bar Mizwa. Er hatte das noch vor Augen, die Straße nach Sepphoris eine von Kreuzen gesäumte Allee. Er hatte das noch im Ohr, das tage- und nächtelange Wehklagen der Frauen.

Die Geister der Widerstandskämpfer, deren Leiber damals an den Kreuzen verendet waren. Die Kreuze – entlaubte Bäume, die zum Himmel schrien. Wie war das, raunten diese Geister, du glaubst, daß du berufen bist, womöglich auserwählt? Dann überlaß Israel nicht der Schande, dann laß uns nicht umsonst gestorben sein!

Es waren ihm allerdings auch Frauen erschienen. Die hatten einen eher lebendigen Eindruck gemacht. Ja, natürlich, sagte der Hirte, die sind alles andere als tot. Das sind Dschinnis, die solltest du nicht verscheuchen, in der Liebe sind sie besser als jede menschliche Frau.

Was schauen Sie mich so an, sagte Mischa, kommen Sie, trinken Sie noch einen Schluck!

Er schenkte ihr aus der Grappaflasche nach. Davon hätten sie je ein dezentes Gläschen trinken sollen. Aber so vertraut er sich bis dahin mit den italienischen Bräuchen gegeben hatte, hier fiel er aus dem Rahmen.

Barbara nippte nur mehr, aber er trank nun wirklich wie ein Russe. Grappa wie Wodka: einfach auf einen Zug. Einen Moment lang hatte sie den Eindruck, er wolle sich für irgend etwas Mut antrinken. Vielleicht für den Blick auf die Rechnung, die in einem Futteral aus grünem Leder wartete.

Barbara war ohnehin nicht sicher, ob sie sich einladen lassen sollte, sie griff also nach ihrer Börse.

Wollen Sie mich beleidigen? fragte er.

Sie wies darauf hin, daß er schon das Taxi bezahlt hatte.

Dieser Abend in Rom, sagte er, war ja meine Idee. Machen Sie sich gefälligst keine Sorgen. Ich schwimme in Geld!

Schön für Sie, sagte sie. Haben Sie einen Jackpot geknackt?

Das nicht, sagte er, aber ich habe im Roulette gewonnen. Ob Sie es glauben oder nicht! Allerdings ist Glauben das Wichtigste. Wenn mein Glaube fest genug ist, gewinne ich.

4

Er schenkte ihr noch einmal nach, stieß mit ihr an und forderte sie auf, du zu ihm zu sagen. Und dann legte er zwei große Scheine auf den Tisch und wartete nicht aufs Wechselgeld. Und schon waren sie draußen auf der Straße, und der Abend war womöglich noch lauer als zuvor. Aber von diesem Moment an hatte Barbara immer größere Gedächtnislücken.

Später fiel es ihr schwer zu begreifen, wie sie an all die Örtlichkeiten gekommen waren, die ihr trotz allem einfielen. Auf der Karte von Rom, die sie sich extra anschaffte, um den weiteren Verlauf des Abends wenigstens topographisch in den Griff zu bekommen, lagen sie zum Teil sehr weit voneinander entfernt. Waren sie mit der Metropoletana gefahren, mit irgendeinem Bus oder schon wieder mit dem Taxi? Sie konnte sich an nichts dergleichen erinnern.

Als sie aus dem Ristorante gekommen waren, hatte sie den Eindruck gehabt, sie seien irgendwo am Rande des Ghettos. Gingen sie nach rechts, so mußten sie demnächst ans Gemäuer des alten Marcellus-Theaters stoßen, gingen sie nach links, so würden sie bald auf der *Piazza Mattei* mit dem Schildkrötenbrunnen herauskommen. Doch weder das eine noch das andere traf ein. Nach und nach hatte sie das Gefühl, daß die Gassen, durch die sie gingen, kreuz und quer, vielleicht auch manchmal im Kreis, im *Quartiere San Lorenzo* sein könnten.

Das war auf der anderen Seite der Stadt, jenseits der *Porta Tiburtina*, hinter dem Bahnhof *Termini*. Sie war dort mit Max gewesen, den sie vergessen wollte, aber die Atmosphäre des Viertels, ein bißchen heruntergekommen, ein bißchen alternativ, war ihr noch sehr präsent. In einem Albergo direkt am Markt hatten sie gewohnt, morgens hatten sie die Stimmen der Marktleute und der Fischgeruch geweckt. Und beides hatte sie zur Liebe angeregt, und Max war damals noch ein guter und lustiger Liebhaber gewesen, aber letzten Endes leider ein Arschloch.

Jetzt und jetzt müßte sich dieser Marktplatz vor ihnen öffnen, dachte sie, vor ihr und diesem Mischa, der redete und redete. Aber sie hörte ihm gerne zu, auch wenn sie ihm nicht alles glaubte. Warum auch, sie glaubte ja auch sonst niemandem alles. Der da hatte wenigstens eine originelle Art zu fabulieren.

Max war Vergangenheit und Mischa war Gegenwart. Und es war gut, daß er da war, neben ihr, denn da konnte sie sich fallweise an ihm festhalten. Um nicht zu fallen. Zwar fühlte sie sich nicht mehr ganz so unsicher auf den Beinen wie zuvor. Vielmehr fühlte sie sich beschwingt – doch die Schuhe, die sie anhatte, waren einfach nicht ideal auf dem römischen Pflaster.

Irgendwann, so schien ihr, hatte sie dann die Schuhe ausgezogen. Diese Erinnerung war physisch, sozusagen eine Erinnerung der Fußsohlen. Weicher, ein wenig feuchter Boden, das mußte in einem der Parks oder Gärten gewesen sein. Oder war es der Friedhof, der *Campo Verano*?

Ja, das war möglich, lag doch dieser Friedhof tatsächlich am Rande des *San Lorenzo*-Viertels. Genau: Erst waren sie an einer Mauer entlanggegangen. Und Mischa hatte etwas Makabres erzählt. Richtig: Daß er auch einmal als Leichenwäscher gearbeitet habe.

Und warum nicht? Das sei ein überdurchschnittlich gut bezahlter Job! Wenn man die anfängliche Scheu vor den toten Körpern überwunden habe, würden die Handgriffe, die man zur ihrer Reinigung tun müsse, zur Routine. Einmal allerdings, da sei die Person, die es zu reinigen galt, gar nicht tot gewesen. Er und sein Kollege, der Medizin studierte (während *er* damals, durch die paar Monate als Schafhirte zum grundsätzlichen Nachdenken angeregt, Philosophie studiert habe und auch ab und zu in *theologischen* Vorlesungen gesessen sei, einfach so, als interessierter Zuhörer), er und sein Kollege also hätten sich umgedreht, um irgendwelche Schwämme zu holen, und hast du nicht gesehen, sei die Leiche aufgestanden und davongegangen.

Splitternackt wohlgemerkt, sie mußten ihr mit einem Mantel nachlaufen. Denn es war kalt und man mußte verhindern, daß sich die Arme gleich wieder zu Tode verkühlte. Es hatte sich also um eine Frau gehandelt? Ja, sagte Mischa, eine schöne Frau, es war schön, daß auf einmal wieder Leben in ihr war.

Weißt du, sagte er, so komisch es klingt ... Das war eine sinnliche Erfahrung von Auferstehung ... Halleluja! So sollte es sein. So sollte es uns allen gehen ... Und das ist doch die zentrale Botschaft der Evangelien, da dürfen wir uns nichts anderes vormachen.

Ohne die Auferstehung ist alles nichts. Und das ist beileibe nicht nur symbolisch gemeint. *Beileibe* – er lachte. Eben. Genau darum geht es! *Sonst lasset uns essen und trinken, denn morgen sind wir tot.*

Ja, dachte Barbara. So wird es wohl sein. Und hatten sie nicht gerade recht ausführlich gegessen und getrunken? Und hatte er nicht selbst gesagt, daß man die Feste feiern müsse, wie sie fielen? Ja eben. Alles andere ist nach menschlichem Ermessen Illusion.

Denn morgen sind wir tot. So ist das. Das ist der Lauf der Welt. Als Kind hatte Barbara sich davor gefürchtet. Morgen früh, wenn Gott will, wirst du wieder geweckt. Und was ist, wenn er *nicht* will? *Im Grunde genommen sind das lauter Gemeinheiten.*

Wo hatte sie *das* bloß gelesen? Es gibt ja nichts, was nicht schon irgendwo steht. Sie wußte das. Das hatte sie nun davon, daß sie Literaturkritikerin geworden war. Die Sicht auf die Welt war vergittert durch nichts als Zitate. Was Mischa zitiert hatte, stand jedenfalls irgendwo bei Paulus.

Das mit dem Essen und Trinken. Dem man sich getrost ergeben kann. Das heißt, eben nicht getrost. Es sei denn, man glaubt an die Auferstehung. *Die Auferstehung des Fleisches!* Was für eine ganz und gar obsolete Vorstellung! Benannt mit einem ebenso unzeitgemäßen Ausdruck, der eher unpassende Assoziationen auslöste.

Barbara hatte die aber an jenem Abend. Mit dem Essen und Trinken waren ja die Möglichkeiten nicht ganz ausgeschöpft. Die Möglichkeiten, das Leben ein bißchen zu spüren. Die Luft war nun womöglich noch etwas lauer als vor dem Lokalbesuch, aber die Schwüle und Schwere, die zuvor noch in ihr gelegen war, schien wie weggeblasen.

In dieser Luft lag eine Verführung zu einem schon fast vergessenen Übermut. Und die hatte doch nicht nur sie gespürt. Über die Mauer zu klettern war *seine* Idee. Diese Mauer, an der sie eine Weile entlanggegangen waren – nein, letzten Endes war es nicht die Mauer, an der sie zu wenig Halt fanden, sondern ein in die Mauer eingelassenes Gittertor.

Ja, auf einmal war diese Szene wieder detailliert da. Wie er sich hinstellte, mit dem Rücken ans Gitter gelehnt, und ihr die ineinander verschränkten Hände als Kletterhilfe bot. Und wie sie in diese Hände stieg, eine Räuberleiter, so hatten sie das in ihrer Kindheit genannt, sie und die Buben aus irgendeinem Nachbargarten, das war in der Nähe von Rosenheim, wo eine ihrer Tanten auf dem Land wohnte. Und sie hielt sich an Mischas Nacken fest, der kräftiger war, als er aussah, einen Moment lang waren sich ihre Gesichter ganz nah, ihre Nasenspitzen und natürlich auch ihre Münder, und er roch nach Wein und Grappa, aber nicht schlecht, sie roch ja bestimmt auch so, sie hätten sich also küssen können, ohne einander etwas vorwerfen zu müssen, aber sie zögerte und er ergriff nicht die Initiative, und so zog sie sich hoch und stieg auf seine Schultern.

Und irgendwie ging dann alles leichter, als sie befürchtet hatte, jedenfalls war sie schon drüben, während er sich noch plagen mußte. Denn für ihn war ja niemand da, der ihm nun Hilfe leistete. Aber er schaffte das schon, auch wenn sie den Eindruck hatte, daß es nicht ganz so schwungvoll ging, wie es von so einem großen Jungen eigentlich zu erwarten gewesen wäre. Ja einen Moment lang kam es ihr so vor, als wäre er irgendwo hängengeblieben.

Hast du dir wehgetan? fragte sie. Nein, sagte er, es ist nichts! Und dann reichte er ihr die Hand und sie liefen ein Stück. Auf weichem Boden, ja. In taufeuchtem Gras. Unter hohen Bäumen mit breiten Kronen.

Waren das Pinien? Nein, das waren Zedern. Riesige Zedern! Zwischendurch gab es sogar Palmen. Konnte das wirklich auf dem Friedhof sein? Nein, das war nicht mehr der Campo Verano.

Falls sie dort je gewesen waren. Vielleicht hatte sie sich das ja nur eingebildet. Wegen seiner skurrilen Leichenwäschergeschichte. Das war nicht der Friedhof, das war einer der Parks. Die Villa Ada. Oder die Villa Doria Pamphili.

Auch wenn sich Barbara über die räumlichen Verhältnisse nicht ganz klar war – was die Zeit betraf, so hatte sie einen Anhaltspunkt. In jenem Park oder Garten war es Mitternacht. Daran erinnerte sie sich, weil die Glocken einer Kirche geläutet hatten. Vielleicht waren es auch die Glocken mehrerer Kirchen, in Rom gibt es ja genug davon.

Die Glocken läuteten zwölf Mal, ja, sie hatte mitgezählt. Da lagen sie miteinander auf der Erde und schauten in den

Himmel. Das heißt, genaugenommen lagen sie im Gras, auf Mischas schöner Jacke. Aber das war auch schon egal, die hatte ohnehin schon einen Riß von der Kletterpartie.

Und sie schauten in die Sterne, die nun erstaunlich klar und nah zu sehen waren. Aber da begann er mit seinen astronomischen Erläuterungen. Oder waren es *astrologische* Erläuterungen? Barbara war sich nicht sicher. Irgendwas von einer Gestirnskonstellation, die es angeblich nur alle 2000 Jahre gab.

Richtig! Und dann kam da noch dieser Komet ins Spiel. Ein Komet, der sich direkt auf diese Gestirnskonstellation zubewegte. Oder bewegte er sich auf die Erde zu? Jedenfalls tat er das mit nie zuvor dagewesenem Tempo.

Mit freiem Auge könne man ihn zwar noch nicht sehen, aber er würde demnächst sichtbar werden. Er war noch am Rand unserer Galaxis, aber während der wenigen Tage beziehungsweise Nächte, in denen ihn die Astronomen durch ihre Teleskope beobachteten, hatte seine Helligkeit um das Zweitausendfache zugenommen. Das mußt du dir vorstellen, sagte Mischa, was das heißt! Wenn *das* kein Zeichen sei, dann sei *nichts* ein Zeichen!

Und dann faselte er noch irgend etwas davon, daß dieses Zeichen zuallererst ein Zeichen für *ihn* sei. Und daß er rechtzeitig an Ort und Stelle sein müsse. Und daß er diesen Termin auch einhalten werde. Obwohl er andererseits ein Problem damit habe.

Und Barbara fragte sich, worauf er hinauswollte. Er lag neben ihr, in recht spürbarer Nähe, hörte aber nicht auf, solche Geschichten zu erzählen. Und ihr wurde bewußt, daß sie schon lang mit niemandem so gelegen war. Und das war komisch, aber es war auch ein bißchen traurig, und um nicht weinen zu müssen, begann sie laut zu lachen.

Ja, sie erinnerte sich, so war das gewesen. Sie begann zu lachen, vielleicht auch infolge gewisser Berührungen. Körperliche Berührungen oder seelische Berührungen, ein wenig von beidem. Aber er, der neben ihr lag, schien das falsch aufzufassen.

Du nimmst mich nicht ernst! sagte er und setzte sich abrupt auf. Und gerade da schlugen die Kichenglocken ein Uhr. Und dann ging er mit großen Schritten vor ihr her. Aber das mußte schon draußen gewesen sein, außerhalb jenes Parks oder Gartens, denn da hatte sie ihre Schuhe wieder angezogen.

Sie kamen dann irgendwie nach Trastevere. Und dort hatte noch eine Bar offen, in der es einen guten Wodka gab. Zumindest behauptete Mischa, daß er gut sei. Barbara schmeckte er nicht, aber ihre Einwände nützten wenig.

Er trank rasch und heftig; sie versuchte, möglichst wenig zu trinken. Aber das war nicht so leicht, und es war ohnehin zu spät. Du nimmst mich nicht ernst, sagte er, aber die Angelegenheit ist ernster als du glaubst! Es ist überhaupt die ernsteste Angelegenheit, die du dir vorstellen kannst.

Es geht um *die ersten und die letzten Dinge*! Es geht um *die ganze Heils- und Unheilsgeschichte*! Es geht, ja verdammt noch einmal, um alles oder nichts! Herrgott noch einmal, da kann man doch auf etwas Verständnis hoffen!

Ja, ja, sagte sie. Ich versuche ja, dich zu verstehen.

Dann mußt du zuerst verstehen, was mein Problem ist.

Na sag schon, seufzte sie.

Also ich will ja, sagte er, meinen Termin in Israel einhalten. Ich frage mich nur, was ich womöglich damit auslöse.

Und dann hatte er, kleinen Artikulationsschwierigkeiten zum Trotz, von großen Prophezeiungen zu reden begonnen. Und davon, daß die Wiederkunft des Menschensohns ja im Prinzip sehr wünschenswert sei. Namentlich, wenn man bedenke, wie die Welt heute aussehe, nämlich keineswegs so, wie man sich eine vor 2000 Jahren angeblich erlöste Welt eigentlich vorstelle. Aber daß *diese Wiederkunft* – auf den Wolken des Himmels wohlgemerkt, was ja an sich ein schönes Bild wäre – in all jenen Prophezeiungen und insbesondere in der Apokalypse des Johannes *das Ende* einleite.

Das eben sei sein Problem.

Ach ja, sagte Barbara.

Soll ich dir etwas verraten? sagte er. Über die Zwischenlandung hier in Rom war ich ganz froh. Einen Augenblick habe ich gehofft, daß man es sich höheren Orts noch einmal anders überlegt hat. Aber es nützt ja nichts, morgen fliegen wir weiter. Und ich glaube nicht, daß die paar Stunden Verzögerung etwas ändern.

Im Taxi, in dem sie dann durch die Nacht fuhren, murmelte er ein paarmal das Wort *Parusieverzögerung*. Eine kleine Parusieverzögerung, sagte er, es war schön, aber jetzt ist es vorbei. Und dann kam er noch einmal auf die Apokalypse. Scheißapokalypse! sagte er. Er könne nicht glauben, daß Johannes das geschrieben habe.

Nämlich nicht der Täufer Jochanaan, sondern der Lieblingsjünger gleichen Namens. Anmutig, sagte er. Ja, den habe er vor allem wegen seiner Anmut in Erinnerung. Der Jünger, *den Jesus liebte*. Der Jünger, *der an seiner Brust ruhte*. Er habe nichts dagegen gehabt. Manchmal habe er seine Haare gestreichelt.

Ja, er habe schöne Haare gehabt. Wie ein Mädchen. Die Maler, die ihn vor ihren geistigen Augen gesehen haben, hätten ihn schon richtig gesehen. Und dann das? Dieser verbitterte und in einem kosmischen Ausmaß rachsüchtige Kahlkopf, der sich angeblich auf die Insel Patmos zurückgezogen habe? Nein, sagte Mischa, das kann doch, das darf doch nicht wahr sein!

Hier saß er noch aufrecht, Mischa, aber bald darauf kam er aus dem Gleichgewicht. Das war in irgendeiner Kurve, der Fahrer fuhr nicht weniger rasant als derjenige, mit dem sie fünf oder sechs Stunden vorher in der Gegenrichtung unterwegs gewesen waren. Und Mischas Kopf lag an Barbaras Brust und dann in Barbaras Schoß. Und sie war eigenartig gerührt von ihm, der jetzt auf einmal so anlehnungsbedürftig war, so anschmiegsam, und irgend etwas von Vogelnestern murmelte und von Fuchsgruben, die ihren Bewohnern Zuflucht böten, aber der Menschensohn habe nichts, wohin er sein Haupt betten könne.

Und so einen Menschen konnte man nicht allein in sein Hotelzimmer schicken. Hatte sie auf dem römischen Pflaster noch an ihm Halt gesucht und gefunden, so war es dann, auf dem Terrazzoboden des Hotels, gerade umgekehrt, sie war nun auf einmal wieder erstaunlich nüchtern – wenn es darauf ankommt, dachte sie, sind die Frauen eben wacher als die Männer. Aber als sie ihn in sein Zimmer gebracht hatte, erwachte auch er plötzlich wieder, *etwas* an ihm erwachte, das sie eigentlich nicht mehr erwartet hatte. Da umarmte er sie plötzlich stürmisch, und sie spürte deutlich, daß er ein noch recht junger Mann war, durchaus an ihr als Frau interessiert, jedenfalls in diesem Augenblick.

Zuvor hatte er vom *Kairos* gesprochen, das war der *richtige* Augenblick, in dem man etwas tun mußte.

Und es war zwar schon spät, aber vielleicht war es doch noch nicht *zu* spät.

Und er war ja trotz allem ein recht lieber Bub, vielleicht würde es ihm ja guttun, zumindest würde es ihn ein bißchen lockern.

Und sie sagte: Wart einen kleinen Moment. Und huschte ins Bad.

Und dann kam sie zurück. Und da lag er schon im Bett. Da

er sich mit dem Laken bedeckt hatte, sah sie zuerst nur die Wunde an seiner rechten Hand. Und da dachte sie noch, das sei die Verletzung, die er sich beim Klettern über den Zaun oder über die Mauer zugezogen hatte. Aber als sie das Leintuch lüftete, um zu ihm zu schlüpfen, sah sie auch die Wunde an seiner linken Hand, und die Male an seinen Füßen.

Nein, das hatte sie sich nicht nur eingebildet.

Das hatte sie mit eigenen Augen gesehen!

Da lag er, mit nunmehr ausgebreiteten Armen.

Sie aber unterdrückte den Schrei, der ihr in die Kehle stieg, sprang auf, raffte ihre Kleider zusammen, die neben dem Bett auf dem Boden lagen, und floh in ihr eigenes Zimmer.

5

Am Morgen danach: Erwachen mit pochenden Kopfschmerzen. Barbara tastete sich ins Badezimmer. Irgendwo in ihrem Necessaire mußte eine Schachtel Aspirin sein. Bestimmt war es unvernünftig, vor dem Frühstück Tabletten zu nehmen, aber sie mußte vor allem anderen dieses Pochen loswerden.

Ich weiß nicht, ob Du das kennst, Esther, dieses Gefühl, daß Du sonst überhaupt keine Chance hast. Weder die, Dich ins Bett zurückzuflüchten und Dich unter Decke und Polstern zu vergraben, noch die, auf den Beinen zu bleiben und einen halbwegs klaren Gedanken zu fassen. Immerhin fiel mir ein, daß es vielleicht besser war, nicht das Wasser aus der Wasserleitung zu trinken. In der Minibar fand ich zwar zwei Flaschen Acqua Minerale, eine mit und eine ohne Kohlensäure, aber keinen Flaschenöffner.

Bitter zerging das Aspirin in ihrem Mund. Sie kurbelte das Rouleau hoch, das Licht tat ihr weh in den Augen. Mir tat überhaupt alles weh, schrieb sie, nicht nur der Kopf, auch der

Körper, von oben und bis unten. Von außen bis tief nach innen, sie hatte Hemmungen zu schreiben: *bis in die Seele.*

Kein Zweifel, daß das auch am Alkohol lag. Seit sie bemerkt hatte, daß sie davon weniger vertrug als früher, war sie damit ohnehin vorsichtig. Auf der Buchmesse zum Beispiel, mit der sie, was den Alkoholspiegel betraf, böse Erfahrungen hatte, denn man trank auf den diversen Empfängen nicht nur aus schlecht und recht gespielter Geselligkeit, sondern auch, um das Gefühl der Leere bei aller Überfüllung zu betäuben. Großes Ehrenwort, Esther, diesmal habe ich dort nur Orangenjuice getrunken.

Und dann das! Dieser Exzess der vergangenen Nacht! Wozu hatte sie sich bloß hinreißen lassen? Was war da passiert, in was für einen Zustand war sie geraten? Und konnte das wahr sein, woran sie sich jetzt wieder erinnerte?

Vor allem das Schlußbild des Erinnerungsfilms. Eher pornographisch oder eher blasphemisch, das war hier die Frage. Weg damit, sie wollte es nicht mehr sehen. Rasch kehrte sie ins Badezimmer zurück und vertrieb den Spuk mit kaltem Wasser.

Als sie den Frühstücksraum betrat, waren die meisten Passagiere des unterbrochenen Flugs nach Tel Aviv schon da. Auch der Mann, aus dessen Zimmer sie in der Nacht geflohen war. Er saß allerdings in der am weitesten vom Eingang entfernten Ecke. Sie nahm das mit Erleichterung zur Kenntnis, so mußte sie nicht an ihm vorbei.

Zwar nickte er ihr kurz zu, mit dem Versuch eines Lächelns, das sozusagen nur halb und etwas schief gelang. Aber sie tat so, als hätte sie das nicht bemerkt. Am Buffettisch stand sie mit dem Rücken zu ihm. Auch an dem Tisch, an dem sie dann Platz nahm, setzte sie sich so, daß sie in die andere Richtung schaute.

Sie hatte sich ein Croissant genommen und ein kaum streichfähiges Stück Butter, aber nach dem ersten Bissen legte sie es weg. Sie brachte nur einen Schluck Cappuccino hinunter. Und auch der erwies sich rasch als zuviel. Sie erreichte die Toilette gerade noch rechtzeitig, kotzte und konnte kaum damit aufhören.

Dann hupte draußen bereits der Bus, am Handwaschbekken konnte sie sich nur noch flüchtig reinigen. Ein letzter Blick in den Spiegel – ja, sie sah aus wie ein Gespenst. Der Bus hupte wieder – einen Augenblick kam sie in Versuchung, sich taub zu stellen. Aber das durfte sie Esther, die in Tel Aviv auf sie wartete, nicht antun.

Da sie als letzte einstieg, saß sie auf dem aufklappbaren Notsitz neben dem Fahrer. Mischa saß irgendwo anders, viel weiter hinten. Das sah sie nur kurz, dann schaute sie sich nicht mehr nach ihm um. Sie war viel zu sehr damit beschäftigt, ihre Übelkeit unter Kontrolle zu halten.

In Fiumicino lief sie dann neuerlich auf die Toilette. Erbrach, was vom gestrigen Abend noch übrig war. Beim Einsteigen ins Flugzeug fragte sie die Stewardeß, ob sie einen anderen Platz bekommen könnte als am Tag zuvor. Wenn möglich, ohne Nachbarschaft. Sie fühle sich elend und müsse schlafen.

Das war die Lage, als die Maschine erneut startete. Ab Rom, Fiumicino, 8 Uhr 30 mitteleuropäischer Zeit. Good morning, sagte die Stimme des Flugkapitäns, er sei noch immer derselbe. Er freue sich, daß sie jetzt alle wieder beisammen seien.

Barbara saß alleine in der hintersten Reihe. Einen Sitz neben ihr gab es nicht, der Platz war ausgespart, um den Zugang zum Notausstieg freizuhalten. Mischa saß sieben oder acht Reihen weiter vorn. Kurz nach dem Start drehte er sich nach ihr um und versuchte wieder sein Lächeln, so, als wollte er sich für etwas entschuldigen, aber da schloß sie rasch die Augen.

Bald geriet sie in eine Flucht von Träumen. Zuerst ging es darin um ihren Vater, dann um Max, dann um Moritz, den Kater. Sie selbst lief durch diese aneinander grenzenden Traumräume mit einer immer aufs neue bestätigten Verlustangst. Denn weder der Vater, noch Max, noch der Kater antworteten auf ihre Rufe.

Nur am äußersten Rand ihrer Wahrnehmung spürte sie das Vibrieren der Maschine. Und nur von sehr weit weg hörte sie die gelegentlichen Kommentare des Kapitäns zu den Gegenden, die sie überflogen. Jetzt sehe man sehr schön den Sporn des Italienischen Stiefels, sagte er etwa. Und auf der anderen Seite der Meerenge ahne man schon Korfu.

Über dem griechischen Festland schlief sie offenbar fest. Denn als sie wieder etwas mitbekam, waren sie schon über den Kykladen. Und kurz darauf schon über dem Dodekanes. Just ahead, sagte der Kapitän, the island of Patmos.

Der Name Patmos ließ Barbara aus dem Dämmer, in den sie wieder zurückzusinken neigte, aufschrecken. Er erinnerte sie an Mischa und seine verrückten Reden. Vom Evangelisten Johannes, der sich angeblich auf diese Insel zurückgezogen hatte. Und dieser Klausur verdanken wir den wahrscheinlich nachhaltigsten Horrortext der Literaturgeschichte.

So etwa hatte das Metzger formuliert. Ein Literaturkritiker und Kulturphilosoph, der es liebte, etwas provokante Thesen ins Spiel zu bringen. Dem war sie auf einem Symposion begegnet: *Die Lust an der Angst* oder so ähnlich hatte es geheißen. Da hatten andere über Gothic-Novels referiert oder über Romane von Stephen King, dieser Metzger aber hatte sich über die *Geheime Offenbarung* und ihre Schreckensvisionen ausgelassen.

Daß der Verfasser der Apostel Johannes sei, daran glaube ja die Bibelwissenschaft schon längst nicht mehr. Nach einer in den frühchristlichen Jahrhunderten recht verbreiteten Mode habe er (wer immer er war) sein Werk einer Autorität zugeschrieben, um ihm den entsprechenden Nachdruck zu verleihen. Für die Beurteilung des Textes als Werk der Literatur sei das nur von sekundärem Interesse. Daß der Autor allerdings ein Könner auf dem Gebiet des Horrors und seiner Verbreitung gewesen sei, daran bestehe kein Zweifel.

Das raffinierteste an diesem Text, so Metzger mit seinem Haifischgrinsen, das Barbara von Beginn ihrer Bekanntschaft an unangenehm gewesen war, sei ja die Tatsache, daß er wie kein anderer über die Grenzen der Literatur hinausreiche. Als Beunruhigung nämlich, als gefährliche Drohung. Und zwar nicht nur für eine Region oder Nation, wie andere prophetische Bücher. Wenn schon, denn schon: Die entfesselte Wut auf die Welt phantasierte in Erde und Himmel umfassenden Dimensionen, sie ließ nicht nur Sonne und Mond verlöschen, sondern auch die Sterne abstürzen.

Nach dieser Entladung würde zwar alles neu anfangen, aber vorerst müsse man sich auf ein Ende mit Schrecken gefaßt machen, das seinesgleichen suche und nicht finde. Nein, Barbara weigerte sich, in dieser Richtung weiterzudenken! Zwar schien ja all das heute gar nicht mehr so weit hergeholt, manchmal, wenn sie die Tagesschau im Fernsehen sah, hatte auch sie den Eindruck, daß die Welt am Vorabend der Apokalypse stand. Aber was brachte das? Mit diesem Bewußtsein ließ sich nicht leben.

Besser war, abzuschalten, das tat sie auch jetzt. Von oben sah Patmos nicht außergewöhnlich aus. Ein winziger gelbbrauner Fleck im glitzernden Blau. Unten unterschied es sich wahrscheinlich ebensowenig von den anderen griechischen Inseln. Karge, steinige Erde, Olivenbäume. Im Hinterland weiße Häuser mit blauen Fenster- und Türrahmen. Die Küste, wo sie nicht zu felsig war, irreversibel zerstört durch die weltweit standardisierte Häßlichkeit von Hotelbauten und Freizeiteinrichtungen. Schon waren sie darüber hinweg, schon lagen andere Inseln im Blickfeld, schon tauchte die kleinasiatische Küste auf.

Barbara versuchte wieder einzuschlafen. Bis zu ihrer Ankunft in Israel hatte sie schätzungsweise anderthalb Stunden. Kurz hob sie noch den Kopf, bloß um festzustellen, ob Mischa noch auf seinem Platz saß. Er *saß* noch auf seinem Platz. Dort sollte er gefälligst auch bleiben.

Zypern mußte sie glatt verschlafen haben. Als Barbara wieder erwachte, befand sich die Maschine bereits im Anflug auf Israel. Es war später Vormittag, das Licht tat in den Augen weh. In a few minutes, sagte die Stimme des Flugkapitäns, we'll arrive at Ben Gurion International Airport.

Und schon war das Aufsetzen auf der Rollbahn zu spüren, schon schnappten die Schlösser der Sicherheitsgurte auf. Dieser seltsame Dominoeffekt – als Kind hatte Barbara den Eindruck gehabt, daß das dabei verursachte Geräusch von vorne nach hinten durchs Flugzeug lief. Sie hatte das all die Jahre nicht mehr beachtet. Aber da sie heute ganz hinten saß, wurde ihr das wieder bewußt.

Mischa stieg vor ihr aus, machte sich aber draußen noch an seiner Reisetasche zu schaffen, die er kurz neben sich auf den Boden stellte. Vielleicht war das ein Vorwand, damit er auf sie warten konnte. Wie dem auch sei, sie ging lieber nicht darauf ein. Als sie an ihm vorbeikam, richtete er sich auf und wollte anscheinend etwas sagen, aber sie wartete das nicht ab, sondern nickte nur kurz und ging an ihm vorbei.

Trotzdem drehte sie sich noch einmal nach ihm um, und zwar, als sie die Kontrolle am Einreiseschalter hinter sich hatte. Bei ihr war das relativ schnell gegangen, bei ihm schien es eindeutig länger zu dauern. Hoffentlich hatte er sich nicht dazu hinreißen lassen, den Grund seiner Einreise *auf seine Weise* darzustellen. Doch wenn dem so war, konnte sie ihm auch nicht helfen – jenseits des Absperrgitters winkte schon ihre Schwester.

Zweiter Teil

1

Als sie zwei Wochen später aus Israel zurückkam, fiel ihr das fortgeschrittene Grau der Jahreszeit besonders auf. Drei Tage zuvor war sie noch in Elat im heißen Sand gelegen, vorgestern immerhin noch in Tel Aviv in einem Eissalon am Strand gesessen, unter einem blauen Himmel, der ausgesehen hatte wie aus Seide aufgespannt, mit ihrer Halbschwester plaudernd, der die Tage am Roten Meer ebenfalls gutgetan hatten, obwohl sie die Sonne, das Meer und das nette Nichtstun nicht ganz so notwendig gehabt hatte. Esthers Teint war von vornherein hübscher, und außerdem war sie um zwölf Jahre jünger, das ließ sich nicht leugnen. Aber eine kleine Ähnlichkeit zwischen ihnen war hoffentlich doch zu bemerken, auch wenn der Unterschied in der Pigmentierung nun wieder deutlicher werden würde, mit jedem Tag, den Barbara in diesem überwiegend bewölkten Land verbrachte.

Im Taxi, in dem sie vom Flughafen zu ihrer Wohnung fuhr, am Fluß entlang, in dem sich das Grau des Himmels spiegelte, fragte sie sich, ob sie nicht lieber an Esthers Stelle gewesen wäre. Nicht nur der paar Jahre wegen – die Halbschwester schien ihr auch sonst vom Schicksal begünstigt. Zwar lebte es sich hier relativ sicherer als in Israel, immer noch – auch diesmal hatte sie wieder eine Weile gebraucht, um nicht mehr daran zu denken, daß die Wahrscheinlichkeit, von einem Selbstmordattentäter ins Nichts mitgerissen oder verstümmelt zu werden, dort um einiges größer war als hier –, aber – ja, eben – es lebte sich farbloser. Doch natürlich hätte sich das auch im Vergleich mit anderen mehr oder minder mediterranen Ländern sagen lassen, in denen man weniger Energie aufwenden mußte, um den Gedanken an Raketen zu verdrängen, die im Prinzip jederzeit von irgendwo jenseits absurd enger Grenzen dahergeflogen kommen und mitten im Alltag einschlagen konnten.

Nein, sie war nicht einfach verspätet romantisch, irgendein schöneres oder authentischeres Land mit sehnsüchtiger Seele suchend. Wahrscheinlich hing das Gefühl, das schlechtere Los gezogen haben, eher mit dem Verhältnis zu ihrem Vater zusammen. Den hatte Esther einfach länger gehabt. So dachte sie unwillkürlich, obwohl das nicht stimmte, denn sie, Barbara, war ja früher dran gewesen – nach quantitativen Gesichtspunkten hatten sie und ihre Halbschwester etwa gleich viel bekommen.

Nach *qualitativen* Gesichtspunkten allerdings ... Sie wurde den Verdacht nicht los, daß ihr Vater in seinen späteren Jahren in Israel mehr bei sich gewesen war als in seinen früheren in Deutschland. Daß er sich dort wohler in seiner Haut gefühlt hatte, irgendwie erleichtert. Vielleicht hatte das übrigens gar nichts mit den Komplexen zu tun, die seiner gegen Ende des Nazikrieges geborenen Generation in die Wiege gelegt waren, sondern einfach damit, daß er sich von ihrer Mutter getrennt und mit Judith zusammengetan hatte – seine Fröhlichkeit und seinen Optimismus hatte sie in ihrer reiferen Kindheit manchmal als Pose durchschaut, die ruhige Heiterkeit, die er ausstrahlte, als sie ihn dann als Erwachsene wiedergesehen hatte, spät aber doch, gerade noch rechtzeitig, um über seinen kurz darauf eingetretenen Tod traurig zu sein, war ihr letzten Endes glaubwürdiger erschienen.

Etwas davon hatte Esther ganz selbstverständlich mitgekriegt. Und das war vielleicht noch beneidenswerter als das eine Spur dunklere Pigment, das sie von Judith hatte. Diese um eine Nuance hellere Gemütsverfassung. Die kam nicht bloß von der allgemeinen Wetterlage und den jahreszeitlichen Gegebenheiten.

Das Wetter bei Barbaras Ankunft war allerdings wirklich elend. In der halben Stunde, die das Taxi vom Flughafen ins Stadtzentrum brauchte, waren die grauen Wolken immer schwerer geworden. Und nun, als sie aussteigen mußte, entluden sie sich. Vor dem Haustor stellte sie den Koffer ab und suchte ihren Schlüsselbund – bis sie ihn gefunden hatte und endlich in den Flur treten konnte, war sie durchnäßt.

Das Wasser, das aus ihren Haaren rann, tropfte auch auf die Post, die sie aus dem überfüllten Briefkasten nahm. Sie hatte natürlich wieder vergessen, die Zeitungen abzubestellen. Außerdem, soviel sah sie schon im Lift, gab es die üblichen Rechnungen und Einladungen zu Buchpräsentationen. In ihrer Wohnung angelangt, warf sie das Zeug, das detaillierter zu sichten sie wenig reizte, vorerst auf den Abstelltisch im Vorzimmer.

Erst nachdem sie ein heißes Bad genommen und dann, im Schlafrock am Schreibtisch sitzend, sich einen ersten Überblick über E-Mails und Nachrichten auf dem Anrufbeantworter verschafft hatte (die *Süddeutsche Zeitung* und der *Hessische Rundfunk* urgierten längst fällige Rezensionen, und ihre Mutter ersuchte sie mit von Anruf zu Anruf aufgeregterer Stimme um ein Lebenszeichen), erinnerte sie sich wieder daran. Da war doch noch etwas gewesen – irgendein Kuvert, das ihr zwar aufgefallen, aber gleich wieder an die Peripherie der Wahrnehmung geschoben worden war. Ein Luftpostkuvert, mit einer ungewöhnlich großen, bunten Marke. Vielleicht sollte sie doch nachsehen, worum es sich handelte.

Natürlich fragte sie sich, woher er ihre Adresse hatte. Sie erinnerte sich nicht einmal daran, ihm ihren Familiennamen gesagt zu haben. Er hatte den seinen, so schien ihr, ja auch nicht genannt. Jetzt hatte er auf die Rückseite des Kuverts den Namen Myschkin geschrieben.

Liebe Barbara, schrieb er, ich hoffe, daß Sie dieser Brief erreicht. Wir waren ja schon per Du, aber aus der Art, mit der Sie mir am Morgen und am Vormittag nach unserem langen Abend in Rom ausgewichen sind, schließe ich, daß ich Sie ein wenig verstört habe. Ich will also vorsichtig sein und nicht von einer Nähe ausgehen, die Ihnen womöglich nicht behagt. Einer Nähe, durch die Sie sich – habe ich recht? – ein wenig überfordert fühlen.

Es war auf keinen Fall meine Absicht, Sie zu erschrecken. Was Sie da gesehen haben, in jenem Augenblick einer Zuwendung Ihrerseits, die ich, das können Sie mir glauben, zu schätzen weiß, passiert mir manchmal. Ja, es passiert: Das heißt, es tritt auf und geht vorbei. Die Wunden bluten nicht immer, sondern nur in gewissen Erregungszuständen.

Kein Mißverständnis: Es müssen nicht Erregungszustände im sexuellen Sinn des Wortes sein. Sicher hat auch das eine Rolle gespielt – Sie sind eine begehrenswerte Frau. Das Phänomen, wenn ich es so nennen darf, hat aber auch eine emotionale Komponente. Die ist meiner Erfahrung nach die stärkere: Es passiert mir (jetzt lachen Sie nicht), ungefähr so, wie anderen Menschen die Tränen kommen.

Meiner Erfahrung nach, schreibe ich, und ich habe die Erfahrung schon lang. Das sind ja schon alte Wunden, aber damit sage ich Ihnen wahrscheinlich nichts Neues. Sie wissen es. *Wir* wissen es. Im Lauf der letzten zwei Jahrtausende hat es sich ziemlich weit herumgesprochen. Als ich die Wunden zum ersten Mal bemerkt habe, da habe ich es allerdings noch nicht gewußt – ich schloß mich auf dem Klosett ein und behandelte die offenen Stellen mit Jodtinktur. Ich verklebte sie kreuz und quer mit Heftpflastern. Meinen Eltern erzählte ich, das käme vom Seilklettern im Sportunterricht. Es ist schön, daß du ehrgeizig bist, sagte mein Vater, aber du solltest es nicht übertreiben. Und vor allem, sagte meine Mutter, solltest du nicht daran herumkratzen.

Meinen Lehrern und Mitschülern sagte ich, es handle sich um eine in meiner Familie leider verbreitete Furunkulose. Das war natürlich ziemlich unangenehm. Nach ungefähr einer Woche waren die Male allerdings fast verschwunden. Sie hinterließen nur zartrosa Spuren, die man kaum sah, wenn man sie nicht bewußt suchte.

Was die Blutungen beim ersten Mal ausgelöst haben mag, daran kann ich mich nicht mehr erinnern. Möglicherweise war es etwas, das mich damals, mit elf oder zwölf, zutiefst berührt hat, aber anscheinend habe ich es verdrängt. Zwei oder drei Jahre später war es der Sieg der sowjetischen Auswahl in der Eishockeyweltmeisterschaft, Stockholm im April 1989, 3:2 gegen Schweden. Das war ja nicht *irgendein* Sieg, sondern ein Sieg *trotz allem*, die halbe Mannschaft hatte sich schon ins Ausland abgesetzt. Ja, und dann widerfuhr es mir wieder bei der Nachricht vom Tod Jaschins. Ich weiß nicht, ob Ihnen der Name etwas sagt, aber der war ein legendärer Fußballtormann. Ich selbst hatte ihn nicht mehr spielen gesehen, aber mein Vater hatte viel von ihm erzählt. Der große Jaschin. Jetzt, sagte er damals, geht alles Große zugrunde.

So war das. Was sollte man machen? Was sollte *ich* machen? *Let it bleed*, sangen die Stones, in deren Musik ich mich in den folgenden Jahren gern fallen ließ. Eine alte Band, eine alte Nummer, das wußten wir Jugendlichen dort drüben in dieser von heute auf morgen von allem bis dahin behaupteten Sinn und Zweck verlassenen Provinz auch, aber wir hatten einigen Nachholbedarf. Und für mich hatte diese Textzeile (eine der wenigen, die ich verstand) auch noch einen besonderen Hintersinn.

Let it bleed, okay, damit mußte ich wohl leben. Mit der Zeit gewöhnt man sich auch an so was. Einmal, als es wieder besonders stark blutete, kam ich auf die Idee, schwarze Lederhandschuhe anzuziehen. Das kam ganz gut an. Unter den Punks in unserer Stadt verschaffte es mir erst die richtige Anerkennung. Einen Zusammenhang dieses Phänomens mit meinen seltsamen Tag- und Nachtträumen stellte ich vorläufig nicht her. Ich war ja, wie schon erwähnt, jenseits aller religiösen Überlieferung erzogen. War von Religion die Rede, dann nur als von einem in unserer im Vergleich zu früher zweifellos besseren, gerechteren und vor allem vernünftigeren Welt überwundenen Aberglauben. Erst später dann fiel es mir wie Schuppen von den Augen.

Eine eigenartige Redewendung ist das übrigens im Deutschen. Wieso Schuppen? Manche Metaphern sind überzeugend, manche nicht. Aber Sie wissen, Barbara, was ich meine. Sie haben mich gesehen, wie ich bin. Ich habe Ihnen nichts verborgen.

Ihnen habe ich mich geoffenbart. Nun liegt es bei Ihnen, was Sie mit dieser Offenbarung anfangen. Gut, ich habe zur Kenntnis genommen, daß es Ihnen fürs erste zuviel war – Freitag vormittag haben Sie mir keine Chance gegeben, Ihnen noch irgend etwas zu erklären, sondern sich so verhalten, als hielten Sie die Beziehung zwischen uns damit für beendet. Aber es wäre traurig, wenn es damit sein Bewenden hätte – ich will nicht sagen, daß ich vor Ihnen gelegen bin *wie ein offenes Buch*, aber ich habe Sie in einer Weise ins Vertrauen gezogen, die Sie nicht unterschätzen sollten.

Unsere Wege haben sich vorläufig getrennt, mir wäre es lieber gewesen, Sie hätten mich begleitet. Sie haben meinen diesbezüglichen Vorschlag anscheinend nicht ganz ernst genommen, aber ich habe ihn ernst gemeint. Es wäre mir eine Erleichterung gewesen, eine Begleiterin wie Sie zu haben, vielleicht ein Trost. Ich befinde mich hier ja nicht einfach auf einer Vergnügungs- oder Bildungsreise, sondern auf einer Fahrt, von der *viel*, vielleicht *alles*, abhängt, und zwar – ich weiß nicht, ob Sie das in seiner ganzen Tragweite begriffen haben – keineswegs nur für mich.

Ich lasse Sie also bis auf weiteres auf diese Weise an dieser Reise teilhaben. Das heißt: Ich biete Ihnen zumindest die Möglichkeit. Was Sie daraus machen, ist natürlich Ihre Sache. Das ist ein Angebot. Sie können es annehmen oder ausschlagen.

Soviel war klar. Darauf hätte er Barbara nicht extra aufmerksam machen müssen. Sie konnte weiterlesen oder hier aufhören. Sie konnte den Brief beiseite legen oder in den Papierkorb werfen. Ihn zu verbrennen wäre vielleicht übertrieben gewesen. Sie mußte weitere Briefe erst gar nicht öffnen. Sie hätte gleich diesen hier ungeöffnet lassen können. Und ihn vergessen: sowohl den Brief als auch den Absender. Hatte sie aber nicht. Die Folgen hatte sie sich selbst zuzuschreiben.

Daß sie sich in etwas hineingezogen fühlte, mit dem sie eigentlich nichts zu tun haben wollte. Schon wieder. Nachdem sie geglaubt hatte, entwischt zu sein. Wie kam sie dazu? Und warum ausgerechnet sie? Um ein wenig Abstand zu gewinnen, setzte sie sich erneut an den Laptop.

Als hätten die Leute ein Gespür dafür, daß sie wieder im Lande war, waren inzwischen eine Reihe neuer Mails eingelangt. Aber die wollte sie jetzt weder lesen noch beantworten. Sie mailte an Esther. Bin also wieder daheim. Was man so nennt. Ehrlich gesagt fällt es mir ein bißchen schwer, mich zu Hause zu fühlen.

In dieser Wohnung. In der keiner auf mich wartet. In dieser Stadt. Mit der mich nichts Wirkliches verbindet. Vor zwei Jahren, nach der endgültigen Trennung von Max, ist mir gerade das richtig erschienen. Sozusagen im Niemandsland neu anzufangen. Aber vielleicht war das ein Fehler.

Nein, sie strich das wieder. Das entsprach nicht dem Ton, den Esther von ihr gewohnt war. Bin also wieder daheim, schrieb sie, es ist halb so schlimm. Die Zimmerpflanzen sind nur zum Teil verdorrt. Die Orchideen, die mir meine Mutter jedes Jahr zum Geburtstag schenkt, habe ich ohnehin nie leiden können. Hier warten einige Stöße Bücher auf mich. Ein paar davon warten schon ziemlich ungeduldig. Bestimmt werden mir nicht alle gefallen, manche gehen mir schon auf die Nerven, bevor ich sie aufschlage. Aber im Grunde genommen bin ich doch privilegiert mit meinem Beruf – andere halten Lesen für eine Freizeitbeschäftigung.

Und was tust *Du*? Dumme Frage! Wahrscheinlich bist Du schon wieder am Üben. Habe ich recht? Gott, was habe ich für eine fleißige und talentierte Schwester! Hoffentlich war Dein Cello nicht beleidigt, weil Du es für ein paar Tage im Stich gelassen hast. Bestimmt freut es sich, daß es Dich wieder hat, aber auch ich habe mich gefreut, wieder einmal ein paar Tage mit Dir verbringen zu dürfen.

Hat mir rundherum gutgetan. Und ich danke Dir dafür. Was die Musik betrifft, so finde ich wirklich toll, wie Du vorankommst. Die CD, die Du mir gestern noch vorgespielt und geschenkt hast, werde ich heute abend gleich wieder hören. Für Dein Engagement bei Barenboim drücke ich Dir ganz fest die Daumen.

Nebenbei: Erinnerst Du Dich an den schrägen Typ, von dem ich Dir erzählt habe? Den aus dem Flugzeug? Der mich mit seinen irren Geschichten genervt hat? Der mich nach Rom verschleppt hat und den ich dann zu Bett bringen mußte? Genau. Also stell Dir vor: Dieser jenseitige Typ hat mir geschrieben.

Ich hab ja gehofft, daß ich den Kerl ein für allemal los bin. Aber jetzt schreibt er mir. Und zwar einen Brief von zehn oder elf Seiten! Verrücktes Zeug einerseits. Andererseits – wie soll ich sagen …? Es irritiert mich, daß es mich trotz allem interessiert.

Er schreibe aus Nazareth, schrieb er, er sei nun seit drei Tagen dort. In Nazareth habe ja schließlich alles begonnen. Er habe sich in einer kleinen Pension in einer durch und durch arabischen Umgebung einquartiert. Das habe sich so ergeben, denn er sei ja am Sabbat dort angelangt.

Mit einem arabischen Gruppentaxi sei er von Lod nach Norden gefahren. Immer an der Grenze zum palästinensischen Autonomiegebiet. Oft in Sichtweite des Walls, der aussehe wie eine besonders häßliche Lärmschutzmauer. Wohl sei ihm die Landschaft vage bekannt vorgekommen, doch über diese befremdliche Mauer habe er nicht hinwegsehen können.

In Nazareth habe ihm der Fahrer des Taxis diese Pension empfohlen. Im Stadtteil Mizrahit, das sei gleich hinter dem Busbahnhof. Aus dem Fenster sehe er eine Moschee, einige Male am Tag höre er die Stimme des Muezzin. Sie komme zwar von einer Tonbandkonserve, aber sie erscheine ihm authentischer als so manches andere.

In dieser Stadt, in der er den ursprünglichen Ort zu finden versuche. Den Ort einer Erinnerung, die er nachprüfen wollte. Kaum durchführbar: Die Stadt hat heute über 70 000 Einwohner. Es falle ihm schwer, sich hier auch nur einigermaßen zu orientieren.

Wenn er die Augen schließe, sehe er eine gelbe Sandstraße. Und ein paar Dutzend Häuser am Rand eines Hügels. Nahezu würfelförmig, aus Lehmziegeln gebaut. Mit flachen Dächern, aus mit Lehm bestrichenem Astwerk.

Unser Haus, schrieb er, war am Anfang des Ortes. Oder am Ende. Das sei eine Frage der Perspektive. Ein Haus wie die anderen, mit einem kleinen ummauerten Hof. Eine niedrige Mauer, da und dort noch die Abdrücke von Händen.

Diese Abdrücke hätten sich seinem Gedächtnis eingeprägt. Abdrücke von Händen in der Verputzschicht der Mauer. Abdrücke von Füßen im nie ganz festen Boden. Die sehe er vorerst aus der Augenhöhe eines etwa dreijährigen Kindes.

Ein Kind, das im Hof sitzt, im Schatten eines Feigen- oder Olivenbaums. Steht das Hoftor offen, so kann das Kind sehen, wer oder was vorbeikommt. Männer mit Sicheln oder Heugabeln über den Schultern, Frauen mit bauchigen Krügen auf den Köpfen. Esel, die links und rechts Körbe tragen oder Karren hinter sich herziehen.

Was sah er noch mit geschlossenen Augen? Natürlich die Quelle! Sie sprudelt aus dem Fels und wird in zwei Steinbecken aufgefangen. Da ist ein Wäldchen mit Bäumen (wahrscheinlich Steineichen). Schon aus der Ferne hört man die Stimmen der Zikaden, kommt man näher, so mischen sie sich mit den Stimmen der Frauen und Mädchen.

Ja, und dann erinnerte er sich noch an die Synagoge. Selbstverständlich das höchste Gebäude im Ort. Zwei Stockwerke hoch. Womöglich hatte sie eine Kuppel. Möglicherweise war das aber auch nur ein Taubenschlag. Die Außenmauern der Synagoge waren sehr weiß getüncht. Innen aber sei es sehr dunkel gewesen. Jedenfalls wenn man aus der prallen Sonne eintrat. In seiner Erinnerung vielleicht noch dunkler als in Wirklichkeit.

Kaum aus dem Hotel getreten, dessen Portier Radio hörte – die aufgeregte Stimme eines arabischen Kommentators, handelte es sich um eine Sportübertragung oder einen Bericht aus dem Gazastreifen? – und mit einer rosafarbenen Plastikklatsche

Fliegen belauerte, die auf dem Rezeptionspult vor ihm herumkrabbelten, bis sie die Klatsche traf, kaum um zwei Ecken gegangen, fand ich mich, schrieb er, in einer Straße, die nach einem Papst benannt ist, weiß der Teufel, was der hier zu suchen hat, da fließt der Verkehr. Und dann, ein paar Schritte weiter, in einer Straße, die jene quert und an eine Verkündigung erinnert, die sich die Kirchenväter im Lauf von ein paar Jahrhunderten zusammengereimt haben, *Annunciation Road*, das klingt wie ein Popsongtitel, dort trieft der Kitsch. Ein wahrer Verkündigungs-Erlebnisweg. Garantiert heiliges Fastfood zur Seelenstärkung im Vorübergehen.

Natürlich, da seien die Kirchen, die man über die Örtlichkeiten gestülpt habe, an denen man den Geist vermutete. Die älteren gelten als ehrwürdig, schrieb er, und die jüngeren mögen trotz allem gut gemeint sein. Es hat mich dennoch einige Überwindung gekostet, nicht einfach einen Bogen um diese Kirchen zu machen. Verstehen Sie mich nicht falsch, ich habe nichts gegen Kirchen – einige romanische und gotische Basiliken in Deutschland und Frankreich haben mich tief beeindruckt –, aber die hier scheinen mir einfach fehl am Platz, sie schieben sich mit einer geradezu peinlichen Aufdringlichkeit in die Geschichte.

Eine Geschichte, die hier ihren Ausgang genommen hatte. Eine Geschichte, die er sich vergegenwärtigen wollte. Indem er ihr nachging. Indem er *wiedererkannte*. Diesem Wiedererkennen standen die Kirchen im Weg.

Besonders die sogenannte Verkündigungskirche. Sie drängt sich ja ganz besonders ins Panorama. Während ich Ihnen schreibe, schrieb er, sitze ich auf dem flachen Dach der Pension, in der ich wohne, von Wäsche umflattert, die hier mit bunten Plastikklammern befestigt am Strick hängt, von Tauben umgurrt. Und frage mich, wo das Nazareth sein mag, das ich in meinen Träumen gesehen habe.

Einige Stockwerke, einige Schichten tiefer. Soviel mag schon wahr sein, aber um dorthin vorzudringen, dazu ist das Betrachten der freigelegten und gleich wieder eingefriedeten Schichten, der gut gemeint aber geschwätzig kommentierte Blick in achtzehn Jahrhunderte christlicher Baugeschichte keine Hilfe. Der Blick in ein oktogonal gestaltetes Loch, darüber die Kuppel in Lilienform, von wegen der Reinheit einer von alten Männern auf diversen Konzilien als *virgo intacta* bestätigten Jungfrau, um Himmels willen! Wenn man mir sagte, unter dieser Falafelbude, hinter jenem Kebabgewölbe ist das Nazareth von damals, ich würde es glaubwürdiger finden.

Die frommen Lügen und die unverschämten Lügen, die perfiden Lügen und die naiven Lügen! In der *Verkündigungsgrotte* gibt es zwei Säulen, die, der Tradition nach, so heißt es, den Standort der Jungfrau und dem Standort des Erzengels im Augenblick der Verkündigung darstellen. Und wo stand Josef? Und wo stand der römische Legionär, von dem die Nachbarn munkelten? Vielleicht sollte man es einmal mit einer Familienaufstellung versuchen.

Hier steht Mirjam, da steht Josef, damit hat alles angefangen. Er steht hinter ihr, würde ich sagen, aber in einer eigenartigen Distanz. *Ehe er sie heimholte*, heißt es bei Matthäus, *fand sich's, daß sie schwanger war* … Wo steht der Engel? Tut mir leid, aber ich sehe keinen Engel.

Irgendwo steht womöglich ein gewisser Panthera. Wie nah, wie fern? Das ist nicht leicht einzuschätzen. Vielleicht ist er ja eine Mystifikation, eine böswillige Erfindung. Stellen wir ihn an den Rand: eine dubiose Figur in römischer Uniform.

Eine interessante Spielanordung, finden Sie nicht? Ich stehe dazwischen, ich meine, Jeschua steht dazwischen. Vorerst natürlich viel näher bei der Mutter als beim Vater. Aber die Positionen können sich ändern.

Ein hübsches Gedankenspiel, ja. Sie sollten jedenfalls in Gedanken daran teilnehmen. Es wäre mir natürlich noch lieber, Barbara, wenn Sie *unmittelbar* dabei wären! Lassen Sie mich überlegen, wo ich Sie hinstellen würde. An die Stelle meiner Mutter oder an die meiner Schwestern?

Natürlich hat Jeschua Schwestern – habe ich die noch nicht erwähnt? Eine heißt Salome, eine heißt Lisa, die dritte heißt Mirjam, wie die Mama. Sie gerät ihr auch nach, eine Spur androgyn, bevor sie Mutter wird. Ja, und dann kommt noch Mirjam aus Magdala dazu.

Etwas mehr als eine Schwester, stimmt – obwohl die Beziehung zu ihr auch etwas Geschwisterliches hat. Können Sie sich so etwas vorstellen, Barbara? Ich kann mir das ganz gut vorstellen. Sie gehört ganz einfach an Jeschuas Herzseite. Auch wenn das die Brüder nicht akzeptieren wollen, aber denen kann er es ohnehin nicht recht machen.

Das Telefon summte. Barbara wartete zuerst einmal, bis sich der Anrufbeantworter einschaltete. Ich bin unterwegs, sagte ihre Tonbandstimme, sprechen Sie bitte nach dem Signalton. Noch bevor der erklang, hörte sie ein hintergründiges Seufzen. Das kannte sie allzu gut. Das war ihre Mutter.

Da seufzte sie auch. Irgendwann mußte sie ja doch antworten. Oder mußte sie *nicht?* Sie hatte diese Möglichkeit schon öfter erwogen. Vielleicht, dachte sie manchmal, wäre das *die einzige vernünftige* Möglichkeit. Aber letzten Endes nahm sie den Hörer doch immer wieder ab.

So auch jetzt. Hallo, sagte sie. Mama.

Barbara! sagte die Stimme ihrer Mutter. Ich bitte Dich! Wo bist Du?!

Ich bin hier, Mama, sagte sie, in meiner Wohnung, wo sonst.

Ja, sagte ihre Mutter, aber wo *warst* du?!

Hör einmal, Mama ..., sagte Barbara.

Doch ihre Mutter hörte nicht, sondern redete. Sie habe sich Sorgen gemacht. Sie habe seit Nächten kein Auge zugetan. Sie sei nahe daran gewesen, eine Vermißtenanzeige aufzugeben.

Barbara gab sich Mühe ruhig zu bleiben. Vielleicht ist es dir schon aufgefallen, sagte sie, daß deine Tochter inzwischen neununddreißig Jahre alt ist. Und daß sie beruflich ziemlich viel unterwegs ist. Unlängst war ich zum Beispiel auf der Frankfurter Buchmesse.

Glaubst du, das weiß ich nicht? sagte ihre Mutter, ich hab dich im Fernsehen gesehen. Irgend so eine Diskussion – war es im ZDF oder im NDR? Leider warst du nur ziemlich kurz im Bild. Außerdem war die Buchmesse vor zwei Wochen zu Ende!

Ja und? sagte Barbara.

Du kannst mich doch anrufen! sagte ihre Mutter. Du kannst mich doch anrufen und sagen, wie es dir geht! Kind, ich habe den Eindruck, es geht dir nicht gut! Als ich dich im Fernsehen gesehen habe, bin ich richtig erschrocken!

Du mußt etwas mehr auf dich schauen, sagte sie. Außerdem solltest du beizeiten daran denken, dein Outfit zu ändern. Versteh mich nicht falsch, aber eine doch schon etwas reifere Frau …

Das war der Punkt, an dem es Barbara wieder einmal reichte.

Sie legte den Hörer mit Nachdruck zurück auf die Gabel. Dann durchstöberte sie sämtliche Schubladen nach Zigaretten. Da sie sich das Rauchen seit einigen Monaten abzugewöhnen versuchte, waren keine mehr im Haus. Sie schlüpfte in die Jacke, wobei sie in der Vehemenz der Bewegung das Ärmelfutter zerriß, fuhr mit dem Aufzug abwärts und lief durch den nun womöglich noch etwas stärkeren Regen zum Zigarettenautomaten.

Mitten in der Nacht schrak Barbara auf. Im Traum hatte sie Mischa gesehen mit seinen Wundmalen. So, wie er in Rom auf dem Bett gelegen war. Mit ausgebreiteten Armen – er hatte nichts vor ihr verborgen.

Wirklich *nichts*. Im Traum hatte sie *alles* genau gesehen. Er war auf dem Bett gelegen und hatte gelächelt. Ob er in Wirklichkeit gelächelt hatte, wußte sie nicht mehr. Aber unverschämt schien ihr das auf jeden Fall.

2

Die Stigmata hatte sie ihrer Halbschwester verschwiegen. Davon zu sprechen wäre ihr peinlich gewesen. Sie konnte sich selbst nicht leicht erklären, warum. Doch zweifellos hätte sie nicht in dem nüchtern-launigen Ton darauf zu sprechen kommen können, der das Zusammensein mit Esther für sie so angenehm machte.

Diese Wundmale an Händen und Füßen! Deutlich offene Stellen, feucht glänzend im Licht der Nachttischlampe oder in ihrer Erinnerung. Waren sie falsch – ein geschmackloser Scherz, dem sie aufgesessen war –, so mußte sie sich für die Leichtgläubigkeit genieren. Waren sie aber echt, so waren sie erst recht unzumutbar.

Ein Atavismus, ein Rückfall in längst für überwunden gehaltene Entwicklungsstadien. So sah sie, nebenbei erwähnt, auch die romantische Anwandlung, die sie vorübergehend erfaßt hatte. Etwas, das sich eigentlich nicht mehr gehörte. Etwas, das eine ältere Schwester einer jüngeren nicht eingestand.

Auch den Grad der Intimität, in die sie mit Mischa geraten war, hatte sie Esther gegenüber untertrieben. Natürlich habe er ein bißchen versucht, sich ihr zu nähern, und im Lauf des angeheiterten Abends habe sie das auch ganz lustig gefunden, aber letzten Endes habe sie ihn entsprechend auf Distanz gehalten. Gewiß, sie habe ihn ins Bett gebracht (diese Feststellung traf sie in scherzhaftem Ton). Aber dort habe sie ihn sich selbst überlassen, gute Nacht, schlaf gut, träum schön, und vermutlich sei er, kaum daß sie ihm den Rücken gekehrt habe, sofort in seine eigenartigen Träume versunken.

Denn eigenartig mußten diese Träume wohl sein. Nach allem zu schließen, was er davon erzählt hatte. Und zumindest eigenartig waren doch seine Phantasien schon im Wachzustand. Biblische Hirngespinste. Eigentlich abartig!

So abartig auch wieder nicht, hatte Esther gelacht. Sie habe eine Zeitlang einen Freund gehabt, der sei Assistenzarzt in Jerusalem gewesen. In Kfar Shaul, das sei eine renommierte psychiatrische Klinik. Dort würden fortwährend Leute eingeliefert, die sich für irgendeine biblische Figur hielten.

Jede Menge Propheten, jede Menge Apostel! Jede Menge Messiasse, jüdische oder christliche! Jerusalem habe eine einmalige Anziehungskraft auf spirituelle Spinner. Jerusalem bringe diese Typen zum Ausflippen.

Das *Jerusalem-Syndrom* – in der Psychiatrie sei das tatsächlich ein bekanntes Phänomen. Stimmt, sagte Barbara, sie erinnerte sich nun daran, schon davon gehört oder gelesen zu haben. Vorerst hatte sie sich durch diesen Hinweis erleichtert gefühlt. Aber jetzt stellte sich heraus, daß diese Wirkung nachließ. Zweifellos paßten einige Symptome in Mischas Verhalten perfekt ins Schema. Was aber nicht paßte, war der Zeitpunkt, zu dem sie aufgetreten waren. Für gewöhnlich brach ja diese Art von Hysterie erst an Ort und Stelle aus, am häufigsten, hatte Esther erzählt, am zweiten Tag des Jerusalemaufenthalts. Bei Juden vor der Klagemauer, bei Christen auf dem Ölberg oder in der Via Dolorosa.

Bei Mischa aber war es schon auf dem Hinflug soweit gewesen. Oder – wenn sie ihm glauben wollte – schon wesentlich früher. Auch jetzt war er ja noch lang nicht in Jerusalem. Wollte er wirklich all die Orte aufsuchen, die auf der Karte markiert waren, die er ihr im Flugzeug gezeigt hatte, so würde es bis zu seiner Ankunft dort noch eine Weile dauern.

Da bleibt also noch eine Frist, dachte Barbara. Sie lag im Bett, es war drei oder vier Uhr früh, sie war nicht sicher, ob sie den Wecker nach der Rückkehr aus der anderen Zeitzone wieder um eine Stunde zurückgestellt hatte oder nicht. Noch eine Frist wofür? Sie drehte sich von der rechten Seite auf die linke. Sie hatte das Gefühl, etwas tun, vielleicht etwas verhindern zu müssen, eine Verantwortung zu tragen, die ihr höchst unangenehm war und absurd schwer schien, wie die Decke, die sie vorübergehend abwarf, aber je tiefer sie wieder in den Schlaf zurücksank, desto unklarer war ihr, wie das alles zusammenhing und worum es eigentlich ging.

Am nächsten Vormittag, nach mehreren Tassen schwarzem Kaffee und einer Zigarette, die ihr nicht schmeckte, machte sich Barbara an eine der ausständigen Rezensionen. Aber sie kam nicht über den Anfang hinaus. Möglicherweise hatte das seine Richtigkeit, denn auch beim Lesen war sie nicht über den Anfang des zu besprechenden Buchs hinausgekommen. Es war ihr endlos langweilig erschienen, obwohl die Sprachartistik der Autorin von anderen Rezensenten als geradezu atemberaubend beschrieben wurde. Sie hatte also den Rest, immerhin etwa zweihundertfünfzig Seiten, querzulesen versucht. Das war sonst nicht ihre Art, sie war eine sorgfältige Rezensentin. Eine sorgfältige und gutwillige, in diesem Fall aber hatte der beste Wille nichts genützt. Jedenfalls ihr nicht, denn vielleicht lag es ja an ihr – weißt du, hatte sie zu Esther gesagt, in diesem Sommer bin ich einfach nicht gut drauf gewesen.

Diese vereinfachenden, alles verniedlichenden Wendungen

einer modischen Allerweltssprache! Eigentlich paßte es überhaupt nicht zu Barbara, so zu reden, aber mit Esther geriet sie manchmal in diesen Jargon. Das lag wohl weniger an der Halbschwester als an ihr selbst, die sich damit jugendlicher gab. Hatte sie das nötig? Im Nachhinein ärgerte sie sich darüber, daß sie die Gelegenheit, sich einer zweifellos sensiblen und intelligenten Person wie Esther gegenüber wirklich auszusprechen, so wenig genutzt hatte.

Nicht gut drauf! Die Oberflächlichkeit solcher Phrasen! Verstehst Du, was ich meine, Esther, aber sicher verstehst Du es, Du kannst gut genug Deutsch. *Nicht gut drauf* – wenn man es recht bedenkt, eine ebenso dumme wie typische Redewendung. Alles, was drunter ist, wird damit verschwiegen.

Die nachhaltige Wirkung einer Trennung, die sie für längst bewältigt gehalten hatte. Drei Jahre war das nun her, und noch immer war es nicht vorbei. Daß es sie immer noch traurig machte, daß es ihr immer noch Energie und Lust nahm. War das normal? Nein, schrieb sie, das finde sie schon einigermaßen grenzwertig. Vor allem, weil sie inzwischen kaum mehr hätte sagen können, was ihr an Max so attraktiv oder liebenswert erschienen war. Im Bett hatte es zwischen ihm und ihr nur anfänglich geklappt. Intellektuell waren sie einander nie besonders nah gewesen. Und emotional hatte sie sich neben ihm manchmal sehr allein gefühlt.

Aber sie hatte ihn gern angeschaut, wenn er neben ihr eingeschlafen war, oft unmittelbar, nachdem sie miteinander geschlafen hatten. Ja, liebe Esther, Deutsch ist wirklich eine verhemmte Sprache. Jedenfalls in sexuellen Dingen, da sagt sie entweder zuwenig oder zuviel. *Miteinander schlafen*, das klingt ja wirklich einschläfernd, *einander lieben*, das ist in den meisten Fällen übertrieben.

Liebe machen, mein Gott, das ist Neudeutsch, eine aus anderen Sprachen entliehene Phrase, die nicht recht passen will.

Ficken ist häßlich, zieht alles zu tief hinunter, *bumsen* legt ein kindisch plumpes Verständnis des sexuellen Umgangs miteinander nahe. *Vögeln* wäre ganz hübsch, wenn es wirklich von den Vögeln käme. Aber etymologisch kommt es von *fegeln*, also von fegen, ich hoffe, die Leute, die euer Ivrit aus dem Althebräischen kondensiert haben, sind auf ein schöneres Wort gekommen.

Erkennen – ist es das, das alte biblische Wort? Klingt schön, schrieb sie, aber zu ernst, zu vorsätzlich feierlich. Oder kann man einander auch heiter erkennen? Lebens-lustig, einfach in Lust und Freude aneinander?

Ich glaube schon, schrieb sie, ich hoffe, Du hast diese Erfahrung. Max und mir ist das allerdings selten gelungen. Vielleicht ganz am Anfang, ja, falls mir meine Erinnerung diesbezüglich nicht nur etwas vorgaukelt. Aber im Lauf der Zeit, die wir miteinander hatten (gar nicht so lang, nicht länger, als wir jetzt schon getrennt sind, ja, ich weiß es genau, es waren zwei Jahre und acht Monate), haben wir es anscheinend verlernt.

Und doch war sie gern neben ihm aufgewacht und hatte gesehen, *daß er noch da war*. Die Zeit, die uns miteinander gegeben ist, mein Gott, wir wissen ohnehin nicht, wieviel oder wie wenig davon uns noch bleibt! Er war nicht mehr so hübsch gewesen, wie er ihr anfangs erschienen war, wenn er beim Essen und Trinken nicht achtgab, wurde sein Gesicht leicht zu rund, und mit offenem Mund sah das schon gar nicht gut aus. Aber wenn die Sonne durch die Jalousien geblinzelt hat, da hat er manchmal ausgeschaut wie ein großes Kind, und obwohl ich ganz gut gewußt hab, daß er in Wirklichkeit ein egoistisches, emotional gestörtes Mannsbild war, habe ich dann manchmal das Bedürfnis verspürt, ihn zu streicheln.

Schrieb Barbara an Esther, mitten in das Dokument, das eigentlich eine Buchrezension hätte werden sollen. Über ein

Buch, in dem es – ja, doch, beim Querlesen hatte sie manchmal schon den Eindruck – *auch* um die Liebe ging. Aber das ließ sich die Autorin möglichst lang nicht anmerken, und vielleicht hatte sie ja recht. *Die Liebe höret nimmer auf*: Für manche von uns ist das eine gefährliche Drohung.

Sollte sie stehenlassen, was sie geschrieben hatte? Und sollte sie es wirklich an Esther senden? Barbara deponierte die paar Absätze vorläufig in einem anderen Dokument. Den Anfang der Rezension, mit der sie nicht weiterkam, strich sie. Tut mir leid, schrieb sie dem Redakteur, der seit Monaten auf die Besprechung wartete, aber ich muß passen. Ich fühle mich gegenwärtig nicht in der Lage … Nein, ihr Privatleben ging diesen Menschen, der sie nur beruflich kannte, nichts an. Sie schrieb etwas von intellektueller Redlichkeit, die ihr eine Beurteilung, von der sie selbst nicht überzeugt sei, verbiete, begründete diese zugegebenermaßen späte Erkenntnis mit Überlastung – der Berg von Büchern, die man, im Prinzip erfreulicherweise, ausgerechnet von ihr besprochen haben wolle, sei heuer besonders hoch – und verblieb wie immer mit freundlichen Grüßen.

Eine Weile saß sie dann vor dem leeren Bildschirm, die Symbole in den Randleisten anstarrend. Dann öffnete sie eine Lexikonseite im Internet. *Stigmatisation*, las sie dort (von griech. Stigma = Stich). Auftreten der Wundmale Christi am Körper eines lebenden Menschen.

Stigmata treten in aller Regel an denjenigen Körperstellen auf, an denen Jesus Christus gemäß dem Neuen Testament während seiner Passion Verletzungen erlitten hat. Am bekanntesten sind Handstigmata, die sich in der Mitte des Handtellers bzw. des Handrückens befinden, es können aber auch die Füße, die Hand- und Fußgelenke, die Schultern, Arme und Rücken (Geißelung), die Stirn (Dornenkrone) und die Seite

(Lanzenstich) betroffen sein. Manchmal treten angeblich gemeinsam mit den Stigmata paranormale Phänomene wie *Levitation* oder *Bilokation* auf. Du lieber Gott! dachte Barbara. Das fehlt noch!

Sich in die Luft erheben und einfach schweben! Oder – noch besser – gleichzeitig (also ohne den Zeitverlust einer dazwischen liegenden Reise) an verschiedenen Orten auftauchen! Nein, soweit schien er denn doch noch nicht zu sein. In den folgenden Briefen bewegte er sich jedenfalls noch auf konventionelle Weise fort.

Mischas E-Mail kam noch am selben Tag. Nachdem Barbara die Last der Rezension abgeschüttelt hatte, hatte sie ihren Laptop vorerst für eine Weile geschlossen. Auf dem Sofa ausgestreckt, die Ohren mit Ohropax verstopft, sodaß sie den Verkehrslärm von der Straße unten nur mehr wie aus weiter Ferne hörte, hatte sie versucht, ein wenig Schlaf nachzuholen. Was nicht recht gelang, dazu ging ihr zuviel im Kopf herum.

Als sie den Laptop wieder öffnete, seufzend, weil ihr anscheinend nichts anderes übrigblieb, war Mischas E-Mail da. Daß er auch ihre Mail-Adresse hatte, nahm sie mit Fatalismus zur Kenntnis. Er selbst, schrieb er, habe so etwas nicht. Die Adresse, von der aus er ihm maile, sei die eines öffentlichen Lokals, gegen ein gutes Bakschisch habe man ihm gestattet, sie kurz zu benutzen.

Barbara! schrieb er. Ich spüre, daß Sie etwas unruhig an mich denken. Mit dieser Unruhe liegen Sie nicht ganz falsch. Mir ist es in den vergangenen Tagen nicht immer gutgegangen. Umstände sind eingetreten, die mich recht weit von der geplanten Reiseroute weggebracht haben.

Ursprünglich habe er ja vorerst in Galiläa bleiben wollen. Doch sei er vorzeitig nach Judäa geraten. Und darüber hinaus – so wie ich hier sitze und tippe, habe ich eine Woche

Negev hinter mir. Habe Ihnen zwei Briefe geschrieben, in denen ich ausführlicher auf all das eingehe.

Diese Briefe kamen in rascher Folge. Der eine kam schon am Mittwoch, der andere am Freitag. Sie waren nicht weniger umfangreich als der erste. Als ob Barbara nicht genug zu lesen gehabt hätte!

Seit Nazareth, schrieb er, sei wirklich viel passiert. Daß diese Stadt eine Enttäuschung gewesen sei, daran habe sich in den letzten zwei Tagen seines insgesamt fünftägigen Aufenthalts dort nichts geändert. Zwar habe er sich noch einige Male durch die Gassen und Straßen treiben lassen, immer noch hoffend, hinter irgendeiner Ecke wenigstens mit einem kleinen Déjà-vu-Erlebnis belohnt zu werden. Aber daraus wurde nichts, am allerwenigsten in Nazareth-Village, einer Fremdenverkehrsattraktion, von der er in Reiseführern gelesen und die er bewußt zu vermeiden versucht hatte, *kostümierte Darsteller lassen in nachgebauten Häusern und Werkstätten die Zeit Jesu wieder aufleben*, gerade das bitte nicht!

Als er am letzten Tag unversehens davorgestanden sei, habe er sich, überredet von zwei jungen Leuten, die vermutlich in der benachbarten Jugendherberge wohnten und sich hier, am Eingang des Areals, ein Taschengeld verdienten, doch ein Ticket gekauft, wahrscheinlich weil ihm die beiden, entweder ein Paar oder Bruder und Schwester, so sympathisch gewesen seien. *Come in and have a look, Sir, it's living history* – sie sprachen englisch mit amerikanischem Akzent, aber in einer Weise gepflegt, als kämen sie direkt von einem besseren College. Und dann habe er sich, gemeinsam mit einer Gruppe von Touristen, die ihrem Entzücken nicht nur auf englisch, sondern auch auf deutsch und japanisch Ausdruck gaben, durch die Gäßchen eines sorgfältig rekonstruierten Dorfs schleusen lassen, die Rekonstruktion sei auf der Basis von Computeranimationen erfolgt, ja also, was konnte man da dagegen einwenden. Nur daß das in ihm kein Echo auslöste, so sehr er auch in sich hineinlauschte, was nicht leicht war bei all dem Geschwätz rundherum, aber er bemühte sich und da war nichts, die Erinnerung, die dieses Dorf in ihm auslöste, war nicht die an ein früheres Leben, von dem er geträumt zu haben glaubte, sondern die an einen Besuch in Disneyland.

Nichts schien ihm dort echt – es hatte also eine gewisse Logik, daß er auch den Kerl mit dem flachen Strohhut und dem etwas zu groß gemusterten Sportsakko zuerst für einen Schauspieler hielt. Eine komische Figur, gedacht als Kontrastprogramm zu den antik verkleideten Akteuren. Aus ein paar Metern Entfernung schien der Mann, was Physiognomie und Ausdruck betraf, tatsächlich einem Schauspieler zu ähneln. Jack Lemmon nämlich, der Mischa in den alten Filmen, die ihm da in den Sinn kamen (*Some like it hot* natürlich, aber auch *The Apartment* und *Irma La Douce*), eigentlich immer gut gefallen hatte – auf der Leinwand wirkte er jedenfalls wie ein netter Mensch.

Ja, schrieb Mischa, die Assoziationen, die sich bei ihm einstellten, als er diesen Menschen erblickt hatte, waren, bei aller Reserve dem ganzen Ambiente gegenüber, vorerst eher positiv. Aber das sollte sich binnen kurzem ändern. Und zwar in dem Maße, indem ihm jener näher kam. Je näher er ihm kam, desto weniger gefiel er ihm.

Zuerst hatte er den mutmaßlichen Clown ja sozusagen nur als Brustbild gesehen. Ein hüfthohes Mäuerchen habe ihn halb verdeckt. Nun aber, da diese fragwürdige Erscheinung auf ihn zukam, in der Tat, ausgerechnet auf ihn, war sie ganz zu bewundern, von oben bis unten. Zum Strohhut und dem häßlichen Sakko trug der elegante Herr kurze Hosen, Kniestrümpfe mit spangenartigen Strumpfhaltern und Tennisschuhe.

Einen Moment lang hatte Mischa noch die Idee, daß das alles zu irgendeiner Inszenierung gehörte. Womöglich hatte der Freak, den er einen Moment zu lang angeschaut hatte, sodaß ihn der prompt ins Auge faßte, die Absicht, ihn in einen Sketch, eine mehr oder minder lustige Szene einzubeziehen. Nein, danke – diese Art von Nötigung habe er nie leiden können. Er wich zwei Schritte zurück – sollte sich dieser nur mäßig lustige Kumpan ein anderes Opfer suchen.

Der aber hatte es wirklich auf ihn abgesehen. Kam nach wie vor zielstrebig akkurat auf ihn zu. Vielleicht war er doch kein Clown, obwohl er breit lächelte. Er lächelte, übrigens mit merkbar falschen Zähnen, und zwinkerte.

Was wollte der bloß von mir? Okay, vielleicht wollte er etwas recht Menschliches. Nichts Menschliches ist mir fremd. Ich meine, *so etwas kommt vor*. Er habe, schrieb Mischa, Erfahrungen dieser Art. So etwas *sei schon manchmal vorgekommen*.

Daß er auf reifere Männer anziehend wirke. Nicht, daß das seiner eigenen Neigung entspreche. Aber die Empathie, schrieb er, gehöre nun einmal zu seinen Grundsätzen. Zu den Grundsätzen oder Vorsätzen, die doch, wohlverstanden, in den Evangelien empfohlen würden – davon wolle gerade er sich nicht ausnehmen.

Jawohl, er könne sich in die Lage auch eines solchen Menschen versetzen. Habe Verständnis für so etwas und manchmal auch Erbarmen. So ein alter Schwuler hat es bestimmt nicht leicht. Nur braucht es bei aller Empathie auch ein Mindestmaß an Sympathie, um eine gewisse Zuwendung zu ermöglichen.

Stimmt, manchmal folgt die Sympathie der Empathie auf dem Fuße. Aber in diesem Fall sei das nicht so gewesen. Mein Gott, schrieb Mischa, über die Häßlichkeit von Menschen kann man mit gutem Willen hinwegsehen. In diesem Fall jedoch kam etwas anderes hinzu, das dazu führte, daß er sich abrupt abwandte.

Aus ein paar Metern Entfernung hatte ihn der Mann, wie gesagt, an Jack Lemmon erinnert, der ihm als Schauspieler gefiel. Auch wenn er manchmal ein bißchen zu sehr outrierte, doch *nobody is perfect*. Nun aber, aus der Nähe betrachtet, die immer unbehaglicher wurde, schien er immer weniger Jack Lemmon zu ähneln. Hingegen ähnelte er immer mehr dem nicht allzulange Zeit zuvor gefeuerten amerikanischen Verteidigungsminister Donald Rumsfeld.

Daß ich mich unter diesen Umständen abwandte und versuchte, möglichst schnell wegzukommen, werden Sie vielleicht verstehen. Als ich mich, gegen den Strom, durch einige nachkommende Touristengruppen gedrängt hatte und aus dem Areal jenes Erlebnisparks entkommen war, atmete ich vorerst auf. Nach einer Weile merkte ich allerdings, daß der Typ hinter mir her ging. Erst in den engen Gassen des Suk gelang es mir, ihn auszutricksen.

3

So schnell aber wurde man einen wie den nicht los. Schon am nächsten Vormittag hatte ich wieder das zweifelhafte Vergnügen. Schrieb Mischa. Noch in Nazareth hatte er sich einen Leihwagen gemietet. Und fuhr vorerst nach Norden. Es war ein heller Herbstmorgen.

Wirklich ein schönes Land, dieses Galiläa. Angenehm hügelig, intensiv bebaut. Und tatsächlich ein ziemlich grünes Land. Wenn auch nicht ganz so grün, wie er es sich vorgestellt hatte.

Vielleicht, schrieb er, hätte ich doch schon im Frühling kommen sollen. Bloß sei er damals noch nicht sicher gewesen. Seiner Sache noch nicht sicher, seines Auftrags noch nicht sicher. Erst die Nachricht vom Anflug des Kometen habe ihn davon überzeugt, daß der richtige Zeitpunkt gekommen sei.

Der richtige Zeitpunkt für diese besondere Reise. Der richtige Zeitpunkt für seine *Wiederkehr*. Im Auto sitzend, einem Toyota mit etwas erhöhtem Fahrgestell, an den er sich erst gewöhnen mußte, versuchte er sich das Gefühl, schon *da gewesen zu sein*, schon *hier gewesen zu sein*, aufs neue zu suggerieren. Stimmt, Nazareth hatte ihn enttäuscht, aber war nicht auch und gerade das eine Wiederholung?

Von Nazareth wegzu*gehen*, wegzu*fahren* ... Nazareth den Rücken zu kehren – gehörte das nicht irgendwie dazu? Zu dieser Rolle, in die er zu finden versuchte ... Daß Jeschua von hier wegging, damit hatte doch alles erst richtig angefangen.

Ja, auch er würde jetzt einen Neuanfang setzen. Mit dieser Autofahrt ging es erst richtig los. Worum ging es denn? Fürs erste ging es ganz einfach darum, *zu schauen*. Zu schauen, wahrzunehmen und *wiederzuerkennen*.

Und tatsächlich, unter freiem Himmel fiel ihm das leichter als in der mit Kirchen und Kitsch verbauten Stadt. Er habe kurz angehalten, um unter diesen Himmel zu treten. Er atmete tief ein, er streckte sich, er breitete die Arme aus. Aber wie er so dastand, erschrak er plötzlich und ließ die Arme rasch wieder sinken.

Das war am Straßenrand, kurz vor Zippori. Sepphoris, schrieb er, vielleicht erinnern Sie sich. Die antike Stadt, die Varus zerstört hatte. Varus, der Statthalter von Syrien – wo seine Legionen im Einsatz waren, wuchs lange kein Gras mehr. Und der Wald wurde kahlgeschlagen, denn das Holz brauchte man für die Kreuze. Die Kreuze, die wochenlang die Straße säumten. Auf der einen Seite fast bis nach Nazareth hinein, auf der anderen Seite fast bis nach Kana hinaus. Wer sich gegen die Weltmacht Rom auflehnt, hat keine Chance.

Was zu beweisen war: *Quod erat demonstrandum*. Recht

leidenschaftslos, aber überaus effizient. Dieser Varus gefiel dem Kaiser, womöglich war die Statthalterschaft von Syrien ja noch nicht alles. Ein paar Jahre später waren seine Legionen allerdings irgendwo in den germanischen Sümpfen versunken. Vielleicht ist Gott doch gerecht, sagten die Überlebenden in Galiläa. Sie sagten es leise, aber das ließen sie sich nicht nehmen. Jeschua war damals zwölf oder dreizehn. Auch der Legionär Panthera war dem Vernehmen nach in Germanien umgekommen.

Von Nazareth nach Zippori sind es nur sieben oder acht Kilometer. Am Moshav Zippori, der heutigen Siedlung, fuhr Mischa vorbei. Doch dann kam der Abbiegepfeil Richtung Ausgrabungsstätte. *Archäologischer Nationalpark*. Das war denn doch eine Verlockung.

Daß man hier Schichten der alten Stadt freigelegt hatte, interessierte ihn natürlich. Was ist denn die Archäologie eigentlich anderes als eine Art von Rückführungsarbeit? Der Arbeit, die er sich vorgenommen hatte, verwandt. Vielleicht würde er hier auf etwas stoßen, das seine Erinnerung aktivierte.

Die Idee, hier so etwas wie Fingerabdrücke zu finden. Vielleicht war das ja verrückt, aber diese Idee habe er auf einmal gehabt. Sepphoris war ja, wie gesagt, nicht irgendeine Stadt. Es war die Stadt, an deren Wiederaufbau Josef und seine Söhne mitgewirkt hatten.

Nicht nur als Bautischler, sondern auch als Maurer. Nicht nur im Umgang mit Holz waren sie geschickt, sondern auch im Umgang mit Steinen und Ziegeln. Sie arbeiteten gern. Und in Sepphoris arbeiteten sie besonders gern. Es war schön, die Stadt wieder emporwachsen zu sehen, auch unter den eigenen Händen.

Das war ja nicht nur Arbeit auf Jahre hinaus. Das war auch ein Statement: Wir lassen uns nicht unterkriegen! Zwar war

Herodes Antipas, der den Wiederaufbau der Stadt in Auftrag gegeben hatte, ein Kollaborateur. Aber ob er es wollte oder nicht, er war auch ein Werkzeug des Herrn.

So sah das Josef. Er war ein guter Jude. Voll Gottvertrauen trotz allem. Etwas davon übertrug er auf seine Söhne. Diese Arbeit war letzten Endes ein Segen. Wer konnte wissen, daß er dabei vom Gerüst fallen würde?

Der Mann, den Jeschua seine Kindheit und Jugend lang Vater nannte. Ein Mann mit einem schwachen, aber zweifellos guten Herzen. Möglicherweise war dieses Herz überfordert. Nicht nur durch Arbeit. Nicht erst zuletzt, sondern schon seit Jahren.

Auf alle Fälle ein besonnener Mann. Hätte er Mirjams erstes Kind nicht als seinen Sohn anerkannt, was glauben Sie, was passiert wäre? *Mein* Same, was sonst?! – vor den Ältesten der Gemeinde hatte er das beschworen. Hätte er das nicht getan, seine junge Verlobte wäre höchstwahrscheinlich gesteinigt worden.

Er habe, schrieb Mischa, den Toyota auf dem Parkplatz abgestellt und sich ein Ticket für die Ruinenstadt gelöst. Das war es also, was übriggeblieben war! Zwar hatte das neue Sepphoris, zu dessen Wiederaufbau Josef und seine Söhne ihren kleinen Beitrag geleistet hatten, sogar den großen Krieg überlebt, in dem der Kaisersohn Titus endgültig mit dem jüdischen Ärgernis Schluß machen sollte – eine erst vor kurzem gebrandschatzte Stadt fürchtet das Feuer, also hatte man sich diesmal lieber gleich auf die Seite der Römer geschlagen –, aber ein paar Menschenalter später, als das östliche Rom das westliche überflügelte, hatte die nach wie vor überwiegend jüdische Stadt gegen das inzwischen christliche Byzanz revoltiert und war neuerlich zerstört worden.

Und so fort. Eine endlose Geschichte von Wiederaufbau

und Wiederzerstörung. Völker und Heerhaufen waren hier aufgetaucht, von denen sich Josef und seine Söhne nichts träumen hätten lassen. Nach den Byzantinern die Perser, nach den Persern die Araber, nach den Arabern die Kreuzfahrer. Was diese hellhäutigen Horden hier verloren hatten, hätten sie überhaupt nicht verstanden.

Sammelten sich in einer Stadt, die sie in ihrer Sprache *La Sephorie* nannten und marschierten los, ihrer zwölftausend, in ein Blutbad. Im Namen Christi, ich bitt' dich, hätte Josef gesagt, wer ist das? Und sein Sohn Jeschua hätte die Achseln gezuckt. *Jesus*? *Christus*? Nein, diesen Menschen kenn' ich nicht.

Seltsam, nicht wahr, was einem so in den Sinn kommt. Doch solche Gedanken hatte er, schrieb Mischa, als er vom Kiosk, an dem er mit dem Ticket auch eine Informationsbroschüre über die Geschichte von Sepphoris bekommen hatte, durch ein Wäldchen aus Bäumen mit breiten Kronen Richtung Ruinengelände ging. Die Baumkronen waren voll mit zwitschernden Vögeln. Sepphoris, Zippori, Ort des Gezwitschers – der Name der Stadt wird vom aramäischen Wort für Vogel abgeleitet.

Empfohlen wurde, mit der Unterstadt zu beginnen und dann bis zur Zitadelle hinaufzusteigen. Die stand natürlich auf dem Gipfel des Hügels. Der Hugel schien ihm übrigens höher, als er ihn in Erinnerung hatte. Aber das war kein Wunder bei all dem Schutt und all den Scherben, die seit der Antike hinzugekommen waren.

In der Unterstadt hatte man die Fundamente einiger großer römischer Villen freigelegt. Eine davon mit wirklich sehenswerten Bodenmosaiken. Ägyptische Feste waren da zu sehen und dionysische Umzüge. Besonders beeindruckt habe ihn aber das Porträt einer dunkelblonden, mit einem silbernen Blätterkranz und dazupassenden Ohrgehängen geschmückten Frau.

Große, kastanienfarbene Augen, eine Nase, die der Schönheitschirurgie von heute womöglich etwas zu selbstbewußt wäre, und ein voller roter lebensfroher Mund. Sinnlich und klug sah sie aus, eine Frau, die ihr Leben, das nun schon so lang vorbei war, wahrscheinlich zu genießen gewußt hatte. *Carpe diem*, nütze die Tage, die dir geschenkt sind – Mischa hatte auch den Eindruck, sie habe die Spur Ironie im Blick, die es braucht, um das Bewußtsein dieser schönen Vergänglichkeit auszuhalten. Aber vielleicht lag dieser Ausdruck auch an einem fehlenden Mosaiksteinchen.

Selig die Leute, die sich so etwas leisten konnten! Nicht nur die Ironie, sondern auch solche Villen. Das war natürlich ungerecht, denn viele konnten sich das *nicht* leisten. Aber die Reichen damals hatten wenigstens gewußt, was schön ist.

Schaut nicht hin, hätte er zu seinen Söhnen gesagt. Und natürlich hätten sie trotzdem hingeschaut, besonders auf die Frau. Aber, schrieb Mischa, in diesen konkreten Konflikt kamen sie gar nicht. In solchen Villen hatten sie ohnehin keine Arbeit.

In solche Gedanken versunken ging Mischa den markierten Weg weiter. Von den Fragmenten der Unterstadt hinauf zur Zitadelle. Zwischen hohen Kakteen und riesigen Bäumen. Doch das waren Gegebenheiten, die er nur sehr peripher wahrnahm.

So merkte er auch nicht gleich, was ihm widerfuhr. Vielleicht spürte er etwas wie die Belästigung durch winzige Insekten, die einen anfliegen. Tatsächlich, schrieb er, ich spürte ein Kitzeln im Gesicht. Am ehesten Mücken, ja, ich versuchte sie mit der Hand zu verscheuchen.

Dann aber habe er dieses Summen gehört. Ein feines gemeines Summen, sei es verursacht vom Zoom, sei es vom Auslöser.

Und dann war ihm auf einmal voll bewußt, was vorging. Da sah er die Kamera, ein Gerät mit einem geradezu unverschämt phallischen Objektiv, und den Mann, dessen Gesicht erst noch halb durch dieses Gerät verdeckt war.

Er habe den Kerl trotzdem gleich wiedererkannt. Trug der doch nach wie vor den dummen Strohhut, das geschmacklose Jackett und die peinlichen kurzen Hosen. Der Mann, der Jack Lemmon ähnlich sah oder vielmehr Donald Rumsfeld. Dieser gräßliche Clown, der nun, die Kamera absetzend, mit seinen falschen Zähnen lächelte und ihm zunickte.

In diesem Moment, schrieb er, verstand ich jenen anderen Vorbehalt gegen die Abbildung, der von Indianern und Naturvölkern verwandter Mentalität berichtet wird. Die Scheu jener Leute, sich fotografieren zu lassen. Denn mir war, als hätte der Kerl, der mich da, ohne zu fragen, fotografiert hatte, wer weiß wie oft schon, versucht, etwas von meiner Seele einzufangen. Etwas von meiner Lebensenergie von mir abzuziehen. Und dadurch fühlte ich mich geschädigt.

Sein erster Impuls, schrieb er, sei der gewesen, ein paar resolute Schritte auf den Mann zu zu tun und ihm den Apparat aus der Hand zu schlagen. Als er jedoch, getrieben vom Schub einer Empörung, die sonst nicht seine Art war, etwa die halbe Strecke zurückgelegt hatte, also bloß drei oder vier Meter, denn jener Mensch, schrieb er, stand vielleicht sieben oder acht Meter von ihm entfernt, besann er sich und wich nach der Seite aus. Der Kerl sah das und grinste, hängte die Kamera mit provokanter Gelassenheit über die Schulter, ja womöglich winkte er ihm noch zu. Aber das war nicht ganz sicher; Mischa sah ihn ja nur mehr kurz am Rande seines Gesichtsfeldes; dann hatte er sich schon vollends von ihm abgewandt und lief zurück Richtung Parkplatz.

Er stieg ins Auto, warf wütend die Tür zu, fuhr los. Er war außer Atem und hatte heftiges Herzklopfen. Nichts wie weg, das war sein nächster Impuls. Was wollte der Mensch von ihm? Wie kam er dazu, ihn zu fotografieren?

Nichts wie weg! An den See Genezareth! Das war jedoch gar nicht so einfach, wie sich herausstellte. Anscheinend erwischte er in der Aufregung eine falsche Straße. Oder es gab keine andere. Jedenfalls ging es vorerst wieder Richtung Nazareth.

Gottlob mußte er nicht noch einmal in diese Stadt fahren. Kurz vor der Stadteinfahrt gab es eine Abzweigung Richtung Tiberias. Er atmete auf. Zwischen Oliven- und Granatapfelhainen ging es jetzt flott dahin. Das Dorf Kafr Kanna, in dem er ursprünglich eine Mittagspause eingeplant hatte, ließ er nun lieber rechts liegen.

Natürlich, ja, das war das alte Kana. Ein Ort, an dem er sich das Aufsteigen eher netter Erinnerungen erwartet hatte. Die Hochzeit von Kana, eine schöne Geschichte. Wie Jesus einer Hochzeitsgesellschaft einen Gefallen tut.

Sein erstes Wunder, wenn man Johannes glaubt. Jesus hat es offenbar nicht geplant, seine Mutter muß ihn dazu überreden. Und er reagiert ja vorerst recht unwillig. Geradezu rüde: Meine Zeit ist noch nicht gekommen, sagt er, und: Weib, sagt er, was habe ich mit dir zu schaffen?

Aber dann will er die guten Leute halt doch nicht auf dem Trockenen sitzenlassen. – Oder? Ist es nur das oder geht es hier um viel mehr? Wasser in Wein verwandeln. Seit der ersten Landnahme durch Josua ist die Weinrebe sozusagen das Emblem Israels. Am Ende lobt der Speisemeister den Hausherrn für seine Weisheit, daß er, ganz gegen die sonstige Gewohnheit, den besten Wein fürs Finale des Festes aufgehoben hat.

Er mußte noch weiter in diesen Bahnen denken. Ja, da steckte bestimmt noch mehr dahinter. Er würde vermutlich noch einmal darauf zurückkommen. Wahrscheinlich sollte er auch noch einmal nach Kana zurückkommen.

Jetzt aber hielt er es für besser, sich dort nicht aufzuhalten. Dieses Kafr Kana war ja nur wenige Kilometer von Zippori entfernt. Zwar hatte er sich inzwischen ein wenig beruhigt und hielt es immerhin für möglich, daß er zuvor etwas paranoid reagiert hatte. Aber selbst wenn der Mensch, der ihn dort fotografiert hatte (bei sich nannte er ihn inzwischen den Pseudo-Rumsfeld), nichts anderes gewesen sein sollte als ein simpler Tourist (etwas geschmacklos gekleidet zweifellos und auf nicht recht erklärliche Weise aufdringlich), hatte er nicht die geringste Lust, ihn gleich wieder zu treffen.

Vielleicht hatte ihn der ja nur ins Bild einbezogen, um jemanden (*irgend* jemanden) im Vordergrund zu haben. Und vielleicht war auch seine offensive Freundlichkeit überhaupt nicht persönlich gemeint. Aber der Typ gefiel ihm nun einmal nicht. Ja, um es ehrlich zu sagen, ekelte ihn vor dem, schon wenn er bloß an ihn dachte.

Außerdem war er doch gestern, in Nazareth, hinter ihm hergegangen. Oder? Hatte er auch dort nur zufällig denselben Weg gehabt? Ganz einfach von Nazareth-Village, das ja etwas außerhalb der Altstadt lag, wieder ins Zentrum? Vollkommen auszuschließen war das nicht.

Konnte es also sein, daß ich einer von mir selbst produzierten Mystifikation aufgesessen war?

Ja, schrieb Mischa. Natürlich konnte das sein.

Zwar hatte er auch jetzt noch eine Weile den Eindruck, daß ihm ein Auto folgte, so ein bordeauxroter Schlitten, den er ein paarmal im Rückspiegel auftauchen sah. Aber etwa zehn Kilometer vor Tiberias bog dieser Wagen in eine Seitenstraße ab, die wahrscheinlich in irgendein Dorf oder in irgendeinen Kibbuz führte.

Na also, na eben, jetzt konnte er sich entspannen. Er atmete durch. Er gönnte sich einen Schluck aus der Mineralwasserflasche, die er noch in Nazareth gekauft hatte. Zwar war das Wasser inzwischen ein bißchen warm. Aber es schmeckte ihm. Es tat gut, es durch die Kehle rinnen zu spüren.

Und dann sei er an jenem Wegweiser vorbeigekommen. Genaugenommen war es ein Richtungspfeil, der, so viel bekam er im Vorbeifahren mit, auf einen Fußweg hinwies. *Horns of Hittim*, las er, *30 minutes*. Da bremste er, da drehte er bei nächster Gelegenheit um, da parkte er den Toyota am Straßenrand.

The Horns of Hittim. Die Hörner von Hittim oder Hattin. Ja, er erinnerte sich, davon hatte er gelesen. Dabei handelte es sich um die zwei etwas eigenartig geformten Gipfel eines ehemals vulkanischen Hügels. Von dort oben hatte man angeblich einen großartigen Ausblick.

Und hier war ein Weg, der auf diese Anhöhe führte. Das war doch genau das, was ihm jetzt guttun würde! Ein wenig Bewegung zu machen. Und einen ersten Blick auf den See zu werfen. *Yam Kinneret*. Der See Genezareth. Von dem er sich einiges erhoffte.

Vorfreudig stieg er also den Hügel hinauf. Zwar war es nun fast Mittag und nun doch einigermaßen heiß geworden. Aber der Anstieg war schön, das von der Sonne erwärmte Heidekraut duftete. Unter dem hellblauen Himmel kreisten Habichte.

Und dann stand er oben und sah hinab auf den See. Das Galiläische Meer, wie man früher gesagt hatte. Da lag es, sozusagen im Breitwandformat. Dahinter Hügel und Wolken, die auch ferne Berge sein konnten.

Da stand er und schaute und spürte den Wind in den Haaren. Aber auf einmal, schrieb er, spürte ich noch etwas anderes. Nämlich, daß jemand neben mir stand, genaugenommen etwas schräg hinter mir. Und klar doch, er war es, mein Pseudo-Rumsfeld – zwar hatte er den Strohhut abgenommen, sei es, damit ihn der Wind nicht davontrug, sei es aus Andacht, aber dadurch sah er dem Original noch ähnlicher.

It's great, indeed, sagte er, a great view and a great moment. My eyes have seen the glory – well, I think, you know the song … Glad to see you right here, it's a special place … Schön, daß Sie da sind … Ja, wenn Ihnen das lieber ist, können wir auch deutsch sprechen.

My ancestors – meine Vorfahren – waren Deutsche. Keine schlechte Herkunft. Tüchtige, arbeitsame Leute. Ja, diese Deutschen! Verläßliche, tapfere Menschen. Nur in jüngerer Vergangenheit ab und zu geführt und verführt von goddamned liberals and softies.

But let's forget about them! Es wird ja schon wieder besser. Sie sind also Deutscher. Ich weiß, ich weiß, nicht von Geburt an. Wir wissen das, sicher, wir sind informiert über Sie. Seit dem 12. 6. 2001 sind Sie deutscher Staatsbürger.

Congratulations! Damit haben Sie eine gute Wahl getroffen. Auch was das Datum betrifft. Es ergibt eine schöne Ziffernsumme. Einundzwanzig! Drei mal sieben also. Ich würde sagen, das ist ein gutes Omen.

Daß Sie somit aus Deutschland kommen, ist jedenfalls erfreulich. Respektabel, if you know, what I mean. In spite of everything, Germany is a great nation. Moldawien oder Transnistrien hätte sich nicht so gut gemacht.

Wir in den Staaten haben jedenfalls begonnen, uns mit dieser Vorstellung zu befreunden. Daß der, auf den wir warten, letzten Endes aus Deutschland kommt. Lange angekündigt, endlich erschienen. I praise the lord, that my old eyes may get to see that.

Und so weiter, immer in diesem Tonfall. Nein, Mischa war nicht einfach stehen geblieben. Natürlich, schrieb er, versuchte ich mich zu entziehen. Diesem Mann und seiner Suada. Aber das war alles andere als einfach. Er ging einfach weiterredend neben mir her. Ging ich links, ging er auch links, wandte ich mich nach rechts, schwenkte er ebenfalls nach rechts. Drehte ich plötzlich um, so drehte er auch um. Es war ein absurder Paarlauf, dort oben auf dem Hochplateau.

So war er nicht loszukriegen. Und er redete und redete. Je schneller wir gingen, desto schneller redete er. Daß meine Augen das noch sehen dürfen! *Sie* hier, gerade an *diesem* Ort – also wenn ich zuvor nicht bemerkt hätte, daß Sie etwas fotoscheu sind, würde ich diesen Augenblick für die Welt festhalten.

Deswegen müssen Sie nicht noch schneller laufen, sehen Sie doch, die Kamera bleibt in der Tasche! Letzten Endes geht es um viel wichtigere Dinge als um ein paar Fotos. Obwohl Sie, was das betrifft, keine Komplexe haben müßten. Sie sind, wenn ich das so sagen darf, ein etwas eigenwilliger Typ, aber auf Ihre Art durchaus fotogen – sobald Sie öffentlich auftreten, wird das nicht schaden.

Aber alles zu seiner Zeit, okay. Sicher doch, wir wissen, worauf es ankommt! Die richtigen Zeiten, die richtigen Orte, schon klar. Daß Sie aber gleich zu Anfang Ihrer Reise hier, an diesem besonderen Ort, Halt machen, um, wenn ich Sie richtig verstehe, die Perspektiven gleich vorweg entsprechend ins Auge zu fassen, hat für uns natürlich einen ganz besonderen Symbolwert.

Sie wissen doch, sagte er, was das hier für ein Ort ist?!

Ich gab keine Antwort.

Aber natürlich wissen Sie es! sagte er. *The Battle of Hittim*, Sir, ich bitte Sie! Jeder Fußbreit hier ist mit christlichem Blut getränkter Boden.

Klar haben wir damals auch ein paar tausend Moslems abgeschlachtet. Waren ja mehr als genug von denen hier. Sehen Sie, von dort unten haben sie angegriffen. Und hier oben hatten die Unsrigen die Nacht verbracht. Großartige Leute! Eine Truppe mit vorbildlicher Moral! Und erfüllt von ihrer Mission, also christlich *down to the balls*. Aber sie waren leider noch ziemlich erschöpft. Am Vortag, auf dem Weg von Sepphoris hierher, hatten ihnen die Partisanen ziemlich zugesetzt. Dazu kam die Hitze. Es war ja höllisch heiß. Natürlich ein Nachteil für die christliche Mannschaft. Von hier oben hatten sie zwar einen guten Überblick. Doch was sie nicht hatten, und das war natürlich besonders wettbewerbsverzerrend, war Wasser.

Die einzige Chance, trotzdem zu siegen, war also, bis ans Seeufer durchzubrechen. Aber genau das versuchte der Feind zu verhindern. Ein wirklich grausamer Menschenschlag, von Natur aus! Also zuerst senkte sich eine Wolke von Pfeilen auf die Unsrigen, wie ein Schwarm von Heuschrecken. Das richtete besonders unter den Reitern ein Chaos an. Hier starben nicht nur sieben bis achttausend Christenmenschen, sondern auch an die dreitausend christliche Pferde. Das Fußvolk versuchte trotzdem weiterzukämpfen. Doch es wurde immer heißer, und am Ende setzten die muselmanischen *motherfuckers* die Macchia in Brand.

Hören Sie auf! sagte Mischa.

Ja, sagte Rumsfeld, das war ein schlimmer Tag für die Christenheit. 4. Juli 1187. Schon eine Weile her, 820 Jahre. Aber noch ist nicht aller Tage Abend!

Denn bei Gott sind ja bekanntlich 1000 Jahre wie ein Tag. Bloß wem sage ich das? Ich sollte davon ausgehen, daß Sie das wissen! Am Ende des Tages sieht es anders aus. Well. In Gottes Zeitrechnung nähern wir uns dem Ende des Tages.

So, sagte er, und damit kommen wir endlich zur Sache. Auf dieses Ende nämlich arbeiten wir hin. Wir tun, was wir können, um es siegreich zu machen. *Wer* wir? fragen Sie. Sie haben doch sicher schon von der Christlichen Koalition gehört! *Christian Coalition*, kurz *C. C.*, genannt. Nicht? Das sollten Sie aber! Schließlich betreiben wir Ihre Geschäfte! Ein Netzwerk emsig tätiger Organisationen. Wir bereiten vor, was für den letztendlichen Triumph vorbereitet werden muß.

Wir waren beileibe nicht untätig all die Jahre! Wir betreiben Magazine, Verlage, Radio- und Fernsehstationen. Wir haben Geld. Wir haben Einfluß. Wir haben Macht. Natürlich haben wir hervorragende Beziehungen zur Politik.

Ja, es gibt eine Menge *good guys*, die fleißig für Sie arbeiten. Prediger, Medienleute, last but not least Autoren. Haben Sie die *Left Behind*-Bände von Tim La Haye gelesen oder *The Late Great Planet Earth* von Hal Lindsay? Nicht? Na, da haben Sie einiges nachzuholen!

Ich hatte inzwischen, schrieb Mischa, den Weg zurück zum Auto eingeschlagen. Ich ging so schnell ich ohne zu stolpern konnte, doch der Typ blieb stets neben mir. Erstaunlich seine Kondition, er war ja mindestens doppelt so alt wie ich. Und dabei redete er noch die ganze Zeit, ohne sich eine nennenswerte Verschnaufpause zu gönnen, aber ihm ging nicht und nicht die Luft aus.

Was halten Sie davon, sagte er, wenn wir jetzt erst einmal nach Norden fahren, zu den Golanhöhen. Man hat auch von dort einen interessanten Ausblick. Weit nach Syrien hinein – mit etwas strategischer Phantasie können Sie sich dahinter auch den Irak und den Iran vorstellen. You know, *on a clear day you can see forever*.

Wir können dort oben übernachten, sagte er, ich habe Zugang zu den israelischen Militärcamps. Wir könnten einen oder zwei Tage bleiben und dann über Montfort zurückfahren. Großartige Festung, Stolz des Deutschen Ritterordens, sollten Sie unbedingt sehen! Na ja, und dann müssen Sie natürlich nach Megiddo, aber vielleicht sollten wir einen Zwischenstop in Caesarea einlegen, dort gibt es einen Golfplatz mit 18 Löchern.

An dieser Stelle, schrieb Mischa, reichte es mir. Das war schon im unteren Drittel des Abstiegs, an manchen Stellen des Weges konnte man bereits die Straße ahnen. Zwar war sie vielleicht noch fünfhundert Meter entfernt. Doch wenn ich mich von diesem grauenhaften Menschen nicht völlig okkupieren lassen wollte, mußte ich jetzt einfach einen Ausfall wagen.

Ich sprang also einfach nach links in die Macchia. Natürlich war das eine äußerst stachlige Angelegenheit. Da durchzubrechen kostete einige Überwindung. Aber es war auch meine Chance: Der andere trug ja, wie gesagt, kurze Hosen.

Ich rannte, so rasch ich konnte, ließ mich auch durch hüfthohe Distelfelder nicht aufhalten. So gelang es mir, einen immer größeren Vorsprung zu gewinnen. Eine Weile hörte ich den Kerl noch hinter mir her rufen. Doch seine Stimme wurde immer leiser, und als ich die Straße tatsächlich erreicht hatte und an ihrem Rand, mit einem Gefühl tiefer Dankbarkeit im Herzen, das Auto stehen sah, hörte ich ihn gar nicht mehr.

Dann saß er im inzwischen von der Sonne aufgeheizten Mietwagen. Von seinem Sprint durchs Gestrüpp war er ohnehin verschwitzt, aber jetzt brach ihm erst recht der Schweiß aus. Der Motor sprang nicht gleich an, das versetzte ihn noch kurz in zusätzliche Panik. Doch nach ein paar langen Sekunden bewegte sich das gewichtige Fahrzeug doch vom Fleck, und zwar so abrupt, daß die Reifen quietschten.

Kurz vor Teverya gab es zwei Möglichkeiten. Ursprünglich habe er im Sinn gehabt, nach Norden zu fahren. Einfach am See entlang bis nach Kefar-Naum. Das alte Kapharnaum, wo Jeschua sich längere Zeit aufgehalten hatte. Damals. Nach seinem Weggang aus Nazareth. Ähnliches hatte auch er sich vorgestellt. Sich dort ein Quartier zu suchen und eine Weile zu bleiben. Am See entlangzugehen und zu sehen, ob es noch Fischer gab, wie ehedem.

Ja, schrieb er, das hätte er jetzt am liebsten getan. Doch dort, vor Teverya, besann er sich. So leid es ihm tat, Kafarnaum mußte noch warten. Da der Kotzbrocken, dem er soeben entwischt war, nach Norden gewollt hatte, mußte er nach Süden.

Noch einmal sah er sich um, ob der Kerl nicht ohnehin schon wieder hinter ihm her war. In dem bordeauxroten Benzinfresser, den er ja gleich nach Zippori im Rückspiegel gesehen hatte. Das Auto war ihm sofort verdächtig gewesen. Zwar war es dann, ein paar Kilometer nach Kana, abgezweigt, aber es schien ihm jetzt logisch, daß es sich bei dieser Abzweigung um eine andere Zufahrt zu jener blutgetränkten Anhöhe handelte.

Gott sei Dank, dieses Auto sah er jetzt nicht. Hatte es ja auch dort, am Rand der Straße, nicht gesehen. Vielleicht war der Platz, an dem Rumsfeld es geparkt hatte, doch etwas weiter vom Fußweg entfernt gewesen. Oder er hatte bei seiner Flucht durchs Gestrüpp doch einen entscheidenden Vorsprung herausgeholt.

Den mußte er nutzen. Also rasch nach Süden abgebogen. Bevor es der andere doch noch mitbekam. Das Seeufer war nun links, Wasser und Himmel von einem luziden Blau. Aber er durfte sich nicht von diesem schönen Anblick aufhalten lassen.

Und schon lag der See, an dem er so gern geblieben wäre, hinter ihm. Und schon fuhr er am Jordan entlang, dem Fluß, den er zu kennen glaubte. Und konnte das Wiedererkennen gar nicht recht würdigen. Erst als er schon zwanzig, dreißig Kilometer zurückgelegt hatte, wurde ihm bewußt, daß er glatt an der Stelle vorbeigefahren sein mußte, an der Jochanaan getauft hatte.

4

Von da an wurden Mischas geographische Angaben etwas verwirrend. Einerseits schrieb er nämlich vom Tal Krith oder Kerit. Dorthin, so schrieb er, habe sich der Prophet Elia bekanntlich zurückgezogen. So, dachte Barbara, *bekanntlich* – was alttestamentarische Geschichten betraf, fühlte sie sich nicht ganz so firm.

Andererseits schrieb Mischa von der Gegend, in der die Essener ihr asketisches Leben geführt hätten. Unter penibler Einhaltung von Reinheits-, Speise- und Ausscheidungsgeboten. In Mischas Mail las sich das so, als ob das eine gleich neben dem anderen läge. Barbara hatte den Verdacht, daß das nicht ganz stimmen konnte.

Vielleicht lagen diese Gegenden allerdings nur assoziativ nebeneinander. Das Tal oder Wadi, in das der Prophet geflüchtet war, nachdem er – diese Information bezog Barbara wieder von Wikipedia – den König Ahab wegen seiner Verbindung mit einer götzendienerischen Zweit- oder Drittfrau, einer gewissen Isebel, kritisiert und dem ganzen Land eine Trockenheit an den Hals gewünscht hatte, und die karge Gegend, in der die Essener durch Beten und Fasten das Kommen des Messias zu beschleunigen versuchten, auf Gedeih des Reichs Gottes und Verderb der profanen Welt. In seinen Briefen verband Mischa das mit Spekulationen über den Aufenthalt Jeschuas nach seinem Weggang aus Nazareth. Oder auch mit Theorien über die Orte, an denen Jochanaan getauft hatte, einerseits am Oberlauf, aber andererseits auch am Unterlauf des Jordan, womöglich hing das von den Jahreszeiten und dem damit verbundenen Wasserstand des Flusses ab.

Im Tal Kerit hatte der Prophet jedenfalls aus dem gleichnamigen Bach getrunken, der damals offenbar ausreichend Wasser führte. Was feste Nahrung betraf, so wurde er zweimal täglich von einem Raben versorgt, der ihm – von Gott gesandt – Brot und Fleisch brachte. So eine Nahbeziehung zu Gott hatte schon ihre Vorteile. Andererseits hätte sich Elia ohne diese Beziehung die ganze Suppe gar nicht erst eingebrockt.

Schrieb Mischa. Aber das führte ein bißchen weit. Was einem so einfällt, wenn man den ganzen Tag im Auto fährt. Denn so mußte es wohl gewesen sein. Er fuhr und fuhr. Und er hatte seit dem spärlichen Frühstück in Nazareth nichts mehr gegessen.

Daß er wirklich ins Wadi Kerit kam (oder ins Wadi *El Yabis*, wie es, las Barbara, inzwischen heißt), war eher unwahrscheinlich. Sie allerdings fand es wirklich auf einer Karte. Es lag aber östlich des Jordan, also bereits in Jordanien. Mit einem in Israel gemeldeten Mietwagen durfte man kaum über diese Grenze.

Anscheinend war er doch weiter nach Süden gefahren. Am ehesten über den sogenannten Highway 90. Eine Transitstrekke durch das besetzte Gebiet. Auch für Leihfahrzeuge mit israelischem Kennzeichen befahrbar.

Zwar war das, so schien es, schon an sich ein problematischer Trip und erst recht in dem Zustand, den er andeutete. (Psychisch und bald auch physisch gefährlich grenznah.) Und wahrscheinlich gab es auf dieser Strecke keine Raststationen. Und gewiß, las Barbara, mußte man mit gegebenenfalls unangenehmen Kontrollen rechnen. Offenbar wurde Mischa auch mehrere Male angehalten. Jedesmal, schrieb er, habe er aussteigen und sich durchsuchen lassen müssen. Und einmal sei das besonders unangenehm gewesen. Denn man habe ihn wie einen Drogendealer in irgendeiner Fernsehserie behandelt, er habe sich nach vorn über das heiße Blech der Kühlerhaube beugen und auf erniedrigende Weise abtasten lassen müssen.

Soviel oder so wenig schrieb er darüber per Mail. In dem Brief, in dem er dann noch einmal darauf Bezug nahm, stand allerdings etwas von einer netten, jungen Soldatin, die ihm einen Schluck kühlen Tee gegeben habe. Das Mineralwasser war nicht nur warm, sondern ging auch zur Neige. Nach und nach sei er wie in Trance gefahren. Der Wagen fuhr mit Allradantrieb, aber in seinem Kopf drehte sich ein fünftes Rad. Er habe nur mehr beobachtet, wie die eckige Schnauze des Autos die Straße in sich hineinfraß. Irgendwann sei ihm dann eingefallen, daß er schon lang kein anderes Fahrzeug mehr gesehen habe. Übrigens hatte er auch schon lang *keine Tankstelle* mehr gesehen, als ihm das so richtig bewußt wurde, wollte der Toyota nicht mehr so recht weiter.

Da stand dann das Auto, lächerlich klein in der Landschaft. Und diese Landschaft wirkte auf einmal sehr groß. Solang er gefahren war, hatte er das nicht wahrgenommen. Aber jetzt stand er unter einem ungeheuren Himmel. Von welcher Farbe? Nein, dieser Himmel war nicht wirklich blau. Zwar war er ganz klar, es war keine Wolke zu sehen. Doch war der Farbe dieses Himmels etwas an Grau beigemischt. Und vielleicht da und dort eine Spur von Ockergelb.

Unter seinen Füßen fast die gleichen Farben. Da stand er in einer Unendlichkeit von Kieshügeln. Ein Hügel reihte sich an den anderen, die Formen erinnerten an ausgetrocknete Muschelgehäuse. Und – ja – bei aller Trockenheit erinnerte diese Landschaft auch an ein Meer.

Ein Meer, schrieb Mischa, auf einem fremden Stern. Schon eigenartig, daß einem die Erde unversehens wie ein fremder Stern vorkommt. Und daß man sich selbst vorkommt, als wäre man vom Himmel gefallen. Das Befremdliche in dieser Situation, schrieb er, war das Gefühl, übergangslos mittendrin zu sein – es gab keinen Rand, sondern nur Mitte.

Er sei eine Weile in dieser Mitte gestanden. Dann sei er wieder ins Auto gestiegen und habe versucht, ob es nicht doch noch ein Stück fahren wollte. Nein, absolut nicht. Der Tank war offenbar leer. Es war ein großer Tank. Er mußte weiter gefahren sein, als er gedacht hatte.

Und das war es jetzt. Die Wasserflasche war auch leer. Ausgetrunken bis auf den letzten Tropfen. Und da saß er jetzt. Und es wurde Abend. Wäre der Hirte nicht erschienen, er hätte nicht gewußt, wie alles weitergehen sollte.

Doch er erschien, dieser Hirte. Mitsamt seinen Schafen. Weiße und schwarze. Soweit man das im schwach gewordenen Tageslicht noch ausnehmen konnte. Auch Ziegen darunter. Manche Tiere mit Glöckchen. Das Bimmeln der Glöckchen sei es auch gewesen, was er zuerst gehört habe.

Vorher habe er nur Stille gehört. Eine ungeheure Stille. Eine tosende Stille. Dann aber diese Glöckchen. Vielleicht eine Halluzination. Aber nein, behauptete Mischa, es war Wirklichkeit.

Daß dieser Hirt hinter einem der Hügel hervorkam. Auf seinen Stab gestützt, wie ehedem. Hinter ihm das Gewimmel von Schafen und Ziegen. Und vor ihm zwei Hunde, zottige Tiere, die den Menschen, den sie nicht kannten, prompt verbellten.

Der Hirt aber, je näher er kam, desto kenntlicher (auf seinem Kopf ein helles, im Nacken geknotetes Tuch, darunter das sonnenverbrannte Gesicht wie eine Reliefkarte), dieser Hirt habe ihn keineswegs begrüßt wie einen Fremden. Das Lächeln unter seinem grauen Schnauzbart: sowohl herzlich als auch – ja – grimmig. Das Lächeln eines Menschen, der mit dem anderen seine Erfahrung hat. Salam, habe er gesagt. Du bist also wieder da.

Dieser Hirt kam auch Barbara bekannt vor. Ja, in Rom hatte Mischa von ihm gesprochen. Sie erinnerte sich jetzt daran, das war beim Abendessen gewesen. Oder auch nach dem Abendessen, auf jenem verwirrenden Spaziergang. Eine Gestalt aus einem apokryphen Evangelium. Beiläufig hatte Mischa das erwähnt. Ein Hirt, mit dem Jesus eine Zeitlang verbracht habe. Barbara fragte sich, um welches Evangelium es sich handelte.

Sie durchsuchte ihre Bücherregale nach einem Buch, das sie einmal gekauft, aber nie richtig gelesen hatte. *Apokryphen zum Alten und Neuen Testament.* Ein kleines, dickes Buch, sie hatte eine ungefähre Vorstellung davon, wie es von außen aussah. Aber sie hatte damals nur flüchtig hineingeschaut. Das war eins ihrer Probleme: zu viele Bücher. Nicht nur im Wohn- und Schlafzimmer hatte sie Regale, sondern auch im Vorzimmer und sogar auf der Toilette. In manchen dieser Regale standen die Bücher zweireihig. Klar hatte sie ursprünglich ein System gehabt, nach dem sie die Bände geordnet hatte, das heißt, genaugenommen, mehrere Systeme, aber mit der Zeit waren diese Systeme durcheinander oder abhanden gekommen.

Die oft erstaunlich rasch alternden Neuerscheinungen, die sie besprechen sollte, standen ohnehin nicht in diesen Regalen. Die lagen auf ihrem Schreibtisch oder wuchsen um diesen Schreibtisch herum zu immer höheren Türmen. Der Kater Moritz hatte diese Türme manchmal zum Einsturz gebracht. Zwar war er ein geschicktes Tier gewesen, das, wenn es links und rechts von ihm eng wurde, vorsichtig Pfote vor Pfote setzte, bloß hier und da war er doch angestreift und hatte dann, während die Bücher herabdonnerten, mit gesträubtem Schwanz die Flucht ergriffen.

Aber das war noch in Berlin gewesen. In der Stadt, in der Barbara jetzt wohnte, hatte sie keinen Kater. Trotzdem fielen die Türme manchmal um. Zuweilen kamen Barbara dann die Tränen.

Auch jetzt. Um in eins der oberen Regalfächer zu gelangen, war sie auf einen Sessel gestiegen. Beim Heruntersteigen, zunehmend verärgert, weil sie das Buch mit den Apokryphen nicht und nicht fand, trat sie etwas zu forsch auf den Parkettboden. Da stürzten gleich zwei von ihren Büchertürmen. Sie ließ die Bücher liegen, wie sie gefallen waren, und ging rasch aus dem Zimmer.

Beim Anziehen der Jacke zerriß sie das Innenfutter um ein weiteres Stück. Das gehört ausgebessert, dachte sie. Sie war aber nicht geschickt im Nähen und Flicken. Ihre Mutter, die ihr ehemals für typisch weiblich gehaltene Handfertigkeiten beizubringen versucht hatte, war selbst nicht mehr wirklich davon überzeugt gewesen. Besser also, das Futter ausbessern zu lassen. Klar war das besser. Es war ja ein feines Futter. Fragte sich nur, wer heute noch so etwas machte. So eine Kleinigkeit. Eine Reparatur, die sich kaum auszahlte.

Dachte Barbara, als sie die Treppe hinunterlief. Der Lift war besetzt. Sie hatte keine Lust, zu warten. Sie hatte auch keine Lust, jetzt jemandem gegenüberzustehen. Auf so engem Raum. Sie hatte noch immer Tränen in den Augen.

So etwas Unsinniges! dachte sie. Was ist eigentlich los mit mir? Draußen auf der Straße regnete es ausnahmsweise nicht. Aber der Wind blies ihr heftig und kalt ins Gesicht. Gut so, dachte Barbara. Das war genau das, was sie jetzt brauchte.

Diese Überempfindlichkeit, was sollte denn das? Zu Beginn dieses Sommers hatte das wieder angefangen. Eigentlich hatte es schon im Frühling begonnen. Mit den ersten warmen Abenden, an denen man Lust bekam draußen zu sitzen.

In dieser Stadt, in die sie gezogen war, nachdem sie sich von Max getrennt hatte, gab es, kaum, daß das Wetter etwas schöner wurde, viele Gastgärten. Gerade, weil das Schönwetter gar nicht so häufig war, verursachten auch nur mäßig angenehme Temperaturen schon eine naive Erregung. Das war dann zu spüren. Ein Vibrieren lag in der Luft. Gut, daß das jetzt vorbei ist, dachte Barbara.

Nur sollte damit auch diese Überempfindlichkeit aufhören.

Zwar fand sie das Wetter zu kalt, aber sie würde jetzt ein paar Schritte gehen. Nicht nur zum Zigarettenautomaten und wieder zurück. Ja, das würde sie tun, vielleicht wirkte es ausnüchternd.

Das Futter in der Jackentasche, in die sie die Zigarerettenpackung steckte, war auch zerrissen. Vielleicht, dachte sie, sollte ich mir einfach eine neue Jacke kaufen. Aber sie war an diese Jacke gewöhnt. Außen noch durchaus intakt, innen nicht ganz so haltbar, im Grunde paßte das zu ihr.

Sie kam an den Kai und stieg die Treppe zum Flußufer hinunter. Dort unten, zwischen der Mauer, durch die man den Fluß von der Stadt abgegrenzt hatte, und dem Wasser, in das sich die Kloaken ergossen, gab es eine Strecke, auf der es während der wärmeren Jahreszeit einigermaßen bunt zuging. Lokale hatten geöffnet, einige davon auf Flößen, Musik tönte, abends gab es manchmal Livekonzerte, deren Echo von der Mauer und der Häuserfront am gegenüberliegenden Ufer zurückklang. Zu laute Bässe, gewiß, es gab Bürgerinitiativen gegen die Lärmbelästigung, aber dieser sommerliche Rummel war immerhin ein Signal von Lebendigkeit.

Jetzt war hier alles ausgestorben und grau. Und der Wind blies besonders unangenehm. Doch Barbara ließ sich von ihrem Entschluß nicht abhalten. Im Gegenteil, sie faßte den Vorsatz, unter mindestens drei von den Brücken durchzugehen, die den Fluß überspannten.

Die Graffiti an der Mauer waren anscheinend von irgendwelchen Fantasy-Serien beeinflußt, aber von erschreckender Phantasielosigkeit. Die meisten folgten einfach dem Muster einer fratzenhaften Darstellung von Monstern. Verbal hatte die hiesige Jugend offenbar nicht viel zu melden, schon gar nicht in der eigenen Sprache. *Fuck the fucking fuckers* war über eine weite Strecke noch der originellste Spruch, den Barbara entziffern konnte. Das war also gesagt. Was immer damit gemeint war. Unter der zweiten Brücke lagerte ein weißhaariger Mann, der eine Barriere schwarzer Müllsäcke um sich aufgebaut hatte. Kurz vor der dritten Brücke stand dann doch noch ein Spruch, der aus dem Rahmen fiel. *Komme bald. Jesus. (Nach Diktat verreist.)*

Nein, Barbara wollte nicht an so etwas glauben! Daß alles das hintergründig zusammenhing. Daß etwas dahintersteckte. Vielleicht ein Plan. Unsinn! Wer sollte denn so einen Plan machen?

Das war doch genau das, was sie Mischa vorgeworfen hatte! Beziehungswahn! Die Projektion von Zusammenhängen! Sie lehnte das ab. Sie wollte das einfach nicht. Entschlossen nahm sie die Treppe, die nach der dritten Brücke wieder hinauf zur Straße führte.

5

Schluß, sie würde sich das nicht gefallen lassen! Über das Wochenende versuchte sie alles zu vermeiden, was diesen Beziehungswahn nähren konnte. Sie las nichts. Sie schrieb nichts. Sie versuchte total abzuschalten und schaltete den Fernseher ein. Sie verordnete sich Sit-Coms und Soap-Operas, sie hob ihren Serotoninspiegel durch Schokoladen.

Sie nahm auch einige klassische Medikamente. Baldrian, Melisse, Passionsblume, Hopfen (wenn schon, denn schon, dachte sie und trank auch die zwei Flaschen Bier, die sie im Kühlschrank fand). In der Hausapotheke fand sie schließlich noch das Schlafmittel, das ihr über die Trennung von Max hinweggeholfen hatten. Sie widerstand der Versuchung lang, aber Sonntag abend nahm sie dann doch eine halbe Tablette.

Danach schlief sie traumlos, zumindest konnte sie sich am

Montag vormittag an keinen Traum mehr erinnern. Gegen Mittag war sie noch schlaftrunken genug, um einen weiteren Brief von Mischa, den sie mit der anderen Post aus dem Briefkasten nahm, zu verlegen. Sie tat das nicht vorsätzlich, nein, es geschah ganz einfach. Sie wußte dann tatsächlich nicht mehr, wo sie den Brief hingelegt hatte.

Sie sagte sich, daß das so ganz in Ordnung sei. Zwar fiel ihr der Brief im Lauf des Nachmittags ein paarmal ein, aber sie suchte ihn nicht wirklich. Zumindest suchte sie ihn nicht wirklich gezielt. Erfahrungsgemäß war das die beste Methode, um etwas zu finden, aber vorläufig wurde diese Erfahrung nicht bestätigt.

Immerhin brachte Barbara an diesem Nachmittag eine halbwegs brauchbare Rezension zustande. In der Folge war sie einigermaßen zufrieden mit sich und ging abendessen. In einem Lokal, das noch nicht von einer Fastfoodkette aufgekauft worden war, aß sie Nürnberger Rostbratwürstchen. Auf dem Rückweg zu ihrer Wohnung kam sie an einem Video- und DVD-Shop vorbei.

Warum sie stehen blieb und die Kassetten im Schaufenster betrachtete? Sie hätte es nicht sagen können. Vorerst dachte sie sich nichts dabei. Sie stand dort ganz einfach und schaute in die Auslage. Immerhin schien es hier nicht nur Action- und Horrorfilme zu geben.

Es war schon nach neun, aber der Laden hatte bis zehn offen. Sie konnte also eintreten und sich umsehen. Hatte sie Lust, sich an diesem Abend niveauvoller zu unterhalten als am Vortag? Schon möglich, aber sie hatte keinen konkreten Film im Sinn.

Hinter der Ladentür ging es erst einmal ein paar Treppenstufen abwärts. Der tonnenförmig gewölbte Raum da unten war vielleicht einmal ein Weinkeller gewesen. In den Regalen, in denen sie sich alte Flaschen mit Patina vorstellen konnte, standen dicht an dicht Kassetten. Über den Regalen waren grell strahlende Fokusleuchten montiert.

Barbara ging an diesen Regalen entlang. Nahm die eine oder andere Kassette heraus, las die Inhaltsangabe. Am Ende des Raums ging es anscheinend noch weiter in einen zweiten, vor dem Durchgang hing ein Vorhang aus Holzperlen. Aber bevor sie den beiseite schob, rührte sich der Mann hinter der Theke.

Kann ich Ihnen helfen? fragte er. Suchen Sie etwas Bestimmtes?

Barbara wollte schon nein sagen. Aber da fiel ihr etwas ein. Und vielleicht war es ja wirklich das, was sie bis dahin unbewußt gesucht hatte.

Haben Sie zufällig den Film *Der Mann, der vom Himmel fiel*?

Der Mann war noch jung, doch er trug kein Haar auf dem Kopf. Sein Schädel war glattpoliert, eine blau geäderte Kugel. Ein wenig kam er Barbara vor wie ein Außerirdischer. Auf ihre Frage kam das Geäder unter der glattpolierten Haut in Bewegung.

Wahrscheinlich sah das allerdings nur so aus. Vielleicht lag es an der Bewegung des Kopfs unter der Fokusleuchte. Ihr schien es jedenfalls komisch oder auch unheimlich. Sie hatte den Eindruck, daß sie diesem Alien beim Denken zusah.

Er dachte übrigens flott. Nach ein paar Sekunden war der Denkprozeß offenbar beendet. Sein Kopf hatte alle Daten, die gefragt waren, abgerufen. Nein, sagte er, hier im Laden haben wir so alte Filme nicht lagernd.

Wie alt ist der denn? fragte Barbara.

Ich schätze, er stammt aus den siebziger Jahren des vorigen Jahrhunderts.

Des *vorigen* Jahrhunderts. Wie weit entfernt das schon klang! Das neue Jahrhundert war doch noch nicht einmal zehn

Jahre alt! In den drei letzten Jahrzehnten jenes vorigen Jahrhunderts hatte sich Barbara daheim gefühlt. In diesem neuen Jahrhundert fühlte sie sich manchmal recht fremd.

Der junge Mann hatte sich inzwischen dem Computer zugewandt.

Der Mann auf dem Dach, murmelte er, *Der Mann, der die Frauen liebte, Der Mann, der Dinge dachte … Der Mann, der lügt, Der Mann, der nicht nein sagen konnte, Der Mann, der sich sein Haar kurz schneiden ließ.*

Hier, sagte er. *Der Mann, der vom Himmel fiel. The Man Who Fell to Earth*, 1975.

Ja, sagte Barbara, das ist wirklich ganz schön alt. Sie war sieben Jahre älter, aber das sagte sie lieber nicht.

Regie: Nicholas Roeg, sagte er. Darsteller: David Bowie. In deutscher Synchronfassung, sagte er, gibt es keine DVD – und die Videokopie ist nicht mehr lieferbar.

Aber in der englischen Originalfassung könnten Sie mir den Film bestellen?

Ja, sagte der Alien.

Das tun Sie das bitte, sagte Barbara.

Okay, sagte er. Wird gemacht. Sagen Sie mir Ihren Namen und Ihre Telefonnummer?

In diesem Moment trat Richard hinter dem Perlenvorhang hervor.

Liebe Esther, mailte sie am nächsten Vormittag. Es ist wahr, es gibt eigenartige Zufälle. Gestern treffe ich einen alten Bekannten. Einen Studienkollegen, den ich seit 20 Jahren nicht gesehen habe.

Hier, in dieser Stadt, in der ich ihn nicht vermutet hätte. Und er (Richard heißt er) hätte mich erst recht nicht hier vermutet.

Das hat er jedenfalls einige Male wiederholt.

Nachdem er sich sozusagen vom ersten Schreck erholt hatte.

Das tippte Barbara, bevor sie an diesem Tag irgend etwas anderes schrieb. Erwacht mit einem zumindest an der Oberfläche launigen Mitteilungsbedürfnis. Von Schwester zu Schwester, von Freundin zu Freundin, von Frau zu Frau. Die Männer, schrieb sie, sind schon ein komisches Geschlecht!

Es war aber gar nicht so leicht, alles unterzubringen, was sie mitteilen wollte. Mit Rücksicht auf die im Mailverkehr übliche coole Kürze. Eine Rücksicht, über die sich Mischa ihr gegenüber einfach hinwegsetzte. Aber Esther würde nicht ganz so geduldig sein wie sie.

Sie hatte zwar nichts zu erzählen, was so viele Worte erforderte. Doch ganz nüchtern und lapidar wiederzugeben, was sie loswerden wollte, ging auch nicht. Nicht, wenn sie die Situation skizzieren wollte. Die etwas peinliche Situation und die etwas komische Konstellation.

Wie Richard hinter dem Perlenvorhang hervortrat. Und – ja, den Eindruck hatte sie im ersten Moment – am liebsten gleich wieder dahinter zurückgewichen wäre. Obwohl oder auch gerade weil er sie erkannte. Wie eine eigenartige Röte, die seine Wangen färbte, aus seinem grau gewordenen Bart aufzusteigen schien. Good old Richie! Schon an der Uni war er ihr immer ein bißchen alt vorgekommen. Mit diesem Bart, der damals noch schwarz war, aber zu lang, zu füllig für seine Statur. Und sie hatte ihn immer nett gefunden, aber hatte es, bei aller gelegentlichen Nähe, vermeiden können, mit ihm ins Bett zu gehen. (Sogar auf mehrtägigen Ausflügen ins Gebirge und einer gemeinsamen Reise nach Schottland und Irland.)

Das alles zu schreiben hätte doch etwas zu weit geführt. Und hätte die Geduld einer jungen Person wie Esther, die, Halbschwester oder nicht, klassische Musikerin oder nicht, doch schon einer Generation mit einem rascheren Moment angehörte, überfordert. Barbara beschränkte sich also darauf zu schreiben, daß dieser Richard dagewesen sei, bevor Max auftauchte. Und daß nichts Wirkliches zwischen ihnen gewesen sei, nur Mögliches, aber daraus sei dann eben nichts geworden.

Und jetzt sei er ihr wieder gegenübergestanden, nach zwanzig Jahren, wie gesagt, und habe sich zweifellos gefreut. Andererseits war da etwas, das ihn vorerst daran hinderte, dieser Freude freien Lauf zu lassen. Laß dich umarmen, habe er ein paarmal gesagt, aber er habe es nicht getan. Das sei ihr zwar ohnehin lieber gewesen, aber die Haltung, in der er vor ihr stand, war merkwürdig, sie hatte den Eindruck, als wolle er etwas hinter seinem Rücken verbergen.

Ja, eben. Das war es, was die Umarmung verhinderte. Fürs erste reichte er ihr nur ganz förmlich die Hand. Die andere Hand hatte er immer noch hinter dem Rücken. In der hatte er nämlich eine Kassette mit DVDs, die er dann, nachdem er ein paarmal von einem Fuß auf den anderen getreten war, doch noch auf den Ladentisch legte, vor den Alien, der professionell ihren Preis nannte, und sie dann diskret in eine schwarze Plastiktüte steckte.

Das also in aller gebotenen Kürze zu vermitteln, war nicht ganz leicht. Aber irgendwie bekam es Barbara hin. Sogar noch die Information, daß Richard, sobald die Plastiktüte in seiner Aktentasche verstaut war, merklich erleichtert, den Vorschlag gemacht hatte, noch einen Schluck miteinander trinken zu gehen. Und daß er sie dann in eine Sektbar gelotst habe, ein ganz in weißem Kunststoff und Aluminium gestyltes Lokal, das gar nicht recht zu ihm paßte; den Dialog in der Sektbar gab sie allerdings nicht wieder.

Du bist also Literaturkritikerin, sagte er, stimmt, ich hab ab und zu einen Beitrag von dir in der Zeitung gelesen. In welcher Zeitung und worüber, das wisse er allerdings nicht mehr so genau. Aber es ist fein, sagte der, daß du auf diesem Gebiet Erfolg hast. Was ihn betreffe, so sei er Dozent am hiesigen historischen Institut.

Historiker in dieser alles in allem doch etwas musealen Stadt. Vielleicht sei diese Stadt ja gerade das Richtige für ihn. Obwohl er lieber in Frankfurt oder Berlin wäre. Wenn er Glück habe und ein älterer, gesundheitlich etwas angegriffener Kollege nicht mehr aus dem Krankenstand zurückkehre, werde er vielleicht demnächst Professor.

Hängt aber noch von ein paar Unwägbarkeiten ab, sagte er. Die Intrigen- und Machtspiele an der Uni seien hier noch viel undurchschaubarer als anderswo. Zu allem Überdruß mischt sich die Politik in alles ein. Aber das wird wohl bei den Zeitungen und in den Rundfunkanstalten, mit denen du zu tun hast, auch so sein.

Nicht ganz so, sagte Barbara. Richards vorauseilend resignative Art reizte sie zum Widerspruch. Solang sie den Ehrgeiz gehabt habe, in einer oder der anderen Redaktion eine Position zu erreichen, habe sie zwar auch einige unangenehme Erfahrungen mit Einschleimern und Ellbogentechnikern gemacht, und die Hierarchien seien natürlich auch in diesem Bereich eher fragwürdig. Aber was mich anlangt, sagte sie, habe ich mich halt nicht voll darauf eingelassen. Seit einigen Jahren, sagte sie, sei sie frei.

Frei, sagte er, ach ja, schön für dich, wenn du das schaffst! Er prostete ihr zu. Na, da bist du ja zu beglückwünschen! Übrigens: Bist du noch immer mit diesem Max beisammen?

Nein, sagte Barbara, das ist schiefgegangen.

Ach ja? sagte Richard. Sein Gesicht, das bis dahin etwas angespannt gewirkt hatte, über der Nasenwurzel konzentriert, wo zwei eigenartig widersprüchliche Falten saßen, eine längs, eine quer, dieses trotz Falten und Bart nach wie vor studenten-, ja schülerhafte Gesicht (ewiges Babyface, so formulierte sie es für Esther), entspannte sich. Ja, von da an lockerte er sich zusehends, bestellte zwei weitere Gläser Sekt und kaute geräuschvoll die Chips, die dazu serviert wurden. Nebenbei erwähnte er, daß in diesem Sinne auch er frei sei, nicht mehr einfach Single, nein, er sei zwölf Jahre verheiratet gewesen. Jetzt zahle er Unterhalt für die Ex und zwei Kinder, deren Geschlecht Barbara nicht mitbekam, aber ehrlich gestanden interessierte sie das auch nicht sehr.

Er war aber trotzdem ein netter Mensch, und es war schwer, ihn zu unterbrechen. Wenn er schon einmal anfing, sein Herz auszuschütten. Barbara schrieb das für Esther pauschal und sarkastisch. Er schüttete mir sein Herz aus. Ich ließ es an mir vorbeifließen.

Es war auch schwer, diesem Menschen böse zu sein. Du hast dich vielleicht gefragt, sagte er, was das für eine DVD-Kassette war, die ich zuvor gekauft habe. Also hör zu, das ist kein gewöhnlicher Pornofilm. Das ist ein Film, der für mich als Historiker von Interesse ist. Jetzt lach nicht, das ist wahr, ich arbeite über dieses Thema! *Die Darstellung der Antike im erotischen und pornographischen Kino-, Video- und DVD-Kontext.* Dieser Film hier – und dabei nahm er die schwarze Plastiktüte aus seiner Aktentasche, in der er sie zuvor hatte verschwinden lassen – dieser Film nennt sich *Rome.* Und natürlich lehnt er sich an die amerikanische Fernsehserie an, die vor einiger Zeit gelaufen ist, aber sein Thema ist eben weniger die Macht als der Sex.

Und dann, liebe Esther, stell Dir vor, zieht er doch tatsächlich diese DVDs aus ihrer diskreten Hülle. Und konfrontiert mich zumindest mit den Covers. So wie die aussehen, ist der Inhalt im Stil eines Kostümschinkens inszeniert. Nur daß die Kostüme an den entscheidenden Stellen sehr offen sind. Der Regisseur, sagt er, ist ein wirklicher Connaisseur, ein Kenner antiker Sitten und Gebräuche. Ja Herrgott noch einmal, wie die Leute sich miteinander vergnügt haben, nämlich in der Zeit um Christi Geburt und die ersten paar Jahrhunderte danach, um einiges zivilisierter und phantasievoller als in so manchem späteren Jahrhundert, das ist doch ein Teil der Kulturgeschichte! Und ich sage, kann schon sein, aber pack das lieber wieder weg. Und er sagt, wir können auch zu mir nach Hause gehen und es gemeinsam anschauen.

Vielleicht ein anderes Mal, sage ich. Ja, ja, sagt er, das kenn ich schon! So hast du mich ehemals Jahr um Tag vertröstet. Ich bitte dich, Richard, sage ich, das ist fast zwanzig Jahre her! Zwanzig Jahre, sagt er, in denen ich von dir geträumt hab.

Mein Gott, Richard, habe ich gesagt, jetzt komm herunter von diesem Trip! Ich hab dich doch auch gern, aber vielleicht nicht ganz so leidenschaftlich. Also komm, jetzt laß uns was anderes reden. Und dann ist mir etwas eingefallen, womit ich ihn vielleicht ein bißchen von seinem Thema Nr. 1 ablenken konnte.

Eigentlich trifft es sich, sagte sie, daß ich dich heute getroffen habe. Hätte ich dich heute nicht getroffen, so wärst du mir vielleicht morgen eingefallen. Tatsächlich frage ich mich, wieso du mir nicht schon gestern oder vorgestern eingefallen bist. Hätte ich deine Nummer gehabt, so hätte ich dich dann vielleicht angerufen.

So, sagte er, die Arme verschränkend, und *warum* hättest du mich angerufen?

Ich hätte dich, sagte sie, etwas fragen können. Dich, als Historiker. Siehst du, ich bin seit einigen Tagen mit einer etwas eigenartigen Geschichte konfrontiert. Mit einer Geschichte, in der alle möglichen historischen Anspielungen und Verweise auftauchen.

Sie habe dann wirklich einige Fragen gestellt. Fragen, die sich aus Mischas Briefen ergaben. Ja, stell Dir vor, der hat mir schon wieder geschrieben. Schrieb sie an Esther. Seine Briefe sind voll von ausgefallenem Zeug.

Für mich jedenfalls ausgefallen – hättest *Du* etwas über die Schlacht bei Hittim oder Hattin gewußt? Das nur zum Beispiel. Über einiges habe ich mich zwar schon im Internet informiert. Aber übers Wochenende war die Netzverbindung gestört. Das unvermutete Zusammentreffen mit Richard war also wirklich eine Gelegenheit.

Und tatsächlich hat er mir viel erzählt. Nicht nur über diese wirklich hirnrissige Schlacht. Anfänglich war er immer noch etwas verstimmt (angesichts der Art, wie er an seinem Bart gekaut hat, ist mir das Wort bärbeißig eingefallen). Aber nach und nach hat er den wieder aufgetauten Frust darüber, daß er bei mir nicht wirklich erfolgreich gelandet war, beinah vergessen.

Immerhin ist er Dozent für antike und mittelalterliche Geschichte. Über die Kreuzfahrer und den Unfug, den sie im sogenannten Heiligen Land getrieben haben, hat er sogar besonders gut Bescheid gewußt. Er hat über Richard Löwenherz dissertiert, der zwar erst ein paar Monate nach jener Schlacht ankam. In den setzte die sogenannte Christenheit große Hoffnungen, die er allerdings kaum erfüllen konnte; das bald nach Hattin an Sultan Saladin gefallene Jerusalem war und blieb verloren.

So redete er. Er hielt ihr beinah eine Vorlesung. Daß er über Löwenherz dissertiert hatte (der Vorname Richard dürfte bei dieser Wahl eine Rolle gespielt haben), hätte sie übrigens wissen müssen. Er habe ihr ehemals viel davon erzählt. Anscheinend sogar in relativ romantischen Zusammenhängen.

Das war also wieder einigermaßen peinlich. Weißt du nicht mehr, damals am Starnberger See? Da hatte sie offenbar irgend etwas verdrängt. Glücklicherweise hatte sie noch ein paar Fragen.

Etwa die nach Varus, Prokurator der römischen Provinz Syrien, wenn sie sich richtig an Mischas Brief erinnerte. Ob das derselbe sein konnte, der dann im Teutoburger Wald ... Ja, klar, sagte Richard, das ist derjenige, welcher. Warum ihn der Kaiser Augustus nach der durchaus erfolgreichen Strafexpedition gegen Galiläa und Judäa aus dem nicht nur klimatisch viel angenehmeren Nahen Osten ins Ruhrgebiet versetzt habe, das damals ein einziger Sumpf war, könne er auch nicht sagen. Vielleicht sei Varus dort unten in Damaskus übermütig geworden. Die Stadt sollte ja einiges zu bieten gehabt haben. In Rom hätte er sich allerdings noch schöner entfalten können. Apropos: Wollen wir nicht doch noch zu mir gehen und die DVD einlegen?

Was sollte ich darauf sagen? Ich ignorierte das einfach. Kommen die Männer nie aus der Pubertät heraus? Schrieb Barbara an Esther. Die würde das allerdings auch nicht wissen. Oder waren die Israelis vielleicht anders?

Sie habe jedenfalls einfach weitergefragt. Aber im Grunde ging es darum, aus dieser Situation herauszukommen. Bei gutem Wind, wie man sagt. Und ohne Richard zu verletzen. Wenn man ihn von gewissen Obsessionen ablenkte, war er ja ganz lieb.

Aber jetzt sag, fragte er, was ist das für eine Geschichte?

Was für eine Geschichte? fragte sie.

Na, das Buch, das du besprichst.

Ach so, sagte sie.

Ein historischer Roman? fragte er. Wird so etwas heutzutage denn wieder geschrieben?

Das war nicht mehr in der Bar, sondern schon wieder draußen im Freien. Es war kalt, aber schön, erstaunlich, eine Nacht ohne Nebel. Sie wollte zu Fuß gehen, sie hatte es nicht wirklich weit. Aber er ließ es sich nicht nehmen, sie zu begleiten.

Diese Stadt, sagte er, gelte zwar als eine der sichersten in

Europa. Aber letzthin könne man sich auch nicht mehr so recht darauf verlassen. Männlicher Schutz sei da wirklich nicht zu verachten. Also: Was ist das für ein Buch? Das interessiert mich!

Nein, sagte Barbara, es handle sich nicht um einen historischer Roman. Die Geschichte beginnt ja in der Gegenwart. Allerdings reicht sie weit zurück in die Vergangenheit und womöglich reicht sie auch irgendwie in die Zukunft. Was weiß ich? Eine ziemlich verrückte Geschichte.

6

Sind wir nicht alle Kinder Ibrahims? Fragte der Hirte. Sie saßen am Lagerfeuer. Mischa und der. Ein ziemlich verwitterter Typ. Das verblichene Tuch auf dem Kopf, darunter ein Gesicht mit dem Profil und den Farbtönen der Wüste.

Dazu dieses lange Gewand. Und unten die Sandalen. Vor zweitausend Jahren wäre er sicher genauso dahergekommen. Kein Grund, dieses altbewährte Kostüm zu ändern. Er hieß Abdallah. Das heißt übersetzt Diener Gottes.

Behauptete Mischa also auch Arabisch zu können? Nicht so gut wie Deutsch, schrieb er, aber ich kann mich verständigen. Was er mit dem viersprachigen Evangelientext begonnen habe, das habe er halt weiterbetrieben. Erlernen diverser Sprachen. Übrigens konnte der Araber auch ein wenig Aramäisch.

Die Sprache, an die sich Mischa jetzt wieder erinnerte. Ja, sagte er. Es habe damit angefangen, daß er auf aramäisch träumte. Und zwar in der Nacht, nachdem er den Flug gebucht hatte. Aber seit er wieder im Lande sei, würden die Träume immer deutlicher.

Wie der Hirte das Lagerfeuer anzündete, aus seinem Vorrat kleiner, getrockneter Hölzer, die aussahen wie in der Sonne gebleichte Knöchlein. Geduldig, ein winziges Fünkchen zuerst, gar nicht leicht zu schlagen geschweige denn zu erhalten, bei dem Wind, der mit Einbruch der Dunkelheit aufkam. Aber sie saßen immerhin im Windschatten des Wagens. Der war somit richtig an seinem Platz, der sollte so ruhig stehen bleiben bis morgen früh, kein Grund zur Unruhe, kein Grund zur Hast, Benzin ließe sich dann schon auftreiben.

Morgen. Oder übermorgen. Mit *Allahs* Hilfe und *seinen* Verbindungen. Der Hirte lachte lauthals und schlug sich aufs Knie. Er saß natürlich im orientalischen Stil, die Beine verschränkt. Was auch Mischa versuchte, aber er hielt es nicht allzulang durch, seine Sehnen waren nicht daran gewöhnt.

Vorläufig gab es nur Benzin im Feuerzeug. Ja, ein richtiges, altes Benzinfeuerzeug, mit Docht und Feuerstein, wer hat heute noch so etwas. Der Hirte war stolz darauf, er habe es einem Verwandten im Sinai abgekauft, es stamme noch aus den Beständen der britischen Armee. Daß der Wind die Flamme, die über den Knochenhölzchen tanzte, noch einmal ausblies, gab ihm Gelegenheit, das gute Stück aufs neue vorzuführen.

Dann aber brannte das Feuer schön und ruhig. Und der Hirt hatte Brot und Käse aus seinem Ranzen genommen und ein paar getrocknete Datteln. Und alles roch und schmeckte nach Schaf, auch das Wasser aus der Flasche, die außen mit Fell bedeckt war. Und ich hatte schon fast vergessen, schrieb Mischa, wie kalt es hier in der Nacht werden kann, aber Abdallah legte mir eine Decke über die Schultern.

Ehemals hatte er seinen Namen nicht genannt. Nenn mich Hirte, sagte er, das genügt.

Auch für die Schafe sei er namenlos.

Aber ich bin kein Schaf, hatte Jeschua gesagt.

Wer weiß, sagte der Hirte, doch dabei sah er so drein wie einer, der mehr weiß. Ein hintergründiger Lächler vor dem Hintergrund der Wüste.

Was weißt du von mir?

Dies und das, sagte der Hirte. Manchmal kommt ein Vogel geflogen und zwitschert mir etwas ins Ohr, manchmal kommt eine Schlange gekrochen und zischelt mir was zu.

Zum Beispiel?

Nun, zum Beispiel, daß du ein Mann bist, von dem die Menschen sagen, daß er zwei Väter hat.

Wie wir alle, sagte Jeschua, einen auf Erden und einen im Himmel.

Ja, ja, sagte der Hirte, die Vögel und Schlangen erzählen auch, daß du fromm bist. Sie haben ein feines Gespür für sowas, die Tiere.

Jeschua, sagen sie, das ist der, über dem der Heuschreckenfresser etwas flattern gesehen hat. Ein zweifellos frommer, ein wenig verträumter Mann. Mit einem Vater auf Erden, das heißt inzwischen *unter* der Erde. Und unserem Vater im Himmel – aber war da nicht noch irgendwo ein unbekannter Dritter?

Halt den Mund, sagte Jeschua.

Ja, schon gut, sagte der Hirte. Was den Heuschreckenfresser betrifft, so ist er inzwischen übrigens wieder an den *Unter*lauf des Jordan gezogen. Das nur zu deiner Information, falls du die Absicht haben solltest, ihn noch einmal zu besuchen. Aber vielleicht ist das keine so gute Idee, auf die Dauer wird sich der Kleine Herodes seine Schmähreden nicht mehr gefallen lassen, und du mußt nicht unbedingt dabei sein, wenn sie diese Vogelscheuche von einem Propheten verhaften.

Jetzt setz dich, sagte der Hirte, sei nicht so nervös, deine Zeit ist noch nicht gekommen. Hier ist Brot, hier ist Käse, hier sind getrocknete Datteln, was willst du mehr. Wenn du mich fragst, tätest du gut daran, eine Weile bei mir zu bleiben. Ich lehre dich, wie man Schafe und Ziegen weidet, das ist ein alter und ehrwürdiger Beruf, und wenn wir miteinander am Feuer sitzen, können wir über Gott und die Welt reden.

Sind wir nicht alle Kinder Ibrahims? Ihm war, als hätten sie dieses Gespräch erst gestern unterbrochen. Und sind Ismael und Isaak nicht Brüder, der Ältere und der Jüngere? Warum sollte Gott zwischen ihnen Zwietracht gesät haben?

Es steht geschrieben? Ach ja, so manches steht geschrieben! Gott spricht und die Menschen hören – manchmal hören sie leider schlecht. Das ist einmal so. Ibrahim hat sein Lebtag auf die Stimme gelauscht. Aber als ihm Isaak, sein Zweiter, geboren wurde, war er fast hundert.

Schön, er war der *Khalil er-Rahman*, der besondere Freund des Herrn. Man mag sich also vorstellen, daß ihm Gott noch eine Freude machen wollte und seine Frau Sara noch in recht vorgeschrittenem Alter mit einem Kind segnete. Allah Akbar, Gott ist groß, bei ihm ist nichts unmöglich. Aber daß er dem Stammvater dann aufträgt, die Frau, mit der er seinen ersten Sohn gezeugt hat, samt diesem Sohn in die Wüste zu schicken – eine noch junge Frau wohlgemerkt, mit strotzenden Brüsten und selbst einen alten Mann noch erregenden Lenden, und einen Heranwachsenden, der, wenn er so weitermacht, der beste Bogenschütze des ganzen Stammes zu werden verspricht –, also dabei kann es sich einfach nur um ein Missverständnis handeln.

Und wenn Abraham doch richtig verstanden hätte, und wenn Gott es tatsächlich so gemeint hätte? Daß Isaak bevorzugt werden sollte und Ismael zurückgesetzt? Das mag ich einfach nicht glauben, sagte der Hirte. Aber wenn es wirklich so sein sollte, war das Gottes entscheidender Fehler.

Dieser Hirte! Ehemals war er Heide. Was Jeschua anfangs in Gewissenskonflikte stürzte. Daß er dem Gott, dessen Namen man nicht aussprechen durfte, nicht ständig Dank sagte. Für das, was er auf Erden geschaffen hatte, und das, was angeblich im Himmel war. Hingegen interessierte er sich anscheinend eher für den Bereich *unter* der Erde. Oder zumindest in nächster Bodennähe. Legte das Ohr auf den Erdboden, zwar kniend, aber nicht in Andachtsstellung. Als ob er dort unten etwas erlauschen wollte.

Dem Juden Jeschua war das anfangs unheimlich. War es recht, daß er bei so einem blieb? Dort unten war doch *Scheol*, die finstere Abteilung. Damit wollte er nicht in Berührung kommen.

Jeschua fragte sich, ob er auf Stimmen von da unten horchte. Oder ob es ihm nur darum ging, gewisse, noch weit entfernte Bewegungen wahrzunehmen. Was am Wüstenrand zweifellos günstig war. Zu wissen, ob eine Karawane im Anzug sei oder eine räuberische Horde. Jeschua hatte immer den Verdacht, daß der Hirte mit denen da unten Kontakt hatte. Ja, grinste der Hirte, klar, mit den Asseln und Würmern. Manchmal fing er einen Skorpion und riß ihm den Stachel aus. Und dann hielt er ihn vergnügt über dem geöffneten Mund, wie einen besonderen Leckerbissen, und Jeschua wandte sich jedesmal entsetzt ab – aß ihn.

Du solltest das auch einmal probieren, sagte er. Skorpione sind weitaus schmackhafter als Heuschrecken. Ja, das ist wahr, sagte sein Wiedergänger von heute. Sie schmecken wie Shrimps. Es war allerdings unwahrscheinlich, daß er oft Shrimps aß.

Jetzt war er jedenfalls Moslem, selbstverständlich.

Und Allah hat nichts gegen den Verzehr von Kerbtieren?

Nein, sagte der Hirte, was soll er dagegen haben?! Verboten hat er uns, Aas zu essen und Schweinefleisch oder Unheiliges, über dem ein anderer Name als der seine gesprochen wurde.

Weißt du, sagte er, unter dem Namen Allah ist Gott nicht mehr so eng wie unter dem *unaussprechlichen* Namen. Das hat den Stamm Ismaels für ihn eingenommen.

Aber ist Gott nicht immer derselbe? fragte Mischa.

Ja und nein, sagte der Hirte. Vielleicht ist er wie eine Schlange, die sich von Zeit zu Zeit häutet.

Genau. Solche Vergleiche sahen ihm ähnlich. Und hatten damals schon Jeschua irritiert. Sprach man *so* von Gott? War die Schlange nicht das Tier, das Er im Paradies verflucht hatte?

Das war eine andere Sorte, sagte der Hirte. Es gibt ja verschiedene Schlangen.

Am nächsten Tag das Erwachen inmitten der Schafe und Ziegen, das Geräusch ihrer Glöckchen, die Sonne, die über der Mondlandschaft aufsteigt. Wie sich die Herde dann in Bewegung setzt, geführt von ihrem Hirten, der Gehilfe hintan. Ja, daran erinnerte er sich, er hatte einen Stab in der Hand, den ihm der Hirte vom Strauch geschnitten und über dem Feuer gehärtet habe. Aber das war vielleicht doch erst am folgenden Tag, in einer etwas grüneren Gegend.

Ein Hügel hinter dem anderen, aber irgendwann kommst du in ein grünes Tal. Was man so grün nennt, jedenfalls wuchs etwas mehr Gras und Gesträuch. Und für die Tiere war es besser, nur für das eine Tier nicht, das zu seinen Ehren geschlachtet wurde. Aber das muß sein, sagte Abdallah, wenn ein Gast kommt, noch dazu einer, den man so lang nicht gesehen hat.

Und es standen da ein paar Hütten, ehemals mit Stroh gedeckt, jetzt mit Wellblech, das war der Fortschritt. Und die Kinder liefen ihnen entgegen und die Hunde bellten, und das Geflügel gackerte. Und die Frauen, schrieb Mischa, hielten die Schleier zu seiner Überraschung mit den Lippen oder mit den

Zähnen fest. Doch wenn sie lachten, öffnete sich der Vorhang vor ihren Gesichtern.

Und das Lamm war sehr nackt und glatt, bevor es gebraten wurde. Und die Fliegen ließen sich schillernd auf ihm nieder. Aber was soll's, schrieb Mischa, als Opfer wäre es auch Gott gefällig gewesen oder den Priestern des dann von Titus zerstörten Tempels. Und es war alles wie vor zweitausend Jahren, nur daß mitten im schönsten Mahl die Überschalljäger der israelischen Luftwaffe über die Siedlung donnerten, nicht gerade im Tiefflug, aber doch niedrig genug, um die Wellblechdächer zum Zittern zu bringen, das sei nichts besonderes, sagte Abdallah, sie tun es nur zwei oder drei Mal täglich, damit wir wissen, daß sie da sind.

7

Den am Montag vormittag verlegten Brief fand Barbara am Mittwoch. Er lag in die Zeitung eingeschlagen, die sie gemeinsam mit ihm aus dem Postkasten genommen hatte. Die Zeitung war auf der Ablage im Vorzimmer gelegen, halb verdeckt von ärgerlichen Werbeprospekten. Noch am selben Nachmittag fand sie das Buch mit den apokryphen Evangelien.

Es handelte sich um angeblich getreu wiedergegebene bzw. übersetzte Texte, die in Nag Hammadi gefunden worden waren. Ach ja, sie erinnerte sich, das war irgendwo in Oberägypten. Sie las darin kreuz und quer, sie stieß auf einige interessante Stellen. Zum Beispiel diese: *Denkt nicht gering von dem Lamm. Ohne das Lamm ist es nicht möglich, den König zu erkennen.*

Klang irgendwie passend, aber anscheinend war sie doch nicht im richtigen Text. Jedenfalls kam der Hirte nicht darin vor, von dem Mischa schrieb. Nach diesem Evangelium, das dem Apostel *Philippus* zugeschrieben wurde, versuchte sie es mit dem *Evangelium nach Thomas*. Dann mit dem *Buch Thomas des Wettkämpfers* und mit dem *Evangelium nach Maria Magdalena*.

Mitten in dieser Lektüre rief Richard an. Warum hatte sie ihm bloß ihre Telefonnummer gegeben?

Was machst du? fragte er.

Ich lese apokryphe Evangelien, sagte sie.

Aha, sagte er. Brauchst du die auch für diese ominöse Rezension?

Eigentlich wollte sie sich nicht schon wieder auf ein Gespräch mit ihm einlassen. Aber ehe sie sichs versah, war sie schon mittendrin. Er war ja ein netter Mensch. Und er wußte viel. Die Texte aus Nag Hammadi, sagte er, sind wirklich nicht der letzte Schrei.

Seit ihrer Auffindung seien noch eine ganze Menge anderer Evangelien aufgetaucht. Letzthin ein *Evangelium nach Judas*, davon hast du ja vielleicht gelesen. Fehlt nur noch, daß sie eins nach Pilatus finden. Und vielleicht eins nach dem statt Jesus begnadigten Barrabas.

Nein, aber im Ernst, sagte er, es gibt da noch einiges. Funde aus Ägypten, Funde aus Israel, Funde aus Jordanien. Seriöse Funde und mutmaßliche Fälschungen. Pergamente und Papyri, von denen einige schon vor Jahrzehnten gefunden, wieder verschwunden, und dann auf dem Schwarzmarkt angeboten worden sind. Manche davon natürlich entsprechend vergammelt. Man muß sich das vorstellen, sagte er, fast zweitausend Jahre alte Dokumente, die in den Hinterzimmern levantinischer Antiquitätenhändler liegen! Oder in den Safes von irgendwelchen westlichen Spekulanten. Ich habe von Manuskripten gelesen, die wurden eingefroren wie Tiefkühlfische.

Ja, sagte er, das ist schon eine interessante Materie. Nicht, daß ich mich in diesem Bereich wirklich auskenne, aber ein bißchen behilflich sein kann ich dir vielleicht schon. Jedenfalls habe ich einige Bücher darüber. Weißt du was, sagte er, du kommst auf einen Drink vorbei, und wir schauen, was wir miteinander finden.

Besser nicht, sagte Barbara.

Ich kann auch zu dir kommen, sagte er.

Ich bitte dich, Richard! sagte sie.

Hör einmal, sagte er, wofür hältst du mich?! Es stimmt zwar, daß ich auch heute nacht von dir geträumt habe, und zwar sehr lebhaft. Aber wenn du mich für einen Mann hältst, der sich einer von ihm nicht nur begehrten, sondern auch verehrten Frau gegenüber nicht beherrschen kann, dann ist das eine Beleidigung!

Dabei konnte sie es nicht bewenden lassen. Sie trafen sich also in der Mitte zwischen ihren Wohnungen. In einem der alten Kaffeehäuser, die es in dieser Stadt noch gab. Zwar stellte sich heraus, daß es nicht ganz glücklich renoviert war, die mit Blumen in aufdringlichem Rosa verzierten Überzüge der Sitzbänke fand Barbara schlimm, aber wenn man, darauf sitzend, davon absah und den Blick auf die Marmortischchen, die polypenarmigen Messingluster, die schmalen, hohen Fenster und nicht zuletzt den graumelierten Kellner mit dem sarkastischen Zug um den Mund richtete, dann konnte man der Atmosphäre durchaus etwas abgewinnen.

Sie hatte Zeit dazu, denn Richard kam zu spät. Sie fragte sich schon, ob sie ihn schlecht verstanden hatte und im falschen Kaffeehaus saß, da trat er ein und kam auf ihren Tisch zu. Etwas an ihm sah verändert aus, sie hätte nicht gleich sagen können, was. Erst als er sie auf die Wange küßte, wurde es ihr sozusagen sinnlich bewußt – anscheinend war er noch rasch beim Friseur gewesen, jedenfalls war sein Bart um ein paar Zentimeter gestutzt und er roch nach Duftwasser.

Er zwängte sich auf die Sitzbank ihr gegenüber. Dann ließ er das Schloß seiner Aktentasche aufschnappen und legte die Bücher auf die Marmorplatte des Tischchens. Drei Bände. Seriös und voluminös. Klar, sagte er, das sind keine Leichtgewichte aus dem Esoterikshop.

Über diesen Büchern saßen sie dann gut eine Stunde. Dabei kam es vor, daß Richards Hand wie zufällig Barbaras Hand streifte. Er ist ja fast rührend, mailte sie abends an Esther. Zuerst zog ich meine Hand instinktiv vor seinem Patschhändchen zurück, aber dann ließ ich ihm die Freude.

Das Evangelium, das Barbara suchte, fanden sie nicht. Mit Hilfe des sehr detaillierten Registers fanden sie zwar einige Stellen, in denen von Hirten die Rede war (*Gute* Hirten, *böse* Hirten, *Gott* als Hirte des *auserwählten Volkes*), aber nirgends war von einem Hirten die Rede, mit dem Jesus eine gewisse Zeit zugebracht haben sollte. Schließlich lasen sie sich an einer Stelle fest, die sie zum halb resignierten, halb befreiten Lachen brachte. *Das Offenbare existiert durch das Offenbare, das Verborgene aber durch das Verborgene; siehe, es gibt Wesen, die sind im Offenbaren und sind doch verborgen.*

Na dann, sagte Richard, das erklärt ja alles! Da können wir uns ja ein bißchen entspannen, oder? Wenn es nach mir geht, sollten wir jetzt doch noch ein Gläschen trinken. Und schon hatte er bestellt und schon trug der Kellner die Kaffeetassen weg und brachte Weingläser.

So saßen sie also noch eine Weile beisammen. Manchmal lächelte Richard wie einer, der mehr durchschaut, als man ihm zutraut. Jetzt komm, sagte er, einem alten Freund wie mir kannst du doch sagen, worum es geht. Was ist das für ein Buch, für das du diese Informationen brauchst?

Ich meine, ich weiß nicht, wie du bei deinen Besprechungen sonst vorgehst. Aber ich kann mir nicht vorstellen, daß du immer einen derartigen Aufwand treibst. Es muß also damit schon eine eigene Bewandtnis haben. Was ist das für eine geheimnisvolle Geschichte? Erzähl!

Und da fing Barbara wirklich an zu erzählen. Also paß auf, die Geschichte ist ungefähr die. Eine Frau sitzt in der Abflugzone des Flughafens Frankfurt und spürt, daß sie jemand ansieht. Sie wehrt sich eine Weile dagegen, aber dann schaut sie doch auf, und damit läßt sie sich auf etwas ein.

Und so weiter. Anfangs hatte sie den Eindruck, sie erzähle das nur um Richards willen. Ganz einfach, um ihm irgend etwas zu bieten. Aber nach und nach merkte sie, daß ihr das gefiel. Es tat einfach gut, von dem zu reden, was sie seit Tagen, wenn nicht Wochen, hauptsächlich beschäftigte. So absurd es war. Aber das war ganz einfach die Wahrheit. Wovon das Herz voll ist, heißt es, davon geht der Mund über. Daß wirklich ihr Herz im Spiel war, gegen diese These hätte sie noch immer protestiert. Aber daß zumindest ihr Kopf mit dieser Geschichte voll war, das konnte sie weder vor sich selbst noch vor Richard verleugnen.

Und ein Prozentsatz Herz mußte schon dabeisein. Sie wäre sonst kaum so beherzt ins Erzählen gekommen. Wie die Frau und der Mann im Flugzeug saßen, das sie nach Israel bringen sollte. Und wie er sich ihr mit Geschichten aufdrängte, denen sie sich nicht recht entziehen konnte.

Sicher lockerte auch der Wein, von dem Richard zwei weitere Gläser bestellte, ihre Zunge. Du brauchst nicht zu glauben, sagte sie, daß sie es nicht versucht. Was? fragte Richard. Nun, sich diesen Geschichten zu entziehen. Aber als sie aufsteht und sich auf einen anderen Platz setzen will, schickt sie die Stewardeß auf den Platz neben ihm zurück, wegen der Turbulenzen.

Ja, sie kam erstaunlich in Schwung beim Erzählen. Aber als sie bei der unerwarteten Zwischenlandung in Rom angelangt war, erschrak sie. Vielleicht war es doch besser, wenn sie hier Schluß machte. Fürs erste jedenfalls. Ich muß jetzt gehen, sagte sie, ich habe noch zu arbeiten.

Jetzt noch? fragte Richard.

Klar, sagte sie, jetzt erst recht!

Ich begleite dich, sagte er.

Nein, sagte sie, ich nehme ein Taxi.

Ich fahre mit, sagte er. Ich will wissen, wie es weitergeht.

Nein, sagte sie und stand auf. Laß mich bitte allein fahren.

Na schön, sagte er. Wie du glaubst. Das klang wieder etwas gekränkt.

Und er tat ihr schon wieder beinahe leid.

Sie küßte ihn rasch auf die immer noch nach Friseur duftende Wange.

Fortsetzung folgt? fragte er.

Vielleicht, sagte sie. Wir können ja telefonieren.

Bis Mitternacht saß sie anschließend vor ihrem Laptop. Esther hatte gemailt. Das war ja erfreulich. Ob die israelischen Männer auch so sind wie die Euren? Nun, vielleicht haben sie manchmal andere Sorgen, aber die Fixierung auf Sex ist wahrscheinlich international.

Es gibt natürlich auch etwas feinsinnigere Exemplare. Unter den Musikern sind die relativ häufig. Vielleicht macht der Umgang mit Instrumenten sensibel. Sensible Finger, sensible Lippen; wenn du Glück hast, ist auch das übrige ganz nett.

Nach meiner Erfahrung besteht da wirklich ein Zusammenhang. Der Umgang mit guter Musik wirkt sich nicht nur aufs Hirn aus. Aber das hat nichts mit der Nationalität zu tun. Durch den Kontakt mit Barenboims *West-Östlichem-Diwan-Orchester* habe ich einen libanesischen Flötisten kennengelernt, der ist echt süß.

Dein Richard scheint ein bißchen plumper zu sein. Aber

vielleicht hat er ja ein gutes Herz. Was den anderen betrifft, diesen Jesus-Komplexler oder was er ist, so scheint Dich der nachhaltiger beeindruckt zu haben, als Du Dir (und mir) zuerst eingestanden hast. Schreibt er Dir immer noch? Wo ist er jetzt? Ach was, ich glaube, Du solltest ihn nicht allzu ernst nehmen!

So sehr sich Barbara vorerst über Esthers Zeilen gefreut hatte, an dieser Stelle begann sie sich ein wenig über sie zu ärgern. Solche Urteile und Ratschläge, fand sie, standen der Halbschwester nicht zu. Sonst schätzte sie die launige Nähe, durch die sich die Altersdistanz zwischen ihnen fast bis zum Verschwinden zu verringern schien. Jetzt aber hatte sie auf einmal ein Bedürfnis nach größerer Distanz.

Sie wunderte sich selbst über diese Reaktion, die ihr sehr deutlich bewußt wurde. Unwillkürlich war sie mit dem Schreibtischsessel, der Räder hatte, ein Stück rückwärts gefahren. Sie stand auf und ging im Zimmer hin und her, sie zündete sich eine Zigarette an. Da sie dabei ungeschickt war, fiel etwas Glut auf den Parkettboden.

Ärgerlich, ja, auch das – sie trat die Glut aus und setzte sich wieder hin. Sie würde versuchen, angemessen zu antworten. Daß es natürlich absurd sei, wie sehr sie dieser Mensch beschäftige, ein Typ, der ihr ursprünglich gar nicht gefallen habe. Ein Freak, mit dem sie nur ein paar Stunden im Flugzeug und einen etwas verrückten Abend in Rom verbracht hatte.

Aber so sei es nun einmal, was solle sie machen. Er habe lang nicht gespielte Saiten in ihr zum Schwingen gebracht. Diese Metapher war zwar durchaus treffend, aber sie wollte noch eine andere finden. Es kam ihr so vor, als würde sie sich damit der Vorstellungswelt der musizierenden Schwester anbiedern.

Was Richard betreffe, so sei er halt ein alter Freund. Möglicherweise eine treue Seele. Jedenfalls ganz und gar nicht sexy für sie. Aber was ging das Esther eigentlich an? Sie strich es wieder.

Nicht nur die Sätze über Richard, auch die über Mischa. Sie mußte die richtigen Formulierungen finden, aber sie fühlte sich heute abend nicht mehr so richtig in Form. Den Computer herunterzufahren war einfacher, als die eigene Mißstimmung zum Abklingen zu bringen. Sie ärgerte sich, aber sie wußte nicht, ob sie sich mehr über Esther ärgerte oder über sich selbst.

8

Und Donnerstag kam schon Mischas nächster Brief. Er mußte gerade eine Woche unterwegs gewesen sein, denn es war darin die Rede vom Beduinenmarkt in Beer Sheba, der immer am Donnerstag stattfinde. Dort, in einem Lokal, in dem man hinaus auf den Markt sah, habe sich Abdallah von ihm verabschiedet. Und dort, in diesem Lokal, in dem er dann noch gute zwei Stunden saß, hatte er den Brief zu Ende geschrieben.

Abdallah hatte nach Beer Sheba gewollt, weil er dort auf dem Markt Geschäfte machte. Und Mischa hatte irgendwohin gewollt, wo es eine Leihwagenfiliale gab. Ja, sagte Abdallah, in Beer Sheba gebe es bestimmt so etwas. Mischa wollte das Auto, mit dem er in der Wüste gestrandet war, ganz einfach loswerden.

Den Toyota, den er mit Hilfe von Abdallahs Verwandten wieder in Gang gebracht habe. Kein Benzin mehr im Tank, aber einiger Sand im Getriebe.

Zwar habe man ihn beschworen, doch noch ein paar Tage zu bleiben und die Gastfreundschaft der Familie zu genießen. Aber letzten Endes habe man eingesehen, daß er weiter wollte oder mußte.

Einer von Abdallahs Enkeln oder Großneffen, von denen es eine für Mischa unüberblickbare Anzahl gab, habe den

Wagen endgültig startklar gemacht. Mit einem Schlauch habe der das Benzin vom Tank seines eigenen, abenteuerlichen Fahrzeugs, eines dreirädrigen Vehikels mit Ladefläche, in den Tank des Toyota gefüllt. An einem Ende des Schlauchs habe er gesaugt, um die Flüssigkeit in Bewegung zu bringen, und dann das Benzin, das ihm dabei in den Mund gekommen sei, auf den Wüstenboden gespuckt. Und dann habe er mit Abdallahs Feuerzeug herumgespielt, er könne Feuer schlucken und Feuer speien, habe er behauptet, aber die Demonstration dieser Fähigkeiten habe er Gott sei Dank unterlassen.

Endlich seien sie losgefahren, Mischa und Abdallah, sowohl die männlichen als auch die weiblichen Mitglieder der Sippe winkten ihnen noch lange nach. Und dann fuhren sie, und die Straße schien eine Zeitlang nur aus Schlaglöchern zu bestehen. Und bis sie nach Beer Sheba kamen, gab es natürlich wieder einige Kontrollen. Sie kamen aber durch, Abdallah hatte eine Sondergenehmigung, auf die er sehr stolz war, unter den bestehenden Umständen bekomme man so etwas wahrhaftig nicht leicht, aber er habe seine Beziehungen.

Beziehungen zu oben und unten, zu gewissen Mächten in der Luft, aber auch unter der Erde. Er lachte und zeigte dabei seine sämtlichen Zähne. Ja, sagte er, es ist gut, solche Beziehungen zu haben. Dieses Papier ist so wertvoll wie früher, unter den Türken, ein Schutzbrief des Padischah.

Mischa hatte eigentlich damit gerechnet, daß sie sich auf dem Markt voneinander verabschieden würden. Doch Abdallah ließ die Webteppiche und Taschen, die sie im Kofferraum des Toyota transportiert hatten, bei einem Geschäftspartner, der anscheinend auch irgendwie mit ihm verwandt war. Ich werde dich, sagte er leutselig, noch begleiten. Ich kenne mich aus in dieser Stadt, sagte er, und du nicht.

Zwar stellte sich dann heraus, daß er sich nur in der Altstadt wirklich auskannte. Zu einer Tankstelle, an der man das Auto nicht nur volltanken, sondern auch waschen lassen konnte, lotste er Mischa noch halbwegs selbstsicher. In der Neustadt, in der sich die Mietwagenfiliale befand, fühlte er sich sichtlich weniger daheim, ja er fühlte sich dort merkbar unbehaglich. Die hohen Gebäude, sagte er, machen mich schwindlig.

Mit hinein in die Büroräume wollte er dann partout nicht. In solchen Glashäusern, sagte er, kann ich nicht atmen. Vielleicht gefiel ihm auch die junge Frau nicht, die da drin zu sehen war, mit ihren bloßen Armen und dem wirklich sehr kurzen Rock. Die Antipathie oder der Vorbehalt beruhte möglicherweise auf Gegenseitigkeit, während die Angestellte die Daten des Wagens in den Computer tippte, beobachtete sie den Mann, der da draußen auf dem Gehsteig auf und ab ging, mit einer gewissen Unruhe oder mit einem gewissen Mißtrauen.

Aber warum gab Mischa den Toyota überhaupt schon zurück?

Ich wollte mich, schrieb er, nicht noch einmal verfahren. Gewiß habe er sich gefreut, Abdallah und seine Leute zu treffen. Aber dadurch sei er völlig vom Weg abgekommen.

Vom Weg, den er nachfahren, nachgehen, nachprüfen wollte. Von Nazareth vorerst an den See Genezareth, nach Kafarnaum und Umgebung. Und dann landauf und landab in Galiläa. Im wesentlichen den Spuren folgend, die bei den Evangelisten Markus und Matthäus zu finden seien.

Und nun sei er hier, in der Stadt Beer Sheba, gelandet. Sehen Sie sich das auf der Karte an, Barbara, Nazareth oben im Norden, Beer Sheba unten im Süden, am Rand der Wüste! Schon wahr, das ganze Israel ist nicht sehr groß. Doch Jesus ist nie so weit nach Süden gekommen.

Es sei denn als kleines Kind, auf der Flucht nach Ägypten. Aber dieser von Lukas erzählten Story habe er nie recht getraut. Schrieb Mischa. Das sei wahrscheinlich nichts als Legende.

Wie die ganze Kindheitsgeschichte, die uns dieser redselige Grieche auftischt. Ein Fabulierer, der die Fakten, an die sich irgendwelche dubiosen Zeitzeugen angeblich erinnern, fürs hellenistische Publikum dekoriert. *Schon viele haben versucht, eine fortlaufende Erzählung von den Ereignissen zusammenzustellen, die sich unter uns begeben haben.* Ja, ja, und jetzt kommt Lukas und erzählt das Blaue vom Himmel herunter! Für einen Adressaten namens Theophilos, der irgendwo in Kleinasien sitzt und von den Geschichten, die sich mindestens ein Menschenalter früher dort hinten in Galiläa, Samaria und Judäa abgespielt haben, nur eine recht vage und wahrscheinlich exotische Vorstellung hat.

Aber das, schrieb Mischa, nur nebenbei. Er müsse nun sehen, wie er wieder auf die ursprünglich vorgesehene Reiseroute zurückkomme. Im übrigen habe er ja nicht nur einen geographischen Plan gehabt, sondern auch einen Zeitplan. Und zuviel Zeit dürfe er nicht verlieren, das könnte ungeahnte Folgen haben.

Er schrieb dann wieder etwas vom *Kairos*, vom richtigen Augenblick. Und von der Gestirnskonstellation und dem Kometen im Anflug. Und vom Magnetfeld und weiß der Kuckuck, was noch. In Passagen wie dieser hatte seine Handschrift etwas Ausschweifendes und war schwer zu lesen.

Soviel bekam Barbara immerhin mit, daß er überlegte, ob er mit irgendeinem öffentlichen Verkehrsmittel (etwa der Bahn, die Beer Sheba mit Haifa verband) direkt zurück nach Galiläa fahren oder, da er nun schon einmal so weit im Süden sei, doch umdisponieren und seinen Plan modifizieren sollte. Trotz seiner Abneigung gegen die Erzählungen des Lukas erwog er nun einen Zwischenstop in Betlehem. Nach Betlehem, sagte Abdallah, fährst du am raschesten über Jerusalem. Früher war das ein Umweg, jetzt jedoch leben wir in verkehrten Zeiten.

Ja, sagte er. Das ist ganz einfach die Lage. Du fährst nach Jerusalem, nimmst ein *israelisches* Taxi zum Checkpoint, gehst durch den Checkpoint zu Fuß, und nimmst auf der anderen Seite ein *palästinensisches* Taxi.

Aber ich will nicht nach Jerusalem, sagte Mischa. *Noch* nicht.

Dann, sagte Abdallah, müssen wir uns etwas anderes überlegen.

So kam es, daß sie sich auch nach der Rückgabe des Leihwagens noch nicht trennten. Abdallah schlug vor, ein Gläschen Tee miteinander zu trinken. Bei einem Gläschen Tee, sagte er, kann man gut nachdenken. Aus diesem Gläschen Tee wurden dann mehrere, bei diesen Gläschen saßen sie den ganzen Nachmittag. In ebenjenem Lokal in der Nähe des Marktes. Ab und zu ging Abdallah zum Telefon, um einen Bekannten zu erreichen. Das sei ein Mann, sagte er, der Mischa vielleicht helfen könne. Ein Armenier, der sich drüben, im palästinensischen Gebiet gut auskenne und jedenfalls früher Fahrten dorthin übernommen habe.

Inzwischen sei das allerdings etwas schwieriger geworden. Die Trennmauer sei ja fast fertig, und die Checkpoints seien nun kaum mehr zu umfahren. Trotzdem. Der Armenier kenne vielleicht immer noch Schleichwege. Nur Geduld, sagte er, irgendwann wird er nach Hause kommen und dann werde ich mit ihm reden.

Weißt du eigentlich, was der Name Beer Sheba bedeutet?

Nein, sagte Mischa.

Das heißt, der Brunnen der Sieben, sagte Abdallah. Und dieser Brunnen der Sieben, an dem sie zuvor übrigens vorbeigekommen seien, sei nicht *irgendein* Brunnen. Das sei Ibrahims Brunnen. Den habe der Patriarch selbst gegraben.

Stimmt, in seiner gegenwärtigen Form stamme er nicht aus

der Patriarchenzeit, sondern aus der Zeit der türkischen Verwaltung. Aber sei das etwa ein Zeugnis gegen die Echtheit des Brunnens? Nein, denn die Türken, bei allem, was man damals sonst gegen sie haben konnte, waren rechtgläubige Menschen und erinnerten sich im rechten Geist an den *Freund Gottes.* Außerdem hätten ihnen die Beduinen, die hier immer schon lebten, gesagt, wo der Brunnen ursprünglich gewesen war.

So wurde der Brunnen neu gefaßt und gemauert. Erinnerst du dich, wie das war, als ihn Ibrahim grub?

Dunkel, sagte Mischa, vielleicht kannst du meine Erinnerung aufhellen.

Das werde ich tun, sagte Abdallah. Also hör zu.

Was soll denn das eigentlich heißen: Der Brunnen der Sieben? Erinnert das an sieben Männer, etwa Ibrahim und sechs andere, die beim Graben geholfen haben? Gemahnt das an sieben Tage oder eher Wochen, die diese Arbeit gedauert hat, an sieben Geister der Trockenheit, die vorerst vertrieben werden mußten? Nichts davon, sagte Abdallah – es erinnert an sieben Schafe.

Sieben Lämmer, genaugenommen die schönsten, die Ibrahim in seiner Herde hatte. Der kam von Ägypten herauf. Zog von Weide zu Weide. Zuerst war er vom Norden heruntergekommen, weiß Gott, von irgendwoher aus Mesopotamien. Und dann war er auf einmal in Ägypten, es dauerte sozusagen eine Weile, bis er sich auf einen bestimmten Landstrich einpendelte. Hier aber hat es ihm ganz besonders gefallen. Er grub also den Brunnen, nur war das kein Niemandsland, sondern das Land des Scheiks Abimelech. Der war ein Philister, also ein Palästinenser. Dem mußte man ein Geschenk machen, um ihn günstig zu stimmen.

Es gibt, nebenbei bemerkt, ein Gerücht, sagte Abdallah, daß Abimelech lieber Ibrahims Frau gehabt hätte. Ja, Sara, tatsächlich, damals war sie noch keine Neunzig, sondern in der Blüte ihrer Jugend. Aber die Lämmer hatten auch ihren Reiz. Schließlich nahm er sie und bestätigte Ibrahims Wassernutzungsrechte.

Sieben Lämmer sollst du nehmen von meiner Hand, zum Zeugnis, daß ich diesen Brunnen gegraben habe, sagte Ibrahim. Sieben Lämmer nehme ich von deiner Hand, zum Zeugnis, daß du diesen Brunnen gegraben hast, sagte Abimelech. Und zur Bestätigung, daß wir Freundschaft halten. Denn Ibrahim war anfangs ein Gast in diesem Land, das sollte man nicht vergessen.

So erzählte Abdallah. Und er erzählte noch einiges anderes. Mit zahlreichen Telefonierversuchen dazwischen. Und dann, als Mischa schon nicht mehr geglaubt hatte, daß der Armenier überhaupt wirklich existierte, klappte es doch noch. Eine anständige Bezahlung vorausgesetzt, sei der Mann tatsächlich bereit, zu fahren.

Er kommt hierher, sagte Abdallah. Du sollst auf ihn warten. Um acht will er hier sein. Vielleicht wird es auch etwas später. Er selbst müsse jetzt gehen, sagte Abdallah. Bevor der Markt abgebaut werde. Er müsse ja noch mit seinem Geschäftspartner abrechnen.

Er umarmte Mischa und klopfte ihm auf den Rücken. Allah beschütze dich, sagte er, laß dich nicht unterkriegen. Das war gegen sechs. Bis zum voraussichtlichen Eintreffen des Armeniers würde also noch einige Zeit vergehen. Aber gut, sagte Mischa, er wolle ohnehin einen Brief fertig schreiben.

Einen Brief? sagte Abdallah. An wen? An eine Freundin? Aber von hier aus kannst du auch E-Mails versenden! Du hast keine E-Mail-Adresse, sagst du? Aber das ist doch kein Hindernis! Der Wirt ist mein Schwager. Du kannst von seiner Adresse aus mailen.

Von diesem Angebot machte Mischa dann durchaus Gebrauch. Aber zuerst erwiderte er die Umarmung des Hirten. Und schaute ihm noch eine Weile durchs Fenster nach. Man trennt sich nicht so leicht von einem Menschen, den man 2000 Jahre lang nicht gesehen hat.

Angesichts solcher Zeit-Dimension ist eine Wartezeit von zwei Stunden natürlich lächerlich. Auch wenn es sehr ausgedehnte zwei Stunden waren: Mischa nützte sie. Da mailte er also und schrieb seinen Brief zu Ende. Wenn alles gutgeht, habe Abdallah gesagt, bringe ihn der Armenier bis Mitternacht nach Betlehem.

Das schrieb er am Schluß. Er wolle den Brief jedenfalls noch in Beer Sheba einwerfen. Er hoffe, sie würden noch im Stadtgebiet an einem Briefkasten vorbeikommen. Vielleicht sei sogar an der nächsten Ecke schon einer.

Das war bis auf weiteres die letzte Nachricht, die Barbara von Mischa bekam.

Dritter Teil

1

Zuerst atmete sie auf, sie konnte sich wieder auf ihre Arbeit konzentrieren. Sie fand ihren Rhythmus wieder, sie konnte einigermaßen produktiv sein. Sie tat, was frei schwebende Kritiker und Kritikerinnen eben so tun. Las einige gar nicht uninteressante Neuerscheinungen, schrieb ein paar ganz akzeptable Rezensionen.

Es gelang ihr sogar, den Interviewtermin zu vereinbaren, den sie schon längst vereinbart haben *sollte*. Mit einer Autorin, die demnächst ihren neunzigsten Geburtstag hatte. Eine ebenso legendäre wie eigentlich unbekannte Größe der deutschsprachigen Literatur. Du solltest das Interview machen, bevor sie uns wegstirbt, sagte der Hörfunkredakteur, der Barbara den Auftrag gab.

Die Frau galt als schwierig, natürlich hatte sie keine Mailadresse. Auch telefonisch war sie nur schwer erreichbar. Außerdem hörte sie, wie sich herausstellte, schlecht. Aber sobald sie begriffen hatte, daß es nicht um den zu seiner Zeit avantgardistischen Roman ging, der seit vierzig Jahren als ihr *opus magnum* galt, auch wenn ihn nur eine Handvoll sehr ausdauernder und selbstloser Pioniere bewältigten, sondern wirklich und wahrhaftig um den Band mit Aphorismen, den ein kleiner Verlag zu ihrem Geburtstag herausbringen wollte, war sie ganz freundlich.

Gegen Ende des Telefongesprächs wurde die vorerst so zurückhaltende Dame geradezu offensiv. Wann wollen wir uns also treffen, meine Liebe, schrie sie mit voller Lautstärke in den Hörer, morgen? Das schien Barbara dann doch etwas zu plötzlich. Sie schützte einen Schnupfen vor, mit dem sie niemand anstecken wolle, schon gar nicht, Gott behüte, ihre bejahrte Interviewpartnerin, und vereinbarte einen Termin in zwei Wochen.

Sie hatte ja noch kaum eine Zeile von dieser Frau gelesen und mußte sich vorbereiten. Zwar ging es konkret nur um den Aphorismenband, aber der war doch, soviel glaubte Barbara mitbekommen zu haben, so etwas wie der Ausklang eines umfangreichen Gesamtwerks. Zwischen dem kompakten Roman, den auch sie kaum lesen konnte, und diesem filigranen Bändchen lagen zwanzig Bücher, von denen das jeweils nächste immer noch weniger beachtet worden war als das jeweils vorangegangene. Einige davon fand Barbara in Bibliotheken, andere versuchte sie bei Amazon zu bestellen. Im Grunde genommen war sie eine sehr sorgfältige Person.

Daß sie sich so intensiv auf das Interview vorbereitete, hatte aber nicht nur mit diesem vielleicht von ihrer Mutter geerbten Wesenszug zu tun. Es war wohl auch eine Art Arbeitstherapie, die sie sich selbst verordnete. Sie wollte nicht oberflächlich sein, soviel war schon wahr. Doch andererseits war gerade die Arbeit, die sie sich damit machte, eine Hyperaktivität an der Oberfläche, die ihre wachsende Unruhe bezüglich Mischa kaschierte.

Einerseits war sie ja froh darüber, daß die Belästigung ausblieb. Belästigung, ja, so hatte sie es manchmal bei sich genannt, wenn sie nicht und nicht von gewissen Gedanken losgekommen war, die er ihr in den Kopf gesetzt hatte. Wenn schon nicht offen sexuelle Belästigung, so *spirituelle* Belästigung. Andererseits aber ging ihr etwas ab, fühlte sie sich, so absurd es war, vernachlässigt. Schließlich war dieser Typ doch jemand, der ihr eine ganze Menge Aufmerksamkeit zugewandt hatte. Zugewandt, doch, das war eine Form von Zuwendung. Zugegeben eine ungewöhnliche Form, vielleicht eine etwas abwegige Form. Aber Zuwendung wohl, eine Zuwendung, die ihr jetzt abging. Wie rasch sich eine Frau an so etwas gewöhnt! Ärgerlich, aber wahr: Sie hatte Entzugserscheinungen. Ein Ziehen im Herzen oder auch in der Seele. Wer weiß schon, wo die Seele sitzt, Barbara spürte sie manchmal in der Brust, manchmal im Bauch.

Was bildete er sich eigentlich ein, sie so sitzenzulassen? Von einem Tag auf den anderen ohne Nachricht! Keine zwei Zeilen, weder per Post noch per Internet. *Gut in Betlehem angekommen* – wenigstens das hätte er doch schreiben können.

Oder war er gar nicht gut dort angekommen? Von Beer Sheba nach Betlehem hatte er auf sehr fragwürdige Weise fahren wollen, noch dazu bei Nacht. Je mehr sie darüber nachdachte, desto verrückter kam ihr das vor. Schließlich mailte sie an Esther, obwohl das gerade in diesem Zusammenhang nicht ganz leicht war.

Nicht, daß du glaubst, daß ich wegen diesem Kerl schlaflose Nächte verbringe. Aber manchmal mach ich mir halt Gedanken. Von hier aus kann man die Lage ja doch nie ganz richtig einschätzen. Habt Ihr in Tel Aviv letzthin etwas von besonderen Zwischenfällen in der West-Bank gehört?

Nein, antwortete Esther umgehend, haben wir nicht. Keine besonderen Zwischenfälle, nur die üblichen. Unsere Siedler, die dort nicht hingehören, benehmen sich provokant, die Araber werfen mit Steinen. Es kann natürlich jederzeit vorkommen, daß irgendwelche Wahnsinnigen auf der einen oder der anderen Seite durchdrehen, aber in den letzten zehn Tagen ist meines Wissens nichts wirklich Schlimmes passiert.

Wegen Deines Pseudo-Erlösers mußt Du nicht gleich nervös werden. Daß Du keine Nachricht von ihm bekommen hast, kann auch an der Post liegen. Die israelische Post funktioniert zwar ganz gut. Aber im Westjordanland ist doch alles ein bißchen anders.

Diese Antwort beruhigte Barbara einigermaßen. Okay. Vielleicht war es so. Vielleicht hatte Mischa geschrieben, und die Post brauchte einfach etwas länger. Aus Israel eine Woche, aus der West-Bank zwei oder drei. Denkbar war das. Sie *bemühte sich*, so zu denken. Vielleicht hatte er auch *nicht* geschrieben, aus welchen Gründen immer. Er hatte ja zweifellos etwas Unberechenbares. Eine Weile hatte er sich eingebildet, er müsse sie über seine realen und irrealen Reisewege auf dem laufenden halten. Nun war ihm das anscheinend nicht mehr so wichtig, sie konnte doch eigentlich froh darüber sein, sie hatte ohnehin nicht gewußt, worauf er damit hinaus wollte.

Was er von ihr wollte. Ausgerechnet von ihr. Aber vielleicht war das ja gar nicht der Fall gewesen, vielleicht hatte sie das zweifelhafte Glück seiner Aufmerksamkeit nur dem Zufall zu verdanken. Und jetzt war ein anderer Zufall eingetreten. Vielleicht hatte er jemanden anderen gefunden, dem er seine Geschichten aufdrängen konnte.

Sollte er doch! Na bestens! Dann war sie ihn los. Ja, das war es dann wohl. Sie bemühte sich, ihn zu vergessen. Oder zumindest nicht mehr an ihn zu denken. Untertags schaffte sie das beinahe, nachts träumte sie zwar noch manchmal von ihm, aber sobald sie die erste Tasse Kaffee getrunken hatte (schwarz und stark, wie sie es brauchte, um den Impuls, angesichts der Finsternis vor dem Fenster sofort ins Bett zurückzukehren, zu überwinden), verschwanden die letzten Traumreste.

Und dann hatte sie das erste Interview mit der schwierigen Autorin, die sich als äußerst bereitwillige Gesprächspartnerin erwiesen hatte, hinter sich. Und die Lektüre von einigen hundert, wenn schon nicht tausend Seiten sperriger Literatur, die sich ihr, oh doch, sagte sie, nach und nach erschlossen hatte.

Es ist halt ein etwas anderer Kosmos, sagte sie, ein eigenes Universum, das man da geistig betritt. Also eine Art Paralleluniversum? fragte Richard. Nein, sagte sie. Eben *nicht* parallel.

Vielleicht könne man sagen, es sei ein Universum mit anderen Koordinaten. Das gelte vor allem für das legendäre *opus magnum*. Das sie nun wirklich tapfer bewältigt habe. *Das schräge Zimmer*. Ja eben. Der Titel signalisiere doch schon einiges.

Die ersten Schritte sind schwierig, sagte sie, aber nach und nach erweist es sich als durchaus begehbar. Auf hintergründige Weise sei die Fortbewegung darin auch lustig.

Demonstrativ legte sie den Wälzer vor Richard auf den Tisch.

Na, ich weiß nicht, sagte Richard, für mich klingt das vor allem anstrengend.

Er blätterte kurz in dem Buch, ohne richtig hineinzuschauen. Ja, ja, sagte er, die gute, alte, gestrige Avantgarde! Legendär … Na ja, bitte … Meinetwegen … Er klappte das Buch wieder zu und gab es Barbara zurück.

Sie saßen im Restaurant eines Hotels, das ebenfalls legendär war. Hier war allerdings keine Spur von Avantgarde, weder von der gestrigen noch von der vorgestrigen. Stuckdecke, Tischtücher aus Batist, sichtlich bejahrtes Silberbesteck. Richards Idee. Eine Einladung zum Sonntagsbrunch. Wenn man schon in dieser Stadt lebe, müsse man sich das einmal gönnen. Du kommst durch die Drehtür herein und spürst einen Hauch von Geschichte. Weißt du, wer hier schon alles abgestiegen ist? Gekrönte Häupter! Und jede Menge Stars, die in den Theatern der Stadt oder in der Oper gastiert haben.

Stimmt, räumte er ein, zu seiner Zeit auch Adolf Hitler. Aber hätten sie das Hotel danach zusperren sollen? Also. Jetzt laß dir nicht den Appetit verderben. Charlie Chaplin ist übrigens auch hier gewesen.

Er hob das Sektglas (böhmischer Bleikristall) und prostete ihr zu.

Was macht denn übrigens dieses andere Buch?

Welches andere Buch? fragte Barbara.

Nun, das Buch, sagte er, aus dem du mir so interessant erzählt hast.

Ach so, *das*, sagte Barbara. Sie hatte im ersten Moment wirklich nicht verstanden, was er meinte. Sie spießte einen Bissen Rebhuhn auf die Gabel und führte sie zum Mund. Das Rebhuhn war zart und feinstens zubereitet. Sie hätte nicht so lang daran kauen müssen.

Ach so *das*, *dieses Buch*. Ja, also ehrlich gestanden sei sie da einigermaßen draußen. Die Arbeit an jenem Interview, die Notwendigkeit, sich mit dem Werk der Interviewpartnerin zu beschäftigen … Sie sei auch nicht sicher, ob sie jetzt wieder hineinkomme. In dieses Buch. Das sei halt ganz etwas anderes.

Ja, sagte Richard. Eben. Mit so einem Buch kann ich einfach mehr anfangen. Entschuldige, sagte er, vielleicht versteh ich zu wenig von schöner Literatur. Aber das war halt eine Geschichte, der einer wie ich folgen konnte. Und außerdem hast du so mitreißend daraus erzählt, ich bin buchstäblich an deinen Lippen gehangen!

Wie war das bloß? Da sitzt ein Mann neben einer Frau im Flugzeug und redet ein bißchen verrückt, aber suggestiv auf sie ein. Hat anscheinend einen recht aberwitzigen religiösen Wahn, aber auch ein gewisses Etwas, dem sie sich nicht ganz entziehen kann. Und dann war irgendwas mit einer unvorhergesehenen Landung in Rom, erinnere ich mich richtig? Und da hat sich doch etwas zwischen den beiden angebahnt.

Ja, sagte Barbara, das heißt, nein, das war eigentlich nichts

Wirkliches. Nur so eine Episode. Die wahrscheinlich nichts bringt.

Aber hübsch war sie jedenfalls, sagte Richard. Und du hast mir letzthin versprochen, weiterzuerzählen!

So, sagte Barbara, hab ich das?

Ja, das hast du. Und was man verspricht, sagte Richard, muß man halten!

Barbara schwieg. Barbara trank. Barbara stand auf und entwich vorerst Richtung Toilette. Sie trat dort nicht ein, sondern ging ein paar Schritte auf dem Korridor auf und ab.

Entschuldigung, sagte sie, an den Tisch zurückgekehrt, aber ich bin heute nicht in Erzähllaune.

Schade, sagte er, du hast das so wirklichkeitsnah erzählt! So, wie soll ich sagen, so nah am äußeren und inneren Geschehen, so authentisch. Obwohl es natürlich, das habe ich schon kapiert, eine phantastische Geschichte ist.

Ja, wirklich, sagte er, du hast mir Appetit auf mehr gemacht. Du solltest übrigens noch etwas von diesem Lachs nehmen, er ist exquisit. Oder ist dir eher nach etwas Süßem zumute? Na komm! sagte er. Was siehst du so verstimmt drein? Hab ich etwas Falsches gesagt?

Nein, sagte Barbara, sie fühle sich nur etwas müde. Vielleicht liege es am Sekt. Sie sei das nicht gewöhnt, so früh am Tag. Sie werde also jetzt nach Hause fahren und sich ein wenig hinlegen.

Ohne mich, nehme ich an, sagte Richard.

Ganz richtig, sagte sie. Ohne dich.

Er seufzte und griff sich komödiantisch ans Herz. Wenigstens noch eins könntest du mir verraten, sagte er, bevor du mich verläßt. Wie heißt denn dieses spannende Buch eigentlich? Ich könnte es mir ja kaufen und inzwischen darin weiterlesen …

Inzwischen?

Na ja, sagte er, bis zu unserem nächsten Treffen. Auf das ich doch wenigstens hoffen darf – oder nicht?

Aber ja, sagte Barbara. Bloß jetzt sei mir nicht böse …

Ich könnte ein Stück weiterlesen, sagte er, und wir könnten dann darüber reden.

Wir werden sehen, sagte Barbara. Laß mir ein bißchen Zeit. Im Aufstehen streichelte sie ihn über sein am Hinterkopf überraschend dünnes Haar. Danke übrigens, sagte sie, für die Einladung. Und bei diesen Worten ging sie schon Richtung Drehtür.

Noch einmal davongekommen, dachte sie draußen. Aber da klingelte ihr Mobiltelefon. Richard. Natürlich! Rasch schaltete sie das Handy ab. Sie steckte es zurück in die Handtasche und bog um die nächste Ecke.

Vor dem Rathaus war schon der Weihnachtsmarkt aufgebaut. Es war also wirklich schon wieder Anfang Dezember. Der Bürgermeister dieser Stadt legte Wert darauf, sein Wahlvolk rund ums Jahr mit einem bunten Spektakelallerlei zu erfreuen; der Platz vor dem Rathaus war häufig mit irgendwelchen Buden oder Zelten verbarrikadiert. Aber in der Vorweihnachtszeit, die jedes Jahr früher zu beginnen schien, war es besonders arg.

Vielleicht war dieser *Christkindlmarkt*, wie man hier sagte, irgendwann einmal wirklich stimmungsvoll gewesen. Gemütlich, wie es hier hieß, aber das mußte schon recht lang her sein. Nun waren die Buden und Zelte also adventlich verkleidet. In der Luft lag ein peinlicher Geruch nach angebrannter Zuckerwatte und ein aufdringliches Gesäusel speisüß arrangierter Weihnachtsweisen.

Barbara fragte sich, ob sie diese Kitschmeile nicht umgehen könnte. Aber da war sie auch schon mittendrin. Und vielleicht war sie auch ungerecht, den Leuten, die sich hier drängten, gefiel dieser Rummel womöglich wirklich. Manche der Kinder, die von ihren Vätern und Müttern hierhergeführt wurden, hatten trotz allem glänzende Augen.

Stimmt, Barbara konnte Weihnachten nicht leiden, jedenfalls nicht, seit sie eine erwachsene Frau war. Als Kind war sie mit ihrem Vater auf solche Märkte gegangen, sie war klein gewesen, ihr Vater groß, er hatte sie an der Hand gehalten und sie hatte manchmal zu ihm aufgeschaut. In der kalten Jahreszeit hatte er eine Pelzmütze getragen, mit der er irgendwie russisch ausgesehen hatte, was seiner Tochter damals wildromantisch vorkam. Aber das war in einer anderen Stadt zu einer anderen Zeit, jetzt war diese Tochter nur mehr ein Traumfigürchen und der Vater, der es sich erspart hatte, ein alter Mann zu werden, war vermutlich nicht im Himmel, wie die fromme Tante Lisbeth noch der pubertierenden Barbara einzureden versucht hatte, und hoffentlich nicht in der Hölle, wohin ihn seine Exfrau in wütenden Schmähreden gewünscht hatte, bevor ihr dann wieder einmal die Tränen kamen, sondern einfach weg, ein paar sogenannte sterbliche Überreste von ihm lagen auf einem Friedhof in Jaffa, doch das einzige Mal, als Barbara dort gewesen war, hatte sie nicht das geringste von seiner Präsenz gespürt.

Der Tod ist schon eine Zumutung, dachte Barbara. Und im selben Moment dachte sie, daß ihr dieser Satz bekannt vorkam. Hatte sie ihn irgendwo gelesen oder hatte ihn Mischa gesagt? In jener Nacht in Rom, deren nachhaltige Wirkung sie noch vor einer Viertelstunde dementiert hatte, Richard gegenüber, der vielleicht etwas von der Realität dieser Nacht ahnte, vielleicht aber auch nicht.

So etwas Ähnliches hatte Mischa jedenfalls gesagt. Ja, in Zusammenhang mit der skurrilen Leichenwäschergeschichte. Wie war das gewesen? Eine auferstandene Frau, nackt, wie Gott sie schuf. Halleluja! So sollte es sein. Ohne die Auferstehung ist alles nichts.

Das war zum Lachen, aber es war auch zum Heulen. Je nachdem, ob es die Wahrheit war oder eine Illusion. Ob es die Wahrheit sein *konnte*, ob es die Wahrheit sein *durfte*. Aber die Auferstehung ist die zentrale Botschaft der Evangelien.

Hatte Mischa gesagt, dort in Rom, auf der feuchten Wiese, unter den hohen Bäumen. Und unter dem Mond, der durch diese Bäume schien. Und sie hatte sich gefragt, ob er jetzt mit ihr schlafen wollte oder nicht. Und sie hatte es erwartet, ja, sie hatte es erhofft, das jedenfalls war die Wahrheit.

Und jetzt war es soweit, jetzt dachte sie wirklich wieder an ihn. Gewiß hatte das schon Richard ein wenig ausgelöst, aber dem war sie noch mit knapper Not entwischt. Doch jetzt war sie voll da, diese Erinnerung, von der Peripherie des Bewußtseins, an die sie schon recht erfolgreich gedrängt worden war, wieder ins Zentrum gerückt. Da stand sie, Barbara, die im nächsten Frühling vierzig werden würde, auf diesem blöden Markt vor einem dieser grindigen Stände, starrte auf eine Weihnachtskrippe, das übliche Arrangement, Ochs, Esel, Hirten, Engel, Josef, Maria, und im Futtertrog das Jesukind mit ausgebreiteten Armen, und dachte an ihn, diesen Verrückten, der nicht viel *an* ihr, aber einiges *in* ihr berührt hatte.

Dachte an ihn und gestand sich ein, daß sie sich Sorgen machte. Wie lange war das nun her, daß sie nichts von ihm gehört hatte? Mindestens zwei Wochen, wenn nicht schon drei Wochen! Wie die Zeit verging! Es war nicht zu fassen.

Als sie nach Hause kam, hatte ihr Richard schon gemailt. Das sah ihm ähnlich. Unglücklich geliebte Barbara! schrieb er. Das war ja ein etwas abrupter Abschied soeben. Ich hab Dich noch anzurufen versucht, aber anscheinend hast Du mein sehnsüchtiges Signal nicht gehört.

In der Eile hast Du offenbar vergessen, mir den Titel und den Autor bzw. die Autorin des Buchs zu nennen. Du scheinst nicht zu glauben, daß ich es wirklich gern kaufen will. Dich weitererzählen zu hören, wäre natürlich noch hübscher. Ich hoffe also, daß Deine Erzähllaune bald wiederkehrt.

P.S.: Apropos Erzähllaune! Solltest Du etwa auf Deine schriftstellerischen Ambitionen zurückgekommen sein? Ich kann mich noch gut daran erinnern, wie Du mir früher, als wir noch miteinander an der Uni waren, aus Deinen Versuchen vorgelesen hast. Stimmt, nicht nur mir – einem kleinen, erlesenen Kreis. Ich verstehe ja, wie gesagt, nicht viel davon, aber ich habe damals den Eindruck gehabt, daß Du recht talentiert warst. Also, solltest Du … Aber das ist vielleicht nur so eine Idee von mir … Nur für den Fall, daß ich irgendwie richtig liege … M.E. mußt du dich nicht gleich wieder entmutigen lassen … Dranbleiben, Barbara! Sei bis auf weiteres wenigstens virtuell umarmt von mir.

Sie antwortete sofort und so kaltschnäuzig sie konnte. Daß das Buch noch nicht im Handel sei und sie, als Rezensentin, nur ein Vorexemplar geschickt bekommen habe. Daß der Roman im kommenden Frühjahr erscheine. Und daß sie es erst selbst weiterlesen müsse, wenn sie daraus weitererzählen wolle.

Einen Moment lang überlegte sie, ob es schlau wäre, einen Titel für dieses Buchphantom zu erfinden. Aber womöglich ging Richard dann wirklich in eine Buchhandlung und fragte danach. Lieber vergaß sie erneut, den Titel zu nennen. Was seine als Postskriptum geäußerte Idee betreffe, so habe sie herzlich darüber lachen müssen, nein, mein Lieber, die Texte, die ich ehemals geschrieben habe, würde ich als die Kritikerin, die ich nun einmal geworden bin, verreißen – in die Versuchung, mich noch einmal als Autorin zu versuchen, komme ich bestimmt nicht.

Auch ihre Mutter suchte sie nun per Internet heim. Das hatte Barbara gerade noch gefehlt. Liebe Babsi! Was machst

Du heuer zu Weihnachten? Es wäre doch schön, wenn wir zwei wieder einmal miteinander unter dem Baum sitzen und uns bei dieser Gelegenheit richtig aussprechen könnten. Überlegs Dir. Ich würde mich wirklich freuen. Wir könnten einander bescheren und dann einen Spaziergang im Schnee machen. Der Wetterbericht sagt ja weiße Weihnachten voraus. Ich würde auch die Mandelkekse backen, die Du als Kind so gern gegessen hast.

Liebe Mama, schrieb sie, es tut mir leid, ich bin von Bekannten zu einer Schitour eingeladen … Ja, das hätte doch ohne weiteres sein können! – Zwar haßte sie Schitouren fast ebensosehr wie all das weihnachtliche Getue. Aber das wußte ihre Mutter nicht. Ihre Mutter wußte sehr wenig von ihr.

Es hatte eine Zeit gegeben, da war das anders gewesen. Eine Zeit der Nähe zwischen Mutter und Tochter, die damals beinahe ausgesehen hatten wie Schwestern. Zumindest hatte das Barbaras Mutter behauptet. Oder wie Freundinnen hätten sie ausgesehen, die Mutter hatte das damals beharrlich wiederholt. Barbara war zwölf oder dreizehn gewesen, ihre Mutter dreiunddreißig oder vierunddreißig. Eine Frau, die es schaffte, noch gut weitere fünfzehn Jahre jugendlich auszusehen. Sportlich, kumpelhaft, immer bedacht darauf, nichts zu essen oder zu trinken, was ihre bis auf die etwas zu breiten Hüften fast knabenhafte Figur aus der Form bringen konnte. Bevor sie dann vor lauter Schlankheit vertrocknete.

Aber das kam erst. Damals, als Barbara zwölf oder dreizehn war, hatte ihr ihre Mutter noch gut gefallen. Und die Nähe, um die sie sich nach dem Weggang des Vaters ganz besonders bemühte, war ihr ganz recht gewesen. Mutters Freund, der fünfte oder sechste nach dem verlorenen Ehegatten, war damals auch gerade abhanden gekommen. Da unternahmen sie viel miteinander, Mutter und Tochter, wir zwei, sagte die Mutter, die auf einmal nicht mehr Mama genannt sondern mit ihrem Vornamen angesprochen werden wollte, wir schaffen es auch ohne Männer.

Sie hatten miteinander Ausflüge gemacht und waren miteinander ins Kino gegangen, sogar in die Disko. Damals hatte es auch eine Vertrauensbasis zwischen ihnen gegeben, tatsächlich, da hatte Barbara noch von sich erzählt. Sogar, daß sie immer noch vom Vater träumte, hatte sie erzählt, in ihren Träumen saß er manchmal auf einer Bank unter Palmen und schaute aufs Meer. Aber als sie bemerkt hatte, daß die Mutter die Briefe, die ihr der Vater schickte, unterschlug, war es mit dem Vertrauen aus gewesen, und die Behauptung, daß ihr das eine Psychologin geraten habe, weil es doch nicht gut sein könne, wenn sich ein vierzehnjähriges Mädchen so auf den Vater fixiere, hatte Barbara nur noch mehr aufgebracht.

Gegen die Mutter und ihre Psychologin. Aber vielleicht existierte diese Psychologin ja gar nicht. Ihre Mutter war imstande, sie zu belügen, natürlich, das war keine Frage. Von da an hatte *sie* auch keine Hemmungen mehr gehabt, *ihre Mutter* zu belügen.

In dieser Disziplin hatte sie nun schon jahrzehntelange Praxis. Ich kann diese Schitour unmöglich absagen, schrieb sie. Es sind ein paar für mich wichtige Leute dabei (u. a. der Feuilletonchef einer nicht unbedeutenden Zeitung, der mir schöne Augen macht, was nicht schaden kann). Du hast doch jede Menge Freundinnen, es wird doch die eine oder die andere darunter sein, die mit Dir Weihnachten feiert; ich wünsche Dir jedenfalls alles Gute.

Schließlich gab es noch etwas mit einem Absender in kyrillischer Schrift. Solche Mails kamen häufig in letzter Zeit, die Entwicklung der ehemaligen Sowjetunion zum kapitalistischen Spekulantenstaat trieb seltsame Blüten. Irgendein Spam, dachte Barbara, weg damit! Aber bevor sie dem Laptop den

Löschauftrag gab, kam ihr auf einmal ein Gedanke, der sie davon abhielt.

Sie spürte ein Herzklopfen bis herauf in den Hals. Doch es gelang ihr, es halbwegs hinunterzuschlucken. Ja, sie mußte jetzt einfach die Ruhe bewahren. Bevor sie die kyrillisch verschlossene Botschaft öffnete und sich damit womöglich einen Virus einfing, mußte sie versuchen, die Schrift zu entziffern.

Sie hatte nie Russisch gelernt, mit den russischen Buchstaben hatte sie also ihre Schwierigkeiten. Aber sie ähnelten ja einigermaßen den griechischen. Und in Griechenland war sie öfter gewesen. Griechische Ortstafeln und Ladenschilder konnte sie ganz gut lesen.

Okay, diese russische Schrift wirkte eckiger, sperriger. Und manche Buchstaben hatten vielleicht im Griechischen kein Pendant. Aber manchmal, wenn sie zum Beispiel die Namen auf den Etiketten der Wodkaflaschen ein paarmal gelesen hatte, waren ihr auf einmal die Augen aufgegangen. Ach ja, natürlich! Dieser Wodka hieß originellerweise Puschkin, jener Gorbatschow.

Sie machte sich also ans Dechiffrieren, das Wort hatte ja nur sechs Buchstaben. Ja doch, das war ein M, und das da ähnelte einem Y! Und dieser Buchstabe, der auf den ersten Blick eher aussah wie ein lateinisches H, allerdings mit einem schrägen Verbindungsstrich zwischen den Vertikalbalken, war das nicht ein I? Der Anfang und das Ende des Wortes ließ ihr Herzklopfen wieder aufsteigen, beides hätte zum Wort Myschkin, das sie kurz zu erkennen glaubte, gepaßt, aber in der Mitte stimmte es dann doch nicht.

Barbara löschte also, enttäuscht und wütend. Und dann suchte sie in ihrer Hausbar nach einem Rest Wodka, aber es gab nur mehr einen Rest Calvados. Der paßte nicht recht zu der Stimmung, in die sie nach alldem geraten war – Calvados ist kein

Getränk, das man einfach kippen kann. So saß sie dann vor dem Laptop, rief Nachrichten ab, die alle nicht gut waren, die etwa, daß der iranische Präsident wieder einmal Drohungen gegen den Staat Israel ausgestoßen hatte, der seiner Auffassung nach dort nicht hingehörte, wo er war, und eigentlich, daran ließ er keinen Zweifel, gehörte dieser Staat überhaupt nirgends hin, aber das reichte, mehr wollte Barbara gar nicht wissen, und schaltete den Laptop aus.

Sie ging ins Schlafzimmer und ließ sich aufs Bett fallen. Sie wollte jetzt einfach schlafen und sonst nichts. Keine Alpträume bitte, am besten gar keine Träume! Draußen vor dem Fenster wurde es ohnehin schon finster, obwohl es erst fünf Uhr nachmittag war.

2

Am nächsten Tag aber (Montag) kam Mischas Brief. Es klingelte an der Tür, draußen stand ein junger Mann, der die Post austrug, er sah aus, als käme er aus einem sehr fernen Land. Barbara war noch leicht verwirrt, sie hatte, in ihren Kleidern auf dem Bett liegend, vierzehn oder fünfzehn Stunden durchgeschlafen. Der Brief war unterfrankiert, das war der Grund, warum der Postbote ihn nicht einfach in den Hausbriefkasten gelegt hatte – für die vielen Seiten, die da sozusagen auf Pump durch die Luft transportiert worden waren, klebten zuwenig Marken auf dem Kuvert.

Barbara zahlte den offenen Betrag und gab dem jungen Mann ein Trinkgeld. Wie er so dastand, im Gegenlicht zwischen Flur und Türschwelle, hatte er über seiner Haarkrause eine Aura. Barbara sah ihm nach, als er Richtung Aufzug davonging. Auch noch als er die Tür zum Liftschacht hinter sich geschlossen hatte und verschwunden war.

Dann ging sie mit dem Kuvert in die Wohnung zurück. Es hatte tatsächlich ein gewisses Gewicht. Sie legte es auf den Küchentisch und stellte die Espressokanne auf den Herd, sie brauchte zuallererst eine Tasse Kaffee. Und erst dann, als der Kaffee leise brodelnd vom unteren Teil der Kanne in den oberen aufgestiegen war und sein Aroma sich in der kleinen Küche verbreitete, richtiger Kaffee, extrem anders als das Filtergebräu, das ihr ihre Mutter eine Kindheit und Jugend lang zugemutet hatte, bitter, aber, das war ein Erfahrungswert, effizient was seinen Weckeffekt betraf, erst dann setzte sie sich an den Tisch und öffnete den Briefumschlag.

Er enthielt gut zwanzig dichtbeschriebene Seiten. Auf manchen hatte Mischa nicht nur eine Zeile unter die andere gesetzt, sondern dann auch noch den freien Raum an den Rändern genutzt und nach der letzten Zeile weitergeschrieben, das Rechteck der Seite mit immer kleiner werdenden und manchmal nur mehr schwer leserlichen Wörtern umrahmend. Die folgende Seite begann er dann aber wieder sehr großzügig. Mit schwungvollen Großbuchstaben und manchmal schon in die jeweils nächste Zeile hinunterreichenden Unterlängen.

Meine Liebe, schrieb er, ich hoffe, Sie verzeihen mir, daß ich mich so lange nicht gerührt habe. Aber es sind Umstände eingetreten, deren Kenntnis Ihnen mein Schweigen vielleicht verständlich machen wird. Die letzten drei Wochen habe ich fast nichts anderes getan als zu schreiben. Es klingt wahrscheinlich absurd, aber gerade das hat mich davon abgehalten, Sie von meinem Verbleib zu benachrichtigen.

Ich weiß schon, was Sie gedacht haben, zwei Zeilen, haben Sie gedacht, hätten genügt. Liebe Grüße aus Betlehem, nicht wahr, das hätte Sie schon erleichtert. Aber abgesehen davon, daß sich meine Ankunft in Betlehem um einiges verzögert hat (drei Tage Irrfahrt, Kontrollen, z.T. böse Erlebnisse), hat sie etwas ganz Unerwartetes in mir ausgelöst. Der Geist ist über mich gekommen, ausgerechnet hier, an einem Ort, den ich (meine Reserve dem Evangelisten Lukas gegenüber habe ich schon erwähnt) ursprünglich gar nicht besuchen wollte.

Und ausgerechnet, schrieb er, in der Geburtsgrotte. – Er war dorthin gegangen, voll Skepsis, in der Erwartung, daß ihm hier eine ähnliche Enttäuschung bevorstünde wie an den sogenannten heiligen Stätten in Nazareth. Er war allerdings früh hingegangen, zu einer Stunde, zu der vielleicht noch nicht so viele Pilger oder Touristen dort anzutreffen sein würden. In dem kleinen Hotel, in dem er sich einquartiert hatte, sagte man ihm, daß die Kirche über der Grotte ab sechs Uhr früh geöffnet sei, also ließ er sich um fünf wecken.

Draußen war es noch dunkel um diese Zeit. Er sah noch Sterne am Himmel, sogar den Mond. Es war auch recht kalt, als er Richtung Geburtskirche ging. Noch bevor er dort ankam, erhob sich der Wind, und eine Schar schwarzer Vögel flog auf. Dohlen am ehesten, nach ihren Stimmen zu schließen. Die Fassade der Kirche wirkte vorerst abweisend, wie die Mauer einer Festung. Dann aber stand er vor diesem niedrigen Türchen. Stand da und fühlte sich vorerst eigenartig berührt.

Nicht, daß ihn die Niedrigkeit und Enge dieser Pforte überrascht hätte. Er erinnerte sich sogar, sie schon auf irgendwelchen Fotos gesehen zu haben. Er hatte auch schon etwas darüber gelesen, etwa, daß es hier ursprünglich drei Tore gegeben habe, daß dann die zwei seitlichen zugemauert worden seien, während man das mittlere Tor verkleinerte. Die Kreuzfahrer hätten dann ein Spitzbogenportal hineingestellt und die oberen, noch aus der Zeit des Kaisers Justinian stammenden Partien vermauert.

Man müsse sich bücken, hieß es, um einzutreten. Aus Demut, hieß es. Diese Begründung sah der kirchlichen Tradition ähnlich. Nein, er habe sich nicht aus Demut gebückt. Das fiel ihm nicht ein in diesem Zusammenhang, seine Gedanken und Gefühle gerieten auf recht andere Wege.

Ob das *Abwege* waren? Er glaube nicht. Beim Eintritt durch diese niedrige, schmale Tür macht man sich natürlich unwillkürlich klein. Das war nun, zu dieser frühen Morgenstunde, vorerst mit einer gewissen Beklemmung verbunden. Draußen war es noch kaum hell, aber drinnen, in diesem Raum, aus dem ihm auch der Hauch eines gleichzeitig fremden und vertrauten Dufts entgegenkam, ein wenig wie aus einem Gewürzladen, schrieb er, etwas Scharfes, etwas Süßes, aber auch etwas Bitteres, drinnen schien es noch dunkler zu sein, vielleicht war die elektrische Beleuchtung, die es in einer trotz der Enge des Eingangs dem Tourismus preisgegebenen Stätte ja geben mußte, noch nicht eingeschaltet, nur der Schein rötlichen Lichts war zu spüren, wie ein fernes Flämmchen.

Er habe noch, schrieb er, mit beiden Händen die Ränder der schmalen Pforte berührt, der Stein fühlte sich eigenartigerweise nicht hart, sondern weich an, wohl auch noch ein bißchen feucht von der Nacht. Und dann sei er eingetreten, nein, hineingeschlüpft, innen war vielleicht noch ein Vorhang, jedenfalls streifte etwas über sein Gesicht. Und dann hatte er die Schwelle hinter sich und fand sich in diesem immer noch etwas zwielichtigen Kirchenraum. Und da habe er auf einmal eine starke Erregung empfunden.

Stimmt, auf dem Grund dieser Erregung war nach wie vor Bangigkeit. Aber vielleicht ist das ja bei jeder starken Erregung so. Schrieb Mischa. Vielleicht war ihm sogar ein wenig unheimlich. Aber aus dieser *Un*heimlichkeit heraus fühlte er sich *in die Heimlichkeit hineingezogen.*

Die erregende Heimlichkeit eines Mysteriums … Als flüstere dir jemand ins Ohr: Ich sag dir was! … Wie ein Kind einem anderen etwas ins Ohr flüstert, oder eine *Mutter* einem

Kind … Es war einmal. Wir waren einmal. Du und ich waren einmal eins.

Dann ging das Licht an. Oder ging draußen die Sonne auf und schickte ihre ersten Strahlen durch die Obergaden? Eher unwahrscheinlich, es muß noch immer sehr früh am Tag gewesen sein. Jedenfalls war es schon ziemlich spät im Jahr. Aber, schrieb Mischa, ich sah jetzt mehr als vorher.

Die Kirche, ach ja, im Hotelzimmer hatte er eine Information über die Sehenswürdigkeiten Betlehems gelesen. Fünfschiffige Basilika, Monolithsäulen aus rötlichem Kalkstein. Im Mittelschiff unter den Lichtgaden Mosaiken auf verblassendem Goldgrund. Er sah, daß zutraf, was er gelesen hatte, aber er sah das nur sehr nebenbei.

Er ging, schrieb er, Schritt für Schritt vorwärts in dieser Kirche. Und es war heller als zuvor, aber für ihn war das immer noch etwas wie Traumwandeln. Und indem er vorwärtsging, hatte er das Gefühl, eigentlich zurückzugehen, zurück, zurück … Und nachdem er dann vorne, im Chor, über eine der Treppen (die linke), in die sogenannte Geburtsgrotte hinuntergestiegen war, habe er das Gefühl gehabt, endgültig im Uterus angelangt zu sein.

Und dann? Dann habe ihn eine Fülle von Assoziationen überwältigt. Von Assoziationen und Erinnerungen, solchen, die er schon kannte, und solchen, die er noch nicht kannte. Eigene Erinnerungen und kollektive Erinnerungen, ja, natürlich. Die tragen wir doch alle in uns, wir müssen sie nur aktivieren. Manchmal werden sie uns vielleicht auch gesandt. Oder sie werden durch irgend etwas ausgelöst. Wir können ihnen nachgehen oder sie wieder vergessen. Er wolle, ja, er müsse ihnen nachgehen, deswegen sei er doch gekommen.

Wiedergekommen, schrieb er. Zum einen in dieses Land. Zum anderen vielleicht *überhaupt* wiedergekommen. Geboren von einer russischen Mutter, schon richtig. Aber denken Sie, schrieb er, an eine russische Puppe.

Nicht daß die Frau, die ihn diesmal geboren habe, so ausgesehen hätte. Keine Matrjoschka, nein, eher ein dünnes Mädchen. Jedenfalls damals, als sie noch mit seinem Vater verlobt war. Auf den Fotos, die sie später noch manchmal ansahen, wehmütig lächelnd, so jung waren wir damals, hatte sie erst den sehr schüchternen Ansatz eines Busens. Dünn, wie wahrscheinlich das Mädchen Mirjam auch. Bei der mutmaßlichen Ernährungslage kleiner Leute in Nazareth. Ein, zwei Jahre früher hatte sie noch als Kind gegolten. Aber jetzt war sie eine heiratsfähige Frau, das ging schnell, fast ohne Übergang.

Ein Mädchen vom Lande. Schrieb er von seiner russischen Mutter oder von Maria? Allenfalls schöne, nachdenklich wirkende Augen. Sonst war nicht viel an ihr dran, wie man volkstümlich sagt. Die mütterliche Figur bekam sie erst später.

Was die russische Puppe betrifft, so steckt eine in der anderen. Ganz innen die kleinste. Aber die ist sozusagen der Kern. Schrieb Mischa. Nach der Inspiration in der Geburtsgrotte war er rasch ins Hotel zurückgekehrt. Schreib, habe der Geist zu ihm gesagt, und er habe geschrieben.

In einem kleinen Hotel in Betlehem. Nein, es war eher eine kleine Pension. Zimmer mit Frühstück. Das Frühstück, das jetzt, nach seiner Rückkehr aus der Geburtsgrotte, bereit gestanden wäre, habe er kaum angerührt. Er sei hinauf ins Zimmer gegangen, das offenbar eine oder zwei Treppen hoch lag, und habe sich für die nächsten paar Stunden eingeschlossen.

Der Ansturm von Assoziationen, kreuz und quer führenden Gedanken. Schwimme im Uterus meiner Mutter, schrieb er. Kann man sich wirklich an so etwas erinnern? Die naturwissenschaftlich orientierten Psychologen sagen natürlich nein, aber dieses Verständnis von Naturwissenschaft ist ein Mangel an Phantasie. Daß es keine vorgeburtlichen Erinnerungen gibt, vielleicht ist das bei Ihnen so, meine Damen und Herren, aber bei manchen ist das anders. Es gibt sogar welche, die erinnern sich nicht nur an ihre letzte Geburt. Und an die Monate davor, an ihre in den Mutterschoß eingebettete Existenz. Dieses Vorleben in den heimeligen Tiefen eines weiblichen Leibes.

Der Leib Marias, ach ja, wenn man dem katholischen Dogma glaubt, nicht verwest, wie der anderer Menschen, die dann bis zur Auferstehung modern müssen, sondern – *ein heiliges Gefäß*, wie das die alten Herren, die sich später darüber den Kopf zerbrachen, dezent definierten – gleich nach seinem irdischen Ableben ganz und gar in den Himmel gebeamt. Mariä Himmelfahrt, mein Gott, was für ein Aufstieg! Das hätte sich Mirjam nicht träumen lassen. Mag sein, sie träumte so manches, aber das bestimmt nicht.

Sie muß damals ungefähr vierzehn gewesen sein. Sie verrichtete Hausarbeit, sie arbeitete auf dem Feld, sie ging für gewöhnlich barfuß. Sie war klein, glaube ich, auch als Erwachsene kaum größer als 1.60, die Körpergröße einer Frau maß man zu jener Zeit nicht. Aber sie wirkte etwas größer, weil sie gewöhnt war, Krüge auf dem Kopf zu tragen, davon bekommt man einen aufrechten Gang.

Dieser Gang war aufrecht, aber angenehm, ich meine, er war alles andere als unrund. Gut ausbalanciert, dieser Gang, von innen wahrnehmbar als ein angenehmes Schwingen. Selbst wenn sie lief, was sie manchmal tat, denn sie war ja jung. Wenn ich die Augen schließe und ganz fest an sie denke, an meine symbiotische Existenz mit ihr, spüre ich den Rhythmus ihrer Schritte.

Wenn ich genauer hinlausche, spüre ich auch den Rhythmus ihres Herzens. Nach und nach spüre ich ihn sogar sehr laut. Ich glaube, ich höre auch das Rauschen ihres Blutes. Oder das Echo dieses Rauschens. Mein Leben in ihr hat ja etwas von der Existenz in einer Muschel.

Einer weichen Muschel allerdings, einer Muschel ohne feste Schale. Wo ist die Grenze zwischen ihr, der Jungfrau, die noch eine sein *sollte*, aber keine mehr sein *kann*, und mir, dem Kind, das in ihr keimt? Bin ich schon Jeschua oder bin ich noch ein Teil von ihr, Mirjam? Nehme ich nur diese Innenwelt wahr oder ahne ich schon etwas von der Außenwelt, sehe ich sozusagen durch *ihre* Augen, höre durch *ihre* Ohren, rieche, schmecke, taste mit ihr, durch sie, bin ich doch in ihr ein vorläufig noch geheimes Leben, *es ist ein Reis entsprungen*, wie konnte das geschehen, das darf doch nicht wahr sein, ja, das ist vielleicht das erste, das ich mitbekomme, ich spüre *sie*, sie spürt *mich*, sie spürt, daß ich in ihr wachse und spürt eine wachsende Angst.

Er lag auf dem Bett, schrieb er, dort, in jener Frühstückspension in Betlehem, in dem kleinen Zimmer, in das er sich eingeschlossen hatte. Arme und Beine angezogen, in embryonaler Stellung. Unter einer Decke, die ein wenig nach Schaf roch – dieser Geruch begleitete ihn offenbar, aber er empfand das jetzt nicht mehr als befremdlich, sondern ganz im Gegenteil, es war sein Stallgeruch, es war wahrscheinlich auch Mirjams Geruch gewesen. Von innen her allerdings gemischt mit Aromen, die sich nicht beschreiben lassen, oder doch, er versuchte es, etwas wie Muskat, etwas wie Moschus, etwas wie Myrrhe, vielleicht war die Decke, in die er sich hüllte, parfümiert, das Mädchen Mirjam wird sich kaum parfümiert haben, aber so jung, wie sie war, hatte sie sicher einen guten Eigengeruch. Und er fühlte sich, schrieb er, ganz in sie eingehüllt, steckte er doch sozusagen in ihrer Haut.

Und empfand Angst mit ihr – mein Gott, was sollte sie denn nun machen? Die Monatsblutung, die erst vor wenigen Monaten eingesetzt hatte, blieb aus. Einerseits hätte sie das als Erleichterung auffassen können, denn die Prozeduren, die eine von diesem Zeitpunkt an als erwachsen geltende junge Person weiblichen Geschlechts der jüdischen Tradition gemäß auf sich nehmen mußte, um sich zu reinigen, waren, obwohl von ihr, die nichts anderes kannte, nicht als erniedrigend empfunden, so doch zumindest recht strapaziös. Aber was hätte ihr das genützt, sie hätte ja weiter so tun müssen, als ob.

Als ob sie blutete, wie es sich für eine junge, mit vierzehn durchaus mannbare aber noch unverheiratete Frau gehörte. *Eine Jungfrau*, so heißt es bei Lukas, *die verlobt war einem Mann aus dem Hause Davids mit Namen Josef*. Sie war dem Josef versprochen, dem Bautischler – die Information, daß der aus dem Haus Davids stammen sollte, hätte sie wahrscheinlich überrascht. Aber auf jeden Fall war Josef ein guter Mensch und wußte von nichts.

Die Angst beschleunigt den Herzschlag, das spürte ich. Unter dem Herzen, wie es so schön heißt, auch wenn andere Bereiche eigentlich näherliegen. Der Magen, der Bauch, all die hübschen, aber für ein jüdisches Mädchen zu jener Zeit mit besonderen Tabus besetzten Gebiete vom Nabel abwärts. Dort verengt sich alles vor Angst, weiter oben übrigens auch die Kehle.

Sie möchte schreien, vielleicht möchte sie auch beten, aber sie bringt kein Wort heraus. Sehr klein steht sie unter einem großen Himmel, irgendwo auf einem kargen Acker in Nazareth. Und dort kann sie nicht bleiben, denkt sie, von dort muß sie weg, denkt sie, bevor man ihr was anmerkt. Sie hat mich empfangen, was für ein schönes Wort, es gibt auch häßliche Wörter, diese Schande, was hat ihr Gott da angetan?

Sie läuft, ich spür es, sie läuft, aber nicht leichtfüßig und fröhlich wie bisher. Als sie noch nichts von mir spürte, auch wenn ich schon da war. Da ging es ihr noch gut, da war sie noch unbeschwert. Jetzt bin ich ihr auf einmal bewußt, auf einmal ist sie sich sicher, da wächst etwas in ihr.

Es ist ein Reis entsprungen, aus einer Wurzel zart, ach ja, ach nein, dieses Lied hat sie noch nicht kennen können. Auch das andere natürlich nicht, das mir jetzt einfällt: *Maria durch ein' Dornwald ging*. Und genau das ist es, sie ging allerdings nicht, sondern lief, ein junges Mädchen, das unversehens keines mehr war. Fürchte dich nicht, sagt der Engel, der vielleicht doch am Wege steht, wenn du dieses in den Augen Gottes lächerlich kurze Menschenleben hinter dir hast, vierzig Jahre wenn's hochkommt, mehr brauchst du nicht, um eine alte Frau zu werden, wirst du in den Himmel aufgenommen, und zwar mit Haut und Haar, mit Jungfernhaut und Schamhaar, taufrisch wie am ersten Tag deiner Mädchenschaft, bei Gott ist nichts unmöglich.

Aber was ist das für eine Rede, so reden Engel nicht, sie weiß nicht, ob sie diesem zweifelhaften Engel glauben soll. Vielleicht ist er eher ein Dschinn oder, noch schlimmer, einer von jenen heidnischen Geistern, den bocksbeinigen, die sich gern über menschliche Wesen lustig machen. Und tatsächlich wird sie ja mindestens sieben Kinder gebären, nach mir noch vier Brüder, die in der *Schrift* namentlich vorkommen, und mindestens zwei Schwestern, die namenlos bleiben, aber in der Mehrzahl genannt werden. Und wie sie danach noch als *virgo intacta* wiederhergestellt und zur berühmtesten und nachhaltigsten Jungfrau der Welt werden soll, das weiß wirklich nur Gott, falls er es weiß.

Die Jungfrau Maria, wer ist das? Mirjam, die durch den Dornwald läuft, streckenweise *rennt*, so schnell sie kann, bis ihr der Atem ausgeht, weiß nichts von ihr. *Mutter* Gottes? Was für ein frevelhafter Gedanke, keine menschliche Frau kann das werden! Außer vielleicht die heidnischen Frauen, die griechisch reden und phantasieren, auf die lassen sich ab und zu ihre geilen Götter herab. Aber an so etwas will das Mädchen Mirjam gar nicht denken.

Sie läuft durch den Dornwald, davon und nichts wie davon … Weg von Josef, weg von ihren Eltern – wo waren die übrigens? In den Evangelien werden sie nicht erwähnt … Eigenartig, die Eltern einer Vierzehnjährigen, sie können nicht alt gewesen sein, Ende zwanzig, Anfang dreißig vielleicht … Nirgends steht, daß Maria schon bei Josef wohnte, das ist eher unwahrscheinlich … Sie waren miteinander verlobt, heißt es, sie war dem Josef von ihren Eltern versprochen … Vielleicht schon als Kind, das wäre durchaus nicht unüblich gewesen, zur gegebenen Zeit würden sie dann zusammengeführt … Aber jetzt das! Falls sie Brüder hat, was gut möglich ist, rennt sie nicht zuletzt vor *denen* davon … Brüder, die sich für die Ehre ihrer Schwester verantwortlich fühlen, oder auf die Idee kommen könnten, daß sie die Ehre der Familie beschmutzt hat, du lieber Himmel!

Er habe, schrieb Mischa, Mirjams Angst gespürt, so sehr, daß seine Wundmale wieder zu bluten begonnen hätten, während bei ihr bis auf weiteres nichts mehr blutete, jedenfalls nicht an der richtigen Stelle. Die Dornen, klar, daran mag sie sich geritzt haben, Rosen waren vorläufig keine zu sehen, oder doch, wer weiß, vielleicht blühen die Heckenrosen im Lande Israel doch schon so früh. Es muß Ende März gewesen sein, für den Fall, daß das Geburtsdatum Weihnachten stimmt. Maria machte sich auf, heißt es bei Lukas, und ging eilends hinauf ins Bergland in eine Stadt in Judäa, *ging eilends*, ja, auch so kann man diesen panischen Aufbruch beschreiben.

Von Nazareth in Galiläa durchs Hochland von Samaria bis in die Berge östlich Jerusalems. Auch wenn sie eilends ging, benötigte sie für diesen Weg zwei, drei Tage. Ein Mädchen, eine junge Frau allein, das war zu jener Zeit kaum vorstellbar, wahrscheinlich hat sie die bewohnten Gebiete umgangen. Kamen trotzdem Menschen in Sicht, so wird sie sich versteckt haben.

Sie aß und trank, was sie auf diesem Weg fand. Also Beeren, unbewachte Feldfrüchte, Obst? – davon gab es vermutlich nicht allzuviel im März. Allenfalls Vertrocknetes aus dem vergangenen Jahr, das selbst die Vögel verschmähten. Aber die Bäche führten klares Wasser um diese Zeit, das rann angenehm durch die Kehle, die ihr, das ist durchaus denkbar, einer der ehrenhaften Brüder, hätte er von ihrer Schande erfahren, mit einem scharfen Messer und einer raschen, effizienten Bewegung glatt durchgeschnitten hätte.

Durch den Dornwald lief Mirjam, durch die Macchia, aber wohin bloß, wohin? Ja, doch, sie hatte ein Ziel, eine Stadt oder eher einen Ort in Judäa. Dort hoffte sie Zuflucht zu finden, bevor ihre Schwangerschaft daheim in Nazareth auffiel. Bei einer älteren Cousine namens Elischeva nämlich, oder war es eine Tante, die sie anläßlich der Wallfahrten nach Jerusalem manchmal getroffen hatte.

Elisabeth heißt sie in den Übersetzungen, die auf uns gekommen sind. Die hatte die kleine Mirjam gern auf dem Arm gehalten und auf ihren Schoß gesetzt. Vielleicht hatte sie gehofft, daß das etwas nützen könnte. Ihr Schoß nämlich, hieß es, war leider unfruchtbar.

Nein, sie war keineswegs alt, keine Rede von neunzig Jahren wie bei Abrahams Sara. Vielleicht war sie dreißig. Aber daß sie kein Kind bekommen konnte, ließ sie möglicherweise älter erscheinen. Frauen waren zum Kinderkriegen geboren – wozu waren sie sonst gut? Daß die vorläufige Kinderlosigkeit nicht an ihr, sondern an ihrem Mann, Secharija, liegen könnte, so etwas sagte man damals nicht, auch wenn es frau vielleicht manchmal dachte.

In Mirjams Erinnerung hatte diese Frau jedenfalls etwas ausgesprochen Mütterliches. Etwas, das ihr bei ihrer eigenen Mutter vielleicht abging.

Diese Elischeva war nicht nur eine gute Seele, sondern sie hatte auch einen guten, weichen, dem kleinen Mädchen jedenfalls ausgesprochen angenehmen Körper. In Elischevas Arme wollte sie fliehen, in ihrem Schoß sich ausweinen.

Und nun kam sie dort an, in jenem Ort, den Lukas nicht namentlich nennt. Aber in einer Broschüre, die er aus der Geburtskirche mitgenommen habe, las Mischa, daß es sich nach Meinung neuerer Bibelforscher um den Ort Ain-Karim handelt. Ein Ort im judäischen Gebirge, sechs oder sieben Kilometer westlich von Jerusalem. Inzwischen ist dieses Nest längst in die Stadt eingemeindet.

Nein, schrieb er, er sei nicht hingefahren. Nicht nur aus Scheu vor der Prozedur an den Checkpoints. Die Erfahrungen, die er letzthin mit diversen Kontrollen gemacht habe, hätten ihm bis auf weiteres gereicht. Aber auch davon abgesehen habe er nicht nach Jerusalem gewollt.

Noch nicht, schrieb er. Stimmt, Jerusalem sei ja ganz nah. Zwischen dem letzten Haus von Betlehem und dem ersten Haus von Jerusalem liegen angeblich nur ein paar hundert Meter. Dazwischen stehe nun allerdings die Mauer. Bis zu acht Meter hoch. Ein grauer Wall, eine Beton gewordene Abweisung.

Aber das sei es nicht, *das allein* sei es nicht. Jerusalem, schrieb er, komme ganz einfach erst später. In seinem Reiseplan, seinem Recherchenprogramm. Bis Jerusalem habe er noch einiges vor sich, Jerusalem komme am Ende.

Und er war ja, schrieb er, doch erst am Anfang. Unversehens

an einen Anfang geraten, den er ursprünglich gar nicht im Sinn gehabt habe. *Im Anfang war das Wort*, schreibt Johannes, *und das Wort ist Fleisch geworden*, ach ja. Er hätte auch schreiben können: Im Anfang war der Fötus.

Dieser Fötus wuchs in einem Mädchen, das zu seiner Cousine oder Tante floh. Das Mädchen hieß Mirjam und war einen weiten Weg gelaufen. Und dann langte sie endlich dort an, am Rande des Ortes, in dem Elischeva mit ihrem möglicherweise potenzgestörten Mann wohnte. Er sah das Dorf vor sich, schrieb Mischa, nicht die Künstlerkolonie, die es angeblich heute sei, Galerien, Restaurants, Snackbars, Ain-Karim oder En-Karem, ein eingemeindeter Vorort Jerusalems, schon 1948, wie der Text im Reiseführer lapidar bemerkt, von der arabischen Bevölkerung *verlassen*, sondern den Ort, in dem Mirjam damals ankam.

Das Dorf lag in einer kleinen Senke, die Anhöhe, von der Mirjam heruntergekommen sein mußte, lag im Nordosten. Unten eine Sandstraße, an ihrem Rand ein paar wetterfeste und vermutlich immergrüne Bäume. Und da kam ihr Elischeva schon entgegen. Sie habe so ein Gefühl gehabt, sagte sie, eine innere Stimme habe ihr gesagt, daß sie Besuch bekäme.

Und zwar bedeutenden Besuch, sie lachte, als sie das sagte. Die Dame hatte Humor. Wie siehst du denn aus?! sagte sie. Mit Dornen im Haar, na, du bist mir eine schöne Königin! Aber siehst du, hier ist eine kleine Blüte.

Ach Kind, sagte sie, du weinst ja, was ist dir geschehen?! Dein zerrissenes Kleid werden wir flicken, da mach dir keine Sorgen. Jetzt komm einmal ins Haus, und iß und trink, und dann erzähl! So könnte es gewesen sein. Ganz ohne hymnische Begrüßungen.

Natürlich dauerte es eine Weile, bis Mirjam erzählte. Erst im Dunkel der Nacht war es soweit, in der Kammer, in der sie an Elischevas weichem Busen lag. Das Kind muß sich ausweinen, hatte die zu ihrem Mann gesagt, laß mich also mit ihr allein. Und so hatte der seine Schlafmatte in einen anderen Raum getragen, falls es denn einen solchen gab, und sollte es keinen gegeben haben, was gut möglich ist, dann wenigstens in eine andere Ecke des Zimmers. Vielleicht ging er auch hinaus in den Hof, nicht mit der Matte, im Freien schlafen konnte man in einem hochgelegenen Ort wie diesem nur in der wärmeren Jahreszeit. Aber unter den Himmel zu treten und in die Sterne zu schauen, während die Frauen drinnen tuscheln, das würde ganz gut zu einem Mann wie Secharija passen. Und es ist kalt, stelle ich mir vor, und er sieht den Hauch vor dem Mund und macht Bewegung, um sich warm zu halten. Und manchmal hört er die Kleine, die seine Frau drinnen zu trösten versucht, aufschluchzen, es muß ihr schon etwas besonders Schlimmes widerfahren sein.

Und drinnen wärmt sich Mirjam am Leib der anderen Schwangeren. Ja, er ist gesegnet, dieser Leib, du hast schon richtig gesehen, jetzt kannst du es auch spüren. Und Elischeva nimmt die Hand Mirjams und legt sie auf ihren Bauch. Und da drin hüpft das Kind, das sie bekommen soll, und das ist doch eigentlich etwas Schönes. Und es wird auch bei dir etwas Schönes sein. Bei Gott ist nichts unmöglich, wenn man guten Willens ist, dann wird das manchmal wahr. Wir werden schon eine Möglichkeit finden, zu helfen. Vielleicht kann mein Mann einen Verwandtenbesuch in Nazareth machen und mit deinem Verlobten reden. So etwa sprach Elischeva, eine gescheite Frau. Und da hörte Mirjam zu weinen auf und schlief ein. Ob sie in ihrer Erzählung den Namen Panthera genannt hatte, weiß ich nicht. Aber vielleicht ist dieser Panthera ja auch nur ein perfides Gerücht.

Und Maria blieb bei ihr (nämlich Elisabeth) *etwa drei Monate …* Das ist so ein schlichter Satz am Ende des Absatzes, lesen Sie ihn nach, Barbara. Ich wette, Sie hätten sich nicht mehr an ihn erinnert. Ich bin überzeugt davon, daß sich auch Leute, die sich weit besser in der Schrift auszukennen glauben als Sie, kaum an diesen Satz erinnern. Man überliest ihn leicht, aber da steht er, Lukas 1,46. Ein Appendix am Ende des sogenannten Lobgesangs der Maria. Der schön ist, aber so bestimmt nicht gesungen wurde. *Meine Seele erhebt den Herrn und mein Geist freut sich Gottes meines Retters.*

Und dann redet sie in hohen Worten von ihrer Niedrigkeit. Und daß sie von nun an alle Geschlechter selig preisen werden. Denn der Herr, heißt es, hat Großes an ihr getan. So redet kein vierzehnjähriges Mädchen, das aus Furcht vor der Entdeckung seiner Schwangerschaft zwei Tage und eine Nacht durch Disteln und Dornen gelaufen ist und nun heulend in die Arme seiner Verwandten fällt.

Zugegeben, Lukas hat literarische Qualitäten. Schreibt auf griechisch zwei alttestamentarisch klingende Hymnen, eine für Elisabeth, eine für Maria. Aber das sind Texte für eine Theaterszene. Sie können eine Rundreise durch die Museen der Welt machen, da sehen Sie diese Szene dargestellt, Elisabeth und Maria, zwei meistens etwas zu reife Schauspielerinnen, aufeinander zueilend mit wallenden Gewändern, man hört sie direkt deklamieren.

Aber am Ende des Absatzes dieser Satz. *Blieb etwa drei Monate.* Man sollte diesen Satz nicht überlesen, sondern überlegen, was er sagt … *Danach kehrte sie wiederum heim*, so geht der Satz dann zu Ende. Ja, schön, also *danach*. Doch *davor* kehrte sie *eben nicht* heim.

Und hatte triftige Gründe dafür – aber wie sollte alles weitergehen? Wollte sie abwarten, bis ihr Zustand zweifelsfrei erkennbar war? War es vielleicht ein Tabu, einer sichtbar

Schwangeren etwas anzutun? Oder hatten sie oder ihre lebenskluge Cousine oder Tante eine Idee, wie sich die bislang geheime Schwangerschaft sozusagen mit Anstand bekannt machen ließe?

Du bleibst fürs erste bei mir, könnte Elischeva am nächsten Tag gesagt haben. Wir werden das Kind schon schaukeln, nur keine Angst. So etwas Ähnliches sagte sie, wenn auch auf aramäisch. Ihr Mann Secharija aber sattelte seinen Esel, lud ihm ein paar Mitbringsel für die Verwandtschaft auf, etwa einige Laiber vom Ziegenkäse, den sie dort in den judäischen Bergen herstellten, und der anders schmeckte als der galiläische Schafskäse, und machte sich auf den Weg Richtung Nazareth.

Er tat das, ohne viele Worte zu machen. Secharija stelle ich mir überhaupt als einen eher stillen Mann vor. Nicht nur bei Nacht, unter dem Sternenhimmel, zum ins Träumerische hinausschweifende Nachdenken geneigt, sondern auch am sonnenhellen Tag. Manchmal, wenn ihn seine Frau etwas fragte, brauchte es eine ganze Weile, bis er antwortete.

Es trifft aber keineswegs zu, daß er stumm war. Vielleicht ist Ihnen, liebe Barbara, bei der Lektüre der letzten Zeilen ja die komische Geschichte eingefallen, mit der Lukas sein Evangelium eröffnet. Die von der Ankündigung der Geburt des Johannes durch einen Engel und von der Stummheit, mit der Zacharias, der das nicht gleich glauben wollte, anschließend geschlagen war. Wenn wir ihr vollen Glauben schenken, wäre Secharija der falsche Mann, um Josef aufzusuchen.

Natürlich war Barbara diese Geschichte *nicht* eingefallen. Die Zeit, zur der sie in der Bibel gelesen hatte, lag doch schon recht weit zurück. Aber sie frischte die vage Erinnerung auf. Las also, daß Zacharias ein Priester gewesen und turnusmäßig zum Tempeldienst in Jerusalem eingeteilt gewesen sei.

Und er wird durch das Los dazu bestimmt, das Brandopfer in einem dafür eingerichteten, offenbar abgesonderten Raum darzubringen. Doch als er dort eintritt, steht ein Engel rechts neben dem Altar. Und dann kündigt ihm der Engel an, daß seine Gebete um Kindersegen nun doch erhört werden sollen. Und der gute Mann kann das vorerst nicht recht glauben, und das ist auch kein Wunder, denn bisher, schrieb Mischa, hat da etwas zwischen ihm und Elisabeth nicht so richtig geklappt.

Und so weiter. Die Geschichte ist ganz eindeutig von der mit Abraham und Sara abgekupfert. Nur daß es dort etwas lustiger zugeht, nicht so übertrieben feierlich, Sara muß ja, als sie die Ankündigung des himmlischen Boten hört, zuerst einmal herzlich lachen. Hier ist es außerdem der Mann, der für seine Skepsis bestraft wird, nicht die Frau. Und weil Lukas ein Autor ist, der, was Engelserscheinungen betrifft, überhaupt wenig Hemmungen hat, ist der Engel nicht irgendeiner, sondern gleich die Nummer 1: ich bin Gabriel, sagt er, der vor Gott steht, also sozusagen auf Augenhöhe mit dem Unaussprechlichen, ich bin Gabriel und du glaubst mir nicht, das wird Folgen haben.

Klar, da kann es einem armen, kleinen Menschen schon die Rede verschlagen. Jedenfalls bringt Zacharias, als er in den öffentlichen Bereich des Tempels zurückkehrt, kein Wort heraus. Da kann er sich, heißt es, nur durch Zeichen verständlich machen. Und seine Stummheit hält vor, als er abends nach Hause kommt, seine Frau wundert sich, er redet nicht, er deutet nur, sie fragt sich, ob sie ihn richtig versteht, aber als er sich dann zu ihr legt, bemerkt sie recht unmißverständliche Zeichen seiner schon lang nicht auf diese Weise hervorgetretenen Männlichkeit.

Wunderbar, aber damit wäre seine Stummheit dann auch beendet. Das heißt, gerade das wäre ja das Ende seiner Stummheit. Schrieb Mischa. Wenn Sie verstehen, was ich meine. Lukas hat Freud noch nicht gekannt, aber wir kennen ihn.

Sein Lobgesang (der dritte, den Lukas auf den paar Seiten seines ersten Evangelienkapitels unterbringt) wäre also eher hier einzusetzen. Nach dieser Nacht, in der er seiner Frau offenbar erfolgreich beiwohnt. Lesen Sie, Barbara, lesen Sie das unter diesem Aspekt! Gepriesen sei der Herr, der Gott Israels, denn er hat sich seines Volkes angenommen und ihm Erlösung verschafft. Und hat uns aufgerichtet *ein Horn des Heils.*

Secharija ist durchaus imstande, mit Josef zu sprechen. Und wohl auch der Richtige, denn er ist ein sensibler Mensch. Natürlich muß dieser Besuch sehr diskret stattfinden. Zum Unterschied von den Verwandtenbesuchen, die er bei Tag absolvieren wird, vielleicht bei Nacht; Josefs Nachbarn sollen jedenfalls möglichst wenig davon mitkriegen. Eine heikle Mission ist es allemal, die Secharija da vor sich hat. Muß doch der Bautischler nicht nur über Verbleib und Zustand seiner Verlobten informiert, sondern vorerst einmal beschwichtigt werden. Bevor man ihm dann mit Elischevas Plan kommen kann. Der nur gelingen wird, wenn Josef über seinen Schatten springt.

Das ist der Schatten eines redlichen jüdischen Mannes seiner Zeit. Der erfahren wird, daß das ihm versprochene Mädchen Gott weiß von wem schwanger geworden ist, bevor er selbst Gelegenheit hatte, sie auch nur mit der Spitze seines kleinen Fingers zu berühren. Das erfordert enormes Fingerspitzengefühl seitens des Überbringers der Nachricht. Und des rettenden Plans. Aber du kriegst das schon hin, hat Elischeva gesagt.

Ach ja, es tut gut, daß ihm seine Frau jetzt wieder alles mögliche zutraut.

Sie winkt ihm noch nach, neben ihr steht Mirjam, das arme Kind, und winkt ebenfalls. Auch sie setzt Vertrauen in ihn, was bleibt ihr anderes übrig.

Aber er wird sich alle Mühe geben, dieses Vertrauen nicht zu enttäuschen.

Er wird den Weg, den sie gekommen ist, in der entgegengesetzten Richtung gehen. Auch mit dem Esel wird er seine zwei Tage für diesen Weg brauchen.

Es ist ein schöner, noch kühler Morgen, eine gute Zeit zum Aufbrechen. Hopp, hopp, sagt Secharija zu seinem Esel, wir werden das schon schaffen.

Drei Tage, schrieb Mischa, sei er nicht aus dem Haus gegangen. Sei nur auf dem Bett gelegen oder an dem kleinen Tisch gesessen, den er sich ans Fenster habe stellen lassen. Ein wackliger Tisch übrigens, manchmal, wenn er sehr schnell geschrieben habe, um die Bilder, die seinen Kopf überfluteten, zu Papier zu bringen, sei dieser Tisch regelrecht ins Vibrieren geraten. Aber vielleicht seien es auch Erschütterungen von draußen gewesen, vielleicht fuhren irgendwo Panzer, das war nicht auszuschließen. In einem Dorf, an dessen Namen er sich nicht mehr erinnerte, habe er gesehen, wie sie angeblich illegal gebaute palästinensische Häuser niederwalzten. Das war während der nächtlichen Fahrt mit dem Armenier. Er wußte nicht mehr, wo das war, während dieser Fahrt, schrieb er, habe ich völlig die Orientierung verloren. Es war ein Dorf, vielleicht war es auch die Peripherie einer kleinen Stadt, es war nicht möglich, alle bewohnten Gebiete zu umfahren.

Daran aber wollte er sich jetzt nicht weiter erinnern. Er war ja auch mit ganz anderen Erinnerungen beschäftigt. Die kamen von weiter her, aus tieferen Schichten. Vielleicht war es ganz gut, daß jene neueren Erinnerungen durch den Ansturm dieser älteren verdrängt oder zumindest an den Rand gedrängt wurden.

Falls das Erinnerungen waren. Jedenfalls waren es Bilder. Bilder und Szenen, die durch seinen Kopf liefen. Das Phänomen war ihm keineswegs neu, er kannte es seit seiner Kindheit. Damals hatte er allerdings nicht gewußt, worum es ging, jetzt konnte er diese Bilder in einen Zusammenhang bringen. Er sei sogar imstande, das Erscheinen dieser Szenen bis zu einem gewissen Grad zu steuern. Er schaffe es, sozusagen in Fortsetzungen zu träumen. Oder zu halluzinieren. Das gelinge ihm zwar nicht immer. Aber manchmal könne er bestimmte Szenen, die er sehen wolle, regelrecht abrufen.

Zum Beispiel die, wie Secharija nach Ain-Karim zurückkam. Er kam nicht allein, sondern in Begleitung des Bautischlers. Er habe, schrieb Mischa, nun auch Josef vor seinem geistigen Auge gesehen. Josef ging neben Secharija, auch er hatte einen Esel dabei, wie eine Woche zuvor Miriam kamen sie von der Anhöhe am nordöstlichen Dorfende herunter.

Mischa sah das aus der Position eines Beobachters, der am Rand der Sandstraße saß. Unter den immergrünen Bäumen, wahrscheinlich waren es Steineichen. Josef war ein eher schmaler Mann mit noch ganz schwarzem Bart (keineswegs in dem fortgeschrittenen Alter also, das ihm die Tradition andichtet), sein Esel war mit Werkzeug beladen. Das Werkzeug war zwar in links und rechts am Sattel befestigten Säcken verpackt, aber etwas davon zeichnete sich durch den rauhen Leinwandstoff ab.

Folgendes nämlich hatte sich Elischeva ausgedacht. Der Bautischler Josef würde in der Region Arbeit finden. Sei es in der örtlichen Synagoge, deren Dachstuhl durchaus neue Balken brauchen konnte, denn in den alten saßen die Holzwürmer, sei es sogar im Tempel zu Jerusalem, zu dem ja ihr Mann als Priester einer relativ hohen Rangordnung Beziehungen hatte. Und dieses Renommiergebäude, mit dem sich der Nabatäer Herodes bei seinem jüdischen Volk lieb Kind machen wollte, war ja eine permanente Baustelle.

Daß Josef bei dieser Gelegenheit Mirjam traf, die just zur

selben Zeit den Einfall gehabt hatte, ihre Verwandten Elischeva und Secharija zu besuchen – was für ein netter Zufall! Und die beiden waren einander ja keineswegs fremd, immerhin waren sie einander versprochen. Schon wahr, es gehört sich nicht wirklich, die offizielle Bestätigung der Verbindung durch die Ehezeremonie nicht abzuwarten. Aber ein Mann, auch wenn er durchaus fromm ist und gesetzestreu, hat halt seine natürlichen Triebe.

Das Mädchen, ich schwör es, hat sich weder aufreizend benommen noch sonst viel zu dieser Vereinigung beigetragen. Es war allerdings eine sanfte Vereinigung, ich habe ihr nicht wehgetan. Sie hat es geschehen lassen, schließlich bin ich ihr vertraut. Es war auf dem Felde, außer dem Allerhöchsten, sein Name sei gelobt, war niemand in der Nähe.

So etwa sollte Josef nach seiner Rückkehr nach Nazareth mit dem dortigen Rabbi reden. Was soll ich machen, Rabbi, es ist halt passiert. Und nun ist Mirjam also schwanger von mir. Natürlich bin ich bereit, unverzüglich das Brautgeld zu zahlen, ich habe dort unten in Judäa ganz gut verdient, ich kann das Mädchen, das ich zur Frau gemacht habe, jederzeit zu mir in mein Haus nehmen.

Und euer Rabbi, Gott schenke ihm ein langes Leben, ist ja kein Unmensch. Sagte Secharija. Ich habe sehr anregende Gespräche mit ihm geführt. Er kann auch ein gutes Wort bei Mirjams Vater für dich einlegen. Die Familie mag dich ja. Schließlich bist du der vorgesehene Schwiegersohn.

Also, komm schon. Gib deinem Herzen einen Stoß! Oder willst du zusehen, wie man ihr die Haare abschert, sie vor die verschlossene Tür ihres Vaterhauses führt und dort faustgroße Steine auf sie wirft, bis sie tot ist?! Nein, hatte Josef gesagt, das will ich nicht. Und er hatte sein Werkzeug zusammengepackt und den Esel aus dem Stall geholt.

Und nun ist er da, dieser Josef, wahrhaftig ein guter Mensch. Er steht jetzt im niedrig ummauerten Hof des kleinen Hauses, das dem Secharija gehört, dessen Frau Elischeva gerade aus der Tür hervortritt. Sie tritt ihm unverschleiert entgegen und lächelt. Er ist sichtlich gehemmt, er steht neben Secharija, der ihn überredet hat, mit ihm hierherzukommen, er weiß nicht, was er sagen soll.

Elischeva aber findet die richtigen Worte. Geh zu ihr, sagt sie, sie ist drinnen, in der Kammer. Und das tut er denn auch. Er läßt seinen Esel draußen im Hof stehen. Und geht hinein, er muß aufpassen, daß er nicht stolpert, denn im Haus ist es auf den ersten Blick sehr dunkel.

Und da steht sie dann, an einem kleinen Fenster, durch das doch ein bißchen Licht einfällt. Es ist früher Abend, nach einem Tag Ende April, die Sonne steht schon tief. Es ist also schwer zu sagen, ob sie rot wird, als er eintritt, oder ob die Röte an der Beleuchtung liegt. Er hat ja noch gar nicht so oft Gelegenheit gehabt, sie zu sehen, aber jetzt sieht er, daß sie hübsch ist. Ein Mann könnte sich freuen über so eine junge Braut, keine Frage. Aber unter den gegebenen Umständen … Einen Moment lang wandelt ihn etwas wie Wut an und böse Lust, vielleicht sollte er sie jetzt einfach nehmen, um die Besitzverhaltnisse zu klären. Aber dann geht er den Schritt, der noch fehlt, auf sie zu und berührt sie mit zwei Fingern an der Wange.

3

Barbara mußte etwas Distanz gewinnen. Sie zwang sich, den Brief aus Betlehem fürs erste wegzulegen. Sie durfte nicht ganz in diese Bilder hineinkippen. Sie wollte nicht wieder völlig auf Mischa hereinfallen.

Sie ließ das Kuvert auf dem Küchentisch liegen und schloß

die Tür hinter sich. Im Vorzimmer sah sie sich unwillkürlich im Spiegel. Die Frau, die da reflektiert wurde, war nicht in Hochform. Nach wie vor unfrisiert und zerknittert nach der in Kleidern durchschlafenen Nacht.

Aber sie hatte jetzt keine Lust, sich groß zu verschönern. Vielleicht war, was sie nun brauchte, ganz einfach frische Luft. Sie schloß also auch die Wohnungstür hinter sich. Doch bereits, als sie im Lift abwärts fuhr, ertappte sie sich dabei, daß sie schon wieder an Mischa dachte.

Oder an das, was er ihr geschrieben hatte. Gewisse Passagen seines Briefs hatten etwas tief in ihr berührt. Etwas im Zentrum ihrer Weiblichkeit. Ihr Gehirn, das in einer noch immer männlich dominierten Welt konkurrenzfähig sein mußte, dachte ungern so, doch ihr Bauch spürte das einfach.

Ein Mann, der solche Assoziationen und Visionen hatte, gefiel ihr. Aber was sollte das heißen? Sie konnte sich doch nicht einmal genau daran erinnern, wie er aussah! Ach ja, sein Schafsprofil, das ihr zuerst eher fragwürdig, dann aber irgendwie interessant erschienen war. Bloß, daß er ihr gefallen hätte, schon gar, als er dann unversehens als nackter Körper vor ihr lag – nein, auf diese Idee wäre sie bis jetzt nicht gekommen.

Sie ging durch den Flur und trat aus dem Haus auf die Straße. Es war kalt. Gut, dachte sie, das würde sie ausnüchtern. Als sie ein paar Schritte gegangen war, begann es sogar zu schneien. Sie hielt das Gesicht in die Schneeflocken, die ihr der Wind entgegentrieb.

Wirklich schaffte sie es eine Weile, nicht an Mischa zu denken. Sie ging vor sich hin, sie nahm die Außenwelt wahr. Die Stadt gefiel ihr nun besser als in den letzten Wochen. Nicht mehr grau, sondern weiß, der Straßenverkehr, der ihr letzthin manchmal unerträglich laut erschienen war, floß langsamer und leiser.

Im Neuschnee hatte diese Stadt tatsächlich etwas von dem

Charme, der ihr nachgesagt wurde. Manche Menschen, die Barbara auf den Gehsteigen entgegenkamen, lächelten sogar. Sonst hatte sie eher verdrossene Mienen gesehen. Allerdings würde der Zauber nicht lange vorhalten, der Schnee würde nicht lang so weiß bleiben.

Oder er blieb erst gar nicht richtig liegen. Dieser Schnee war feucht, er klebte an den Schuhsohlen. Obwohl Barbara eher flachsohlige Stiefel trug, hatte sie bald das Gefühl, auf Schuhen mit Stöckeln zu gehen. Bevor sie den DVD-Laden betrat, vor dem sie unversehens angelangt war, gab sie sich Mühe, diese Stöckel am Fußabstreifer abzukratzen.

Nach wie vor saß der Alien hinter dem Verkaufspult. Seine Glatze spiegelte im Licht der Fokusleuchten. Guten Tag, sagte Barbara, ich habe vor einiger Zeit bei Ihnen einen Film bestellt. Ich hätte fast darauf vergessen, aber jetzt bin ich zufällig in der Gegend …

Es gibt keine Zufälle, sagte der Alien streng. Alles ist vernetzt, alles steht mit allem in Verbindung. Das Geäder unter seiner Kopfhaut bewegte sich lebhaft. Ihr Film, sagte er fast vorwurfsvoll, ist schon vor Wochen gekommen. Ich habe Sie anzurufen versucht, sagte er, aber die Nummer, die Sie mir gegeben haben, ist falsch. Er nahm die DVD aus dem Regal hinter sich, auf einem mit einem Gummiring daran befestigten Zettel stand die Telefonnummer. Tatsächlich, als letzte Ziffer stand da eine 4 statt einer 7. Wahrscheinlich war Barbara durch das unerwartete Auftauchen Richards irritiert gewesen.

Entschuldigung, sagte Barbara.

Schon gut, sagte der Alien. Ich habe Sie auch im Telefonbuch nicht gefunden. Und die Auskunft hat mir gesagt, Sie haben eine Geheimnummer. So ist mir nichts übriggeblieben, als es mit Telepathie zu versuchen.

Sein Gesichtsausdruck war nun milder, vielleicht lächelte er sogar. Das hat zwar ein bißchen länger gedauert und hat mich einige Energie gekostet. Doch wie man sieht, hat es letzten Endes geklappt.

Toll, sagte Barbara. Ich bin Ihnen sehr verbunden.

Für manche Kunden bemüht man sich halt besonders. Der Alien steckte die DVD in eine Tragtasche aus metallisch glänzendem Kunststoff. Hier, bitteschön. *The Man Who Fell to Earth. Der Mann, der vom Himmel fiel.* Macht achtzehn Euro zwanzig.

Flammen, Horizont, Himmel, vielleicht die Urexplosion. Jedenfalls der Ursprung einer rasenden Bewegung, der Start. Ein bläulichweißes Etwas stürzt durch den Raum, läßt einen spektakulären Schweif hinter sich. Nein, es stürzt mehrfach geschweift, sieht einen Augenblick aus wie ein Meerestier, eine Qualle, eine Anemone, doch dann ähnelt es für Bruchteile von Sekunden einem Engel.

Ein Engel im Sturzflug, erst bläulich, dann rosa geflügelt, die Flügel stromlinienförmig angelegt. Oder sein Fahrzeug, ein Himmelswagen, so sahen es die Alten. Die Propheten, Ezechiel zum Beispiel, das sind beispiellose Visionen. Wir heutzutage reden von unbekannten Flugobjekten.

Die Wissenschaft sieht es nüchtern, die NASA sieht es wachsam. Ein winziger Punkt auf den Bildschirmen der Beobachter. Vielleicht auch ein Meteorit – wird er verglühen oder kommt er durch? Beim Eintritt in unsere Atmosphäre eine neuerliche Explosion, eine atompilzförmige Erscheinung.

Kurz wechselt die Perspektive, wir sehen die rasende Annäherung wie durch ein Bullauge. Oder durch das Auge eines Geschöpfs mit etwas anderem Design. Um wen oder was handelt es sich? – auf jeden Fall um ein mit optisch empfindlichen Sinnesorganen ausgestattetes Wesen. Möglicherweise ist die Stellung der Pupillen eine andere.

Die Annäherung ist jedenfalls die an die Oberfläche eines festen Himmelskörpers. Hart, karg, porös, vielleicht ist es der Mars, nein, es ist die Erde. Ein See, ein blauer Spiegel, so schnell können wir gar nicht schauen, sehen wir das wieder aus der Außenperspektive. Und schon stürzt etwas, was immer es ist, offenbar radikal von der irdischen Schwerkraft erfaßt, ins Wasser und verursacht eine hunderte Meter hohe Fontäne.

Aber halt! Hat sich nicht im letzten oder vorletzten Moment ein Teilchen von jenem heranrasenden Etwas gelöst? Aus der Flugbahn, der Sturzbahn, die in den Abgrund führt, herauskatapultiert, ausgeschert? Noch während wir dieses Nachbild befragen, ob das denn Wirklichkeit war oder Einbildung, vielleicht nichts weiter als ein vom Feuerkörper wegspritzender Funke, erscheint das Bild einer verlassenen Industriehalde. Vielleicht wurde hier Kohle abgebaut, im Gegenlicht sieht alles mehr oder minder schwarz aus, links im Bild ein verfallenes Holzgebäude, ganz oben rechts, wo gerade noch etwas Platz ist auf der Höhe der Halde, die Silhouette eines Menschen.

Er scheint auf Zehenspitzen zu gehen, die Beine anhebend wie einer, der diese Art der Fortbewegung noch nicht recht gewöhnt ist. Vielleicht liegt es allerdings am Terrain, der Hügel, auf dessen Kuppe er sich bewegt, vorerst noch immer weit vom Auge des Beschauers entfernt, besteht ja, so scheint es, aus nichts als taubem Material. Ein Boden, auf dem man leicht ins Rutschen kommt. Erst recht, wenn man abwärts will, schon rutscht der Mensch, der dort erste Schritte tut, auf uns zu.

Groß sehen wir seine Schuhe, anscheinend handelt es sich um Sport- oder Wanderschuhe, aber irgendwie wirken sie eigenartig. Diese Schuhe, sein Gang – kurz die Assoziation irgendeiner Behinderung. Als ob er unter den Schuhen Füße hätte, die nicht recht für das Gehen auf unserer Erde geeignet sind. Seine Füße scheinen auch noch Schwierigkeiten zu haben, als sie schon festeren Boden unter sich spüren müssen, als er die Halde hinter sich hat.

Er geht jetzt unten, aber wir sehen ihn plötzlich von oben. Mit dem Blick eines Zeugen, den man hier nicht erwarten würde. Ein Managertyp im Busineßanzug, unecht blond, echt cool steht er auf einer Anhöhe und sieht, was vorgeht. Es ist unwahrscheinlich, daß er zufällig da oben steht, das Auftauchen des Menschen dort unten scheint ihn nicht zu überraschen, er macht den Eindruck, als nehme er einfach zur Kenntnis, daß die Dinge ihren Lauf nehmen.

Schnitt. Jetzt sehen wir erstmals das Gesicht des Protagonisten. Es hat fürs erste noch keinen definierbaren Ausdruck, kein Identifikationsmerkmal. Unter der Kapuze eines Anoraks wirkt es eigenartig jung, unabgenutzt, ohne Spuren eines uns vorstellbaren Lebens. In seiner Glätte könnte es am ehesten ein asiatisches Gesicht sein, das Gesicht eines Eskimos, entfernt erinnert es auch an das Gesicht eines Neugeborenen.

Dann die Überblendung mit dem glitzernden Fluß, der von links nach rechts durchs Bild fließt. Und dann, im rechten Winkel dazu, hart darauf geschnitten, der Highway. Eine leere Straße, weit und breit ist kein Fahrzeug zu sehen. Doch kaum, daß der Mensch einen Fuß auf die Fahrbahn setzt, wird er beinah überfahren.

Sein Zurückweichen im letzten Moment, ein glücklicher Reflex. Würde er, kaum ist er vom Himmel gefallen, Opfer eines Verkehrsunfalls, wäre der Film, der sich so interessant anläßt, rasch zu Ende. Aber er ist noch einmal davongekommen, überquert die Straße, aus einem Ortsschild geht hervor, daß er sich am Village Limit von Haneyville befindet, weiß Gott, wo das sein soll. Und nun streift er die Kapuze zurück, wir sehen ihn vorerst noch von hinten, sein volles, kupferrotes Haar hat tatsächlich etwas Metallisches, und jetzt zeigt ihn die Kamera wieder en face, halbnah, und siehe da, es ist David Bowie.

Bowie ist übrigens kein schlechter Schauspieler. Und die Art, wie der Film geschnitten ist, kommt dem Minimalismus, mit dem er seine Mimik einsetzt, entgegen. Das kurze Erschrecken in seinem Gesicht, der Ansatz eines instinktiven Zurückweichens. Wir wissen nicht gleich, wodurch diese Furcht ausgelöst wird, aber dann sehen wir den skurrilen Grund: ein UFO aus Plastik, im ersten Moment bedrohlich, dann nur mehr lächerlich vom Wind bewegt.

Das häßliche, mit einem Clownsgesicht bemalte Objekt steht auf einem verwaisten Rummelplatz. Abends war hier vielleicht einiges los, aber jetzt ist früher Morgen. Und der Außerirdische erschrickt, mit rein äußerlich ähnlichen Objekten hat er womöglich böse Erfahrungen. Aber das hier ist nur ein Fake, indem er begreift, atmet er durch und geht rasch vorbei, aber das Unbehagen, das er dabei empfindet, ist ihm nach wie vor anzusehen.

Auch ein peinlich berührter Ekel über die Geschmacklosigkeit der Karikatur. Aufgeblasene Kunststoffhaut, idiotisch bemalt. Vielleicht betrifft der Ekel in seinem Gesicht aber auch den Betrunkenen, den wahrscheinlich vom Vorabend übriggebliebenen Alkoholiker, der ihm, in einer gestrandeten Karussellgondel sitzend, mit einer vermutlich längst leeren Bottle zuprostet. Der erste Erdling, den er bewußt wahrnimmt – das sind ja schöne Aussichten!

Vor irgendeinem Store, der um diese frühe Zeit offenbar noch geschlossen ist, legt er sich schließlich auf eine Bank. Die ersten Schritte auf diesem befremdlichen Stern haben ihn offenbar angestrengt. Er liegt auf dem Rücken, so, wie ihn die Kamera sieht, könnte er auch auf dem Kopf stehen. Sein Haar nach hinten herabhängend, seine Lippen leicht geöffnet – jetzt wirkt er plötzlich wie ein Verdurstender.

So sah ihn jedenfalls Barbara. Sie ließ diesen Vorspann mehrmals von vorne beginnen. Manche Szenen sah sie in Zeitlupe oder ließ sie überhaupt stillstehen. Sie wollte etwas begreifen oder erkennen. Vielleicht Indizien finden, einen wirklichen oder eingebildeten Zusammenhang durchschauen.

Wie hatte Mischa gesagt? Er sei sich vorgekommen wie der Mann, der vom Himmel fiel. Damals, als er von drüben herübergekommen sei. Sie erinnerte sich jetzt wieder genauer daran. Bald darauf hatte er von der Taufe im Jordan zu fabulieren angefangen.

Das war noch im Flugzeug, kurz vor der Zwischenlandung. Nein, ganz so kurz doch nicht, denn er hatte dann noch eine Weile auf sie eingeredet. Von der Wiedergeburt oder Neugeburt, die durch das Unter- und Wiederauftauchen symbolisiert werde. Und von der Grenze, über die er geflohen sei, durch irgendeinen Fluß schwimmend.

Auf dem Bildschirm vor ihr stand noch immer das Bild mit dem erschöpften, auf der Bank vor dem Store ausruhenden David Bowie. Nein, dem sah Mischa doch überhaupt nicht ähnlich! Allenfalls gab es eine entfernte Verwandtschaft der Pigmente. Aber diese Ähnlichkeit war sozusagen an den Haaren herbeigezogen, ganz abgesehen davon, daß die Haarfarbe allein nicht viel sagte: Mischas Haarstruktur war eine ganz andere!

So etwas Wolliges, ja, sie erinnerte sich. Wenn von etwas an ihm eine Verführung ausging, dann von dieser Krause. Die Verführung, ihm mit fünf Fingern in die Haare zu fahren. Wenn sie die Augen schloß und an ihn dachte, sah sie jetzt zuallererst seinen Hinterkopf.

Ja, es war ihr, als ob sie hinter ihm stünde. Er saß an einem Tisch und schrieb, er schrieb heftig in ein Quartheft. Der Tisch stand auf dünnen Beinen und wackelte – klar, das war der vibrierende Tisch, den er in seinem Brief erwähnt hatte. Ein paar somnambule Sekunden lang bildete sie sich ein, sein Vibrieren bis hierher zu spüren.

War er also noch immer in Betlehem? In jenem Zimmer in der kleinen Pension? Ein *schräges Zimmer*? Nein, das war eine andere Geschichte. Oder eben *keine* Geschichte. Ich habe eine tiefe Skepsis gegen das Geschichtenerzählen.

Hatte die greise Avantgardistin gesagt. Ihr komme, hatte sie gesagt, keine Geschichte in den Kopf. Zumindest lasse sie es nicht zu, daß sich Geschichten in ihrem Kopf breitmachten. Wenn ich merke, daß sich eine Geschichte in meinen Kopf eingeschlichen hat, verjage ich sie beizeiten.

Okay. Die Menschen sind offenbar sehr verschieden. Mischa, dessen Zimmer nicht ganz so schräg war wie jenes, das die ehrwürdige alte Dame ehemals in Paris bewohnt hatte, als sie unglücklich in André Breton verliebt gewesen war, oder war es Paul Eluard, aber das ist eine Geschichte, die Sie nicht verwenden dürfen, hatte sie gesagt, schalten Sie das Mikrophon ab, das erzähle ich nur *entre nous*, Mischa jagte seine Geschichten jedenfalls nicht zum Kopf hinaus. Er empfing sie, er nahm sie an, er ließ sich mit ihnen ein, vielleicht allzusehr. Er ließ sich von ihnen treiben, er trieb es mit ihnen. Das konnte jemandem, der sich den Geschichten verweigerte, allerdings nicht passieren.

Daß er die Geschichten, die ihm in den Kopf kamen, mit der Wirklichkeit verwechselte. Oder war es gar nicht so? Spielte er nur verschiedene Möglichkeiten durch? Mischa, der Spieler. Hatte er nicht erzählt, daß er im Roulette gewonnen habe? Wenn ich an mich glaube, gewinne ich, wenn ich an mir zweifle, verliere ich.

Oder war dieser Mischa einfach ein Autor? Natürlich hatte Barbara diesen Verdacht nach wie vor. Zweifellos waren seine Briefe dazu angetan, diesen Verdacht zu erhärten. Offensichtlich hatte er ein Erzähltalent, das sich nicht nur mündlich, sondern auch schriftlich auf geradezu manische Art äußerte, und eine Tendenz zur fast exhibitionistischen Selbstdarstellung.

Ohne Frage gab es solche Autoren, auch solche Autorinnen – Barbara hatte ein paar von dieser Sorte kennengelernt. Und doch konnte sie sich nicht ganz mit dem Gedanken abfinden, daß Mischa so ein Fall war. In gewisser Hinsicht wäre das ja ein rettender Gedanke gewesen, aber er war nicht wirklich überzeugend. Für einen, der bloß ein Buch schreiben wollte, trieb er denn doch einen zu großen Aufwand.

Nicht gerade in einem schrägen Zimmer sah ihn Barbara, aber in einem Zimmer mit Dachschräge. War das noch immer das Zimmer in Betlehem? Von ferne das Rattern eines Maschinengewehrs. Aber vielleicht war das nur ein Preßluftbohrer.

Mischa, der das Gegenwärtige wahrnahm, aber auch das Vergangene. Behauptete er das nur, bildete er sich das nur ein, oder konnte er das am Ende wirklich? Wie er am Fenster saß und lauschte und schrieb. Sie fühlte sich ihm sehr nahe, und sie hatte ein wenig Angst um ihn.

Du, Betlehem im Westjordanland bist ja in Zeiten wie diesen alles andere als ein sicherer Aufenthalt. Unter den Umständen, die nach der Ausrufung der Zweiten Intifada eingetreten sind. Der Hotelier, dem er manchmal im Flur oder auf der Treppe begegnete, habe ihm einiges darüber erzählt. Der Mann hatte offenbar das Bedürfnis zu erklären, warum sein Hotel so leer sei.

Wissen Sie, sagte er, bis zum Jahr 2000 ist ja alles aufwärtsgegangen. Aber nach der Ausrufung der Zweiten Intifada war es damit vorbei. Erst recht nach den Besetzungen der Stadt durch die israelische Armee. Danach sind die Gäste natürlich ausgeblieben. Was soll man machen? Vielleicht war das einfach Kismet! Mich hat das ja weniger getroffen als die *großen* Hoteliers. Jetzt gegen Weihnachten wird der Besuch natürlich wieder zunehmen. Wenn nichts Gröberes passiert. Aber da können wir nur hoffen und beten.

Sehen Sie, ich bin Christ, aber das nützt auch nichts. 2001 ist ein junger Mann auf dem Krippenplatz erschossen worden. Er war Meßdiener. Er ist mit seinem vierjährigen Neffen aus der Geburtskirche gekommen. Er ist umgefallen und war tot. Der Schuß ist von einem gegenüberliegenden Hügel abgegeben worden. Dort oben war eine Einheit israelischer Soldaten stationiert. Was soll man da sagen? Der Hotelier schüttelte betrübt den Kopf. Im Jahr darauf, nach Ostern, sind sie erst so richtig eingerückt und haben die Geburtskirche belagert. Stimmt, da drin hatten sich einige PLO-Leute verschanzt, aber wohin hätten sich die sonst zurückziehen sollen?

Wissen Sie, sagte er, ich habe nichts übrig für die PLO. Stimmt, ich bin Araber, aber was soll's, ich will mein Geld verdienen und leben. Trotzdem. Das waren ja schließlich unsere Leute! Denen sind solche wie ich allerdings verdächtig – wenn man Pech hat, halten sie einen für einen Kollaborateur und zünden einem das Haus an.

Seit diesem Gespräch, schrieb Mischa, überquere ich den Krippenplatz mit sonderbaren Gefühlen. Manchmal, im Zwielicht, sehe ich den jungen Mann vor mir, der dort mit seinem kleinen Neffen spielt. Der Scharfschütze hat ihn schon ins Visier genommen. Es kann sich nur mehr um Sekunden handeln. Gleich wird der Schuß fallen.

Er schien nun doch öfter aus dem Hotel herausgekommen zu sein. Nicht nur vom Krippenplatz schrieb er, sondern auch von anderen Örtlichkeiten. Nach und nach kam er bis zum Grab der Rachel. Und noch ein Stück weiter, bis in Sichtweite der Mauer. Unterwegs mache er sich seine Notizen. In einer Papierhandlung habe er ein Notizbuch gekauft, das genau in die Brusttasche seiner Windjacke passe. Darin notiere er, was der Tag ihm zutrage. Allerdings gehe der Tag nun immer früher in die Nacht über.

Heimgekehrt lese er dann meist in der *Schrift*. Was da geschrieben steht und was dort verschwiegen wird. Man muß auch zwischen den Zeilen zu lesen verstehen. Zwischen den Zeilen und über manche Absätze hinaus.

4

Was bisher geschah: Das Mädchen Mirjam, Verlobte des Bautischlers Josef, fühlt sich unversehens schwanger. Ob sie sich selbst erklären kann, wie das passiert ist, wissen wir nicht. Jedenfalls flieht sie aus Nazareth in Galiläa zu ihren Verwandten in einem judäischen Ort namens Ain-Karim. Und diese klugen und verständnisvollen Verwandten haben Josef nachkommen lassen, der somit auf diskrete Weise in ihrer Nähe sein darf – aber was dann?

Irgendwann müssen die beiden nach Betlehem. Damit nämlich erfüllt wird was geschrieben steht. *Du, Betlehem im Lande Juda, bist mir keineswegs die geringste unter den Städten. Denn aus dir wird kommen der Fürst* (oder ist es der Hirte?) *mein Volk zu weiden.*

Spricht Gott durch den Mund eines Propheten, wie es so seine Art ist. Im Anfang war das Wort und das Wort ist Fötus geworden. Vielleicht war der Herr oben im Himmel ja wirklich irgendwie daran beteiligt. Aber nun mußten die Menschen unten auf der Erde damit fertig werden.

Zuallererst Mirjam und ihr Verlobter Josef. Wie sie das schaffen sollten, das war nun die Frage. Vorerst mit Hilfe der klugen Elischeva und des verständnisvollen Secharija. Aber damit konnte es nicht sein Bewenden haben.

Maria blieb drei Monate im Hause ihrer Verwandten, und der Fötus in ihrem Uterus wuchs. Dann aber kehrte sie mit ihrem Verlobten Josef nach Nazareth zurück. Und vorerst schien alles noch ganz gut zu gehen. Denn dort heirateten die zwei, nach gutem, alten jüdischen Brauch, wie es sich gehörte.

Eine Tatsache, die der Evangelist Lukas, so geschwätzig er sonst ist, verschweigt. Für ihn ist Maria auch im neunten Monat noch Josefs Verlobte. Aber sie heirateten, die zwei, und sie waren ein hübsches Paar. Auch wenn die Hochzeit nicht allzu auffallend gefeiert wurde.

Natürlich gab es trotzdem ein nie ganz verstummendes Gerede, das manchmal – es läßt sich nicht leugnen – gehässige Formen annahm. Josef versuchte seine junge Frau, so gut es ging, davon abzuschirmen. Wenn sie trotzdem etwas mitbekam, kauerte sie sich in eine dunkle Ecke des kleinen Hauses, das er eigenhändig gebaut hatte, und weinte. Und das, schrieb Mischa, bekam das Kind mit, das in ihrem Leib von Tag zu Tag spürbarer wurde.

Auch sich selbst von Tag zu Tag spürbarer, schrieb er. Ob Sie es glauben oder nicht, daran erinnere ich mich. An diese Erschütterungen in Mirjams Schoß. Wenn eine Frau wirklich weint, dann weint sie ja bis tief in ihr Innerstes hinein.

Und dann noch diese Aufregung wegen der Volkszählung. Wie sie auf einmal alle an den Ort ihrer Herkunft sollten, um sich registrieren zu lassen. Es gibt Forscher, die das bezweifeln, schrieb Mischa – welches Interesse hätten die Römer daran gehabt, das ganze jüdische Land, das sie mit Müh und Not beruhigt hatten, befriedet, wie sie das nannten, jedenfalls ruhiggestellt, gleich wieder in Bewegung, Aufregung, ja womöglich Aufruhr zu versetzen? Aber die Römer waren ja nicht nur eine realpolitisch denkende und handelnde, sondern auch (dafür ist man bei zu großer materieller und militärischer

Überlegenheit bekanntlich anfällig) eine blödsinnig präpotente Macht.

Sie waren also zu so etwas durchaus imstande. Organisatorisch waren sie ja voll auf der Höhe, die Bevölkerung eines von ihnen domestizierten Landes von Norden nach Süden und von Osten nach Westen herumzudirigieren, machte ihnen wahrscheinlich sogar Freude. Ich neige also dazu, Lukas hier ausnahmsweise zu glauben. Daß wir irgendwohin unterwegs waren, Mirjam wahrscheinlich auf dem Esel, ich in ihr, Josef, dessen Stimme ich da schon vernahm, vermutlich daneben her gehend, daran habe ich eine in meinen Träumen immer wiederkehrende Erinnerung.

Lange habe ich nicht gewußt, was das alles bedeuten soll. Jetzt jedoch wird es mir von Tag zu Tag klarer. Vermutlich hat Josef gedacht, daß sie bis zu meiner Geburt wieder in Nazareth zurück sein würden. Ich bin aber damals etwas zu früh gekommen.

Womöglich sogar in zweierlei Hinsicht, schrieb Mischa. Wissen Sie, Barbara, was mir gestern nacht eingefallen ist? Im Traum eingefallen, ja, vielleicht, jedenfalls bin ich mit diesem Gedanken aufgewacht. Womöglich bin ich damals nicht nur um ein, zwei Wochen zu früh gekommen, sondern um 2000 Jahre! Ein aufregender Gedanke, ich habe danach nicht mehr einschlafen können. Wenn es so wäre? Das würde so manches erklären! Zum Beispiel das Ausbleiben des angekündigten Weltendes. Kleiner Irrtum im höheren Rechenzentrum.

Die Zeit ist erfüllt, dieses Gefühl lag damals in der Luft über dem besetzten oder von Kollaborateuren beherrschten jüdischen Land. Es reicht mit dem Reich dieser Welt, mit diesem Weltreich! Was jetzt kommt, was jetzt kommen *muß*, ist das Reich Gottes. Es ist nahe herangekommen, predigte Johannes, es ist schon so gut wie da, sagte sein Nachfolger.

Damals, als er aus der Wüste zurückkam. Schrieb Mischa.

Erfüllt mit der Kraft des Heiligen Geistes. Schreibt Lukas. Als er hörte, daß man Johannes gefangengenommen hatte. Schreibt Markus oder Matthäus. Einer mußte ja in die Bresche springen. Schrieb wieder Mischa. Ich. Er schrieb in der ersten Person. Begann er nun, sein eigenes Evangelium zu schreiben? Sich selbst auf der Spur? War das nur etwas außer Kontrolle geratene Phantasie oder Empathie? War es eine Form von Hysterie, wenn nicht gar Schizophrenie, oder war es doch etwas anderes? Die Botschaft vom unmittelbar bevorstehenden Anbruch einer neuen Welt. Diese alte Welt wird zusammenbrechen, dieser Koloß auf tönernen Füßen, so steht es ja geschrieben. Und in der neuen Welt wird endlich Gerechtigkeit herrschen und Friede. Das ist das *Reich Gottes*, diese Generation wird es noch erleben.

Habe ich das damals wirklich geglaubt? – Wenn ich Vertrauen hatte, schon, nach den ersten Heilungen, die mir gelungen sind. Ehrlich gesagt, weiß ich auch nicht wie, manchmal ist es einfach passiert. Ich habe gespürt, daß eine Kraft von mir ausgeht, und schon war es geschehen.

Ich konnte nicht erklären, wie ich es machte, es hing wohl mit meiner eigenen Empfänglichkeit zusammen. Aber daß ich diese Kraft empfing und heilsam anwenden konnte, das hatte doch etwas zu bedeuten. Das waren doch Zeichen, oder? Das waren doch Wunder? So sah ich es in den guten, hellen Stunden, aber zuweilen, in bangen Nachtstunden, bin ich wieder unsicher geworden und habe gezweifelt.

Ihr müßt nur glauben, habe er gesagt – wenn die Menschen um ihn herum das schafften, dann habe das seinen eigenen Glauben gestützt. Vom Glauben dieser Menschen umringt, konnte er sozusagen nicht umfallen. Aber manchmal, da sei er erschrocken, da habe ich plötzlich das Gefühl gehabt, daß etwas nicht stimmte. Was erzähle ich diesen armen Leuten, was, wenn all das, was ich ihnen da verspreche, nicht eintritt?

Wenn mir solche Gedanken gekommen sind, dann war mir, als ob ich rückwärts in einen Abgrund fiele. Aber woher diese Unsicherheit? habe ich mich dann manchmal gefragt. Jetzt habe ich womöglich die Antwort darauf gefunden. Vielleicht konnte man mich nicht mehr aus jener Zeit zurückholen, in die ich durch einen kleinen Rechenfehler geraten war – was sind für Gottes Gehirn schon 2000 Jahre, eine winzige Abweichung auf der Ewigkeitsskala – aber warum hat man mich nicht wenigstens darüber informiert?

Konnte es wirklich so gewesen sein? Daß er damals einfach zu früh in die Welt gefallen war? Dem Mädchen Mirjam in den Schoß gefallen? Das wäre ein Navigationsfehler mit fatalen Folgen.

Natürlich zuallererst für Mirjam. Ich fühle mich diesem Mädchen, dieser jungen Frau, nach wie vor sehr nahe. Schrieb Mischa. Ja, Barbara, ich versetze mich ganz tief in sie. Aber vor meinem inneren Auge sehe ich sie auch von außen. Ich sehe sie auf Josefs Esel sitzen, einem grauen Tier mit einem weißen Fleck auf der Stirn. Unter ihrem nach Landessitte geradegeschnittenen Kleid zeichnet sich der Bauch, in dem sie mich trägt, schon sehr deutlich ab. Josef, der das Tier am Halfter führt, versucht einen möglichst ebenen Weg zu finden. Aber das ist bei der Beschaffenheit der Strecke, die sie zwischen Nazareth und Betlehem zurücklegen müssen (der größte Teil dieser Strecke ist identisch mit der von Nazareth nach Ain-Karim, erst auf der Höhe von Jerusalem teilen sich die Wege), fast unmöglich.

Josef verflucht die Besatzungsmacht, die sich so etwas wie diese Schikane einfallen läßt. Sich Kopf für Kopf zählen zu lassen, halten die Aufrechten in seinem Volk, zu denen er sich zählen darf, ein einfacher Mann, aber traditionsbewußt, ohnehin für einen Frevel. Denn worauf läuft das hinaus, fragt er, das läuft darauf hinaus, daß wir dem Kaiser Steuer zahlen sollen. Und das ist nicht recht, denn wir Juden brauchen keinen Kaiser, wir brauchen auch keinen König, und schon gar nicht so einen wie diesen Bastard Herodes, das Volk Israel hat seinen Gott, den Unsichtbaren, den Unberechenbaren, sein unaussprechlicher Name sei gelobt, alles andere ist Götzendienst.

Aber Josef flucht nicht nur, um sich die Sorge um Mirjam und das Kind, das bald auf die Welt kommen wird, nicht anmerken zu lassen. Er versucht seiner jungen Frau auch guten Mut zuzusprechen. Bis Betlehem, sagt er, sind es nur noch wenige Meilen. Ich kenne dort eine nette Karawanserei, da kannst du dich ausruhen und wärmen.

Sie werden dort auch etwas Stärkendes für dich haben. Ein Schälchen mit Kichererbsen. Und einen Becher Ziegenmilch mit Honig. Das wird dir guttun. Und das wird auch dem Kind guttun.

Ja, sagt Mirjam tapfer. Es rührt sich schon wieder.

Doch daraus wird dann nichts – Sie kennen ja die Geschichte der Herbergssuche. Anscheinend war die Karawanserei, die Josef im Sinn hatte, überfüllt. Das ist zwar erstaunlich – stammten wirklich so viele in andere Teile Israels verstreute Leute aus einem Ort von der geringen Größe Betlehems? War das Städtchen durch diesen Ansturm von Personen, die sich registrieren lassen mußten, überfüllt, oder war irgendein Fest im nahen Jerusalem, das Lukas zu erwähnen vergessen hat, bei dem die Pilger, die dort nicht mehr unterkamen, in den benachbarten Gemeinden nächtigten?

Weihnachten gab es auf jeden Fall noch nicht. Ich weiß auch nicht, ob die Stimmung weihnachtlich war. Hat es geschneit? Gestern nachmittag hat sich der Himmel hier plötzlich verfinstert. Und dann ist ein Schauer von winzigen Flocken gefallen.

Eher Hagel als Schneefall, unangenehm. Ich war gerade wieder in der Gegend jenseits des Rachelgrabes. Dieses Niemandsland von da bis zur Mauer! In den letzten Tagen fühle ich mich dort fast noch stärker hingezogen als zur Geburtskirche. Vorerst habe ich nicht recht verstanden, warum. Aber inzwischen habe ich so eine Ahnung. Nein, eher ein physisch spürbares Gefühl, wie es angeblich die Wünschelrutengänger haben. Vielleicht war der Ort der vorzeitigen Niederkunft in Wirklichkeit hier.

Vor Beginn der Zweiten Intifada, habe ich mir sagen lassen, war das eine belebte Gegend. Ein großer Obst- und Gemüsemarkt, ein paar Souvenirläden. Sogar ein Tanzlokal mit dem schönen Namen *Memories*. Jetzt ist da alles verschlossen und verriegelt.

Hier kann ich mir jene Höhle inzwischen gut vorstellen. Etwas außerhalb der bewohnten Zone. Der Schnee wird nicht liegenbleiben, aber der Wind tut weh. Da ist es bitter nötig, einen Unterschlupf zu finden.

Komm, sagt Josef, da drinnen sind wir geschützt. Eine Höhle ist eine Höhle, sie sieht nicht aus wie ein alpiner Stall. Von den Hirten der Gegend wird sie allerdings manchmal als Stall benutzt. Man merkt das. Es riecht ganz unverkennbar nach Schafen.

Vielleicht haben Sie sich auch schon gefragt, warum Josef, wenn er doch aus Betlehem stammte, nicht bei irgendwelchen Verwandten Zuflucht suchte. Ich habe darüber nachgedacht, Barbara, eine ganze Nacht lang habe ich mich auf diese Frage konzentriert, und auf einmal habe ich die Antwort gewußt. Was Josef davon abhielt, an die Türen allfälliger Cousins und Cousinen, Onkel oder Tanten zu klopfen. Das Gerücht, natürlich, dieses Gerücht!

In Nazareth waren sie einigermaßen damit fertig geworden, mit tätiger Hilfe des alten Rabbi, der wußte, wie man die bösen Tratschtriebe rechtzeitig stutzt. Natürlich sprießten sie trotzdem da und dort, manchmal hatte Josef sehr wohl bemerkt, wie die Leute hinter seinem Rücken flüsterten oder ihn, mit allerlei ordinären Gesten und Zeichen, als Gehörnten verhöhnten. Doch damit wurde er fertig, er nahm das sozusagen auf seine Schultern, die trotz seiner handwerklichen Tätigkeit, die Kraft erforderte, nicht breit waren, aber tragsam. Hauptsache war, daß Mirjam, die ja im großen und ganzen im Haus blieb, nichts oder zumindest nur wenig davon mitbekam.

So war das in Nazareth. Hier aber war die Situation eine andere. Natürlich wird sich in Betlehem, das zwar auch keine Metropole war, aber von einem Ruf zehrte, den es dem König David verdankte, kaum jemand für den Tratsch aus einem unbedeutenden Ort in Galiläa interessiert haben. Die meisten Einwohner von Betlehem hatten wahrscheinlich noch nie von Nazareth gehört. Das galt aber nicht für die Verwandten des Bautischlers Josef, den es weiß Gott warum dorthin verschlagen hatte.

Die hatten vielleicht doch etwas davon gehört, und zwar mit umso längeren Ohren, als sie nicht zur Hochzeit eingeladen worden waren. Diese Hochzeit hatte ja recht rasch absolviert werden müssen. Oder man hatte sie zwar eingeladen, aber sie waren nicht gekommen. Vielleicht hatten sie etwas gehört, vielleicht hatten sie nichts gehört, Josef konnte sich diesbezüglich jedenfalls nicht sicher sein.

Etwas wollte er jedenfalls bestimmt nicht riskieren: Daß er an die Tür dieser Verwandten klopfte und daß sie ihn und seine schwangere Frau abwiesen. Mit dieser Römerhure kommst du daher! Nein, diese Verfluchte soll keinen ihrer dreckigen Füße in unser sauberes Haus setzen!

Das wollte, das konnte er Mirjam einfach nicht antun. Das alles nahm sie ohnehin zu sehr mit. Sie wollte es ihn nicht merken lassen, aber er sah es ihr an. Vor allem die Legionäre, die allenthalben in der Stadt zu sehen waren (anscheinend war hier ein Truppenkontingent stationiert, das im Falle von Unruhen den Truppen in Jerusalem beispringen sollte), vor allem diese römischen Soldaten schienen sie zu beunruhigen.

Da war es schon besser hier draußen, wenngleich es kalt war. Mirjam wirkte jetzt ruhiger, obwohl sie zitterte. Josef breitete seinen Mantel auf den Boden der Höhle. Hier leg dich hin, sagte er, und fürchte dich nicht, ich bin gleich wieder zurück, ich gehe nur Feuerholz suchen.

Das Wintergewitter hatte zwar aufgehört, aber draußen, vor der Höhle, war es stockdunkel. Der strahlende Stern, falls er wirklich erschien, dürfte erst später aufgegangen sein. Das Kind aber kam entschieden zu früh auf die Welt. Als Josef in die Höhle zurückkam, hatten die Wehen schon begonnen.

5

Mitte der Woche rief Barbara Richard an. Noch am Sonntag, nach dem Brunch, den sie für ihren Teil so abrupt beendet hatte, wäre sie nicht auf die Idee gekommen, daß die Initiative für ein weiteres Treffen von ihr ausgehen würde. Ja, es war ihr fraglich erschienen, ob sie sich überhaupt auf ein weiteres Treffen mit ihm einlassen sollte. Nun aber, da ihr Mischas wieder und wieder gelesener Brief aus Betlehem nicht aus dem Kopf ging, hatte sie einfach das Bedürfnis, mit jemandem darüber zu reden.

Mit wem aber konnte sie das, wenn nicht eben mit Richard? Mit Esther am Telefon? Nein, abgesehen von den Kosten eines längeren Ferngesprächs, schienen ihr die Möglichkeiten einer solchen Aussprache begrenzt. Klar würde sich die kleine Schwester anfangs mehr oder minder amüsiert anhören, was ihr Barbara Neues über den Spinner erzählte, der sie merkwürdigerweise immer noch beschäftigte. Aber nach etwa fünf Minuten würde ihre gutwillige Aufmerksamkeit nachlassen, und nach längstens zehn Minuten würde sie ungeduldig werden.

Also Richard. Ihr fiel niemand besserer ein. Es war Mittwoch nachmittag, als sie seine Nummer wählte. Hallo Richard, sagte sie. Hallo Barbara, sagte er. Schön, deine Stimme zu hören, was verschafft mir das unverhoffte Vergnügen?

Sie sei, sagte Barbara, nun unerwarteterweise doch dazu gekommen, in jenem Buch weiterzulesen. In dem Buch, über das sie geredet hätten. Das sei ja tatsächlich ein eigenartiges Buch. Einerseits eine komische Beziehungsgeschichte, über die sie nur den Kopf schütteln könne, andererseits aber eine sehr eigenwillige Auseinandersetzung mit Motiven aus dem Neuen Testament.

Stimmt, das habe sie ihm ja schon angedeutet. Doch dieses Buch, je weiter sie darin lese, übe eine sozusagen bedenkliche Wirkung auf sie aus. Hier versuchte Barbara vorsichtshalber zu lachen. Aber sehr überzeugend klang das nicht.

Sie ließ das mißlungene Lachen in ein Räuspern übergehen. Es sei einfach so: Generell finde sie biblische Geschichten in der Gegenwartsliteratur ja völlig jenseitig. In diesem Buch aber – also wie soll ich sagen … Einige Szenen, die ich letzthin gelesen habe, sind mir richtig unter die Haut gegangen.

Als Mensch, als Frau – was sie als Kritikerin davon halte, bleibe nach wie vor dahingestellt. Wahrscheinlich würde sie sich lieber nicht darauf einlassen, es zu besprechen. Aber es hat etwas, sagte sie, dieses Buch … Wenn es dich nach wie vor interessiert, kann ich dir gelegentlich ein Stück weitererzählen.

Natürlich interessierte das Richard wirklich. Natürlich interessierte ihn *Barbara* wirklich. *Gelegentlich* hatte sie gesagt. Warum nicht heute abend? sagte er. Magst du Fondue? Ich könnte uns ein Fondue machen.

Sollte sie diese nette Einladung ausschlagen? Bisher hatte es Barbara vermieden, sich in Richards Wohnung locken zu lassen. Aber war das nicht etwas übertrieben? Sie war doch kein kleines Mädchen, und er war kein Ungeheuer!

Fondue mochte sie übrigens wirklich gern. Fleisch oder Käse? Ihr war beides recht. Er habe auch, sagte Richard, einige schöne Flaschen Rotwein. So kam es, daß Barbara diese Nacht mit Richard verbrachte.

Sie hatte ganz einfach ein gutes Herz, das war es. Und außerdem hatte sie wirklich schon sehr lang mit keinem Mann geschlafen. Dieser da gefiel ihr zwar nicht, aber er war ihr hinreichend sympathisch. Sie verzieh ihm sogar den plumpen Versuch, sie mit dem Pornofilm über das alte Rom anzuregen.

Kommen die Männer nie aus der Pubertät heraus? Ihn von der Seite beobachtend, wie er auf den Bildschirm starrte, während er sie, um die es ihm angeblich ging, nebenbei streichelte, stellte sie sich diese Frage erneut. Ihm waren die Blicke auf entblößte Intimzonen nach wie vor Offenbarungen. Jede offenliegende Möse ein entschleiertes Bild zu Sais.

Ein fickriger Bub, ein altgewordener Gymnasiast. Alt und fett. Na ja, er war schon als Student zu dick gewesen. Er genierte sich nicht, das Licht brennen zu lassen; er wollte sie beim Geschlechtsverkehr sehen, sie ihn nicht. Die Augen ganz fest geschlossen, ertappte sie sich dabei, daß sie an Mischa dachte.

Am nächsten Vormittag spürte sie ihn ganz stark, aber auf beunruhigende Weise. Vielleicht war das ja Einbildung. Vielleicht hatte sie ein schlechtes Gewissen ihm gegenüber. Letzteres wäre zwar absurd gewesen. Aber irgendwie war das alles vielleicht doch nicht ganz richtig.

Es würde ihm doch hoffentlich nichts zugestoßen sein?! Sie drehte das Radio auf und hörte die Nachrichten. Nichts über irgendwelche Zwischenfälle in Betlehem. Aber das hatte nicht allzuviel zu bedeuten – wenn es nicht gerade ein Massaker gegeben hatte, sondern nur ein paar läppische Tote und Verwundete, so war das vermutlich nicht einmal mehr eine Meldung wert.

Auch im Internet fand sie nichts Außergewöhnliches. Komm herunter, sagte sie zu sich selbst, es ist nichts. Sie war aber noch den ganzen Nachmittag unruhig.

Das war der Tag, an dem Mischa Betlehem fluchtartig verließ.

6

Das erfuhr sie aber erst sechs Wochen später. Was, oder – schlimmer! – *wer* ihm an diesem Tag begegnet war. Er sei über den Krippenplatz gegangen, auf dem sich nun schon deutlich mehr Touristen herumtrieben. Und da habe er auf einmal Rumsfeld gesehen.

Rumsfeld, den gräßlichen Clown, Sie erinnern sich richtig. Der ihn in Nazareth-Village zum ersten Mal angegrinst hatte. Der Seelenräuber, der ihn dann fotografierte. Dort im Ruinenfeld des alten Sepphoris. Der Typ, der ihm auf der Höhe von Hattim wieder zu nahe getreten war. Während er den Anblick des vor ihm ausgebreiteten Sees genießen wollte. Der Mensch, der gleich am Anfang seinen Reiseplan durcheinandergebracht hatte. Vor dem er nach Süden geflohen war, weil er ihn im Norden vermutete.

Doch nun war er offenbar da, in Betlehem. Stand ganz harmlos zwischen den Reisegruppen. Zwar war er anders gekleidet als damals – für das Clownskostüm mit dem geschmacklosen Sportsakko und den unsäglichen kurzen Hosen war es denn doch schon zu kalt. Ganz solid trat er hier auf, mausgrauer Mantel, weißer Seidenshawl, Melone, aber kein Zweifel, er war es, dieses Gesicht, diese Larve, vergißt man nicht.

Und da kam er ja auch schon auf Mischa zu. Mit strahlend geblecktem Gebiß, the best Western smile. What a beautiful surprise, sind Sie auch hier, um Christmas zu feiern? But of course, das hätte ich mir denken können, da Sie doch wieder im Lande sind, finally back home – who, if not you!

Ist ja so etwas wie Ihr Geburtstag, nicht wahr? Nein, keine Angst, ich werde Ihnen nicht vorzeitig gratulieren. Das bringt Unglück, sagt man, das wollen wir doch nicht haben! Aber am 24., abends, da darf man dann schon – oder ist Ihnen der 25. lieber?

Besser am 25. vormittags – let's keep it the American way. Hören Sie zu, mein Lieber, wir bewohnen hier eine kleine Suite im *Orient Palace*. Meine Frau und meine zwei Töchter landen morgen am Airport Lod. Sie werden sich irre freuen Sie kennenzulernen.

Mr. Messiah in person! Na, wenn das kein Hit ist! Mögen Sie Ahornsirup? Und Erdnußbutter? Doch nicht so sehr? Oder warum sehen Sie mich so entsetzt an? Ach so, Sie wollen lieber noch anonym bleiben.

Okay. I see. Ich werde Sie nicht beim Namen nennen. Ich werde nur sagen: A Very Important Person. Versprochen. Sie brauchen sich keine Sorgen zu machen. Obwohl es natürlich schade ist – meine Töchter würden ausflippen.

Ich verstehe schon – Sie wollen noch warten. Aber wenn ich Ihnen einen Rat geben darf: Warten Sie nicht zu lang! *Wir* warten auf Sie! *Die christliche Koalition* wartet auf Sie! Wir sind bereit! Also lassen Sie uns nicht zu lang warten!

Mann! sagte er, und dabei rückte sein Gesicht dem Mischas ganz nahe. Es gilt, den richtigen Augenblick zu erkennen! Schon einmal was von einem *window of opportunity* gehört? Wenn wir in den Staaten einen anderen Präsidenten haben, ist es vielleicht zu spät.

Bis hierher und nicht weiter habe er sich das angehört,

schrieb Mischa. Ein, zwei Minuten sei er starr gestanden, vor heiligem Schreck tatsächlich wie gelähmt. Nun aber, mit Verzögerung, aber doch, funktionierte sein Fluchtreflex. Run, rabbit, run! Er floh quer über den Platz, in der Hoffnung, daß ihn die Sicherheitskräfte, die ihn bestimmt im Visier hatten, nicht für einen Terroristen hielten.

Im Hotel habe er dann rasch seine Reisetasche gepackt und sich ein Taxi rufen lassen. Wohin? fragte der Fahrer. Mischa wußte vorerst nur, daß er von hier weg mußte. Also zum Checkpoint, sagte der Fahrer. Ja, in Gottes Namen zum Checkpoint. So kam es, daß er, ganz gegen seinen Plan, der die Stadt der Passion erst am Ende vorsah, eine Nacht in Jerusalem verbrachte.

Eine Alptraumnacht! schrieb er. Eine Pension irgendwo an einer befahrenen Straße. Ein winziges Zimmer, sowohl heiß als auch kalt. Er: schweißüberströmt frierend. Rettungsautos oder Polizeifahrzeuge rasten durch seinen erschöpften Halbschlaf. Bestimmt war ein Spital in der Nähe oder eine Kaserne.

Fenster auf, Fenster zu – er hätte nicht sagen können, was schlimmer war. Er hatte vergessen, Mineralwasser aufs Zimmer mitzunehmen, dem Leitungswasser mißtraute er. Trokkenheit im Hals, aber nach und nach immer spürbarer Feuchtigkeit an Händen und Füßen. Feuchtigkeit, Klebrigkeit – natürlich, er begann wieder zu bluten!

Eine furchtbare Nacht. Er hatte schon gewußt, warum er Jerusalem fürchtete. Im Traum versuchte er sich zu orientieren. Wo war der Tempel, wo der Abendmahlsaal, wo der Ölberg? Er ging durch die Stadt, die er kennen sollte, und fand sich nicht zurecht.

Das Bus-Terminal fand er dann doch am nächsten Morgen. Ein Expreßbus nach Teverya, noch vor Mittag war er dort. Dort quartierte er sich in einem Kurhotel ein, da hätte er sich verwöhnen lassen können. Thermalbad, Massagen, Düfte – doch er machte keinen Gebrauch davon. Er blieb im Zimmer. Er ließ sich sämtliche Mahlzeiten aufs Zimmer bringen. Er aß und trank, aber wenig. Das meiste schickte er wieder zurück. Wurde er wieder von Bildern überflutet, kam der Geist wieder über ihn? Nein, schrieb er, nichts davon. Die meiste Zeit lag er wie betäubt auf dem Bett.

Licht tat ihm weh. Vor dem Panoramafenster breitete sich der See aus. *Sein* See, so hatte er ihn manchmal bei sich genannt. Aber jetzt ertrug er ihn nicht. Er schloß die Rouleaus und zog die Vorhänge zu. Dieser Zustand dauerte 40 Tage.

7

Der Brief, in dem er von all dem berichtete, kam Mitte Februar. Bis dahin hatte Barbara ihre Sünden abgebüßt. Das war ein Ausdruck, den ihre katholische Tante verwendet hätte. Die Tante in Rosenheim. Bei der sie als Kind manchmal ein paar Ferientage verbrachte.

Wie überstand sie diese schlimmen sechs Wochen? Anfangs redete sie sich ein, das Ausbleiben irgendeines Lebenszeichens von ihm könne auch mit der Überforderung der Post durch den feiertäglichen Brief- und Paketverkehr zusammenhängen. Aber dann war nicht nur Weihnachten, sondern auch Neujahr längst vorbei. Und es kam und kam keine Nachricht von Mischa.

Sie empfand das nicht nur als Entzugserscheinung. Nein, ihre Angst um ihn wuchs von Tag zu Tag. Mit einiger Verzögerung rief sie Esther an, unter dem Vorwand nachträglicher Glückwünsche zu Festen, die von Israelis gar nicht gefeiert werden. Aber die Halbschwester hatte Humor und schien ihr den Fauxpas nicht nachzutragen. Sie durchschaute auch recht bald, daß es Barbara um etwas anderes ging. Sie tat das vorerst mit einer Prise Ironie, als sie jedoch merkte, wie es wirklich um Barbara bestellt war – die große Schwester war ja anscheinend den Tränen nah –, gab sie sich alle Mühe, sie zu beruhigen. Sie ließ sich sogar zu einem Ausflug nach Betlehem überreden. Dort klapperte sie, begleitet von ihrem Freund, einige kleine arabische Hotels ab, in denen sie nach Mischa fragte, auch hielten sie um die Geburtskirche herum Ausschau nach ihm, aber das ganze Unternehmen war von Anfang an nicht sehr aussichtsreich. Weder war Barbara sicher, daß Mischa wirklich Myschkin hieß, noch gelang ihr eine überzeugende Personenbeschreibung. Am Ende hatte sie das Gefühl, daß Esther, beeinflußt durch ihren Freund, dem diese Mission noch etwas unmöglicher vorkommen mußte als ihr, die Suche doch etwas halbherzig betrieb. Sicher, dieser Yigal war ein gutmütiger Typ, sonst wäre er gar nicht nach Betlehem gefahren. Aber er und Esther hätten an diesem Tag bestimmt etwas Unterhaltenderes anfangen können.

Ein paar Tage oder Wochen danach fing Barbara wieder an zu beten. Sie hatte als Teenager damit aufgehört. Eigentlich hatte sie auch als Kind nicht allzuviel gebetet, ihre Eltern hatten sie nicht dazu erzogen. Trotzdem stammten die Gebetsfragmente, die ihr jetzt einfielen, aus Kindergebeten. Ein paar davon hatte sie wohl die Tante gelehrt. Auch das Tischgebet konnte sie nur aus Rosenheim haben. Das waren jedoch Gebete, die nicht recht zu ihrer gegenwärtigen Angst und dem daraus resultierenden Anliegen zu passen schienen. Und vor dem Vaterunser, dessen Wortlaut sie nach einigen Anläufen zustande brachte, hatte sie eine gewisse Scheu.

Außerdem schien es ihr zu allgemein. Sie gab sich also Mühe, etwas dem besonderen Fall Entsprechendes zu formulieren. Daß dieser Mischa oder wie er hieß, doch nicht einfach verschwunden sein sollte. Wenn Gott womöglich doch noch etwas mit ihm vorhabe, würde er ihn nicht mir nichts dir nichts im Stich lassen.

Oder doch? Wer konnte wissen, was diesem Gott, an den sie im übrigen gar nicht glaubte, einfiel? Oder was er, kaum, daß es ihm eingefallen war, wieder vergaß? Sie konnte oder wollte außerdem nicht ganz ausschließen, daß es ihn gab. Aber vielleicht war das purer Opportunismus – an wen hätte sie sich in ihrer Not sonst wenden können?

Ein paarmal ließ sie sich während dieser Zeit sogar dazu hinreißen, in die Kirche zu gehen. Es gab eine in nur geringer Entfernung von ihrer Wohnung. Früher hatte sie dieses architektonisch nur mäßig interessante Gotteshaus kaum beachtet; die Stadt, in der sie seit etwas mehr als einem Jahr wohnte, hatte eine Menge schönerer und bedeutenderer Kirchenbauten zu bieten. Jetzt aber huschte sie manchmal über die Schwelle zum Seiteneingang.

Instinktiv verhielt sie sich so, als wollte sie nicht gesehen werden. Aber wofür oder vor wem schämte sie sich eigentlich? Drin, in der Kirche tauchte sie die Finger ins Weihwasserbekken und bekreuzigte sich. Einmal kniete sie sogar nieder, aber dabei kam sie sich schon ein bißchen komisch vor.

Was tat sie sonst noch in diesen finsteren Tagen? Sie sah wiederholt *Der Mann, der vom Himmel fiel.* Nicht, daß sie den Film so gern mochte, eher im Gegenteil. Er war interessant gemacht, aber insgesamt war er ziemlich rätselhaft, und manche Szenen waren ihr ausgesprochen unangenehm.

Zum Beispiel die, in der Bowie, der sich inzwischen Sussex nennt, im Lift eines häßlichen Provinzhotels ohnmächtig wird. Offenbar leidet er unter Klaustrophobie, es ist anscheinend etwas anderes, in irgendeiner Raumkapsel aus einer fernen Galaxis daherzufliegen, oder in so einem wackligen Aufzug in den fünften Stock zu fahren. Schon sinkt er hin an der Wand der Kabine, und die Hotelangestellte, die ihn, etwas übereifrig, auf sein Zimmer bringen wollte (wie heißt sie bloß – Marylou?), weiß nicht, wie ihr geschieht, der Lift scheint für ein paar Augenblicke total außer Kontrolle zu geraten. Und als sie ihn endlich auf der richtigen Etage stoppt, sieht Mr. Sussex wirklich besorgniserregend aus, zwei dünne Streifen Blut rinnen ihm aus Nase und Mund, Blut oder Schleim, mit seinen Körpersäften hat es eine eigenartige Bewandtnis.

Und erst recht die Sequenz, in der er dann mit Marylou schläft. Falls man das so nennen kann, diese befremdliche Art von Vereinigung. Wie er zuerst vor dem Badezimmerspiegel verschiedenes ablegt, das ihn den Erdenmenschen ähnlicher macht, die Haftschalen, die Augenlider, die Brustwarzen ... Manchmal betätigte Barbara noch im letzten Moment vor dieser Szene die Stoptaste.

Und trotzdem, sie schob die DVD immer wieder in die Disc-Lade. Manchmal hatte sie das Gefühl, der Film habe wirklich etwas mit Mischa zu tun. Dann wieder hielt sie das für blanken Unsinn. Aber vielleicht würde sie das erst entscheiden können, wenn sie ihn noch öfter gesehen hatte.

Dann kam der Brief – es war, wie gesagt, Mitte Februar. Barbara hatte schon daran gedacht, eine Kerze für Mischa anzuzünden. Aber jetzt war er ja, Gott sei's gedankt, noch am Leben. Sie dankte Gott wirklich, trat zum ersten Mal durchs Hauptportal der Kirche ins Freie, und gab einem Bettler zehn Euro, der dort trotz des nach wie vor frostigen Wetters auf den Stufen saß.

In Galiläa aber machte sich schon der Frühling bemerkbar. Jedenfalls schrieb das Mischa – er habe es von einem Tag auf den anderen gespürt. Er habe die Vorhänge beiseite gezogen und die Jalousie geöffnet. Da lag der See vor dem Fenster und glitzerte in der Sonne.

Vierter Teil

1

Er schlenderte die Uferpromenade entlang, er atmete die blaue Luft ein. Türkis, schrieb er, der See und die Luft darüber. Ein Depressionsgebiet einerseits, im selben Riß gelegen wie unten im Süden das Tote Meer. Andererseits scheint die Distanz zum Himmel gering. Vielleicht liegt es an der Ähnlichkeit der Elemente, *die Wasser oben, die Wasser unten*, so sieht es ja auch die Bibel. Dazwischen die Uferpromenade, profan, wie solche Promenaden nun einmal aussehen. Aber doch vergleichsweise schön, sogar die Palmen. Die ja, so in die verbaute Gegend gepflanzt, meist etwas Unechtes haben, auch wenn sie echt sind.

Die Temperatur war milde, obwohl am Vormittag noch eine kühle Brise blies. Und Mischa, der seine Depression überstanden hatte, war milde gestimmt. Da konnte er über so manches hinwegsehen, was dieses Ufer, das ihm ja etwas bedeutete, mit zeitgemäßer Banalität verstellte – allerlei Fitneß- und Fun-Anlagen, Wellneß-Werbung und was es sonst noch gibt, das weltweit die Schönheit verschandelt. So früh im Jahr war der Motorbootverkehr und das Wassersportgewimmel auf dem See vermutlich noch nicht ganz so dicht, die Diskomusik aus den Snackbars anscheinend noch nicht ganz so laut, oh ja, schrieb er, dieses Tiberias gefällt mir.

Und der See Genezareth gefiel ihm, trotz allem, was darauf außer Fischerbooten herumschwamm. Er hockte sich am Ufer hin, an einer Stelle, die noch frei zugänglich war, und tauchte vorsichtig die Hände ins Wasser. Er zog sogar Schuhe und Socken aus und watete ein paar Schritte im seichten Naß. Das war noch recht kühl, schrieb er, aber es war ein gutes Gefühl.

Er ging bis zum Fischmarkt hinauf und bis an die Reste der alten Mauer hinunter. Den schwarzen Basalt sah er mit einer gewissen Nostalgie. Das war der Stein, mit dem sie am meisten gearbeitet hatten. Wenn sie nicht tischlerten, sondern mauerten, Jeschua und seine Brüder, eine flotte Einsatztruppe.

Galiläisches Urgestein. Gebäude aus diesem Basalt gab es allerdings nur mehr wenige. Kein Wunder, nach all den Kriegen und Erdbeben, die über Tiberias hinweggegangen waren. In der Stadt, die Antipas aufbauen hatte lassen, hatte es allerdings auch viel weißen Stein gegeben. Schneeweißen Marmor, auf Schiffen aus Italien nach Sidon, Tiros oder Caesarea gebracht, Geld spielte fast keine Rolle, die Dynastie des Herodes war noch immer in Gold gewatet. Damit hatte man all dieses heidnische Zeugs gebaut, die Akropolis, das Forum, das Stadion und besonders die Bäder. In denen unzüchtige Dinge vorgehen sollten, was genau, das durfte sich ein guter Jude erst gar nicht vorstellen. Nackte Leiber auf diesem spiegelglatt polierten Material, männliche und weibliche, entspannt nach dem Bade, bereit zu mit allen Salben geschmierten Vergnügungen. Und natürlich waren auch die schamlosen Statuen, die schon draußen herumstanden, nicht nur um die Thermen, sondern auch um die Sportanlagen, sogar unter den Kolonaden und auf den Plätzen, mitten im Handel und Wandel der Stadt, aus diesem teuren Stein, bei dessen Abbau zahllose Sklaven zugrunde gingen, Kriegsgefangene aus von Rom unterworfenen Völkern.

Dem Einsatz in Tiberias war eine heftige Diskussion unter den Brüdern vorausgegangen. Ob man dort Arbeit suchen dürfe oder nicht, ob es jüdischen Menschen erlaubt sei, ihr Geld zu verdienen in einer Stadt, die dem Allerhöchsten, sein Name sei gelobt, ein Greuel sein mußte, von dem er sein großes Gesicht abwandte. Nicht nur wegen der gojischen Geilheit, die sich dort spreizte, sondern auch oder zuallererst deshalb, weil Antipas, dieser Arschkriecher des Tiberius, die nach dem Kaiser benannte Stadt glatt über einem planierten Friedhof erbauen hatte lassen. Ein Sakrileg sondergleichen, Tiberias galt als absolut unrein, wenn man dort tagsüber arbeitete, müßte man sich anschließend die ganze Nacht reinigen.

Andererseits mußte man sehen, wo man blieb, beziehungsweise wohin man sich nun wenden konnte. Der Bauboom in Sepphoris war vorbei, in Nazareth selbst gab es für gewöhnlich nur kleine Aufträge. Mit denen hätte sich Jeschua, der immer ein bißchen abwesend wirkte, wenn es um materielle Fragen ging, sogar bei dieser Diskussion, womöglich zufriedengegeben. Aber du bist nicht allein, sagte Yaakov, falls dir das schon aufgefallen ist, sagte Jossi, vielleicht kannst du wenigstens zählen, sagte Simon, wir sind unser fünf, sagte Yehuda, und müssen noch unsere Schwestern und unsere Mutter erhalten.

Also fuhren sie nach Tiberias, dort konnte man sie gut brauchen. Ob als Maurer oder als Zimmerleute, ob im Hoch- oder im Tiefbau, wenn es sein mußte, brachten sie auch Spenglerarbeiten zustande. Ihr Vater Josef, der Fromme, rotierte wahrscheinlich im Grab. Aber der war schon tot und sie mußten leben.

Die Aufschrift *Bikes & Motorbikes* brachte Mischas Geist zurück in die Gegenwart. Vielleicht war das gar keine schlechte Idee – er konnte sich ein Fahrrad ausborgen. Oder noch besser, ein Moped – ja, warum nicht? Ein paar Minuten später saß er schon im Sattel und fuhr; der Fahrtwind im Gesicht und in den Haaren war angenehm.

Fuhr erst einmal wieder ein Stück nach Süden, an den Thermen vorbei. In der Luft lag noch ein wenig Schwefelgeruch, bald aber der Duft irgendwelcher frühen Blüten. Hinweisschilder zum Kibbuz Deganya, über den er gelesen hatte, Erinnerungen an die Pioniere, die das Land, auf dem, wie es hieß, vormals nur Ziegen und Schafe weideten, in blühende Plantagen verwandelten. Das waren sogar Einwanderer aus Rußland oder der Ukraine gewesen, also Leute, mit denen Mischa vielleicht weitschichtig verwandt war, aber trotz der Bewunderung, die er beim Lesen für diese Menschen empfunden hatte – ebenso visionäre wie praktische Typen, die nicht nur träumten, sondern auch zupackten und etwas höchst Respektables zustande brachten –, neigte er auch dazu, sich in die Häute der Ziegen und Schafe zu versetzen und in die Haut ihrer Hirten.

Eine Haut, die ganz anders pigmentiert gewesen sein dürfte als seine. Aber so war er nun einmal, ein romantischer Empathiker. Ja, vielleicht waren diese Hirten vertrieben worden, und die Schafe und Ziegen, die man wohl wirklich effizienter hätte halten können, mit ihnen. Aber so steht es doch schon bei Thomas Morus, nicht wahr, Sie sind eine belesene Person, Barbara, vielleicht haben Sie sogar einmal in *Utopia* geblättert, diejenigen, die das Land nicht bebauen, haben keinen Anspruch darauf, das war auch das Argument für die Verdrängung der Indianer.

Nein, das habe ihm nicht die nette Ethnologin erzählt, die ihm während seines Schafhirtenmonats in Frankreich so sehr (für Barbaras Geschmack allzusehr) imponiert hatte. Diese Zusammenhänge seien ihm vielmehr bewußt geworden, als er drüben, in Amerika, ein Reservat der Sioux besucht habe. In South Dakota, schrieb er, vielleicht sagt Ihnen der fatale Flurname *Wounded Knee* etwas. Die *Bad Lands*, das ist das, was man den *Lakota*, wie die Sioux sich selbst nennen, letzten Endes gelassen hat.

Schlimm, schrieb er, der Zustand, in dem die Nachfahren dieses ehemals angeblich stolzen Volkes dort vegetieren. *Bad Lands*, eine Gegend, die aussieht, wie auf dem Mars, der Name des Landstrichs sagt ja eigentlich alles. Schrieb Mischa aus Galiläa, das anders aussah. Das Reservat in South Dakota habe er übrigens besucht, als er im angrenzenden Bundesstaat Montana an einem *Rebirthing*-Workshop teilgenommen habe, aber das nur nebenbei.

Was er nicht alles getan hatte im Laufe eines bisher *dreißig*jährigen Lebens! Und was ihm nicht alles einfiel und schon eingefallen *war*! Seinen Geburtstag, schrieb er, habe er in der Depressionsphase verschlafen. Aber an dem Tag, an dem er daraus aufgewacht sei, habe er seinen *Wiedergeburtstag* gefeiert.

Da sei er, wie gesagt, mit dem Moped gefahren. Die Nebenstraße nach Bitanya hätte er übrigens beinahe versäumt. Er fuhr vorerst sogar daran vorbei und kehrte erst um, als er bereits die Jordanbrücke vor sich sah. Irgendwo ganz in der Nähe mußte der Jordan aus dem See fließen.

Pilgrim Baptismal Site Yardenit, las er, ja, das war es. *The site, where Jesus is said to have been baptized by St. John*. Okay, die israelischen Tourismusbehörden hatten die Stelle, an der Johannes getauft haben sollte, ein Stück nach Norden verlegt. Doch vielleicht hatten sie sogar recht – Jochanaan hatte sein Ritual ja an verschiedenen Stellen vollzogen.

Sowohl in Judäa unten, am Rand der Wüste, als auch hier oben in Galiläa. Je nachdem, wo der Jordan gerade mehr Wasser führte. Logisch, er hat ja die Leute nicht nur mit Wasser beträufelt, sondern richtig untergetaucht. Ganz und gar untertauchen sollte man, um wieder aufzutauchen, wie neugeboren für das kommende Reich Gottes.

Die touristischen Anlagen, schrieb Mischa, habe er in einem Bogen umgangen. Auch das Moped habe er nicht am Parkplatz abgestellt, sondern schon einige hundert Meter davor. Auf den bequemen Zugang zum Fluß habe er verzichtet, er brauchte kein Geländer, auf das er sich stützen konnte, er brauchte auch keinen Imbißkiosk und keinen Souvenirladen. Das alles sah er von weitem, von einer Stelle, die er querfeldein erreicht habe, offenbar lag sie ein Stück flußabwärts. Dort sei er dann einfach am Ufer gestanden und habe die Augen geschlossen. Da klangen die Stimmen, die von flußaufwärts zu hören waren, nach und nach immer weiter entfernt. Bis er sie gar nicht mehr hörte, sondern nur noch das Plätschern des Wassers. Und dann habe er, schrieb er, abgelegt – erst den Pullover und die Jeans, dann die Schuhe und Socken, dann das T-Shirt und die Shorts.

Die Lufttemperatur war gar nicht unangenehm. Die Kälte des Flusses allerdings war beim ersten Eintauchen ein Schock. Da sei ihm wirklich der Atem weggeblieben. Aber das mußte sein. Ich bin wieder da, habe er gedacht.

Kein Elmsfeuer über dem Haupt, keine Stimme vom Himmel. Und trotzdem habe er sich dort wiedergefunden. Durch das totale Eintauchen in diesen Fluß. Den Fluß Jordan, den er wiedererkannt hatte und von dem er sich wiedererkannt fühlte.

Du bist mein geliebter Sohn, heute habe ich dich adoptiert. Das hätten auch die Worte eines Flußgottes sein können. Dieser Fluß habe ihm schon immer gefallen, schrieb Mischa, auch wenn er ihn lang nur auf Fotos, in Filmen oder auf dem Bildschirm gesehen habe. Zu diesem Fluß habe er immer eine gewisse seelische Affinität empfunden.

Ist es nicht interessant, schrieb er, daß er im Norden, nicht weit von Kafarnaum, in den See mündet, also eigentlich in dieser Unendlichkeit von Wasser zu verschwinden scheint, aber in Wirklichkeit untergründig weiterfließt, sodaß er im Süden wieder aus dem See herauskommt? Ist das *derselbe*

Fluß? Jedenfalls ist es der gleiche. Indem er den Fluß begriffen habe, schrieb er, habe er sich selbst besser verstanden. So entstieg er dem Jordan wieder, zwar zitternd, mit wahrscheinlich extrem geschrumpfter Männlichkeit, aber trotzdem, schrieb er, beinahe euphorisch.

Natürlich hatte er kein Handtuch dabei, also trocknete er sich nur notdürftig mit dem T-Shirt ab, das er dann, feucht wie es war, nicht mehr anziehen konnte. Die Wolle des Pullovers, anscheinend nicht pure Schafwolle, rieb auf der nackten Haut. Trotzdem steigerte sich seine Euphorie noch ein wenig, als er wieder auf dem Moped saß. Er fuhr vorerst Richtung Tiberias zurück, aber als er dort ankam, hatte er Lust, noch ein Stück weiter nach Norden zu fahren.

Rechter Hand lag der See, linker Hand lag das Land. Ein gesegnetes Land, tatsächlich, nicht umsonst hatte man es *Genasar* genannt, den Garten des Herrn. Als er das geschaffen hatte, war Gott ziemlich gut in Form gewesen. Diese gekonnt komponierten Gegensätze – der schroffe Abbruch des Arbelbergs zum Beispiel mit dem Wadi Hamam dahinter, davor und danach diese sanfte, fruchtbare Ebene!

Klar war die Gegend viel intensiver bebaut als früher. Dennoch bildete sich Mischa ein, dies und das wiederzuerkennen. Nicht nur *seinen See* also, nicht nur *seinen Fluß*, sondern auch *sein Land*. Das Land, von dem er geträumt hatte, wenn seine Träume schön waren.

Hier war es Jeschua am besten ergangen. Die Gegend des guten Gelingens, hier hätte er bleiben sollen. Seepredigt, Bergpredigt, Brot- und Fischvermehrung. Auf einer Strecke von kaum zehn Kilometern lagen die Orte dieser Erfolge, einer nach dem anderen.

Anderswo hatte es Mißerfolge gegeben. Nazareth zum Beispiel war leider ein Flop gewesen. Und dabei hätte er es denen in Nazareth so gern gezeigt. *Wer er war*. Seinen blöden, realitätstüchtigen, realitäts*süchtigen* Brüdern zu allererst.

Doch das hatte eben leider nicht sein sollen. Obwohl er eine so passende Stelle aus den Propheten ausgewählt hatte. *Der Geist des Herrn hat von mir Besitz ergriffen. Ich habe den Auftrag, den Armen die frohe Botschaft zu verkünden, den Gefangenen Freiheit, den Blinden das Augenlicht* usf.

Dieser Jesaia hat schon gewaltige Worte gefunden. Aber die Gemeinde, die sich da in der Synagoge von Nazareth versammelt hatte, wollte sie nicht verstehen. Oder doch, die Nazarener hatten diese Worte wohl verstanden. Aber was sie mit ihm zu tun haben sollten, dem Bautischler Jeschua, der ihnen bis dahin nicht sonderlich aufgefallen war und auch besser daran getan hatte, denn da gab es doch so ein Gerücht, man hatte es halb vergessen, doch jetzt fiel es manchen wieder ein, *Jeschua ben Yussef*, ach ja, von den Älteren nannten ihn manche immer noch gelegentlich *ben Panthera*, also daß sich dieser bis dahin eher unscheinbare Mensch nun auf einmal als Prophet aufspielte oder als Wunderheiler, das konnte doch wohl nicht sein Ernst sein.

Vergiß Nazareth, hatte er damals gedacht, ja, das war das beste, was er tun konnte. Wunder hatte er dort keine tun können, kein einziges. Es war doch nicht *er*, der sie tat, es waren die Kranken selbst. Oder es waren die Kranken *mit ihm* und *dem Geist*, den er empfangen hatte, gemeinsam, aber ohne ihren Glauben ging gar nichts.

Arzt, heile dich selbst! Manche hatten ihn glatt für verrückt erklärt. Spuckt auf den Boden, vermischt seinen Speichel mit Sand, tut diesen ekelhaften Teig auf die Augen blinder Kinder. Und was geschieht? Nichts geschieht! Das haben wir uns ja gleich gedacht. In Kafarnaum haben die Leute mehr Zutrauen zu dir? Na bitte, wir halten dich nicht auf! Geh zurück in dein Kafarnaum!

Sein Kafarnaum. Ja, man konnte es schon so nennen. Sein Fluß, sein See, sein Land, seine kleine Stadt. Dort fühlte nicht nur er die Kraft, die sich durch ihn artikulieren wollte, dort spürten sie auch die anderen. Simon und Andreas zuerst, dann Jaakov und der kleine Jochanaan, der zufällig so hieß wie der Täufer, der inzwischen im Kerker saß, aber ganz anders aussah. Der Archetypus des Jünglings, ach ja, das war er. Ein galiläischer Fischerssohn, aber er hatte so seine griechischen Anwandlungen. Ließ sich ja auch ganz gern Ioannis rufen. Was nicht alle gern hörten, am allerwenigsten Yehuda, aber der stieß erst später zu ihnen.

Nein, Mischa fuhr nicht bis Kafarnaum an diesem Tag. Lieber nicht alles auf einmal, dachte er. Das war an der Einfahrt der Stadt Tabgha, er sah den Berg der Seligpreisungen schon vor sich. Aber er drehte um. Er wollte seine Sinne, die heute schon so viel aufgenommen hatten, nicht überfordern.

2

Es war erst früher Abend, als er zurück ins Hotel kam, doch ihm war danach, sich kurz auf dem Bett auszustrecken. Ein halbes Stündchen Schlaf, dachte er, würde ihm guttun. Aber dann lag er da und konnte nicht einschlafen. Er spürte, wie sein Blut durch den Körper floß, wie sein Herz klopfte.

Die Euphorie war noch nicht völlig verflogen. Er fühlte sich seiner selbst gewisser als je zuvor. Ja, *ich bin es*! dachte er. Ja, *ich war es*! Aber was sollte er nun mit dieser Gewißheit anfangen?

Er hatte den Eindruck, daß er etwas tun sollte. Aber was?

fragte er sich. Was, in Gottes Namen? Falls er diesen Namen verwenden durfte. Seines Auftraggebers war er sich anscheinend nicht so sicher.

Wenn er wirklich jener Jeschua gewesen war ... Was folgte daraus? ... Wie sollte er in Erscheinung treten? ... Und sollte er das überhaupt – sollte er sich, um ein zeitgemäßeres Wort zu verwenden, *outen*? ... Wahrscheinlich sollte er das. Aber was würde er dadurch auslösen?

Die Apokalypse, ja, das war zu befürchten. Obwohl es nicht so aussah, als ob man ihn dazu noch brauchte. Er hatte vierzig Tage lang keine Fernsehnachrichten gesehen. Jetzt, als er sich, da er ohnehin nicht zur Ruhe kam, wieder vom Bett erhob, schaltete er den Fernseher ein.

Er war nicht weltfremd, nein, aber mit der Unterbrechung durch seine Krise war ihm die Kontinuität des alltäglichen Horrors abhanden gekommen. Nun traf er ihn aber bei völlig geöffneten Sinnen. Nicht, daß er das, was er da sah und hörte, nicht schon vorher gesehen und gehört hätte. Aber nun, schrieb er, erschreckte es ihn bis tief in die Seele.

Wenn ich wirklich Brot vermehren könnte, habe ich gedacht, dann müßte ich jetzt stracks in den Gazastreifen fahren. Und wenn ich wirklich Tote auferwecken könnte, wüßte ich gar nicht, wohin ich mich zuerst wenden soll. Im Libanon oder im Irak wäre ich sehr gefragt, zu schweigen von Afghanistan, Pakistan, Indien. Statt dessen sitze ich hier, in diesem trügerischen Frieden.

Sozusagen im Auge des Taifuns. Die Araber, die man von hier vertrieben hat, nennen den See Genezareth *das Auge Allahs*. Das galiläische Meer. Ganz ruhig lag es jetzt vor den Fenstern des Hotels, ganz windstill. Bunte Lichter spiegelten sich darin und machten einen fast sommerlichen Eindruck.

Aber wer weiß, was bis zum Sommer geschieht! Wie weit ist es von der iranischen Grenze bis hierher? Eine mittlere Karawanenstrecke. Keine Distanz für eine leistungsfähige Rakete mit oder ohne atomaren Sprengkopf.

Und wer weiß schon, was in den Köpfen vorgeht. Im Kopf des iranischen Präsidenten und im Kopf des amerikanischen Präsidenten. Und im Kopf des israelischen Ministerpräsidenten, der vielleicht nur seinen Kopf retten will. Und in den Köpfen der Militärs und den Köpfen der Widerstandskämpfer und den Köpfen der wirklichen Terroristen.

Und was in den Herzen vorgeht, das ist erst recht unberechenbar. In den Herzen der allenthalben Erniedrigten und Beleidigten. In den Herzen der Ängstlichen, die lieber anderen Furcht einjagen. Und in den Herzen der Mutlosen, deren letzter Mut ein explosives Gemisch aus Wut und Verzweiflung ist. In den Herzen derjenigen, die noch etwas glauben, und in den Herzen derjenigen, die nichts mehr glauben. In den Herzen derjenigen, die noch etwas hoffen, und in den Herzen derjenigen, die nichts mehr hoffen. In den Herzen derjenigen, die lieben und daher auch hassen können. Und in den Herzen derjenigen, die nicht mehr lieben können, aber der Haß bleibt ihnen bis zum Ende.

Die Spekulanten jedenfalls werden sich noch bis zum Schluß einbilden, das Geschäft ihres Lebens zu machen. Auf den Bildschirmen in ihren Bunkern werden sie das Steigen und Fallen der Aktienkurse verfolgen. Und die Zyniker werden sagen, daß ja genau dieses Finale zu erwarten war. Aber die Idioten, die nicht hell genug waren, um sich das alles vorstellen zu können, werden es bis zum großen Blackout nicht kapieren.

Er hatte eigentlich vorgehabt, schön abendessen zu gehen, erstmals, seit er in diesem höchst komfortablen Hotel hauste, hinunter ins Restaurant, das eine prächtige Wintergartenterrasse Richtung See hatte. Aber nun war ihm der Appetit leider vergangen. Nachdem er eine Reihe von Fernsehnachrichtensendungen gesehen hatte, auf einmal, so schrieb er, pervers begierig danach. Man konnte dort nicht nur die israelischen Sender empfangen, sondern auch BBC, CNN und einige europäische Stationen.

Wahrscheinlich war es auch schon zu spät zum Abendessen. Er habe sich also gleich in die Hotelbar gesetzt. Seinen Wodka habe er ausdrücklich *ohne* Eis bestellt, er wollte sein Glas voll haben. Man servierte Erdnüsse und Chips dazu, immerhin bekam er dadurch auch etwas Festes in den Magen.

Und das war gut so, denn es blieb nicht bei einem Glas. Aber nach und nach fühlte er sich dadurch etwas besser. Die Bar war gepflegt, etwas zwischen Jugendstil und Art déco. Schöne, klare Linien, aber daß sie nach und nach ein wenig verschwammen, war ihm auch recht.

Außer ihm und dem Barkeeper war vorerst nur ein alter Mann da. Der trank bedächtiger als er und nickte ihm manchmal zu. Er hielt den kahlen Kopf etwas schief, Mischa fragte sich, ob sein Gesicht dadurch eher einen nachdenklichen oder ironischen Eindruck machte. Obwohl wahrscheinlich beides zutraf, lag diese Kopfhaltung wohl auch daran, daß er lauschte, und zwar der Musik, die in gepflegter Lautstärke aus den Boxen kam.

Lauter Traditionals von nach Amerika ausgewanderten Juden! sagte er. Was wäre die amerikanische Unterhaltungsmusik der Vierziger- und Fünfzigerjahre ohne uns? Er sprach von Anfang an deutsch, wenn auch mit leichtem Akzent. Ja, sagte er, auch er sei eine Weile drüben gewesen, aber die *Medine* sei ihm nicht wirklich bekommen.

Mischa fragte ihn, wieso er ihn auf deutsch angesprochen habe. Wieso nicht? fragte der alte Mann. Sie haben doch einen deutschen Paß! Vielleicht hatte man ihm das bei der Hotelrezeption gesagt, das wäre zwar eine Indiskretion gewesen, aber er war, wie sich herausstellte, seit Jahren hier Stammgast.

Er selbst sei in Wien geboren, aber von dort sei er 1938 mit einem Kindertransport Richtung England gerade noch davongekommen.

Und Sie? sagte er. Sie sind doch auch irgendwie jiddisch versippt.

Nein, sagte Mischa. Das heißt, eigentlich ja ... Also, wie soll ich sagen ...

Sie brauchen gar nichts zu sagen, sagte der alte Mann, man sieht es. Sie sind einem meiner Enkel wie aus dem Gesicht geschnitten.

Der Enkel lebte in Schottland und hieß Jonathan. Verdiente sein Geld durch den Export von Schafwolltextilien. Feine Ware! sagte der alte Mann, kratzt nicht so wie der Pullover, den Sie anhaben. Nicht wahr, der kratzt doch?

Ja, gab Mischa zu, der kratzt.

Das lag allerdings daran, daß er ihn den halben Tag ohne Unterhemd getragen hatte. Nun kratzte er auch mit Unterhemd, jedenfalls am Hals. Die Haut war gereizt. Ein bißchen verkühlt fühlte sich Mischa auch. Das hatte er nun von seiner Taufe im Jordan:

Aber es war ihm ein Bedürfnis gewesen. Und hatte schon, schrieb er, seine Richtigkeit gehabt. Trotz allem stand er dazu, er wollte nichts widerrufen. Wenigstens *ich* bin der, der ich *bin*, dachte er einen vermessenen Moment lang.

Dann mußte er niesen.

Helf Gott! sagte der alte Mann.

Wie bitte?

Helf Gott! Das sagt man in Österreich statt *Gesundheit*.

Zumindest habe man das früher gesagt. Ob man es heute noch sagt, weiß ich nicht, ich bin seit meinem neunten Lebensjahr nicht mehr dort gewesen.

Die vollständige Phrase heiße übrigens *Helf Gott, daß es wahr ist*.

Daß *was* wahr ist? fragte Mischa.

Ja, das sei allerdings die Frage. Der alte Mann lächelte. Daß *was* wahr ist? – Wahrscheinlich das, was derjenige, der niesen mußte, gerade zuvor gesagt oder gedacht hat.

Er legte den Kopf noch etwas schiefer und sah Mischa so an, als hätte er seine Gedanken von zuvor mitgehört. Er heiße übrigens Edelmann und lebe in Jerusalem ... Die Monate Dezember bis März aber verbringe er hier. Erstens sei es da schön, und zweitens seien die Thermen gut gegen seinen Rheumatismus.

Und Sie? fragte er. Sie haben ja solche Beschwerden hoffentlich noch nicht. Sie sind ein junger Mensch. Was führt Sie hierher?

Mischa fragte sich, was er ihm antworten sollte.

Aber in diesem Augenblick tauchte die Frau auf.

Was er zuerst von ihr wahrgenommen habe, sei übrigens nicht ihr Anblick gewesen, sondern ihr Duft. Sie kam eingehüllt in eine Wolke von Parfum, etwas davon wehte anscheinend schon vor ihr her. Kein ordinäres Parfum, beileibe nicht, sondern was ausgesprochen Feines. Nur vielleicht etwas zuviel davon. Aber dazu neigen russische Frauen.

Schrieb Mischa, der sich somit als Kenner gab. Er habe gleich vermutet, daß sie Russin sei. Auch aufgrund der akustischen Wahrnehmung habe er das vermutet. Zweifellos handelte es sich um eine Frau, die hohe Absätze trug.

Aber damit ging sie, wie eben nur Russinnen gehen. Sie gehen anders als zum Beispiel amerikanische Frauen oder deutsche. Vielleicht liegt der Schwerpunkt woanders, Barbara wollte gar nicht wissen, wo. Sie ärgerte diese Beschreibung von Anfang an.

Mischa und Edelmann saßen an der Bar, doch als diese Person hinter ihnen vorbeiging, drehten sie sich nach ihr um. Sie trug ein violettes Samtkleid, das ihre Rundungen betonte. Ach ja, Barbara kannte solche Figuren – ehemals in München, als sie noch ein dünnes Mädchen gewesen war, hatte sie, im Gespräch mit ihren Schulkolleginnen, diesen Typus leidenschaftlich abgelehnt. Aber insgeheim hatte sie Damen, die so aussahen (ein paar dezente Kilo zuviel, aber gut auf Busen und Po verteilt, sodaß sie sich in einem um eine Nuance zu engen Kleid schön präsentieren ließen), beneidet.

Ihr dunkles Haar schien sehr lang zu sein, aber es war am Hinterkopf zu einem Knoten geformt und mit einem duftigen Schleier bedeckt. Damit dieser Schleier ein wenig Gewicht bekam, waren ein paar glitzernde Steine in ihn eingearbeitet, grün, von derselben Sorte, die sie auch um den Hals trug. Natürlich wehte die Duftwolke nicht nur vor, sondern auch hinter ihr her. Eine reife Süße mit einer leichten Bitternis im Abgang.

Übrigens folgten auch zwei Herren der Dame. Zwei Herren in schwarzen Anzügen, die sich allerdings nicht an den Tisch setzten, an dem sie Platz nahm, sondern, durchaus dezent, an einen anderen. Sie hatten alles im Blick, diese beiden Herren. Mit kühlen, grauen Augen sahen sie den Raum mit allen seinen Zugängen und Fluchtwegen.

Edelmann schnitt eine Grimasse. Ja, sagte er, jetzt kommen Sie sich vor wie im Kino. Die sind aber echt. Keine Angst, sie verstehen nicht Deutsch. Trotzdem sprach er mit gedämpfter Stimme. Auch die Dame, die die beiden bewachen, ist echt.

Eine echte Erscheinung, sagte er, nicht wahr? Das ist die Gattin des umtriebigen Herrn Adamov. Sie werden sicherlich schon von ihm gehört haben. Nein? Das wundert mich aber! Ich habe den Eindruck gehabt, daß der seine Geschäfte nicht nur in Israel macht.

Hat er nicht vor einer Weile das Kaufhaus Harrods in London kaufen wollen? Und die läppischen paar Tausend Hektar

Land bei Reims, auf denen der klassische Champagner angebaut wird? Und zwei von den Märchenschlössern des verrückten Königs Ludwig in Bayern? Ein Oligarch, wie man so sagt, einer, der am Anfang, also am Ende des real existierenden Sozialismus, Gott hab ihn selig, alles aufgekauft hat, womit sich Gewinn machen ließ, aber inzwischen ist er so reich, daß Gewinn und Verlust wahrscheinlich gar keine Rolle mehr spielen.

Dieser Adamov ist ein häßlicher Mensch. Man sieht ihn hier manchmal, unten im Hafen liegt eine seiner Yachten. So eine Mischung aus Onassis und Berlusconi. Aber seine Frau ... na ja, Sie sehen ja selbst!

Tatsächlich. Mischa sah. Offenbar hatte er seinen Barhocker ein wenig gedreht. Er sah sie zumindest aus den Augenwinkeln. Frau Adamov also. Mit Vornamen hieß sie Olga. Aber das sollte sie Mischa in Kürze selbst sagen.

Als Edelmann sich fürs erste verabschiedet hatte. Na schön, sagte er, dann werde ich mich halt in meine Gemächer zurückziehen. Natürlich war ihm der Blickwechsel zwischen der Oligarchin und seinem Gesprächspartner nicht entgangen. Was immer er noch sagen wollte, so recht konzentriert schien der nicht mehr zuzuhören.

Passen Sie auf sich auf! sagte er noch – bei diesen Worten legte er Mischa kurz die Hand auf die Schulter. Ja, eben – er sah also, daß Gefahr im Verzug war! Er hätte ihn nicht allein lassen sollen, dachte Barbara. In diesem Zustand! Mit Mischa gerade in diesem oder einem ähnlichen Zustand hatte sie ja ihre Erfahrung.

Nachdem Edelmann gegangen war, dürfte nicht viel Zeit verstrichen sein. Die Frau, schrieb Mischa, habe ihr Glas gehoben und über den Rand zu ihm herübergeschaut. Sie trank irgendeinen Cocktail, der zu den Smaragden aus ihrem Collier und an ihrem Schleier paßte. Über den Rand des Glases sah sie Mischa an.

Ihre Augen waren auf ihn gerichtet und wanderten dann auf den leeren Stuhl neben ihr. Mischa fragte sich, wie er das auffassen sollte. Es war nicht gerade eine Aufforderung, eher das Erwägen einer Möglichkeit. Dann aber glaubte er auch eine gewisse Ungeduld zu spüren, na komm schon, sagten ihre Augen.

Er hatte ohne solide Unterlage getrunken, daher war seine Reaktion etwas verzögert. Außerdem konnte man natürlich nicht wissen, wie die Leibwächter reagieren würden. Die schossen vielleicht auf alles, was sich bewegte. Auf Edelmann hatten sie nicht geschossen, aber der hatte sich auch in der anderen Richtung bewegt. Mischa riskierte es schließlich und endlich trotzdem. Bemühte sich, auf dem Weg von der Bar zu ihrem Tisch nicht zu sehr zu schwanken. Schaffte es einigermaßen respektabel. Ihre Augen waren grün, vielleicht trug sie auch grüne Haftschalen.

Ich bin Olga Adamova, sagte sie auf russisch, und wer sind Sie? Daß sie russisch sprach, ließ ihm in dieser Situation das Herz übergehen. Mit ihr konnte er reden. Ihr konnte er sich anvertrauen. Ich bin Jesus, sagte er. Aber das nützt auch nichts.

Wie sie darauf reagierte? Nun, vielleicht überhörte sie es ja. Er sagte es leise, schrieb er. Nicht im Ton einer Verlautbarung. Oder sie nahm es ganz einfach lächelnd zur Kenntnis. Wenn sie lächelte, hatte sie sehr hüsche Grübchen in den Wangen.

3

Barbara hätte das gar nicht so genau wissen müssen. Aber leider konnte sie sich diese Olga nach und nach immer besser vorstellen. *Stellen Sie sich vor*, schrieb Mischa auf den nächsten Briefseiten wiederholt. War ihm eigentlich bewußt, wie das auf sie wirken mußte?

Stellen Sie sich vor, sie hat mich auf ihre Yacht eingeladen. Ich wollte ja eigentlich mit dem Fährboot nach Kafarnaum, aber an der Hotelrezeption hat man mir gesagt, daß es um diese Jahreszeit noch nicht verkehrt. Zufällig ist sie in der Nähe gewesen. Wenn Sie wollen, hat sie gesagt, können wir auch meine Yacht nehmen.

Genaugenommen war es die Yacht ihres Mannes. Aber ihr Mann, sagte sie, sei selten da. Mein Mann macht fast immer irgendwelche Geschäfte. Momentan hat er sich in den Kopf gesetzt, den Fußballklub *Hapoel Tel Aviv* aufzukaufen. Verstehen Sie was von Fußball? Angeblich ist das ein sehr traditionsreicher Klub. Ich verstehe nicht viel davon. Und es interessiert mich auch kaum. Das erzählte sie ihm, als sie schon an Deck waren. Ihr Mann war nicht dabei, aber die beiden Leibwächter waren unvermeidlich.

Keine Angst, sagte sie, die beißen nicht. Der größere, Igor, sei sogar ausgesprochen gutmütig. Der kleinere, Kolja, sei manchmal ein bißchen gallig. Aber wenn man ihnen ab und zu ein gutes Trinkgeld zustecke, ließe es sich gut mit ihnen auskommen.

Dann seien sie auch bereit, ein wenig wegzusehen, falls das gewünscht werde. Nur für den Fall, sagte sie, daß sich Mischa durch sie irritiert fühle. Der junge Mann am Steuerrad sei kein Russe, sondern ein Israeli. Ein netter Bursche, ja, aber mit ihm könne sie nicht so gut reden.

So gut wie mit Mischa. Für die biblischen Geschichten habe sie sich schon immer interessiert. Und hier am See Genezareth, also da sei man dem allen doch so nahe! Da sei es ja geradezu gegenwärtig! Ihr Mann habe leider keinen Sinn dafür, umso erfreulicher also, daß sie nun Mischa getroffen habe.

Mischa kenne sich ja offenbar noch besser in diesen Geschichten aus als sie. Sein Zugang zu diesen Geschichten sei ja anscheinend ein sehr persönlicher. Sie lächelte. Die Grübchen in ihren Wangen werden auch bei Tag nett ausgesehen haben.

Auch wenn nun die Schminke, die sie sicherlich zu dick auftrug, eher auffallen mußte.

Allerdings trug sie wahrscheinlich Sonnenbrillen. Große Sonnenbrillen, die manches kaschierten. Barbara sah sie jetzt leider ganz deutlich vor sich. Sehr nah neben Mischa stand sie an der Reling, in einem weißen Hosenanzug mit einem blauen Cape darüber, ihr Haar, das sie an diesem Vormittag nicht aufgesteckt hatte, flatterte ungeniert im Wind.

Wissen Sie, sagte sie, ich bin ja eigentlich nicht fromm. Wahrscheinlich bin ich nicht einmal richtig gläubig. Ich gehe recht gern in unsere russischen Kirchen, das schon. Der Gesang, der Geruch, die halbdunkle Atmosphäre, davon fühle ich mich immer wieder angesprochen.

Aber darüber hinaus ... Also sehen Sie, das Leben ... Ich kann mich nicht beschweren, es ist ein Leben, von dem viele andere nur träumen ... Auch ich habe eine Weile nur davon geträumt, aber jetzt ist es Wirklichkeit ... Das nennt man doch Glück, oder? Wenn es noch etwas darüber hinaus gibt, habe ich vielleicht Pech gehabt.

Damals, als Jelzin, dieser täppische Bär, im Kreml herumgetorkelt sei, immer weniger imstande, die Dinge im Griff zu behalten, von denen er selber so manche ins Rutschen gebracht hatte, da sei ihr, einer Studentin der Volkswirtschaft, etwas klar geworden. Aus diesem Chaos werden Verlierer und Gewinner hervorgehen. Da habe sie einen trotzigen Schwur getan. Sie würde alles, aber auch alles tun, um nicht auf der Verliererseite zu enden.

Doch was rede ich, sagte sie, davon wollte ich Ihnen gar nicht erzählen. Von meinem Leben. Das ist ja eigentlich uninteressant. Das Leben Jesu hingegen oder Jeschuas, wie Sie sagen ... Also das kommt mir, ehrlich gesagt, immer interessanter vor.

Seltsam, dieses Interesse, finden Sie nicht? ... Daß das nicht nachläßt, sondern immer noch zunimmt ... Ich meine, man liest und hört ja unglaublich viel ... Und trotzdem ... Also irgendwas Besonderes muß an diesem Kerl schon dran sein.

Und es gebe ja immer noch offene Fragen. Sie lächelte wieder. Die Frage Jesus und die Frauen zum Beispiel. Also hat er nun oder hat er nicht, was meinen Sie? Der Ort dort drüben, etwas vom Ufer entfernt, sehen Sie, ist übrigens Migdal, in der Antike war das die Stadt Magdala.

Nach Magdala fuhren Jeschuas Brüder gern. Neben dem heidnischen Tiberias, in dem sie sich immer ein wenig unsicher fühlten, erschien ihnen Magdala als heimelige Zuflucht. Die kleinere Stadt war ja nur wenige Meilen von der größeren entfernt. Ab und zu dorthin zu reiten, auf Eseln, deren Miete nicht viel kostete, das mußte man sich einfach gönnen.

Ging man dort in eine Kneipe, so mußte man nicht befürchten, unkoschere Speisen vorgesetzt zu bekommen. Milchiges zu Milchigem, so hatten sie es gelernt, Fleischiges zu Fleischigem. Darauf mußte in der Küche wirklich geachtet werden, den Griechen konnte man in dieser Hinsicht nie trauen. Zwar aß man sowohl in Tiberias als auch in Magdala meistens Fisch, aber die Zubereitung sei eben auch ein Unterschied.

So Yaakov. Er schwor auf ein Lokal am Bootshafen. Man aß dort gut und trank einen guten Wein dazu. Ja, sagte Jossi, das ist wahr, dieser Wein macht fröhlich. Genau, nickten Simon und Yehuda, nach zwei Bechern wird man recht unternehmungslustig.

Jeschua machte diese Ausflüge anfangs nicht mit. Er blieb lieber im Quartier, in dem sie natürlich gemeinsam hausten. (Fünf mehr oder minder erwachsene Männer, die da recht eng geschlichtet lagen.) Blieb lieber im Quartier und las in den Schriftrollen, die er sich vom Rabbi daheim in Nazareth geborgt hatte.

Die Brüder schüttelten den Kopf, für sie war er ein komischer Vogel. Saß da und las, bis das Öl im Lämpchen verbraucht war. Manchmal nannten sie ihn scherzhaft ihren Schriftgelehrten. Er aber war froh, wenn er sich ein paar Stunden ungestört in die Thora oder die Propheten vertiefen durfte.

Irgendwann gelang es ihnen doch, ihn zu überreden. An einem Wochenende? Nein, natürlich nicht am Schabat. Also am ehesten an einem Donnerstagabend. Komm mit, sagten sie, du wirst sehen, es gefällt dir.

Tatsächlich ließ er sich den Fisch und den Wein schmecken. Und die Kneipe fand er auch recht gemütlich. Als sie ihn allerdings danach in ein Haus verschleppen wollten, wo man, so betonten sie, nur mit echt jüdischen Mädchen verkehrte, also auch dieses Vergnügen auf garantiert koschere Weise genoß, wovon in vergleichbaren Häusern in Tiberias natürlich nicht die Rede war, da schieden sich die Geister. Nicht, daß er empört gewesen wäre über seine Brüder, obwohl er bis dahin naiverweise wirklich nicht gedacht hätte, daß es diese Form von Geselligkeit sei, die sie nach Magdala lockte, aber ihm für seinen Teil sei nicht so sehr daran gelegen.

Das war nun eine absurde Situation. Er machte den Brüdern keine Vorwürfe, obwohl zwei von ihnen verheiratet und die anderen beiden verlobt waren – ihre Frauen und Bräute saßen daheim in Nazareth. Vielleicht dachte er bei sich, daß das nicht gerecht war, aber er sagte es wohlgemerkt nicht. Hingegen begannen sie alle vier *ihm* Vorwürfe zu machen.

Daß er nicht nur den Abend verderbe, sondern eigentlich Schande über sie bringe! Ja, das müsse nun endlich einmal gesagt werden! Was denn bloß los sei mit ihm, er sei ihr großer Bruder, aber anscheinend ein Schlappschwanz. Wenn nicht noch Peinlicheres, Schlimmeres, aber davon wollten sie gar nicht reden.

Was sei ihm übriggeblieben, als mitzugehen. Gewisse Vorwürfe darf man nicht auf sich sitzen lassen. Dort in jenem Haus habe er sich also eine Frau ausgesucht. Sie war nicht mehr ganz jung, aber etwas an ihr habe ihn tatsächlich angezogen.

Vielleicht etwas, das ihn an seine Mutter erinnerte, ja, das war es wohl. Sie führte ihn in eine halbdunkle Kammer. Er fand sie schön, oh doch, wie sie das Band, das ihr Haar zusammenhielt, löste. Erst recht, wie sie dann vor ihm stand, nackt und durch das lange Haar doch irgendwie bekleidet.

Wie heißt du? fragte er. Sie sagte, sie heiße Sulamith. In Wirklichkeit hieß sie Mirjam, so hießen damals viele Frauen in Galiläa. Daß auch sie so hieß, sagte sie ihm aber erst später. Hätte sie ihm das gleich gesagt, so hätte es ihn wahrscheinlich zusätzlich gehemmt.

Mit einer, die Sulamith hieß, überwand er seine Hemmung. Ein schöner Name übrigens, natürlich dachte er dabei an das Hohelied Salomons. Das half. Darüber hinaus aber war sie eine sensible und verständnisvolle Frau. Ließ ihn erst eine Weile an ihrer Brust liegen und streichelte ihn, gab seinen Händen und seinem Mund Gelegenheit, ihren Leib zu erforschen. Und dann, im richtigen Augenblick, schmiegte sie sich an ihn. Ja, sie verstand etwas vom richtigen Augenblick. *Siehe, mein Geliebter kommt hüpfend über die Berge.* Vielleicht, dachte er danach, sollte er seinen Brüdern doch dankbar sein.

Erzählte das Mischa Olga, der Oligarchin? Nein. Aber wahrscheinlich dachte er daran, als sie die Stadt Magdala erwähnte. Diese Stadt war übrigens nicht nur durch gediegenen Bootsbau und ertragreiche Fischerei wohlhabend geworden. Man verstand sich dort ganz ausgezeichnet auf das Konservieren von Fischen. Von dort kamen die berühmten magdalenischen Pökelsardinen. Die aß man auch in Jerusalem und in Caesarea.

Dicht an dicht in speziellen Fässern liegend wurden die nicht nur haltbaren sondern auch schmackhaften Fischlein übers ganze Mittelmeer verschifft. Sogar von den Senatoren in Rom wurden sie gern gegessen.

Das behauptete jedenfalls Mordechai. Mordechai war der Mann, der Mirjam heiratete. Das war zwei oder drei Jahre nach Jeschuas Besuch bei ihr. Jeschua erinnerte sich zwar gern an sie, und auch sie dachte manchmal unwillkürlich an den Bautischler mit den ganz ungewöhnlich zärtlichen Händen, aber damit hatte es vorläufig sein Bewenden.

Mit diesem Mordechai war es etwas anderes. Er besuchte sie öfter. Er war sozusagen ein Stammgast. Erst kam er ein- oder zweimal pro Woche, dann kam er fast jeden Tag. Und dann kam der Tag, an dem er ihr anbot, sie zu heiraten. Zuerst war er ein einfacher Mann, anfangs hatte er die Fische noch selbst eingesalzen. Aber dann wurde sein kleiner Betrieb größer und größer. Da wollte er Mirjams Zuwendung nicht mehr teilen. Er schätzte ihre Liebeskunst und ihr verständnisvolles Wesen.

Und Mirjam war sich nicht zu schade für ihn. Nein, sie war eine realistische Frau. Sie war um die dreißig, das war damals fast schon alt. Obwohl sie gut aussah. Aber was hatte sie noch für Perspektiven?

Der richtige Augenblick, ja, auch diesbezüglich. Sie durfte diese Gelegenheit nicht vorbeigehen lassen. Zwar roch Mordechai extrem nach Fisch, aber diesbezüglich war sie nicht heikel. Ganz Magdala roch ja mehr oder weniger nach Fisch.

Und er war ein guter Mann, in vieler Hinsicht. Tüchtig war er, mit einem guten Riecher fürs Geschäftliche. Und Glück hatte er auch. Erstaunlich, wie gut das Geschäft ging. Zwei Jahre, nachdem er Mirjam geheiratet hatte, mit allem Drum und Dran, das zu einer anständigen Hochzeit gehörte (auch ein Trupp ehemaliger Faustkämpfer war unter den Gästen, die alle jene zum Schweigen brachten, die sich über Mirjams Vergangenheit das Maul zerrissen), zwei oder drei Jahre danach war er Millionär.

Ja, er machte Millionen mit seinen Sardinen. Klein hatte er begonnen, groß war er geworden, man nannte ihn scherzhaft den Goliath unter den Fischhändlern. Er war aber kein Philister, sondern immer noch Jude. Auf diese Feststellung legte er Wert, ohne seine großzügigen Spenden hätte die Synagoge von Magdala weitaus bescheidener ausgesehen.

Daß er sich einen griechischen Namen zulegte, also, das mußte man verstehen. Taricheos, dieser Name war einfach besser fürs internationale Geschäft. *Taricheuein* war das griechische Wort fürs Fischkonservieren. Taricheos, so nannten die Griechen die Stadt, Mordechais Name und der Name der Stadt wurden eins.

Taricheos, das war ein Markenname. Der Mann dahinter war der König der Fischhändler. Oder zumindest ein stattlicher Fürst unter ihnen. Mit Königstiteln mußte man in einem römischen Satellitenstaat eher vorsichtig sein.

Soviel war jedenfalls wahr, Herr Mordechai und seine Gattin konnten sich einiges leisten. Ein schönes, großes Haus in Magdala, eine Villa in Tiberias, ja, auch das gehörte dazu. Herrliche Hügellage, Blick auf den See. Zwischen Magdala und Tiberias ließen sie sich in der Sänfte hin und her tragen.

Natürlich konnten sie auch den Wasserweg nehmen, sie hatten eine Luxusbarke, auf der sich gegebenenfalls zwölf muskulöse Ruderer in die Riemen legten. Selbstverständlich fuhren sie ins griechische Theater und auch bei Wagenrennen mußten sie sich blicken lassen. Mirjam war immer noch schön, und die Kleider, in denen sie erschien, waren Anlaß zu bewunderndem Geraune. Mischte sich Häme in die Bewunderung, so beschäftigte man wieder die Faustkämpfer, die nun noch härter zuschlugen als früher.

Er hätte eigentlich hochzufrieden sein können, dieser Mordechai. Aber da war etwas, das ihn trotz allem wurmte. Für alle Welt stand er sozusagen im Fischgeruch. Das war und blieb etwas, worüber manche Menschen die Nase rümpften. Dumme Menschen, schon wahr. Er selbst liebte diesen Geruch. Er war damit groß geworden, er wußte, was er den Fischen verdankte. Außerdem aß er sie gern, sie hingen ihm nicht zum Hals heraus. Es freute ihn auch immer wieder, daß Mirjam im Zentrum seines Begehrens nach Fisch schmeckte.

Aber schön. *De gustibus non est disputandum.* Sein Griechisch war leidlich, aber sein Latein war nicht besonders. Trotzdem. Er wollte weltläufig sein. Und wollte die Anerkennung der Welt. Er würde es dieser hochnäsigen Welt noch zeigen.

Er baute seine Kontakte nach Osten und Süden aus. Knüpfte Beziehungen nach Indien und ins Innere Arabiens. Und siehe da, eines Tages verkaufte er alles, was mit dem Salzen, Räuchern und Einlegen von Fischen zu tun hatte. Und verlegte sich auf den Import und den Versand erlesener Duftstoffe.

Trieb Handel mit allem, was an Parfums, Salben und Ölen gut und teuer war. Verbreitete unter denen, die es sich leisten konnten, die Wohlgerüche Indiens und Arabiens. Von der Narde, mit der man sich nach dem Bade salbte, bis zu Opobalsam, den man nur in winzigen Quantitäten anwandte. Magdalenas legendärer Auftritt mit einem Alabastergefäß voll wertvollen Öls wird vor diesem Hintergrund verständlicher.

Aber das kam ja erst, als alles schon fast zu Ende ging. Als alles anfing, da tauchte sie auf, als Jeschua vom Boot aus zu den Leuten sprach. Ja, da hatte er schon ziemlichen Zulauf. Simon und Andreas kamen auf die Idee, ihn ein paar Meter vom Ufer wegzurudern. Die Menge erdrückt dich sonst, Rabbi, sagten sie. Nun, so schlimm war es nicht, aber er willigte ein. Das machte sich, ehrlich gestanden, auch ganz gut. Er stand aufrecht im Boot, obwohl es ein wenig schwankte, und sprach mit fester Stimme.

Und dann, auf einmal, da sah er sie am Ufer stehen. Erschrak er? Nein, eher bedauerte er die Distanz. Das war nun sieben Jahre her, daß er mit ihr beisammen gewesen war. Als ihn die Jünger wieder ans Ufer ließen, war sie verschwunden.

Diese Frau erschien allerdings bald wieder. Und zwar in Kafarnaum, als er aus der Synagoge kam. Soeben hatte er seinen ersten Besessenen geheilt, er war einigermaßen erschöpft. Und da stand sie auf dem Vorplatz der Synagoge, die Frau, an deren Brust und in deren Schoß er gelegen war, die Frau, von der er manchmal noch träumte wie von einer Heimat, die er kaum kannte, aber nach der seine Seele, und, ja, gewiß auch sein Leib, sich sehnte, und sah ihn nur an.

Sie trug ein schlichtes Kleid, viereckig, aus einem Stück, braun, mit roten Streifen. Ihr Haar, das er offen gesehen hatte, fast schwarz über ihre weißen Schultern und ihre Brüste herabfallend, ihr Haar war natürlich von einem Kopftuch bedeckt. Als die Frau des reichen Mannes war sie nicht zu erkennen. Von der hatte Jeschua natürlich gehört, aber er war nie auf die Idee gekommen, daß es sich um jene handelte: Sulamith, mit der er damals länger beisammen gewesen war als seine Brüder, die über die Dauer dieses Beisammenseins plumpe Witze rissen, das angemessen fanden.

Rein äußerlich gab sie sich also unauffällig. Trotzdem fiel sie den Jüngern allmählich auf. Besonders dem Simon war sie alsbald verdächtig. Was will die von dir? Ist dir dieses Weib nicht lästig? Sag nur ein Wort, Rabbi, und wir verjagen sie!

4

Sie saßen in einem Restaurant in Kafarnaum und aßen St. Peters-Fisch. Mischa und die Oligarchin. Die Leibwächter saßen ein paar Tische weiter entfernt. Die Yacht lag im Hafen. Sie hatten miteinander die Ausgrabungen besichtigt. Die Ruinen der Synagoge waren beeindruckend, aber die Synagoge, in der Jeschua gesprochen und seine ersten Dämonen ausgetrieben hatte, war eine andere.

Natürlich, sagte Olga. Die hier stammt ja erst aus dem dritten oder vierten Jahrhundert. Eben, sagte Mischa. Diejenige, die ich vor meinem inneren Auge sehe, war geradliniger. Kein Ornament. Keine korinthischen Kapitelle. Die Worte, die er darin gesagt habe, hätten dieser Geradlinigkeit entsprochen.

Und die Gemeinde reagierte hier anders. Anders als die Banausen in Nazareth. Er spricht wie einer, der von der Kraft Gottes erfüllt ist, und nicht wie die Schriftgelehrten. Die Schriftgelehrten hatten offenbar kein besonders gutes Image.

Olga lachte. Sie sprechen auch nicht wie ein Bibelforscher. Aber ich mag es, wie Sie über all das reden. Man kommt diesen alten Geschichten dadurch so nahe. Man könnte wirklich glauben, daß Sie dabei waren.

Ja, dachte Barbara, das könnte man glauben. Sie kannte das schon. Diese Olga lernte es eben erst kennen. Ihr schien das ja alles auf geradezu peinliche Weise vertraut. Auch wenn Mischa in diesem Brief so manches nur andeutete.

Daß er ihr (Olga) auch die Dämonenaustreibung recht lebhaft geschildert habe. Und daß die Dämonen in Kafarnaum ortspezifische Ähnlichkeiten mit denen gehabt hätten, die er später dem Besessenen in Gerasa austrieb. Früher oder später würde er ihr diese Geschichte auch erzählen. Genau die Geschichte, mit der er sie (Barbara) im Flugzeug herumgekriegt hatte.

Wie die Dämonen in die Schweine fahren und wie sich die Schweine in den See stürzen. Und wie er oder Jeschua, mit dem er sich nicht ganz zufällig verwechselte, dann auch Mitleid mit den Schweinen gehabt habe. Damit hatte er sie herumgekriegt, ja, mit diesem Gemisch aus Ernst und Ironie. Und mit dem unvermuteten und irgendwie unverschämten Charme dahinter.

Nun wandte er diese Masche eben auch bei jener Frau an. Und anscheinend mit Erfolg. Da war ihm ja zu gratulieren! Daß er Dämonen eine sozusagen reale Existenz zugestand, hatte Barbara damals einigermaßen irritiert. Olga hingegen schien auch das zu amüsieren.

Für sie ging sogar ein prickelnder Reiz von diesem Thema aus. Sagen Sie, wie war das, aus Maria Magdalena hat er doch angeblich auch Geister ausgetrieben? Jesus. Oder Jeschua, wie Sie ihn nennen. Gleich sieben. Also das klingt ja einigermaßen abenteuerlich.

Aber das war wahrscheinlich nur ein Gerücht. Am ehesten von den Jüngern in Umlauf gebracht. Nein, diese Mirjam aus Magdala hatte keinen Exorzismus nötig. Die war, wie sie war, aus ihr schrien keine fremden Stimmen.

Warum hat er sie lieber als uns? fragten sich die Jünger. Ja, warum, das ging nicht so leicht in ihre Köpfe hinein. Sie waren halt Kinder, das heißt, Söhne ihrer Zeit. Jeschua war auch in diese Zeit geraten, aber etwas an ihm war anders.

Sie hatten ein recht eigenartiges Verhältnis zu Frauen. Frauen hatten in der Öffentlichkeit möglichst nicht aufzufallen, so hatten sie das gelernt. Und auch im häuslichen Bereich war den Frauen Zurückhaltung auferlegt. Männer sitzen beisammen und plaudern oder diskutieren, Frauen ziehen sich zurück, tauchen bloß auf, wenn man sie zur Bedienung braucht oder eigens ruft, um gegebenenfalls zu demonstrieren, daß man gut und schön beweibt ist, und reden jedenfalls nur, wenn sie gefragt sind.

So ungefähr. Natürlich war das nicht überall so. Nicht *mehr* überall, muß man sagen – die Zeiten waren ja drauf und dran, sich zu ändern. In Tiberias, und in anderen durch fremde Einflüsse verderbten Städten war es dem Vernehmen nach *überhaupt* nicht mehr so. Aber auf dem Land, wo man noch gesund und tiefer verwurzelt in der Tradition lebte, da wußte man eben noch, was sich gehörte und was sich nicht gehörte.

Kafarnaum nannte sich zwar auch eine Stadt, aber selbst, wenn man den Nachbarort Bethsaida dazuzählte, wo der kleine Jochanaan und sein Bruder Yaakov daheim waren, hatte es kaum mehr als 2000 Einwohner. In Kafarnaum konnte man sich nicht einfach über gewisse Sitten und Gebräuche hinwegsetzen. Und die Alten hatten schon gewußt, was gut und richtig war. Wenn ein Mann sich zuviel mit den Frauen abgibt, so zieht er sich erstens Probleme zu, verschwendet zweitens die Zeit, die er besser zum Studium der Thora aufwenden sollte, und riskiert drittens, in der *Dschehenna* zu enden.

Die Jünger versuchten also alles mögliche, um Jeschua von dieser Person abzulenken. Gleich damals, als sie auf dem Platz vor der Synagoge stand. Der Rede, die er drin gehalten hatte, vom Gottesreich, das nun bald anbrechen würde, hatte sie wohl von der Empore aus gelauscht. Das war der Bereich, der den Frauen vorbehalten war, dorthin gelangten sie über eine Außentreppe, und über diese Außentreppe sollten sie auch wieder verschwinden. Diskret und möglichst ohne groß aufzufallen. Diese Frau aber, die niemand im Ort kannte, hatte sich nicht den anderen angeschlossen, sondern war einfach auf dem Vorplatz stehen geblieben. Nicht gerade *mitten* auf dem Platz, aber so, daß man sie sehen mußte. Und was tat Jeschua? Er ignorierte sie nicht einfach, wie man es von einem gesetzestreuen jüdischen Mann erwartet hätte, er ging auf sie zu, blieb vor ihr stehen und sprach sogar mit ihr.

Die Jünger trauten ihren Augen nicht. Das kann er doch hier nicht machen! dachten sie. Wollte er, den sie Rabbi nannten, obwohl er ja eigentlich keiner war, aber sie spürten, daß eigenartigerweise etwas von ihm ausging, das bei den Griechen *Charisma* hieß, wollte er sich und sie in Verruf bringen? Sie wußten vorläufig gar nichts von der Vergangenheit und der Gegenwart dieser fremden Frau, aber daß sie eine Frau war, genügte.

Da mußte sich Simon rasch etwas einfallen lassen. Rabbi, sagte er, um Gottes Willen, komm schnell, meine Schwiegermutter ist schwerkrank! Ein hohes Fieber hat sie ganz plötzlich gepackt. Gerade ist einer meiner kleinen Neffen gelaufen gekommen, um mir die schlechte Nachricht zu überbringen, es ist ernst!

So sprach er. Er war kein besonders guter Lügner, doch das fiel Jeschua gar nicht auf. Er hatte keinen kleinen Jungen gesehen, aber vor der Synagoge war nach wie vor viel Gedränge, und er hatte nicht darauf geachtet. Er war vor Mirjam gestanden, deren Namen er immer noch nicht kannte, für ihn war sie nach wie vor Sulamith. Gerade hatte er vor vergleichsweise vielen Menschen recht selbstbewußt gesprochen, aber jetzt wußte er im ersten Moment gar nicht, was er sagen sollte.

Sie hatte allerdings nicht gewartet, bis er sich faßte, sondern hatte ihrerseits das Gespräch begonnen. Du hast mitreißend geredet, sagte sie – unlängst vom Boot aus, und jetzt erst recht! Wie geht das zu? fragte sie. Als du ehemals bei mir warst, hast du kaum den Mund aufgebracht … Mithilfe des Allerhöchsten, sagte er, sein Name sei gelobt.

Das war ein ganz guter Anfang, und nun hätte er gern mit ihr weitergeredet.

Er hatte das Gefühl, daß sie einander viel zu sagen hatten. Doch da kam nun Simon mit seiner Schwiegermuttergeschichte. Ich bitte dich, komm schnell, Rabbi, sagte er, bevor es zu spät ist!

Daß die arme Frau krank war, konnte schon sein, aber bestimmt war sie nicht todkrank. Ja, sicher, besonders gut wird es ihr nicht gegangen sein. Die Schwiegermutter eines Fischers legte sich damals nicht wegen nichts und wieder nichts ins Bett. Trotzdem war sie wahrscheinlich überrascht, als ihr Schwiegersohn nun mit dem Wunderheiler daherkam.

So einen Aufwand hätte man um ihretwillen nicht treiben müssen. Womöglich war ihr so viel Fürsorge um ihre Person auch ein bißchen peinlich.

Dennoch hat sie ihr anscheinend gutgetan. Jeschua trat an ihr Bett und nahm ihre Hand.

Eigentlich hätte er lieber die Hand einer anderen genommen. Aber das war nun auf unbestimmte Zeit verschoben. Er nahm also die Hand der alten Dame, und siehe da, die fühlte sich gleich besser. Stracks stand sie auf und ging in die Küche, um für alle einen Imbiß zu bereiten.

Wirklich lustig, sagte Olga, wie sich das alles fügt bei Ihnen. Es war vielleicht verrückt, aber Barbara bildete sich ein, ihre Stimme zu hören. Eine dunkle Stimme, mit einem spöttischen Unterton. Den Barbara auch zu hören glaubte, wenn es um ernsthafte Dinge ging. Von Magdalena werden Sie mir sicher noch mehr erzählen. Aber sagen Sie: Müßte Jesus nicht eigentlich verheiratet gewesen sein? Vorigen Herbst, als mein Mann und ich in Chicago waren, habe ich einen Vortrag zu diesem Thema gehört. Der Professor dort, ein namhafter Historiker und Soziologe, hat behauptet, daß ein unverheirateter Mann um die dreißig unter den Juden um die Zeitenwende nicht nur ungewöhnlich, sondern so gut wie unmöglich war.

Ja, sagte Mischa, das war wohl tatsächlich so. Es sei denn, er hätte ein Gelübde getan. Jochanaan war ja wahrscheinlich auch nicht verheiratet. Aber der war vermutlich ein ehemaliger Essener.

Eine Art Mönch also.

Ja, sagte Mischa. Ein Wüstenmönch.

Jesus hingegen …

Ja eben. Jeschua war ein Bautischler. So einer macht für gewöhnlich keine Gelübde. Ganz abgesehen davon, daß ich mich an nichts dergleichen erinnern kann.

Und was halten Sie von der These, daß es eine verlassene Frau in Nazareth gab? Erst unlängst, behauptete Olga, habe sie so etwas gelesen. Wie hieß das Buch bloß? Es sei von einer bekannten feministischen Autorin.

Nein, sagte Mischa. An so etwas erinnere er sich auch nicht.

Die Erinnerung an Mirjam aus Magdala hingegen sei deutlich da. Sie war nicht seine Frau, nein, jedenfalls nicht vor dem Gesetz, sie war etwas anderes. Was hat sie, das wir nicht haben? fragten sich die Jünger. Warum küßt du sie auf den Mund? Im apokryphen Evangelium, das dem Philippus zugeschrieben wird, kann man das nachlesen.

Sie war nicht seine Frau, sie war ja die Frau des Sardinenfürsten. Des vormaligen Sardinenfürsten und nachmaligen Salbenprinzen.

Ach ja, sagte Olga. Jetzt lächelte sie wieder ihr Grübchenlächeln.

Barbara fragte sich, ob er die Geschichte extra für diese Person modifizierte.

Das war höchst ärgerlich, ja, mehr als das. Eigentlich empfand sie es allmählich als Frechheit. Daß er ihr, Barbara, das auch noch schrieb! Oder bedachte er gar nicht, wie sie das finden mußte?

Daß er der anderen diese Rolle fast aufdrängte! Eine Rolle, die er doch schon *ihr* angeboten hatte. Stimmt, sie war nicht Hals über Kopf darauf eingegangen. Aber mußte er ihr jetzt diese Art von Austauschbarkeit demonstrieren?

Familienaufstellung: Im Zentrum natürlich Jeschua/Mischa. Links hinter ihm Mirjam, die Mutter, deutlich weiter im Hintergrund der selige Josef. Rechts *neben* Jeschua die Jünger, Simon stand ihm am nächsten, aber Ioannis drängte sich manchmal vor. Den könnte man eventuell auch links plazieren.

Dort standen wohl auch die Schwestern, aber nicht besonders nah. Nicht einmal ihre Namen merkte man sich, sie gewannen leider keine Kontur. Sehr zum Unterschied von jener Mirjam aus Magdala. Ein Part, in dem sich Mischa, der Opportunist, inzwischen auch Olga vorstellen konnte.

Wahrscheinlich um einiges besser als sie, Barbara. Natürlich, so war es, sie mußte aufhören, sich etwas vorzumachen. Manchmal in den letzten Monaten, wenn sie sich diesem Menschen unwillkürlich (und oft geradezu gegen ihren bewußten Willen) allzu nahe gefühlt hatte, war ihr ein Satz eingefallen, den er damals, in der Abflugzone des Flughafens Frankfurt, gesagt hatte. Etwas in dem Sinn, daß sie einander womöglich schon lang kannten – sie hatte das damals nicht ernst genommen, aber nach und nach war sie drauf und dran gewesen, diesem Satz eine gewisse Bedeutung beizumessen.

Soweit hatte er sie also bereits gehabt, aber jetzt hatte er Olga. Und diese Person ging ganz anders auf ihn ein. Mit mehr Ironie, wie es schien, und mit weniger Abwehr. Vielleicht hatte sie im Grunde ihres Herzens weniger Angst als Barbara.

Eigenartigerweise. Denn realistisch betrachtet, hätte sie *viel mehr* Angst haben müssen. Obwohl sie von ihren zwei dezenten Leibwächtern beschützt wurde. Die bewiesen doch nur, wie gefährdet sie war. Wenn man es recht bedachte, war sie das ideale Entführungsopfer.

Ja, stimmt, vielleicht war das ganz einfach Barbaras Wunschdenken. Aber die eine oder andere Befreiungsbewegung oder auch eine schlicht und einfach terroristische Gruppe aus der näheren oder etwas entfernteren Nachbarschaft hätte doch auch auf diese Idee kommen können, der israelische Inlandsgeheimdienst befaßte sich wahrscheinlich längst damit. Die Frau des Oligarchen! Nur ein paar läppische Kilometer von Syrien und kaum mehr als einen Katzensprung vom Libanon entfernt! Anzunehmen, daß nicht nur Igor und Kolja, sondern auch ein paar andere bestens Bewaffnete mit Olga und Mischa im Restaurant saßen.

5

Die aber fanden es anscheinend urgemütlich. Aßen St. Peters-Fisch und tranken Golanwein. Sie unterhielten sich über Jesus und Maria Magdalena. Und freuten sich der Gemeinsamkeit der russischen Sprache.

Zwar wies Mischa darauf hin, daß er eigentlich aus einem Land stamme, das inzwischen nicht mehr zu Rußland gehöre. Einem Land, das sich sozusagen aus der Umarmung des großen dicken Mütterchens gelöst habe. Aber die Sprache verbinde sie trotz aller Veränderungen der politischen Landkarte. Ihm sei das Russische jedenfalls immer lieber gewesen als der Dialekt, den man jetzt dort zur Staatssprache erklären wolle.

Schon wegen der Lektüre, die er nach wie vor liebe. Von Puschkin bis Dostojewskij, von Gogol bis Tolstoi. Nicht zu vergessen natürlich Gontscharow und Tschechow. Die haben nun einmal alle auf russisch geschrieben.

Und die Lyriker?

Ja, sagte er, natürlich habe er auch die Lyriker geliebt.

Und die Lyrikerinnen?

Die Lyriker und die Lyrikerinnen.

Er versuchte ein Gedicht zu zitierten. War es von Boris Pasternak oder von Anna Achmatova ? Es ging darin um Erinnerung; mit Olgas Hilfe bemühte er sich, alle Worte in der richtigen Reihenfolge zu finden; aber ganz perfekt bekamen sie das nicht hin.

Russisch, sagte er, war jedenfalls meine erste Liebe. Da waren sie schon beim Wodka. Der mußte sein unter Landsleuten.

Tatsächlich? sagte sie.

Tatsächlich, sagte er. Auch wenn er dann fremdgegangen sei, vor allem mit der deutschen Sprache.

Ob das richtig war oder falsch, daß er sich losgelöst habe von Mütterchen Rußland, das könne er nicht sagen. Vielleicht hätte er nicht weggehen, sondern bleiben sollen, dann wüßte er es jetzt besser. Und eigentlich war es ja absurd, ein paar Monate, nachdem er das Land unter sehr schwierigen Umständen verlassen habe, wäre es viel leichter gegangen. Aber das war nun einmal so, offenbar von einer höheren Instanz über ihn verhängt und beschlossen, denn ohne diese Flucht mit allem beschwerlichen und gefährlichen Drum und Dran hätte er jenes viersprachige Evangelienbuch nicht gefunden.

Und dann erzählte er wohl die Geschichte, die er schon Barbara erzählt hatte. Von der Fremdenpension, in der er die erste Nacht in Deutschland verbracht und vom Lager, in das man ihn schon am nächsten Morgen gebracht habe. Und wie er, ein sprachlich erstaunlich talentierter Mensch, die Evangelien entzifferte und dabei nach und nach etwas erkannte. Oder *wieder*erkannte. Etwas, das er, zumindest in Fragmenten, aus eigenartigen Bewußtseinszuständen zu kennen glaubte. Und wie er somit einige seiner Möglichkeiten wahrnahm. Auch jene, die Sprachen zu lernen, in denen dieses Buch die Frohe

Botschaft verkündete. Besonders, da er nun einmal in Deutschland gelandet war, die deutsche Sprache. Was seine Integration erleichterte, rein äußerlich jedenfalls, auch wenn es innerlich vielleicht etwas anders aussah.

Daß da immer ein Rest von Fremdheit in ihm geblieben sei. Die Fremdheit eines im Grunde genommen Exterritorialen, auch wenn er, anpassungsfähig, wie er war, erstaunlich bald die neue Staatsbürgerschaft bekam. Und zweifellos hatte diese Geschichte auch auf Olga ihre Wirkung. Auch wenn sie ihren Kern vielleicht etwas anders interpretierte als Barbara.

Und etwas anders vielleicht als Mischa selbst.

Und Sie waren seither nicht mehr daheim? fragte sie gerührt.

Daheim? sagte er. Wenn er dieses Wort sagte, daran erinnerte sich Barbara, so klang darin immer auch etwas wie eine sehr unbestimmte Ferne mit. Wo ist das, daheim? Nein, ich war seit einer Ewigkeit nicht mehr daheim.

Leben Ihre Eltern noch?

Nein, sagte er. Inzwischen seien beide tot.

Das tat ihr leid. Besonders, daß er seine Mutter nicht mehr besucht habe.

Das ist wirklich traurig, sagte sie. Wie lang ist das jetzt her, sagte sie, daß Sie in Deutschland leben? Ihr Russisch ist schön, aber wenn man genau hinhört, bemerkt man einen leichten deutschen Akzent.

Und dann? Was geschah eigentlich dann? Überkam die zwei nach dieser in den Nachmittag hinein ausgedehnten Mittagsstunde nicht eine angenehme Müdigkeit? Und hatte Olga nicht etwa die Idee, einen kleinen Mittagsschlaf zu halten? Verbunden mit einem kleinen Mittags*beischlaf*? Barbara konnte sich da schon einiges ausmalen.

Auf der Yacht gab es doch sicher eine gut eingerichtete Kajüte. Ein hübsches Refugium mit einem Doppelbett. Barbara sah sogar den Überwurf vor sich, einen Überwurf mit smaragdgrün glänzender Seidenoberfläche. Und Olga sah sie vor sich, die dieses Bett aufschlug wie ein Buch.

So dachte Barbara. Aber ganz so lief das nicht. Auf der Rückfahrt nach Tiberias jedenfalls war es noch nicht soweit. Zumindest, wenn sie Mischa glauben wollte. In den Briefen ging er nur kurz darauf ein, in den Tagebuchnotizen, die er in Tiberias zu schreiben begann, etwas ausführlicher.

Aber die sollte sie erst später finden.

Zwar habe Olga tatsächlich vorgeschlagen, unter Deck zu gehen, oben, im Wind war es inzwischen ziemlich kühl. Er aber habe sich ausgebeten, an der Reling stehen bleiben zu dürfen. Unter Hinweis auf die Schönheit der Fahrt und seine spezielle Beziehung zum See.

Wissen Sie, sagte er, ich habe diesen See so lang nicht gesehen. Und habe ihn damals doch so sehr geliebt. Schauen Sie nur, welche Farben das Wasser jetzt spielt! Im Licht des späten Nachmittags ist es besonders beeindruckend.

Da lächelte sie, aufs neue von ihm amüsiert. Sie sind ja wirklich ein erstaunlicher Romantiker! Nach dieser Feststellung ging sie die Treppe zu den Kajüten hinunter. Und das wäre ein Abgang mit Anstand gewesen, aber sie kam wieder.

Mit zwei windundurchlässigen Segeljacken – eine für sich, eine für ihn. Da standen sie dann im Partnerlook an der Reling. Aber die zweite Jacke war die ihres Gatten. Die Jacke des Oligarchen Sergej Iwanowitsch Adamov.

Den gab es wirklich, Barbara hatte ihn im Internet gefunden. Er war durch die sogenannten Volksaktien reich geworden, die Jelzin ehemals an die kleinen Leute ausgegeben hatte. Die kleinen Leute hatten nichts anfangen können mit ihren kleinen Anteilen. Aber in den geschickten Händen des Herrn

Adamov, der sie ihnen freundlicherweise wieder abkaufte, hatten sich diese kleinen Anteile zu großen versammelt.

Binnen kurzem waren diese vielen kleinen Anteile ein großes Ganzes. Ja, Herr Adamov wußte, wie man Kapital vermehrte. Er hatte Talent für den richtigen Umgang damit. Vor der Abschaffung der Sowjetunion hatte er es kaum anwenden können, aber dann witterten Typen wie er ihre Chance.

Typen mit einer geradezu urkapitalistischen Durchsetzungsfähigkeit. Eine Eigenschaft, die er hatte und anwandte. Im Immobiliengeschäft und im Baugewerbe. Wenn ihm etwas im Weg stand, ließ er es wegräumen.

Und jetzt stand Mischa an der Reling, in der wattierten Wetterjacke dieses Herrn, und neben ihm, im gleichen Outfit, stand dessen Frau Olga. Vormals Stewardeß der Fluggesellschaft Aeroflot, später, als man dort sparen mußte und Tausende entließ, Animierdame in einem Moskauer Nachtlokal. Letzteres war vielleicht nur ein Gerücht, jedenfalls hatte es Adamov nachdrücklich dementieren lassen. Wie das Leben so spielt, waren die zwei Journalisten, die es verbreitet hatten, bei einem Autounfall frontal zusammengestoßen.

Wie dieser Sergej Iwanowitsch wohl reagiert hätte, wenn er (der Teufel schläft nicht) zufällig etwas früher als erwartet aus Tel Aviv zurückgekommen wäre? Und wenn man ihn (nur einmal angenommen) dann davon informiert hätte, daß seine Frau mit der Yacht ausgefahren sei? Und wenn er dann (was für eine nette Überraschung) im Hafen auf sie gewartet hätte, in seinem schwarzen Volvo mit den kugelsicheren Scheiben? Und wenn er schließlich Mischa an seiner Stelle neben ihr stehen gesehen hätte, einen ihm unbekannten Menschen in einem ihm allerdings gut bekannten Kleidungsstück?

Nun, das alles geschah ja Gott sei Dank nicht. Olgas Gatte kam keineswegs verfrüht aus Tel Aviv zurück – die Verhandlungen um den traditionsreichen Fußballklub schienen sich hinzuziehen. Aber Barbaras Gefühl, daß Mischa in mancherlei Hinsicht in Gefahr schwebte, war sicher nicht falsch. Passen Sie auf sich auf, hatte Edelmann gesagt.

Durfte sie abwarten, ob er das zureichend tat? Vielleicht hatte so einer wie er ja wirklich einen Schutzengel. Aber konnte man sich auf den allein verlassen? Vielleicht sollte Barbara doch endlich etwas unternehmen.

Konnte sie nicht versuchen, Mischa irgendwie zu erreichen? Bisher war ihr das ja kaum möglich erschienen. Der Versuch, ihn mit Esthers Hilfe in Betlehem zu finden, war gescheitert. Ihn in Tiberias zu finden, schien allerdings einfacher.

Ja, doch, bestimmt! Zwar hatte er auch jetzt keine Adresse auf sein Kuvert geschrieben. Eine Mailadresse schien er immer noch nicht zu haben. Aber das Hotel, in dem er wohnte, mußte doch ausfindig zu machen sein. Nach allem, was er schrieb, handelte es sich um einen ziemlich komfortablen Kasten. Vier Sterne waren für so ein Hotel das mindeste. Wieviele Hotels dieser Kategorie konnte es in dieser Stadt geben? *Tiberias, 64 000 Einwohner, das unbestrittene Ferienzentrum am See Genezareth*. Und wenn schon! Das war jedenfalls nicht Nizza oder Monte Carlo.

Im Internet suchte sie nach *destination tiberias*. Na bitte, da war sie schon auf der richtigen Seite. *Sheraton Tiberias, Golden Tulip Tiberias, Galei Kinneret Tiberias* … Sie fand nicht mehr als sieben Hotels, die in Frage kamen.

Sie konnte doch einfach an diese sieben Hotels mailen. Was schadete es, wenn sechs davon nichts mit ihren Mails anzufangen wußten? *Betr.: Mischa Myschkin, vermutlich Gast Ihres Hauses. Dringende Nachricht von einer ihm nahestehenden Person.*

Sie konnte die jeweilige Hotelrezeption bitten, die Nachricht an ihn weiterzuleiten. Eine Nachricht, in der sie ihn ersuchte, sich zu melden. *Lieber Mischa. Rufen Sie mich doch bitte an! Hier meine Telefonnummer. Für Sie bin ich jederzeit erreichbar.*

Nein, das vielleicht doch nicht, das war undiplomatisch. Also nur die Telefonnummer – daß sie gegebenenfalls auch spätnachts abhob, würde er dann schon merken. Sie hatte jedoch kaum zu tippen begonnen, als ihr auch schon das Problem bewußt wurde, an dem dieses Projekt scheitern würde. Der Name! Daß er wirklich Myschkin hieß, hielt sie nach wie vor für unwahrscheinlich.

Nicht einmal auf den Vornamen war Verlaß. Gewiß, *Mischa* war ihr inzwischen selbstverständlich und – ja, sie mußte sich das eingestehen, lieb. Es wäre ihr schwer gefallen, ihn anders zu nennen. Aber hatte er damals, in Rom, nicht auch behauptet, Immanuel zu heißen?

Eben. Vielleicht hieß er weder Immanuel noch Mischa. Und Myschkin? Sie erinnerte sich daran, daß sie beim Erhalt seines ersten Briefs, dem aus Nazareth, über diesen Namen gelacht hatte. Oder hatte sie vorerst den Kopf geschüttelt? Ein Name, der sowohl zu ihm paßte als auch nicht zu ihm paßte, vielleicht nur ein kleiner Scherz für die Literaturkritikerin.

Ein Name, den zu verwenden natürlich auch eine Anmaßung bedeutete. Wie dem auch sei: Ihr hatte er sich durch diesen Namen kenntlich gemacht. Sie hatte sich, noch bevor sie jenen ersten Brief geöffnet hatte, denken können, um wen es sich handelte. Aber würde diese Identifikationshilfe auch an der Rezeption eines israelischen Hotels nützen?

Wie sollte sie Mischa beschreiben, damit man ihn dort erkannte? *Der Mann, der ein wenig an ein Schaf erinnert? – Auf den ersten Blick eher unscheinbar, aber in gewissen Situationen erstaunlich attraktiv? – Besonders, wenn er erzählt, und wenn er einem dabei in die Augen schaut?*

Nein, das ging nicht. Eine Mailnachricht mit diesem Betreff

würde keine Rezeption der Welt weiterleiten. Sie würde nicht ausgedruckt, sondern ganz einfach gelöscht werden. Barbara ihrerseits löschte, was sie getippt hatte. Sie klappte den Laptop zu und legte sich ins Bett.

Lang lag sie dann in allen möglichen Positionen und konnte nicht und nicht einschlafen. Was sollte sie tun? Das nächste Flugzeug nach Israel nehmen? Vom Flughafen Lod gab es sicher Busse nach Tiberias. Mit etwas Glück konnte sie am nächsten Abend dort sein.

Dann aber? Was? Sollte sie die Hotels abklappern, deren Namen sie sich zuvor ausgedruckt hatte? Und sich in eine Bar nach der anderen setzen? Ja, vielleicht würde sie Mischa auf diese Weise wirklich treffen. Aber vielleicht würde sie ihn nicht allein treffen, sondern mit der Oligarchin.

Wollte sie das? – Nein! – Konnte sie das ausschließen? – Auch nicht! Und falls sie ihn wirklich traf, mit oder ohne Olga, wie sollte sie ihr plötzliches Auftauchen erklären? Sie sei zufällig in der Gegend und habe gedacht, sie komme auf einen Abstecher vorbei? Oder sie habe, angeregt durch Mischas Beschreibung, einfach Lust bekommen, auch an den See Genezareth zu fahren?

Selbst wenn sie ihn glücklicherweise allein antreffen sollte: Konnte sie die Wahrheit sagen? Daß sie sich (und vor allem, *warum* sie sich) gerade jetzt besondere Sorgen um ihn mache? Du lieber Himmel, wie mußte er das denn finden?! Selbst im Halbschlaf dachte sie noch rational genug, um einzusehen, daß das unmöglich war.

Später hatte Barbara folgenden Traum: Sie wohnte mit Mischa in irgendeinem Hotelzimmer. Es ähnelte dem römischen Hotelzimmer, in dem sie damals mit Max gewohnt hatte. Vor dem straßenseitigen Fenster war der Fischmarkt.

Es gab dort aber auch ein Fenster in einen Innenhof. Ein schräges Fenster, das aufs Dach hinaus aufging. Mischa, der gerade noch neben ihr im Bett gelegen war, hatte dieses Fenster geöffnet. Und nun, das wurde Barbara mit einem jähen Schreck bewußt, war er offenbar aufs Dach gestiegen.

Sie stand auf, wie sie war, und schaute zum Fenster hinaus. Sie schaute und sah eine weite Dachlandschaft. Auf einem der Dachfirste balancierte Mischa. Ihr erster Impuls war, ihn zu rufen, aber dann fiel ihr ein, daß man Traumwandler nicht abrupt wecken durfte.

6

So ging also Mischas Traumwandel ungestört weiter. Oder doch nicht? Da war immerhin Edelmann. Ein gescheiter Mensch. Trotz seines Alters auch ein neugieriger Mensch. Aber vielleicht ist das eine ja die Voraussetzung für das andere.

Na, wie war der Tag mit der Oligarchin? fragte er Mischa am Abend nach dessen erstem Yachtausflug. Sie trafen einander wieder in der Hotelbar.

Schön, sagte Mischa, es war ein schöner Tag. Olga hatte sich mit einem Kuß auf die Wange von ihm verabschiedet, aber damit sollte es noch nicht sein Bewenden haben.

Sie waren in Kafarnaum? fragte Edelmann. Was haben Sie gesehen, die Synagoge?

Ja, sagte Mischa. Und das sogenannte Haus des Petrus.

Da haben Sie recht, sagte Edelmann, wenn Sie sagen, *das sogenannte.* Das Haus des Petrus! Was die dort ausgegraben haben, ist doch einfach eine Kirche!

Sie interessieren sich also für christliche Altertümer. Wenn ich Ihnen einen Rat geben darf, halten Sie sich lieber an die jüdischen. Hier in Tiberias zum Beispiel, das Grab des Rabbi

Akiba. Oder das Grab des Moische ben Maimon, den die Gojim Maimonides nennen.

Diese Gräber sind echt und keine Fälschung. Das Haus des Petrus hingegen – ich bitte Sie … Diese Zuordnungen sind doch von A bis Z Chuzpe! Das Haus des Fischers Simon hat sicher anders ausgesehen.

Ja, sagte Mischa, in meiner Erinnerung auch.

In *Ihrer* Erinnerung?

Ich meine, in meiner Vorstellung.

Edelmanns Augenbrauen hoben sich um ein paar Millimeter. Sie waren grau und erinnerten an die eines alten Nachtvogels.

Jetzt erzählen Sie einmal etwas von sich! sagte er. Aber erzählen Sie mir keine Märchen! Woher kommen Sie, wohin gehen Sie, und was haben Sie vor?

Wenn ich das wüßte! sagte Mischa. Manchmal bin ich meiner selbst nicht sicher.

Ah ja? sagte Edelmann. Damit sind Sie aber nicht allein. Wer ist das schon: seiner selbst sicher? Und wann kann man das sagen? Doch jetzt machen Sie sich nicht überflüssig geheimnisvoll! Was führt Sie nach Israel? Sind Sie bloß zum Vergnügen hier oder machen Sie Geschäfte?

Vielleicht, sagte Mischa, bin ich hinter jemandem her.

Jetzt erzählen Sie mir nicht, Sie sind ein Geheimagent! sagte Edelmann. Geheimagenten haben wir hier mehr als genug. Und so wie Sie aussehen, hätten Sie bei diesem Job kein langes Leben.

Oder ist es eine Frau, hinter der sie her sind? Sagen Sie nicht, es ist diese Adamova! Im Ernst, sagte er, verstehen Sie mich nicht falsch, es geht mich ja nichts an …

Hier verstummte er, denn in diesem Moment erschien sie wieder.

Olga. An diesem Abend war ihr *Kleid* grün (dunkelgrüner

Samt) und die *Steine* waren violett (wahrscheinlich Amethyst). Das Parfum war wieder das schwere, bittersüße.

Was red' ich? sagte Edelmann. Na ja, gerade jetzt ist wohl nicht der ideale Zeitpunkt ... Aber demnächst sollten wir vielleicht einmal ungestört plaudern.

Ja, ja, sagte Mischa.

Vielleicht zur Abwechslung einmal vormittags, sagte Edelmann. Was halten Sie von einem Spaziergang entlang der Seepromenade? Ich bin da meist zwischen neun und zehn unterwegs. Wenn Ihnen einmal danach ist, können Sie sich ja zu mir gesellen.

Wieviele Tage es dauerte, bis Mischa von diesem freundlichen Angebot Gebrauch machte, wissen wir nicht. Am nächsten Vormittag schlief er jedenfalls länger. Sei es, daß ihn der Yachtausflug so sehr hergenommen hatte, sei es, daß auch die spätabendliche Kommunikation mit Frau Adamov noch etwas mehr Zeit und Energie in Anspruch nahm. Wie lang die beiden sich in der Hotelbar aufhalten konnten (mit einem hängeäugigen Barkeeper und nach und nach immer häufiger gähnenden Leibwächtern im Hintergrund), und ob sie dann noch einen Ortswechsel vorgenommen haben, wissen wir auch nicht.

Auch Barbara wußte es nicht, auf solche Details ging Mischa in den zwei nächsten Briefen, die Anfang und Mitte März ankamen, einfach nicht ein. Doch seine Beziehung zu Olga, deren Mann weiterhin nicht auftauchte, in weiß der Teufel welche Geschäfte verstrickt, entwickelte sich offenbar nicht bloß auf der Ebene eines gemeinsamen Phantasiespiels weiter. Die Bilder, die Mischa evozierte, die Szenen, an denen er nun *sie* als Partnerin teilhaben ließ, irrlichterten natürlich auch durch diese Beziehung. Aber zum Unterschied von Barbara, die ja nur eine halbe Nacht lang wirklich an seiner Seite gewesen war, jedenfalls physisch, war *jene* nun schon x-mal länger in seiner Nähe, eine Woche, zwei, bald schon drei, wohnte im selben Hotel oder (nicht einmal über dieses Detail informierte sie Mischa eindeutig) in einer benachbarten Villa, und Gelegenheit macht bekanntlich Diebe.

Das könnte auch Edelmann gesagt haben, als sich Mischa dann doch noch zu einem gemeinsamen Vormittagsspaziergang einfand. Ich habe schon nicht mehr mit Ihnen gerechnet, sagte er. Sie kommen ja anscheinend nicht leicht aus dem Bett. Mit dem Trenchcoat und dem Hut, den er trug, sah er ein wenig aus wie einer der Detektive aus einem alten Schwarzweißfilm.

Gestern und vorgestern habe ich etwas länger auf Sie gewartet. Aber da haben Sie offenbar besonders lang und süß geträumt. Heute bin ich eigentlich schon auf dem Rückweg zum Hotel. Aber weil Sie es sind, gehe ich noch ein Stück mit Ihnen.

Erzählen Sie mir nichts über die Freundschaft von Mann und Frau, sagte er. Selbst wenn man das wirklich will, funktioniert es nicht. Glauben Sie mir, ich bin ein alter Mann, aber ich weiß, wovon ich rede. Seien Sie vorsichtig und lassen Sie sich nicht in etwas Dubioses hineinziehen.

Die Phrase mit den Dieben kam Barbara nicht zufällig in den Sinn. Es war ihr, als würde ihr etwas weggenommen. Zwar hatte sie es nie wirklich gehabt (und vor allem hatte sie ja eigentlich keinen Anspruch darauf). Aber daß es jetzt eine andere haben sollte, und zwar, dieses Eindrucks konnte sie sich nicht erwehren, unter Einsatz unfairer Mittel, daran nagte ihr waches – und wahrscheinlich auch ihr träumendes – Bewußtsein.

Vor dem Einschlafen jedenfalls, das ihr unter diesen Umständen immer schwerer fiel, sah sie bedenkliche Sequenzen einer immer intimeren Zweisamkeit. Mischa, am Bettrand der

Oligarchin sitzend, bis zum Morgengrauen Geschichten erzählend, eine männliche Scheherazade. Die Geschichten, die er erzählte, entstammten zwar einer etwas anderen Überlieferung, aber irgendwie, auch wenn die Erben dieser schönen Gespinste das oft nicht wahrhaben wollen, ist das ja doch eine Verwandtschaft. Und Olga, eine vollschlanke Odaliske, lag im Bett, nur unzureichend zugedeckt, ihr Nachthemd war eine einzige Transparenz, und vermutlich duftete sie wie eine nachtaktive Orchidee.

Was Mischa betraf, so sah sie sein Outfit in diesem Zusammenhang nicht ganz deutlich. Am ehesten trug er einen Schlafrock, der dem Herrn Adamov gehörte. Ob und inwieweit diese Bilder etwas mit der Wirklichkeit zu tun hatten, war natürlich schwer zu sagen. Vom Realitätsgehalt ihrer Visionen war Barbara nicht ganz so überzeugt wie er von dem der seinen, aber daß dort, am Seeufer von Tiberias, etwas vorging, das sie nun nicht mehr aufhalten konnte, zumindest das schien ihr unzweideutig aus den Briefen hervorzugehen.

Vielleicht war es ja doch ein Fehler gewesen, daß sie nicht rechtzeitig reagiert hatte. Nein, daß sie gleich auf dem Flug auf Mischas Vorschlag hätte eingehen sollen, seine Reisebegleiterin zu spielen, auf diesen verrückten Gedanken kam sie auch jetzt nicht. Dafür hatte sie damals ja wirklich keinen Grund gesehen. Doch später … Vielleicht wäre es einfach gut gewesen, im richtigen Augenblick an Ort und Stelle zu sein.

Die Frage war nur, wann dieser Augenblick gewesen wäre. Jetzt war er jedenfalls, so schien es, vorbei. Der Komet, von dem Mischa in Rom gesprochen hatte, war übrigens auch vorbei. Sie hatte das damals nicht ernst genommen, aber einer Zeitungsnotiz, die verdächtig wenig Aufhebens davon machte, entnahm sie, daß er verdammt knapp an der Erde vorbeigeschrammt war.

Das jedoch kümmerte Mischa jetzt anscheinend wenig. Im

zweiten der beiden Briefe, die er noch im März schrieb, informierte er Barbara darüber, daß sich Olga nun vorstellen könne, sein öffentliches Auftreten, zu dem er sich doch noch entschlossen habe, zu unterstützen. Anscheinend hatte er sich ihr also auf irgendeine Weise geoffenbart. Und es war gar nicht absehbar, was für Konsequenzen das haben würde.

Wie die mutmaßliche Offenbarung stattgefunden hatte, darüber schwieg er sich aus. Ob Olga danach wirklich an ihn glaubte, daran hatte Barbara ihre Zweifel. Doch wenn sie wirklich in ihn investieren wollte … Etwas bis zu einem gewissen Grad Überzeugendes mußte es schon gewesen sein, das sie dazu veranlaßte, ihm größere Summen in Aussicht zu stellen.

Was war es also? Was hatte er ihr demonstriert? Seine Stigmata? Fuhr sie auf so etwas ab? Bei Barbara hatten sie ja eher den gegenteiligen Effekt gehabt. Aber die Geschmäcker und die Gemüter sind verschieden.

Und was bewiesen solche Wundmale schon? Daß sich jemand auf hysterische Weise in die Passion Jesu hineinsteigerte. So what? Das hatten schon einige fertiggebracht! Vom Heiligen Franziskus angefangen, der ja, aus dem Abstand der seit seinem Erdenwandeln vergangenen Jahrhunderte betrachtet, kaum mehr hinterfragt werden konnte, und wahrscheinlich auch sehr überzeugend gewesen war, bis zur durchaus fragwürdigen Therese von Konnersreuth. (Barbara, eine geübte Querleserin, hatte sich inzwischen einigermaßen über das Phänomen informiert.)

Was also hatte er noch zu bieten gehabt? Hatte er Olga, wenn sie das Nachttischlicht ausschaltete, seine Aura sehen lassen? Hatte er, anläßlich eines der nächsten Yachtausflüge mit ihr, einen Sturm besänftigt? Oder war er für sie ein paar Schritte auf dem Wasser gewandelt?

Etwas mußte sie ziemlich beeindruckt haben. Obwohl sie (und das nahm Barbara wider Willen doch noch ein wenig für diese Frau ein) auch in den Worten, die Mischa am Schluß jenes Briefs zitierte, einen Rest ironischer Reserve zu wahren schien. Ja, wenn das *so* ist, habe sie gesagt, dann muß man Ihnen wohl ein wenig unter die Arme greifen. Sobald er zurück ist, werde ich mit meinem Mann reden.

Was die finanzielle Unterstützung betrifft, so würde sie, ganz nebenbei, nicht nur dem Projekt, sondern wahrscheinlich auch ihm persönlich zugute kommen. Vielleicht bestand diesbezüglich sogar relative Dringlichkeit. Das Hotel, in dem Mischa nun, wenn Barbara seinen Angaben entsprechend nachrechnete, schon seit fast zwei Monaten wohnte, war bestimmt alles andere als billig. Gut möglich, daß ihm allmählich das Geld ausging.

Wohl hatte er ihr damals in Rom erzählt, daß er im Roulette gewonnen habe. Aber selbst unter der Voraussetzung, daß das stimmte – *die Bank von Monaco* dürfte er nicht gesprengt haben. Wenn er, dieser Worte erinnerte sich Barbara nun wieder ganz deutlich, wenn er nur fest genug an sich glaube, gewinne er – okay, vielleicht konnte er das ja wieder einmal versuchen. Aber gab es in Tiberias überhaupt ein Casino?

Da war es doch besser, wenn Tante Olga einsprang. Ja, Barbara war jetzt zynisch, aber das brauchte sie. Beinahe fünf Monate lang hatte sie sich geistig und seelisch von diesem Menschen okkupieren und blockieren lassen, manchmal war sie durch die Lektüre seiner Briefe an ziemlich bedenkliche Grenzen geraten, seinetwegen – ja doch, das war die Wahrheit – hatte sie sich zu einem Beischlaf mit einem anderen hinreißen lassen, der ihr jetzt nichts als peinlich war. Und nun das: Allem Anschein nach war dieser Pseudo-Messias ja doch nur ein mieser kleiner Hochstapler, der nun das Glück hatte, eine Frau gefunden zu haben, die ihn, unter dem Vorwand, auf seine Hirngespinste einzugehen, aushielt.

Zwar war die Rede von einer Kampagne, die sie demnächst starten wollten. Wenn er wirklich öffentlich auftreten wolle, davon habe ihn Olga überzeugt, dann werde er die Medien brauchen. Presse, Rundfunk, nicht zu vergessen das Internet. Aber das alles würde ihm zur Verfügung stehen, wenn es gelänge, Sergej Iwanowitsch zu überzeugen. Ihr Mann, sagte Olga, habe die Aktienmehrheit in mehreren Verlagshäusern. Und ebenso die an diversen Fernsehstationen. Im gegebenen Augenblick könne man alles professionell vorbereiten. Vorläufig beschäftige Mischa und sie allerdings noch die spirituelle Vorbereitung.

Sie und diese Dame, Sie scheinen sich ja ziemlich gut zu verstehen, sagte Edelmann.

Ja, sagte Mischa. Wir sprechen dieselbe Sprache.

Sind Sie jetzt Deutscher oder Russe?

Er habe die deutsche Staatsbürgerschaft, sagte Mischa. Aber geboren sei er noch in der ehemaligen Sowjetunion.

Ach so ist das, sagte Edelmann. Interessant. Na ja, ich habe auch schon einige Nationalitäten hinter mir. Und, verzeihen Sie die Frage und mißverstehen Sie mich nicht, es ist vielleicht gar nicht wirklich wichtig. Aber es interessiert mich: Sind Sie nun Jud oder Christ?

Ich bin … ich bin eigentlich keines von beiden, sagte Mischa. Früher, ganz früher, war ich allerdings Jude.

Also doch, sagte Edelmann. Das hab ich mir ja gedacht. Aber hören Sie, Ihr Judentum sollten Sie nicht einfach vergessen!

Sie setzten sich auf eine Bank, es war nun schon fast Mittag. Und die Sonne wärmte schon recht angenehm. Ich weiß ja nicht, was Sie dazu gebracht hat, sich nicht mehr als Jude zu fühlen. Aber jetzt, da es Sie ja anscheinend nach Israel gezogen hat, sollten Sie sich das vielleicht noch einmal überlegen.

Wissen Sie was? Ich mache Ihnen einen Vorschlag. Ich fahre dieser Tage einmal nach Zefat. Vielleicht sagt Ihnen das gar nichts, vielleicht haben Sie nur eine vage Idee davon. Aber ich sage Ihnen, das ist ein guter Ort, sich seines Judentums zu erinnern.

Es ist nicht weit von hier. Mit dem Bus ist man in einer knappen Stunde dort.

Ich könnte mir vorstellen, daß Sie sich, wie soll ich sagen, dadurch inspiriert fühlen.

Ja, sagte Mischa. Vielleicht. Es sei jedenfalls nett, daß Edelmann einen gemeinsamen Ausflug vorschlage. Vielleicht könnten sie das ja nächste Woche machen, für diese Woche sei er schon völlig verplant.

7

Sie hatten tatsächlich ein dichtes Programm, die zwei. Olga und Mischa. Ein voneinander und von einer etwas freien Interpretation der Evangelien inspiriertes Paar. Sie gingen oder vielmehr sie fuhren den Geschichten nach, die sich damals (*zu jener Zeit*) um den See Genezareth herum abgespielt hatten. Mit der Yacht oder mit einem dicken Auto plus Chauffeur, über das die Frau eines Oligarchen natürlich auch verfügte. Vielleicht gingen sie manchmal, wenn sie an den einen oder den anderen Ort gefahren waren, sogar wirklich zu Fuß. Suchten die Schauplätze, an denen sich all diese Wunder und Verkündigungen abgespielt haben sollten. Suchten und hofften zu finden, im Scherz und im Ernst. Bei den meisten dieser bemerkenswerten Ereignisse, sagte Mischa, sei Maria Magdalena schon dabeigewesen.

Als Jeschua seinen ersten Aussätzigen heilte. Und als er dem Lahmen befahl, sein Bett zu nehmen und zu gehen. Und als er

Levi, der sich später Matthäus nannte, vom Zollschranken wegrief. Da überall sei sie dabeigewesen, ob sich Olga nicht daran erinnere?

Die Jünger mußten sich einfach an sie gewöhnen. Sie war nun ganz einfach die Frau, die sie nicht mehr loswurden. Nachdem sie zuvor immer wieder aufgetaucht war, beharrlich. Übrigens traf sie Jeschua manchmal auch unter vier Augen.

Ja? sagte Olga.

Aller Sabotage zum Trotz, sagte Mischa. Er war der Rabbi. Er hatte ja eine gewisse Autorität.

Er hat es also irgendwie einrichten können. Obwohl ihn die Jünger am liebsten rund um die Uhr bewacht hätten.

Er zog sich ja manchmal zurück, um zu meditieren. Ich brauche das, sagte er, ihr müßt mich ab und zu allein lassen. Es ist schon wahr, da hat er mit Gott zu reden versucht. Aber mit Mirjam von Magdala wollte er auch reden.

Vielleicht, ja wahrscheinlich sogar schon am folgenden Tag. Dem Tag, an dem sie vor der Synagoge auf ihn gewartet hatte. Sie hatten ihn von ihr weggelotst, ins Haus des Simon. Und dort hatte er nach der Schwiegermutter des späteren Chefapostels noch eine Menge wirklich Sieche und Kranke heilen müssen.

Klar, das kann man sich ohne weiteres vorstellen. Die Schwiegermutterheilung hatte sich schnell herumgesprochen. Binnen kurzem sammelte sich eine lärmende Menschenmenge vor der Tür. Schließlich trat er hinaus und legte jedem einzelnen der Hilfsbedürftigen die Hände auf.

Darüber wurde es spät. Als er sich auf die Schlafmatte legte, war es schon fast Mitternacht. Aber da fiel ihm nun wieder diese Frau ein. Sulamith (für ihn hieß sie vorläufig immer noch so). Im Einschlafen fühlte er sich dieser Frau sehr nah.

Die Jünger, die früh zum Fischen gingen, weckten ihn nicht.

Der Rabbi muß ja todmüde sein, sagten sie. Da hatten sie recht, all diese Heilungen kosteten eine Menge Energie. Aber er wachte trotzdem auf, kaum, daß sie aus dem Haus waren.

Simons Schwiegermutter, die sich gesünder fühlte als je zuvor, wollte ihm ein Frühstück bereiten. Aber er sagte, er wolle erst später frühstücken. Ich möchte noch etwas vom Sonnenaufgang sehen. Und schon hatte er den Mantel über die Tunika geworfen und war bei der Tür draußen.

Dann ging er einen Feldweg, ja, den sehe ich jetzt deutlich vor mir. Es muß einer der Wege sein, über die man nach Tabgha kommt. Links und rechts stehen die Ähren noch grün, es ist ja Frühling. Und aus der anderen Richtung kommt Mirjam.

Schön! sagte Olga.

Ja, sagte Mischa, das war schön. Sie hatten sich nicht verabredet, aber sie fanden einander.

Und dann?

Ja, dann. Ich glaube, sie setzten sich vorerst unter einen Baum. Sie hatten einander einiges zu erzählen.

Sieben Jahre war das her, daß sie in Magdala zusammengewesen waren. Warum bist du nicht wiedergekommen? fragte Mirjam. Es war anders mit dir als mit den anderen Kunden. Ich habe danach noch manchmal an dich gedacht.

Ich habe auch manchmal an dich gedacht, sagte Jeschua. Und manchmal, da habe ich sehr lebhaft von dir geträumt. Aber weißt du, ich bin nicht wie meine Brüder.

Ja, sagte sie, ich weiß. Und das wußte sie wirklich.

Sie erzählten einander dann, wie alles weitergegangen war. Wie der Geist über ihn gekommen war und der Fischhändler Mordechai über sie. Aber er ist kein schlechter Mann, sagte sie. Und außerdem ist er jetzt Millionär und verkauft Wohlgerüche.

Das kommt dir zugute, sagte Jeschua, du riechst sehr gut. Du hast allerdings schon immer gut gerochen.

Ich will aber nicht, daß es nur mir zugute kommt, sagte Mirjam. Wenn es mir gelingt, ihn von deiner Mission zu überzeugen, könnte er vielleicht etwas dazu beitragen.

Ach ja, der gute, alte Mordechai! Hätte er also das Verhältnis seiner Frau mit dem Wunderrabbi geduldet? Hätte er Jeschua sogar gefördert? Er war ein guter Mensch, er hatte ein großes Herz, aber das wäre doch etwas zuviel verlangt gewesen.

Es war kein Verhältnis wie jedes andere, sagte Mischa.

Hatte es nicht auch, fragte Olga, etwas sozusagen Tantrisches?

Das kann schon sein, sagte Mischa. Obwohl sie es kaum so nannten.

Ich habe da etwas über altägyptische Geheimlehren gelesen, sagte Olga, über den Pfad der zwei Schlangen.

Und das hätte Mordechai beruhigen sollen?

Vielleicht, sinnierte Olga, hatte er ja auch seine Verhältnisse. Sehen Sie, er war ein Mann, der geschäftlich viel herumkam. Er hatte gute Gründe, seine schöne, kluge und in allerlei Künsten und Fertigkeiten versierte Frau zu lieben, aber natürlich gab es auch jüngere.

So sah sie das also. Eine realistische Person. Olga. Vielleicht war ja Mirjam aus Magdala tatsächlich so. Realistisch bei allem Idealismus. Daß Mordechai irgendwann relativ bald das Zeitliche segnete, kam ihrem Idealismus allerdings sehr entgegen.

Er war ja nicht mehr der Jüngste gewesen, schon als er sie zur Frau genommen hatte. Nun stand sie auf einmal als junge Witwe da. Doch, doch, sie trauerte um ihn, sie hatte sich in den paar Jahren, die ihr mit ihm beschieden waren, doch sehr an ihn gewöhnt. Nicht nur an seine gute Seele hatte sie sich gewöhnt, die jetzt hoffentlich in der aufgeklärt jüdischen Abteilung der elysischen Gefilde weilte, sondern durchaus auch an seinen schweren Körper, der ihr in den ersten Wochen nach seinem Begräbnis wirklich abging.

Trotzdem war sein Dahinscheiden in vieler Hinsicht eine Erleichterung. Als Witwe hatte sie doch noch ganz andere Möglichkeiten. Sie erbte nicht alles, der Mann hatte seinen Samen weit verstreut, und es gab einige Söhne aus früheren Ehen. Aber sie erbte nicht wenig, und investierte das meiste davon in gute Zwecke.

Und ihr bester Zweck war Jeschua. Er war genaugenommen kein Zweck, sondern ein Sinn. Ein Sinn, den ihr Leben und ihre Liebe bekamen. Ein Sinn, den sie gesucht und nun in ihm gefunden hatte.

Aber es geht ja gar nicht um mich, sagte er. Es geht um *uns*. Es geht um das *Reich Gottes*.

Ich weiß, sagte Mirjam. Es ist schön, was du sagst. Und es ist gut, was du tust. Darum laß dir auch guttun.

Ja, sagte Olga, das muß schon eine ganz besondere Liebe gewesen sein. Aber, um noch einmal auf den Pfad der zwei Schlangen zurückzukommen … Es gibt da, habe ich gelesen, eine Art von partnerschaftlicher Alchimie … Eine aus dem Isis-Kult herübergerettete körperlich-seelische Praxis … Eine Annäherung und Durchdringung der Magnetfelder … Eine in der nicht bloß körperlichen Umarmung erreichbare Steigerung der Energien … Man begibt sich, wenn ich das recht verstanden habe, auf eine gemeinsame Reise … Eine Art von Flugreise soll das sein, wenn man den richtigen Partner dazu hat, gerät man dabei in ungeahnte Höhen.

Und so weiter. Barbara konnte das nicht mehr mitanhören. Denn sie hörte es, ja, sie hörte es nach wie vor. Hörte die

Stimme dieser Frau und hörte die Stimme Mischas. Und die Stimme Olgas wurde immer offensiver, und die Stimme Mischas wurde immer leiser.

Sie konnte dieses Programm nicht einfach ausschalten. Sicher, vielleicht hatte sie, was sie da hörte, ja selbst irgendwann gelesen. Nicht nur in Mischas Briefen (das meiste davon eher zwischen den Zeilen). Nein, durchaus auch in Büchern zu diesem Thema, die sie sich ab und zu besorgt hatte.

Solche Bücher zu lesen, hatte sie ja manchmal versucht. Bloß war sie mit dieser Lektüre nie weit gekommen. Erstens war Esoterik nicht wirklich ihr Fall, und zweitens waren zumindest die Werke, die sie erwischt hatte, einfach schlecht geschrieben. Aber irgend etwas war anscheinend doch hängengeblieben.

8

So konnte das nicht weitergehen, sie mußte das stoppen. Gegen Ende März entschloß sie sich, die Therapeutin aufzusuchen, die ihr schon nach der Trennung von Max geholfen hatte. Die Frau wohnte zwar in München, aber so weit war das gar nicht. Außerdem würde Barbara bei dieser Gelegenheit den längst fälligen Besuch bei ihrer Mutter absolvieren.

Sie entschloß sich, das Auto stehenzulassen und mit dem Zug zu fahren. Im Abteil setzte sie Kopfhörer auf und hörte noch einmal das Interview, das sie mit der greisen Avantgarde-Autorin gemacht hatte. Die Arbeit an der Radiosendung, die daraus werden sollte, war liegengeblieben, wenn du es bis zu ihrem Neunziger nicht schaffst, hatte der Redakteur, der sie in Auftrag gegeben hatte, gesagt, so muß ich die Geschichte, so leid es mir tut, jemandem anderen anvertrauen. Wenn sich trotz allem eine Geschichte in meinem Kopf eingenistet hat, sagte die dünne Stimme der alten Dame, bleibt nichts übrig, als sie hinauszuwerfen.

Ich nehme Schlafmittel, sagte Barbara, und kann trotzdem kaum einschlafen. Und wenn ich endlich einschlafe, träume ich blöd. Die Praxis, in der die Therapeutin ordinierte, lag sehr hübsch in Schwabing. Die Forsythiensträucher im Garten, in den man von ihrem Fenster aus sah, begannen schon zu blühen.

Bei mir können Sie ruhig rauchen, sagte die Therapeutin, warten Sie, ich hole einen Aschenbecher. Es war vier oder fünf Jahre her, daß Barbara zum letzten Mal bei ihr gewesen war, aber sie kam ihr unverändert vor. Groß, schlank, seit langem schon mit einer weißen Mèche im Haar, auf zeitlose Weise gutaussehend. Diese Antiraucherhysterie, sagte sie, ist ja eine Ersatzhandlung, in Wirklichkeit geht es um etwas ganz anderes.

Diese ganze Gesellschaft ist ja so was von peinlich krank! Nichts als Projektionen verdrängter Schuldgefühle! Ja, klar, da könnte man schon einen Messias brauchen. Einen, der all die kleinen und großen Sünden dieser Idioten auf sich nimmt, und dann ab in die Wüste mit ihm, an den Rand der Welt, wo er mitsamt dieser ihm symbolisch auferlegten Last verendet; aber ich fürchte, die Wüsten, in denen das klappt, sind nicht mehr zu finden.

Zurück zu Ihnen. Ihr Problem, da können Sie froh sein, ist ja vergleichsweise harmlos. Wenn ich Ihnen raten darf, verbrennen Sie diese Briefe, sowohl diejenigen, die sie schon erhalten haben, als auch die, die Sie womöglich noch bekommen. Oder vollziehen Sie ein kleines, persönliches Ritual, machen Sie einen Waldspaziergang und vergraben Sie das Zeug. Wenn Sie wollen, können Sie ein Kreuz darüber machen.

Das schien Barbara dann doch etwas übertrieben. Sie war nicht die Frau, die Schriftliches vernichtet. Als sie aus München zurückkam, wo sie übrigens tatsächlich auch ihre Mutter besucht und ein erstaunlich entspanntes Gespräch mit ihr geführt hatte, warf sie die Briefe in eine Lade, in der aller möglicher Krimskrams vor sich hin gammelte. Die Briefe, die dann noch kamen, warf sie dazu, ohne sie zu öffnen.

Fünfter Teil

1

Etwa ein halbes Jahr später, Ende September, landete Barbara wieder in Rom. Diesmal freiwillig. Sie flog nach Rom, um eine knappe Woche dortzubleiben. Damit kam sie einer Einladung zu einem Symposion nach, die sie bereits im Mai erhalten hatte. Fünf Tage lang würde man in der Villa Massimo über Rombilder deutschsprachiger Schriftsteller zwischen Romantik und Postmoderne diskutieren.

Stimmt, sie hatte ein wenig gezögert, diese Einladung anzunehmen. Damals, im Mai, war sie ja noch nicht recht über die verrückte Beziehung zu Mischa hinweggewesen. Natürlich war ihr daran gelegen, sich alles, was sie daran erinnern konnte, vom Leib oder (um den heiklen Bereich wieder einmal ganz unzeitgemäß beim Namen zu nennen) von der Seele zu halten. Andererseits war die Einladung zu diesem Symposion recht ehrenvoll, daran teilzunehmen und mit ein paar bekannteren Kollegen in Kontakt zu treten, würde ihrer Karriere als Kritikerin nicht schaden, und für den Fall, daß ihr ein Flug nach Rom im September immer noch problematisch vorkommen sollte, konnte sie ja mit irgendeiner halbwegs glaubwürdigen Begründung absagen.

Das war ihr aber dann nicht nötig erschienen. Mit der vielen Arbeit, die sie sich gemacht, mit dem Eintauchen in all die anderen Geschichten, auf die sie sich als Rezensentin eingelassen hatte (buchstäblich zuschütten lassen hatte sie sich schon im Juni und Juli mit Fahnen und Vorexemplaren der kommenden Herbstsaison), hatte sie, so kam es ihr jedenfalls vor, genug Distanz zwischen sich und die Geschichte mit Mischa gebracht. Endlich hatte sie auch die Radiosendung über die große alte Dame der Avantgardeliteratur fertiggestellt, *Nur keine Geschichten*, hatte der Beitrag geheißen, der zwar nicht mehr rechtzeitig zum neunzigsten Geburtstag der Jubilarin gesendet wurde, denn der Redakteur hatte nicht mehr wirklich damit gerechnet, aber das fiel einer größeren Öffentlichkeit ohnehin nicht auf. Und sogar während der zwei Wochen Urlaub, die sich Barbara dann ab Mitte August noch gegönnt hatte (Island, einmal ganz etwas anderes, weit weg von allfälligen Assoziationen zum vergangenen Jahr), hatte sie kaum oder nur dem Wetter entsprechend kühl an Mischa gedacht.

Zugegeben, auf dem Flug nach Rom fiel er ihr schon wieder etwas heftiger ein, aber sie wurde ganz gut damit fertig. Tatsächlich war doch jetzt alles ganz anders als damals, vor nunmehr fast einem Jahr. Die Maschine startete nicht in Frankfurt, sie überquerte die Alpen etwas weiter im Osten, der Flugkapitän sprach behäbiger, mit breiterem Akzent, neben Barbara saß kein Mann, sondern eine junge Frau, die sich, kaum daß sie in der Luft waren, mit iPod-Kopfhörern verstöpselte. Und die Flugzeit war etwas kürzer und es gab keine Turbulenzen und man landete, wo man es erwartet hatte.

Zwar glaubte Barbara dann auf der Fahrt von Fiumicino nach Rom das Hotel zu sehen, in dem sie und die anderen Passagiere des unterbrochenen Flugs nach Tel Aviv damals genächtigt hatten. Aber vielleicht war das auch ein ganz anderes Hotel, jedenfalls schien es ihr jetzt weniger isoliert in der Gegend zu stehen. Allerdings kam ihr diese ganze Gegend ziemlich verändert vor, eigentlich handelte es sich um eine nur mehr durch spärliche Landschaftsreste unterbrochene Serie von Baustellen. Der Mann, den die Italiener schon wieder zum

Kanzler gemacht hatten, weil jedenfalls ein für die Wahl relevanter Prozentsatz von ihnen an seine hemdsärmelige Tüchtigkeit glaubte, hatte ja dem Vernehmen nach eine besonders innige Beziehung zur Bauwirtschaft, da wurde, was kaum aufgebaut war, gleich wieder abgerissen und Neues, womöglich noch Häßlicheres, in ein ehemals schönes Land gestellt, vielleicht war ja das Hotel, dessen Namen Barbara mittlerweile übrigens vergessen hatte, inzwischen auch schon weggebaggert.

Die Ankunft in der Villa, das freundliche Zimmer und die hübsche, rote Mappe, die den Symposionsteilnehmern zur Verfügung gestellt wurde, das alles brachte sie dann vorläufig auf andere Gedanken. Nachdem sie geduscht hatte, studierte sie noch einmal das Programm für die nächsten Tage. Es würde ja wirklich eine Reihe interessanter Vorträge geben. Ein Kurzreferat über zwei auf Rom bezogene Gedichte und die *Römischen Reportagen* von Ingeborg Bachmann sollte sie übermorgen vormittag selbst halten.

Vorübergehend verstimmt betrachtete sie ihr Foto in der Broschüre. Man hatte sie gar nicht danach gefragt, die Redaktion einer Zeitung, für die sie einmal eine Kolumne geschrieben hatte, hatte es offenbar unautorisiert weitergegeben. Nicht, daß sie es schlecht fand, aber die junge Person, die man darauf sah, war nicht mehr sie. Außerdem hatte sie nie das Gefühl gehabt, fotogen zu sein.

Beim anschließenden Eröffnungsempfang präsentierte sie sich trotzdem passabel. Mit etwas Farbe, die sie sich ins Gesicht getupft hatte, und ein wenig Glanz auf den Lippen ging es ja. Es ging sogar ganz gut – einige Herren waren sehr angetan von ihr. Einer vielleicht allzusehr: Den wurde sie dann nicht mehr los.

Er kam aus der Schweiz und hatte ein Buch über die letzten Endes leider todunglückliche Beziehung zwischen Ingeborg Bachmann und Max Frisch geschrieben. Das Referat, das er halten würde, grenzte also gewissermaßen an ihres. Er behauptetete, Artikel von ihr gelesen zu haben, sie konnte die Tatsache, daß sie sein Buch (es hieß *Inspiration und Blockade* oder so ähnlich) nur vom Hörensagen kannte, leider nicht ganz kaschieren. Doch er war ihr deswegen nicht wirklich böse.

Das kommt ja recht selten vor, daß die Bücher, die wir geschrieben haben, auch wirklich gelesen werden, sagte er, *oder*?

Die Manier, so manchen Satz mit dem Wort oder zu beenden, sodaß auch Sätze, die einfach als Feststellungen gemeint waren, wie Fragen klangen, war ihr nicht neu. Sie hatte natürlich auch früher schon Bekannte, sogar Freunde, aus der Schweiz gehabt. Der hier setzte sein *oder* aber geradezu exzessiv ein.

Die Beziehungen zwischen Mann und Frau sind halt immer ein bißchen schwierig, *oder*?

Sie war immer aufs neue versucht, zu antworten. Etwa, daß sie bisher kein Buch geschrieben habe und wahrscheinlich auch künftighin keines schreiben werde. Oder daß sie über Beziehungen zwischen Frau und Mann lieber nicht reden wolle.

Doch obwohl Urs, so hieß der nette Mensch, sehr bedächtig sprach, war er dann immer schon beim nächsten Satz. Er fragte nicht und wollte auch keine Antworten hören. Er hörte sich selbst gern reden, die Melodie seiner Sprache hatte durchaus ihren Wohlklang. Allerdings war sie auf die Dauer etwas einschläfernd.

So verging der erste Abend. Und der zweite verging ähnlich. Obgleich sie da nicht in der Villa blieben, sondern ein Restaurant in der Via Condotti besuchten. Die Atmosphäre dort war zwar eher hektisch, mit ganz überflüssigem Tempo wieselten die Kellner zwischen den Tischen umher, über die Köpfe der Gäste hinweg verständigten sie sich lautstark miteinander oder mit der Küche. Urs aber, durch diese laute Unruhe anscheinend noch zur Betonung seiner ruhigen Redeweise provoziert, sprach womöglich noch einschläfernder als am Vortag, sodaß Barbara noch etwas früher ins Bett wollte.

Er wäre, diesen Eindruck hatte sie schon, dorthin ganz gerne mitgegangen.

Sie wollen ja anscheinend auch vor allem das eine, war sie versucht zu sagen, *oder?*

Natürlich sagte sie das nicht wirklich, sondern dachte es nur. Sie ließ sich von ihm bis an ihre Tür begleiten und küßte ihn dann auf die Wange.

Er hätte ihr übrigens ganz gut gefallen. Benutzte ein frisch duftendes Eau de Cologne und war auch sonst recht appetitlich. Aber sie hatte überhaupt keine Lust. Weder auf ihn noch auf irgendeinen anderen von den Symposionsteilnehmern.

Daß die Männer es immer wieder darauf anlegten! Schon wahr, als sie Mitte Zwanzig gewesen war, waren sie diesbezüglich noch lästiger gewesen. Es hatte also auch seine Vorteile, ein wenig in die Jahre zu kommen ... Doch jetzt dachte sie schon so, wie ihre Mutter manchmal redete!

Sie schloß die Tür hinter sich und hörte, wie Urs draußen auf dem Korridor davonging. Er war groß, blond, durchaus das, was manche ihrer ehemaligen Freundinnen einen sehr gut aussehenden Mann genannt hätten, aber er hatte einen Gang, den sie nicht ganz ernst nehmen konnte. Tapp, tapp, tapp, ging er, vielleicht waren seine Füße einfach zu groß. Er war sicher schon ein paar Jährchen über vierzig, aber er hatte etwas von einem Riesenbaby.

Trotzdem. Objektiv betrachtet sah er natürlich viel besser aus als Richard. Und gewiß auch um einiges besser als Mischa. Aber wieso um Himmels willen fiel ihr jetzt Mischa wieder ein? Das ist doch gestört, dachte Barbara, das ist doch pervers!

Von draußen, aus dem Park, der die Villa umgab, waren Chöre von Grillen zu hören. Und der Mond, den sie, rücklings ausgestreckt auf dem Bett liegend, am unteren Rand ihres Bildausschnitts sah, war fast voll. Die Grillen, der Mond – so war es auch damals, vor nunmehr fast elf Monaten gewesen. Als ihr das bewußt wurde, stand sie auf und schloß das Fenster.

Für den dritten Abend ließ sich Urs etwas Originelleres einfallen. Sie saßen in einem Lokal am Campo de' Fiori. Es war durchaus noch warm genug, um draußen zu essen. Und das Treiben auf dem Platz, der vor ihnen lag wie eine große Bühne, war um einiges anregender als der Betrieb im Lokal vom Vorabend.

Dadurch wurde auch die Plauderei zwischen ihnen angeregter. Sie beobachteten die Akteure des Spiels, die Menschen, die Katzen und Hunde, die sich hier tummelten oder, im extremen Gegensatz dazu, herumhingen – Touristen und Römer, Artisten, fliegende Händler und Bettler, Irokesen, Nomaden, Clochards, Streuner, arme Hascher und schon recht jenseitige Junkies. Dieses ganze Ensemble von Selbstdarstellern, die mit großen Gesten auf sich aufmerksam machten, und Statisten, die sich nicht überall im Mittelpunkt fühlten, aber immerhin da waren. Vor den kulissenhaft wirkenden, schmalen Häusern im Hintergrund, deren verblaßte aber warme Farben man auch noch nach Sonnenuntergang spürte.

Und das alles hatte eigenartigerweise etwas Anheimelndes. Auch wenn es zum nicht unerheblichen Teil Elend war. Ja, sagte Urs, das weiß man, aber man wird es nicht ändern. Und wenn die römische Stadtverwaltung auf die Idee käme, diesen Platz zu sanieren, ein Gedanke, auf den Stadtverwaltungen in der Schweiz, in Deutschland oder in Österreich mit hoher Wahrscheinlichkeit kämen, so würde sie damit nichts besser machen, sondern nur etwas an nie wiederherstellbarer Atmosphäre ruinieren.

Sehen Sie, eigentlich, sagte er, müßte dieser Platz ja eine ganz schlimme Ausstrahlung haben. Auf dem *Campo* dürfte man es eigentlich gar nicht aushalten, *oder?* Campo de' Fiori, *das Blumenfeld*, was für ein hübscher Name! In der Inquisitionszeit hat man hier jede Menge Leute auf dem Scheiterhaufen verbrannt, Giordano Bruno, den man ein paar Jahrhunderte später auf einen Sockel gestellt hat (und jetzt darf er unter seiner steinernen Kapuze auf all das herabschauen), war nur einer von ihnen.

Und trotzdem. Man fühlt sich hier wohl. Geht es Ihnen nicht auch so? So viel Erinnerung an den Tod auf diesem Platz, so viel Armut und Krankheit und Abfall und Fäulnis, aber darüber so viel immer wieder aufkeimendes, aufschäumendes Leben! Da sitzen wir und lassen uns unsere Makkaroni munden. Wenn Sie kein unüberwindliches Vorurteil gegen Innereien haben, sollten Sie übrigens als zweiten Gang unbedingt die Kutteln probieren, die werden hier wirklich sehr schmackhaft zubereitet.

Er entpuppte sich also nicht nur als lebensphilosophischer Denker, der biedere Urs, sondern gab sich auch als Lokalexperte. Nicht ganz zu Unrecht vermutlich – um für sein Buch zu recherchieren, war er wohl oft hier gewesen, und die Piazza della Quercia, auf der die bitter in Max Frisch verliebte Ingeborg Bachmann gewohnt hatte, mußte hier ganz in der Nähe sein. Barbara wollte ihm nicht den Schwung nehmen, in den er überraschenderweise gekommen war, der Elan, mit dem er jetzt sprach, und das Tempo, das sie ihm nach den Erfahrungen der beiden vergangenen Abende nicht zugetraut hätte, hatten ja nachgerade etwas Aufmunterndes. Aber daß sogar sie schon hier gewesen war, und zwar ebenfalls mehr als einmal, das zu erwähnen konnte sie nicht ganz umhin.

Na umso besser, sagte er, daß Sie auch kein heuriges Häschen sind, das habe ich mir schon gedacht!

Diese Feststellung empfand sie zwar irgendwie als Frechheit, andererseits aber mußte sie darüber lachen. Tatsächlich.

Zum ersten Mal in seiner Gesellschaft lachte sie. Vielleicht war er doch ein Mann, mit dem sie etwas anfangen konnte. Es brauchte halt eine Weile, bis sich sein Charme voll entfaltete. Ein wenig bubenhaft, dieser Charme, zweifellos – er hatte sich, so konnte man ihn wohl auch sehen, bei all seiner eher schulmeisterlich artikulierten Bildung etwas von der herzhaften Naivität eines rotbackigen Bauernjungen bewahrt. Auch wenn er, wie er ihr gleich darauf erzählte, keineswegs auf dem Lande aufgewachsen war, sondern in Bern, und schon als Kind oder Jugendlicher gern in Bibliotheken saß. Sie war drauf und dran, sich ihm mit etwas mehr Animo zuzuwenden, aber in diesem Moment erblickte sie Mischa.

Ja, so unglaublich es ihr in diesem Augenblick auch vorkam, sie sah ihn! Keine zwei Meter von dem etwas wackligen Tischchen entfernt, an dem sie saßen, ging Mischa vorbei. Zwar war er um einiges dünner und unrasierter, als sie ihn in Erinnerung hatte. Doch wenn er kein Gespenst war, dann war er es leibhaftig.

Mischa?! sagte sie. Aber sie sagte es entweder zu leise, oder er wollte sie nicht hören. Sie hätte nur ihren Arm ausstrecken müssen, um ihn zu berühren. Das fiel ihr jedoch einen Atemzug zu spät ein. Schon war er ein Stück weiter und drohte im Gewimmel zu verschwinden.

Da war sie aber auch schon hinter ihm her. Sie ließ die Makkaroni stehen und Urs sitzen. Lief hinter Mischa her, der den Platz überquerte. Manchmal trennten sie nur noch ein paar Schritte von ihm, doch im Slalom zwischen den Gruppen und Grüppchen, die immer aufs neue im Weg standen oder sich unversehens zwischen ihn und sie schoben, erwies er sich als geschickter.

Am Südostende des Platzes, dort, wo es auch abends noch nach den Fischen riecht, die hier am Vormittag verkauft werden, verlor sie ihn aus den Augen. Am Anfang der Via dei

Giubbonari stand sie dann unschlüssig. War er in die Gasse rechts abgebogen, war er in dem schmalen Durchschlupf links verschwunden, oder war er geradeaus weitergegangen? Sie lief erst ein Stück *da*hin, dann eine kleine Strecke *dort*hin, schließlich ließ sie sich noch mit dem Menschenstrom bis zur Via Arenula treiben, aber dort kehrte sie dann um.

2

Am nächsten Vormittag hatte sie ihr Referat zu halten. Obwohl sie die Nacht hindurch kaum geschlafen hatte, brachte sie es einigermaßen akzeptabel hinter sich. Zwar versprach sie sich einige Male, und in den an manchen Stellen zu langen Pausen, die sie brauchte, um ihre abschweifenden Gedanken wieder zurückzuholen, räusperten sich die Zuhörer. Aber immer, bevor sie total den Faden verlor, rettete sie sich in Bachmann-Zitate, sei es aus den Reportagen, sei es aus den Gedichten, und die zwei letzten Zeilen des zweiten Gedichts, über das sie sich Gedanken gemacht hatte, *Römisches Nachtbild* hieß es, diese zwei letzten Zeilen, mit denen sie einen schönen Ausstieg fand, sicherten ihr sogar einen kurzen Schlußapplaus.

Das war doch ein sehr gelungener Vortrag, oder, sagte Urs. Darüber, daß sie ihn am Vortag einfach sitzengelassen hatte, war er nicht beleidigt. Er habe, sagte er, den Kellner noch gebeten, ihre Makkaroni warmzustellen und eine Rauchpause eingelegt. Doch als sie nach zwanzig Minuten immer noch nicht zurückgekehrt sei, habe er seine *Trippa alla Romana*, die er tatsächlich als *Secondo* bestellt hatte, eben allein gegessen.

Das muß aber ein Mensch sein, dem Sie sich sehr verbunden fühlen, sagte er, überraschenderweise ohne *oder* am Ende.

Wer? fragte Barbara.

Nun, der Mann, dem Sie gestern nachgelaufen sind.

Ja, sagte sie. Nein, sagte sie. Entschuldigung, sagte sie, ich weiß nicht ... Vielleicht war er es gar nicht. Vielleicht ist das alles nur eine Mystifikation.

Sie wollte es aber doch genauer wissen. Zwar konnte sie nicht weg, bevor auch Urs seinen Vortrag gehalten hatte, aber danach verabschiedete sie sich so rasch wie möglich. Es war früher Nachmittag, auf dem *Campo* wurden gerade die Marktstände abgebaut. Katzen und Hunde versuchten noch Reste von Fisch und Fleisch zu erbeuten, und ein paar magere alte Leute rafften noch rasch die Gemüseabfälle zusammen, bevor alles von den Besen der Straßenfeger weggekehrt, vom Schlauch des Wassertankwagens weggespritzt und schließlich vom Reinigungsfahrzeug mit seinen großen rotierenden Bürsten restlos beseitigt wurde.

Nachdem Barbara hier eine erste, noch planlose Runde hinter sich hatte, beschloß sie, systematisch vorzugehen. Sie startete beim Vorgarten des Lokals, in dem sie und Urs gestern gesessen waren. Mischa war von rechts *gekommen*, also aus der Richtung des Giordano-Bruno-Denkmals. Und er war nach links *gegangen*, also in Richtung des alten Pompejus-Theaters.

Sie ging diesen Weg nun nach, sehr aufmerksam, sehr konzentriert. So, als könnte sie damit die Szene vom Vortag noch einmal herbeirufen. Wie Mischa vor ihr ging, mit raschen, flüchtigen Schritten. Und wie sie ihm nachging, bevor sie ihn aus den Augen verlor.

Wo war das gewesen? Schon am Ende des Platzes oder erst am Anfang der Via Giubbonari? Und welche Möglichkeiten gab es von hier? Durch den engen Durchschlupf links, in die kleine Gasse rechts oder doch noch ein Stück geradeaus? Sie konnte jetzt alle drei Möglichkeiten probieren.

Sie hatte doch Zeit. Jetzt lief er ihr ja nicht davon. Bestand nicht sogar die Möglichkeit, daß er ihr über den Weg lief? Falls er hier irgendwo in der Umgebung wohnte? Was natürlich nicht sein mußte, aber sie hatte so eine Intuition.

Sie bildete sich einfach ein, seine Nähe zu spüren. Allerdings half ihr das noch nicht wirklich weiter. Vielleicht war er in einem dieser Häuser mit den geschlossenen Fensterläden. Oder er ging gerade durch eine Parallelgasse, das war eine besonders frustrierende Vorstellung.

In ihrer Phantasie sah sie die Gassen um den Campo de' Fiori von oben, wie auf einem der Reliefpläne von Rom, die da und dort in den Schaufenstern hingen. Während sie durch die Via dei Biscioni ging, ging Mischa vielleicht durch die Via Chiavari. Während sie durch die Via dei Pettinari ging, ging er vielleicht durch den Vicolo di Polverone. An manchen Ecken hatte sie das Gefühl, daß er hier vor zwei Minuten vorbeigekommen sein mußte.

Sie lief auf der einen Seite bis zum Tiber hinunter und auf der anderen Seite bis zum Corso hinauf. Dann vorwärts bis zur Via Arenula, wie gestern, und zurück, nach der anderen Seite des *Campo*, bis fast ans Ende der Via del Pellegrino. Kein Mischa. Hatte sie gestern vielleicht doch einen anderen mit ihm verwechselt? Nein! Ihr Gefühl sagte ihr immer deutlicher, daß er es gewesen war.

Aber wieso war er jetzt hier, in Rom, und nicht mehr dort, in Israel? Und wieso hatte er so heruntergekommen ausgesehen? Weder wie ein Mann, der von einer reichen Frau ausgehalten wird, noch wie der Typ, der demnächst auf den Bildschirmen der ganzen Welt erscheinen soll, mit seiner Neufassung der Bergpredigt. Irgend etwas mußte dort absolut schief gelaufen sein.

Auf den *Campo* zurückgekehrt, setzte sie sich in einen der Vorgärten. Wohlweislich nicht in den, in dem sie gestern mit Urs gesessen war. Womöglich hätte sie der Kellner auf die verschmähten Makkaroni angesprochen. Sie wollte von nichts und niemand abgelenkt werden.

Sie saß unter dem Sonnendach, trank Prosecco und schaute hinaus auf den Platz. Vorerst schien es auch noch einigermaßen realistisch, die Szene zu überblicken. Doch dann wurde das Sonnendach zurückgekurbelt, denn es wurde Abend. Und nach und nach bevölkerte sich der Platz immer dichter.

Nun war die Wahrscheinlichkeit, daß Mischa vorbeikam, zwar größer. Erstens, weil das hierzulande ganz einfach die Stunden des Flanierens waren (halb Rom ging um diese Zeit spazieren, und die Touristen, so deplaciert manche von ihnen auch wirkten, wollten dabeisein), zweitens aber, weil es ja sein konnte, daß er aus irgendeinem Grund jeden Tag um dieselbe Zeit hier vorbeikam. Das erwog Barbara, und das gab ihr eine gewisse Hoffnung. Doch mit der Zunahme des Gewimmels vergrößerte sich auch die Wahrscheinlichkeit, daß sie ihn übersah.

Natürlich bemühte sie sich, das nicht zu tun. Spähte so angestrengt auf den Platz, daß mit der Zeit ihre Augen schmerzten. Und die Zeit verging, von irgendwoher hörte sie sehr deutlich und bewußt die Kirchenglocken läuten. Und es schlug neun, und es schlug zehn, und es schlug elf, und um halbzwölf schloß das Lokal.

Eine Viertelstunde saß sie dann noch Giordano Bruno zu Füßen. Aber der Sockel war kalt, und sie wollte sich keinen Blasenkatarrh holen. Außerdem näherte sich eine Horde Punks. Die taten ihr zwar nichts Böses, aber ein paar von den Piercings taten ihr schon beim bloßen Anschauen weh.

3

Ungefähr so verliefen auch die nächsten drei Tage. Beim Symposion in der Villa Massimo hielt es Barbara bis maximal Mittag. Sie wollte nicht unhöflich sein und ganz verschwinden. Aber auf die wenigen Vorträge, die sie noch hörte, konnte sie sich immer weniger konzentrieren. Beim Brunch, der nach dem letzten Vormittagsvortrag serviert wurde, blieb sie nur noch am Mittwoch. Am Donnerstag verabschiedete sie sich schon davor. Ich habe einen etwas verdorbenen Magen, sagte sie, ich will lieber fasten. Was ist los mit Ihnen, Barbara, sagte Urs, man muß sich doch hoffentlich keine Sorgen machen?

Das Oder, das er ans Ende dieses Satzes hängte, war mit Nachdruck gesprochen. Es hing eigentlich gar nicht am Ende des Satzes, sondern stand – auch akustisch – in einer anderen Zeile.

Oder?

Nein, sagte Barbara, um sie müsse man sich keine Sorgen machen.

Sie machte sich selbst Sorgen. Aber in die wollte sie ihn nicht einweihen.

Wie sollte sie auch. Was sollte sie ihm erzählen? Also passen Sie auf, ich habe vor fast einem Jahr einen Mann kennengelernt, der sich (ja, ob Sie es glauben oder nicht) auf irgendeine vertrackte Weise für den wiedergekehrten Jesus hält? Mit diesem Mann habe ich eine Nacht in Rom verbracht, und obwohl (oder weil) ich ihn nicht ganz ernst genommen habe, hätte ich beinahe mit ihm geschlafen? Aber dann habe ich seine Stigmata gesehen und das hat mich aus seinem Zimmer vertrieben?

Und am nächsten Tag ist das Flugzeug, das sie in Fiumicino durchgecheckt haben, doch noch nach Israel geflogen? Aber da hab ich mich nicht mehr neben diesen Freak gesetzt? Und auf dem Flughafen Lod hab ich ihn dann noch kurz gesehen? Aber dann hat mich meine Halbschwester abgeholt und ich habe ihn aus den Augen verloren?

Und das ist gut so, habe ich gedacht, aus den Augen, aus dem Sinn? Aber als ich wieder nach Hause gekommen bin, nach einem Badeurlaub in Elat, da hat mich ein Brief von ihm erwartet? Und das war nur der erste von einer Reihe von Briefen? Sollte sie ihm, konnte sie ihm, wollte sie ihm wirklich diese ganze Geschichte erzählen?

Zumindest letzteres konnte sie klar mit nein beantworten. Sie wollte *nicht*. Was ging ihn das alles an? Sie machte sich Sorgen um Mischa. Noch immer oder schon wieder. Und obwohl sie sich damit wahrscheinlich nur weitere Sorgen einhandeln würde, hoffte sie, ihn zu finden.

4

Und sie fand ihn. Allerdings erst am Freitag. Da hatte sie die Hoffnung beinah schon aufgegeben. Da hatten sie auch schon wieder Zweifel beschlichen. Vielleicht hatte sie sich doch getäuscht und war am Abend vor nunmehr drei Tagen einem Fremden nachgelaufen.

Das Symposion war zu Ende, um achtzehn Uhr würde der Bus die Teilnehmer auf den Flughafen bringen. Barbara mußte also um längstens fünf wieder zurück in die Villa Massimo. Zwar hatte sie ihren Koffer schon fertiggepackt. Aber da sie seit kurz nach elf noch einmal so gut wie alle Gassen und Gäßchen der Viertel Regola und Angelo abgegangen war, unter einem eigenartig verhangenen Himmel, der den Septembertag unangenehm schwül machte, wollte sie vor der Abfahrt auf jeden Fall noch duschen.

Sie war noch in einer der Weinbars gesessen und hatte sich

ein Glas Frascati gegönnt. Und nun war sie drauf und dran, den *Campo* hinter sich zu lassen. Ging also noch einmal durch den Fischgeruch am Südostende des Platzes. Aber da sah sie ihn, Mischa, und damit kam alles wieder einmal ganz anders.

5

Da stand er, vor dem ehemaligen Kino. Dieses Kino hatte noch existiert, als sie mit Max in Rom gewesen war. Vielleicht war es auch damals schon geschlossen gewesen, innen kein Kino mehr, sondern irgendein Magazin. Aber außen hatte es noch den Schriftzug mit dem Namen des Kinos gegeben – Cinema XY, der Name war Barbara entfallen – und die Schaukästen und Plakate an der Fassade waren noch halbwegs heil gewesen.

Das war nun nicht mehr so. Die Plakate waren überklebt, und die Rahmen der Schaukästen wirkten völlig durchmorscht. Das Glas war zum Teil eingeschlagen, wo es noch ganz war, sah man kaum mehr durch. Aber vor einem dieser Schaukästen stand Mischa. Vertieft in die Fotos hinter dem schmutzigen Glas, irgendwelche Szenenbilder aus einem alten Film, völlig vergilbt, die Ränder von der Sonne aufgebogen.

Da stand er, etwas vorgebeugt, und starrte die Fotos an.

Mischa? sagte Barbara. Ja, sie sagte es wieder etwas fragend. Für den Fall, daß er doch nicht so ganz er selbst war. Und mit dieser Einschätzung lag sie, wie sich herausstellen sollte, nicht ganz falsch.

6

Lassen Sie mich, sagte er, ich bin eigentlich gar nicht da! Sagen Sie nicht, daß Sie mich kennen, das bringt mich in Gefahr! Ich bitte Sie, sagte er – ich bin nicht der, für den Sie mich halten! Ich bin nicht einmal der, für den ich mich selbst gehalten habe.

So redend ging er schon, so als wollte er vor ihr davon. Aber er ging nicht so rasch, daß sie nicht mit ihm Schritt halten konnte. Sie blieb kaum mehr als zwei, drei Schritte hinter ihm zurück. Ein wenig machte das auch den Eindruck, als ginge er ihr voraus.

Schon waren sie in der Via dei Giubbonari, aber dann wandte er sich plötzlich nach links. Der schmale Durchschlupf! Ihr erster Impuls, zwei Tage zuvor, war also richtig gewesen. Durch die krumme Gasse dahinter war sie mehrere Male gegangen. Und wirklich, hier blieb er vor einer Haustür stehen und sperrte auf.

Zwar ließ er die Tür hinter sich zufallen, aber er versperrte sie nicht. Und zu Barbaras Erleichterung handelte es sich um kein Schnappschloß. Sie trat also in den Flur, der allerdings so dunkel war, daß sie vorerst kaum etwas sah. Mischas Vorsprung wurde dadurch größer, aber sie hörte ihn die Treppe hinaufsteigen.

Drei Treppen hoch ging es. Nach oben wurde es gottlob etwas heller. Über dem Treppenhaus war ein Glasdach montiert. Das war zwar verdreckt – nach dem Gurren zu schließen, das man von Stufe zu Stufe lauter hörte, saßen außen ganze Großfamilien von Tauben. Aber es ließ immerhin genug Licht durch, daß Barbara die Tür sah, eine Tür ohne Namensschild, doch es war wohl die seine, denn er hatte sie einen Spalt breit offengelassen.

In der Behausung, in die sie dann trat, war es auf den ersten Blick finsterer als draußen. Sie konnte zuerst einmal nur wenig erkennen. Vage zeichnete sich ein Fenster ab, aber die dunkelgrünen Läden waren geschlossen. Die Glühbirne, die ohne Schirm vom Plafond hing, gab nur ein schwaches gelbes Licht.

An der Zimmerdecke, über dem Bett, das sie jetzt ausnahm, war auch ein Ventilator montiert. Der sah ein wenig aus wie der Propeller eines alten Flugzeugs. Offenbar hatte ihn Mischa gerade eingeschaltet, denn er hatte Startschwierigkeiten. Schließen Sie bitte die Tür hinter sich, sagte er.

7

Na, sagte er, wie gefällt Ihnen mein Domizil? ... Mein Exil-Domizil ... Schon wahr, es ist nicht besonders komfortabel ... Aber das ist natürlich nur vorläufig so ... Vorläufig. Vorsichtshalber. Aus guten Gründen.

Das heißt ... Vielleicht sind die guten Gründe auch schlechte Gründe ... Darüber versuche ich mir ja klarzuwerden ... Seit einiger Zeit ... Eigentlich seit geraumer Zeit ... Es sind jetzt schon fast drei Monate, daß ich hier im Verborgenen lebe.

Im Underground, wenn auch direkt unter dem Dach ... Klingt wie ein Widerspruch. Aber so manches klingt wie ein Widerspruch ... Außerdem, es ist ja nur vorübergehend ... Bis Gras über die ganze Geschichte gewachsen ist, verstehen Sie.

Jedenfalls würde mich hier niemand vermuten ... Josef von Arimathia zumindest war dieser Ansicht ... Ein guter Mensch. Ein aufrechter Israelit ... Er hätte mir sogar Asyl in seinem Familiengrab gewährt.

Tot oder lebendig. Ja, aber das ist eben die Frage. Wäre ich tot gewesen, wäre ich dort liegengeblieben, wie es sich für einen anständigen Toten gehört ... So jedoch ... Ja, sie müssen mich von dort weggebracht haben ... Ich kann mich zwar nicht erinnern, wie das vor sich gegangen ist, aber vermutlich war ich nach allem, was passiert ist, noch zu benommen; wahrscheinlich haben sie mir jede Menge Narkotika gegeben.

Das winzige, stickige Zimmer, das ungemachte Bett, die vielen leeren Flaschen in der Ecke. Ein Haufen von Büchern, Heften, und eng beschriebenem Papier. Unter dem Tisch Brotreste, an denen sich Kakerlaken zu schaffen machten. Lichtscheue Tiere, die davonhuschten, als Barbara die Fenster aufriß.

Auch Mischa reagierte aufs erste beinahe panisch. Hielt schützend den Unterarm vors Gesicht: Das Licht tut mir weh! Haar und Bart waren gewachsen, im Gegensatz zu früher ähnelte er jetzt wirklich ein wenig den gängigen Jesusbildern. Den Klischees folgend, hätte man ihn aufgrund seiner Haarfarbe allerdings auch mit Judas verwechseln können.

Bestimmt hatte er an die zehn Kilogramm abgenommen. Dick war er ja auch früher nicht gewesen, nun aber wirkte er ausgesprochen mager. Die Ärmel des schmutzigweißen T-Shirts, das er trug, waren viel zu weit für seine Oberarme. Barbara konnte nicht ganz verbergen, daß sie über seinen Zustand erschrak.

Was schauen Sie so? sagte er. So sieht man halt aus, wenn man das alles hinter sich hat. Er breitete die Arme aus, und sie sah die Wundpflaster an seinen Händen. Je zwei an den Handflächen und je zwei an den Handrücken. Solche Pflaster klebten auch an seinen Risten und Fußsohlen.

In einer Art Yogasitz saß er auf dem Bett, die Füße unter seinen Knien zeichneten sich spitz unter der auch irgendwie indisch wirkenden Hose ab. Ja, Indien, sagte er, jetzt fällt Ihnen dieses Gerücht mit Indien ein. Aber ich war nicht dort, nein, in Indien war ich nie. Diese Hose habe ich auf dem *Campo* gekauft.

Preiswert. Ein Stück um fünf Euro, drei Stück um zwölf. Natürlich habe ich drei genommen, ich muß jetzt mit meinem

Geld haushalten. Stimmt (er kicherte), manche glauben, der Menschensohn hätte sich nach Indien abgesetzt. Wenn es nach Thomas gegangen wäre, hätte er das auch getan – aber Josef von Arimathia hatte eine viel bessere Idee.

Seine Stimme klang etwas anders als früher. Vielleicht hatte er Schnupfen, die letzten Nächte waren schon eher kühl gewesen. Hatte er Fieber? Seine Augen sahen wirklich etwas glasig aus. Doch seine Nase, durch die er den Atem hörbar aufzog, schien nicht zu triefen.

Eigentlich genial, sagte er, finden Sie nicht?

Was? fragte Barbara.

Diese Idee, die Josef von Arimathia gehabt hat.

Was reden Sie bloß? fragte Barbara.

Na ja, sagte Mischa, vielleicht haben Sie recht. Es war nicht nur seine Idee, sondern auch die von Nikodemus.

Klar, Nikodemus! sagte er. Ohne Nikodemus hätte das alles nicht geklappt … Ein hohes Tier, dieser Nikodemus, unser Mann im Hohen Rat! … Vermutlich hatte er ein schlechtes Gewissen, weil er meine Auslieferung an Pilatus nicht hatte verhindern können … Ein schlechtes Gewissen, aber gute Beziehungen zu Rom.

Ja, genau, so muß es gewesen sein … Josef von Arimathia hat die Idee gehabt, Nikodemus hat sie verwirklicht … Ich habe gute Geschäftsfreunde am rechten Tiberufer, hat er gesagt … Ich bringe Jesus nach Rom, dort sucht ihn bestimmt keiner.

Was dieser Mischa in seinem verwirrten Kopf hatte! Und was er (zu seiner zusätzlichen Verwirrung) *nicht* darin hatte! Wissen Sie, Barbara, sagte er, in meiner Erinnerung gibt es einige blinde Flecken. Blinde Flecken, die letzten Tage (und vor allem die letzten Nächte) in Jerusalem betreffend.

Was dort passiert ist … Oder was dort *nicht* passiert ist …

Ich weiß nicht, da kann ich noch soviel in den Evangelien lesen … Manche Szenen kann ich einfach nicht abrufen … Bestimmte Bilder kann ich nicht evozieren.

Was habe das zu bedeuten? Totale Amnesie? … Ja, sagte er, das wäre eigentlich kein Wunder … *Kein Wunder* – aber vielleicht sei gerade das der Schlüssel zu allem … Seine letzte Erinnerung sei jedenfalls die an Betanien.

Daran erinnern Sie sich vielleicht noch, Barbara, das ist der Ort, in dem Lazarus gewohnt hat … Der Ort, in den sich Jesus und seine Jünger am Abend zurückgezogen haben … Tagsüber *Action* auf dem Tempelberg, abends Erholung in Betanien … El Azariya heißt das heute, es ist praktisch ein Teil von Ostjerusalem.

Ehemals war das ein hübscher Ort, Olivenhaine, Feigenplantagen, Weingärten … Jetzt ist es natürlich kaum mehr wiederzuerkennen … Aber ich war dort, sagte Mischa, ja ich war dort … *Und da* – er stand plötzlich auf und ging vom Bett zum Tisch.

Barfuß ging er dort hin und etwas unsicher. Vielleicht lag das ja an den Wundpflastern an seinen Sohlen. Dann stand er dort und suchte etwas zwischen den Büchern. Er suchte etwas und wirkte zusehends nervöser.

Barbara, am Fenster lehnend, weil dort die Luft noch am erträglichsten war, sah ihn im Halbprofil. Sie sah ihn im Halbprofil und im Halbdunkel des Zimmers. Ein entschieden zu dünner Mann, die Beine in schlottrigen indischen Hosen. Haben Sie, fragte er, das Kuvert hier weggenommen?

Was für ein Kuvert? sagte Barbara.

Ein kleines, weißes Kuvert, sagte er, ein Briefchen!

Sie begriff nicht gleich. Ich habe nichts angerührt, sagte sie.

Erst als er das Briefchen fand, etwas daraus auf eins der aufgeschlagenen Bücher leerte, und dann vor den Tisch hinkniete, begriff sie.

Er schnupfte lang und atmete hörbar tief.

Danach richtete er sich wieder auf, ohne sich irgendwo abzustützen, allerdings nicht ganz ohne zu schwanken. Keine Angst, sagte er, ich schniefe nur, ich fixe nicht. Ich *werde* auch nie fixen, dazu habe ich zuviel Angst vor Nadeln. Spitzes Metall, das in mein Fleisch eindringt, nein, sagte er, so etwas könnte ich nicht mehr ertragen.

Aber *etwas* brauche ich, das werden Sie vielleicht verstehen. Der Alkohol ist zu schwach, obwohl ich nach wie vor ganz gern Wein trinke. Eine gewisse Beziehung zum Wein habe ich ja spätestens seit der Hochzeit in Kana. Falls ich zum Islam übertrete, werde ich mir das allerdings abgewöhnen müssen.

Was sagen Sie da? sagte Barbara. Das ist doch nicht Ihr Ernst!

Doch, sagte er. Ich erwäge das ernsthaft. Ich muß mich nur entschließen. Entweder vorwärts zum Islam oder zurück zum Judentum. Dem Christentum, sagte er, und zwar nicht nur meinem, ist ja allem Anschein nach der Boden unter den Füßen weggezogen.

Es schien ihm jetzt schwerzufallen, sich aufrecht oder im Gleichgewicht zu halten. Vielleicht spielte er das aber auch ein wenig, Barbara war sich diesbezüglich nicht ganz sicher. Wie ein Seiltänzer, konzentriert einen Fuß vor den anderen setzend, ging er zum Bett zurück. Dann lag er lang ausgestreckt auf dem Rücken, die Augen geschlossen.

Barbara faßte sich ein Herz und setzte sich an den Bettrand. Behutsam berührte sie ihn an der Schulter, aber da zuckte er zusammen. Zuckte zusammen und setzte sich abrupt auf. Was fällt Ihnen ein? Noli me tangere! Rühren Sie mich nicht an!

Er zog die Knie gegen die Brust, umfaßte sie mit seinen dünnen Armen.

Wissen Sie noch? Das sagt der auferstandene Christus zu Maria Magdalena …

Eine schöne Szene, sagte er. Eine zum Heulen schöne Szene! Er legte den Kopf auf die Knie. Wenn sie doch wahr wäre!

Erinnern Sie sich? Maria hat entdeckt, daß die Grabkammer, in die man Jesus gelegt hat, leer ist. Und nun tritt sie ins Freie hinaus, in den Garten, der das Grab offenbar umgibt. Sie haben ihn weggenommen, denkt sie, und ich weiß nicht, wo sie ihn hingelegt haben. Doch da spürt sie auf einmal, daß jemand hinter ihr steht.

Und sie dreht sich um, und da sieht sie einen Menschen, den hält sie vorerst für den Gärtner. Es ist sehr früh am Morgen, vielleicht ist es noch dämmrig. Herr, wenn du ihn weggetragen hast, sagt sie, dann sag mir, wo er jetzt liegt. Ich bin doch gekommen, um ihn noch zu versorgen.

Sie will ja den Toten noch salben und parfumieren. Er wird zwar trotzdem verwesen, aber das tut man. Man überläßt den Körper nicht einfach den Würmern. Das tut man für einen Menschen, den man geliebt hat.

Aber da sagt der Gärtner auf einmal: Maria! Und nun erkennt sie, daß es ja Jesus selbst ist. Und sie wendet sich vollends um, und sagt: *Rabbuni*! Die Verkleinerungsform von Rabbi. Eine rührend zärtliche Anrede.

Und sie will ihn berühren, und sei es nur ganz vorsichtig, mit den Fingerspitzen. Vielleicht will sie auch probieren, ob er kein Gespenst ist. Er aber sagt: Rühr mich nicht an. Er ist offenbar noch in einer etwas unvollendeten Verfassung. Vor kurzem erst auferstanden. Ja, so steht es bei Johannes.

Aber kann man diesem Schriftsteller trauen? Ich weiß nicht, ob man überhaupt irgendeinem Schriftsteller trauen kann! Die Dichter lügen, sagt Plato – oder war das Aristoteles? Die Philosophen lügen natürlich auch.

Als hätte ihn ein plötzlicher Schub von Energie erfaßt, sprang er auf und ging, nunmehr mit raschen Schritten, noch einmal zum Tisch. Sehen Sie, hier liegen die Bücher, die ich gelesen habe, seit ich in Rom bin! Von Dostojewskij bis Sienkiewicz, von Nietzsche bis Dan Brown! Der ist übrigens ein besonders schlechter Schriftsteller.

Mit diesen Worten ging er zum Fenster und warf das Buch hinaus. Barbara wartete nicht ab, ob er ihm weitere folgen ließ. Ich bitte Sie, Mischa, sagte sie, und war schon bei ihm. Sie wollen doch nicht irgendeinen unschuldigen Passanten mit so einem Buch erschlagen!

Sie beugte sich aus dem Fenster, Gott sei Dank war niemand auf der Straße. Die Tauben, die auf den Dächern der gegenüberliegenden und benachbarten Häuser gesessen waren, waren allerdings aufgeflattert und hatten sich noch nicht wieder niedergelassen. Mischas Zimmer lag im obersten Stockwerk. Der Dan Brown war mit einem stumpfen, dumpfen Aufprall auf dem Straßenpflaster gelandet.

Unschuldige Passanten? sagte Mischa. Gibt es die überhaupt? Unter den gegebenen Umständen ist das zu bezweifeln. Soll ich Ihnen etwas sagen? fragte er. Soll ich Ihnen ein Geheimnis anvertrauen? Und dann beugte er sich an ihr Ohr und flüsterte: Die Erlösung hat wahrscheinlich nie stattgefunden.

Ach ja? sagte Barbara. Sie war nicht besonders erschüttert.

Sie machen sich nicht bewußt, sagte er, was das heißt!

Wissen Sie, sagte sie, und schloß, um weiteren Bücherstürzen vorzubeugen, das Fenster, ich habe nie richtig an so was geglaubt.

Ich schon, sagte er. Zumindest habe ich darauf gehofft.

Aber das sei jetzt alles in Frage gestellt. Denn wahrscheinlich sei ja alles ganz anders verlaufen als man glaube. Als man glaube, wenn man *glaube*. Als man glaube, wenn man zumindest *hoffe*. Das sei nun alles in Frage gestellt, und zwar womöglich durch seine Schuld.

Jetzt hören Sie aber auf, sagte Barbara. Das ist doch absurd!

Wieso? sagte Mischa. Ich hätte es kapieren müssen! Ich zuallererst. Wer denn sonst, außer mir? Hören Sie zu, ich habe den begründeten Verdacht, daß Sie mich ausgetrickst haben.

Er dämpfte die Stimme. Machen Sie das Fenster zu!

Sie seufzte. Die Luft im Zimmer war immer noch schlecht.

Sie finden, es stinkt hier? sagte er. Tut mir leid, wenn Sie so empfindlich sind! Aber die Welt darf es einfach noch nicht erfahren.

Was? fragte Barbara. Mischa, was faseln Sie?

Sie finden, ich fasle? Na bitte, dann können Sie ja gehen! Dort ist die Tür! Na gehen Sie schon! Verschwinden Sie!

Beruhigen Sie sich, sagte sie. Ich habe es nicht so gemeint.

Sie bleiben? Sie wollen also hören, was ich vermute?

Ja, sagte sie tapfer.

Dann setzen Sie sich, sagte er, und dabei wies er auf den Stuhl neben dem Tisch. Er wackelt ein bißchen, aber wie Sie sehen, ist er die einzige Sitzgelegenheit, die ich hier habe.

Er selbst legte sich wieder aufs Bett und starrte zum Plafond.

8

Zuerst habe Jeschua geglaubt, er sei im Bauch des Wals. Wie Jonas, mit dem er sich ja verglichen hatte. Natürlich, das war eine Metapher, so etwas gebraucht man bisweilen. Aber manchmal wird man von seinen Metaphern eingeholt.

Er hatte sich damals recht in Rage geredet. Das war noch am See Genezareth gewesen, also an sich zu seiner glücklichsten Zeit. Das Heilen und Dämonenaustreiben, das Reden und Predigen war zwar manchmal sehr anstrengend. Aber am Abend, wenn er sich zur Ruhe legte, hatte er ein gutes Gefühl.

Er tat, was er konnte. Und er konnte Erstaunliches. Er

brachte Blinde wieder zum Sehen, Taube wieder zum Hören und Lahme wieder zum Laufen. Er wußte zwar nach wie vor nicht, wie er das machte. Aber je mehr sich sein Ruf verbreitete und die Leute an seine Fähigkeit, ihnen zu helfen, glaubten, desto besser ging es.

Doch dann kamen diese Typen aus Jerusalem daher. Abgesandte der Hohepriester: Spione, Provokateure. Die Herrschaften dort im Tempel machten sich Sorgen um die Reinheit der Lehre! Sie, die sich nicht nur möglichst gut zu stellen versuchten mit der Besatzungsmacht, sondern, so hieß es, auch noch von der Kooperation mit den Römern profitierten! Dort, im korrupten Jerusalem, lief doch so manches unter der Hand! Da wusch doch, so hörte man, eine Hand die andere. Gojische Hände wuschen jüdische Hände, et vice versa. Wenn es um Geschäfte ging, war man nicht heikel.

Und ausgerechnet von dort schickte man nun diese Schnüffler. Tüftler, die Jeschua und seinen Jüngern hinterherliefen, und ihnen auf die Finger schauten. Zum Beispiel, wenn sie am Sabbat Ähren rupften. Ja, durften sie denn das? So einfach beim Gehen durch die Felder?

Und war es nicht überhaupt fragwürdig, daß sie am Sabbat so viele Schritte taten? Ach ja, und ihr Rabbi bemerkte das nicht einmal! Ging einfach voraus – ein Mann, der sich lebhaft bewegte. Und lebhaft redete – ein Gleichnis aus seinem Mund jagte manchmal das andere.

Er schien ihnen getrieben von einer ebenso fragwürdigen wie unwürdigen Eile. Wie einer, der wenig Zeit hatte, ja, diesen Eindruck machte er. Sogar so wenig Zeit, daß er am Sabbat Kranke heilte. Konnte er damit nicht bis zum ersten Wochentag warten?

Nein. Wer weiß, ob ich dann noch unter euch bin.

Stimmt, er hatte zuweilen recht dunkle Ahnungen. Obwohl dieser Frühling in Galiläa so hell war. Magdalena massierte ihn manchmal, entspann dich, sagte sie, aber die Ruhe, die dann über ihn kam, hielt nicht lang vor.

Er war nervös, ja. Er fragte sich, wozu das alles führen sollte. Er spürte die Kraft durch sich wirken, aber worauf wollte sie hinaus? Das war die Frage, auf die er selbst keine Antwort wußte. Die Fragen, die diese Spitzel stellten, hatten ihm gerade noch gefehlt.

Mit welchem Recht er das alles überhaupt tue? Das Gesetz und die Propheten nicht nur zu zitieren, sondern auch zu interpretieren! Wo er doch, nach allen Informationen, die sie über ihn eingeholt hatten, eigentlich gar kein Rabbi sei. Sondern ein, sagen wir, etwas vom Weg abgekommener Bautischler, den noch dazu seine Familie im Stich gelassen habe.

Auch sonst sei so manches an seiner Vorgeschichte nicht uninteressant. Ben Yussef. Sohn des Josef. So könne man ihn ja nur mit einem kleinen Vorbehalt nennen. Aber lassen wir das. Das ist jetzt nicht das Thema. Was uns interessiert, Meister, was uns zu interessieren *hat*, ist die Autorität, die Sie sich anmaßen.

Er maße sich gar nichts an, sagte Jeschua. Er habe sich selbst auch niemals Rabbi genannt. Das Volk, die einfachen Leute, nennen mich so.

Ach ja, das Volk! sagten die Herren aus Jerusalem.

Für das ungebildete Volk sind Sie der Wundermann, der die Kranken heilt. Beeindruckend, ja, wir waren bei einigen ihrer sogenannten Heilungen zugegen. Ob sie vorhalten, das lassen wir einmal dahingestellt. Aber der Mann, dem Sie befohlen haben, seine Pritsche zu nehmen und zu gehen, war wirklich eine gute Nummer! Natürlich sind Sie ebensowenig Arzt wie Rabbi. Aber das interessiert uns auch nur am Rande. Wenn ein paar Krüppel wieder einige Schritte hüpfen können, schön für sie! Was uns Sorgen macht, und zwar zuallererst um Ihretwillen, ist etwas anderes.

Sagen Sie Jeschua, wie ist das mit den Dämonen, die Sie austreiben? Sie heilen, so hören wir, landauf, landab Besessene. Kaum tauchen Sie in diesem oder jenem Schafdorf auf, kommen die schon gelaufen. Diese Exorzismen scheinen ja überhaupt Ihre Spezialität zu sein.

Wie funktioniert das? Wenn wir recht informiert sind, schreien die Dämonen aus den Besessenen heraus. Und was schreien sie? Darüber gibt es verschiedene Berichte. Aber in einem sind sich alle einig. Diese Dämonen nennen *Sie, Jeschua*, beim Namen.

Stimmt, auch Sie nennen *die Dämonen* beim Namen, das ist uns schon klar. Sie befragen sie, Sie schreien sie an, und endlich sagen die, wie sie heißen. Und damit haben Sie Macht über die Schädlinge, wir kennen das Verfahren. Aber zuvor, so sagen die Berichte, benennen die bösen Geister *Sie*!

Wie war das doch gleich? Ja, die Dämonen nennen Sie *Jeschua aus Nazareth*. Die wissen also sogar, woher Sie kommen. Sagen Sie, ist das nicht seltsam, diese Vertrautheit? Man fragt sich unwillkürlich, woher Sie sich kennen.

Warten Sie, lassen Sie uns ausreden, das ist ja leider noch nicht alles. Die Dämonen reden Sie nicht nur mit Ihrem zivilen Namen an, sondern auch mit einem gewissen Titel. Es klingt ja beinahe lächerlich, aber in unseren Berichten steht es. Also am besten, Sie sagen uns selbst, was es damit auf sich hat.

Daß die Dämonen Sie – *Sie!* – auch schon als den Messias angesprochen haben! Den *Meschiach*, den zum König Gesalbten, den Retter Israels! Also ganz abgesehen davon, daß das eine reichlich bizarre Idee ist … Was hat es wohl zu bedeuten, daß *ausgerechnet die Dämonen* Sie so nennen?!

Ich habe es ihnen ohnehin immer wieder verboten, sagte Jeschua.

Ja, sagten die Herren aus Jerusalem, auch das haben wir

gehört. Und die Dämonen, die offenbar zu skurrilen Witzen neigen, haben geschwiegen. Aber das bestätigt doch nur, daß Sie mit ihnen auf eigenartig gutem Fuß stehen!

Und so weiter. Hier erfaßte Jeschua dann wirklich heiliger Zorn. Schlangenbrut, Otterngezücht! Da kamen auf einmal Worte aus seinem Mund, die man eher von Jochanaan kannte. Bisher hatte es geheißen, dessen Nachfolger, denn das war dieser Jeschua wohl in mancher Hinsicht, sei sanftmütiger, harmloser, vielleicht, ja, vielleicht auch raffinierter. Aber jetzt wurde dieser Mensch richtig ausfällig.

Natürlich waren die Herren aus Jerusalem etwas indigniert. So hatte man mit ihnen nicht zu reden, das war klar. Aber dieser Rüpel würde schon noch sehen, wozu das führte. Dem Jochanaan war sein polemisches Gerede ja auch nicht bekommen.

Sicher, für den hatte sich Herodes Antipas zuständig gefühlt. Und das war gut so gewesen, damit hatte er dem Sanhedrin eine Sorge abgenommen. Allerdings war sein von privaten Verstrickungen und Obsessionen motiviertes Vorgehen alles andere als geschickt. Die Enthauptung des Täufers und das Präsentieren des, nebenbei bemerkt, sehr großen Kopfes auf dem von der kleinen Salome gewünschten silbernen Tablett – soviel Aufsehen sollte man eher vermeiden.

Die Hohepriester in der Heiligen Stadt, die ja nicht nur für den Kult zuständig waren, sondern auch für das weltliche Wohl und die Sicherheit des diesen Kult bezahlenden Volkes, würden sich solche Blößen nicht geben. Sie waren Realpolitiker, keine von lächerlichen Leidenschaften gegängelten Provinzfürsten. Den Jochanaan, der mit seinem prophetischen Habitus aufs erste gefährlicher ausgesehen hatte, waren sie los, diesen Jeschua, sollte er wirklich ein Problem werden, würde man auch noch aus dem Verkehr ziehen. Kommt Zeit, kommt Rat, auch und besonders beim Hohen Rat.

Vorläufig wollte man ja nur einmal wissen, woran man war. Nicht mehr und nicht weniger – die Herren, die sich ein erstes Bild von der Lage gemacht hatten, würden nach Jerusalem zurückkehren und Bericht erstatten. Nur eine Frage noch, sagten sie, Meister, bevor wir uns verabschieden. Könnten Sie uns nicht freundlicherweise ein Zeichen vom Himmel herbeirufen?

Nur so, zur Bestätigung Ihrer guten Beziehungen zu dort oben. Damit unsere Zweifel an Ihrer Berufung zerstreut werden. Das ist doch nicht zuviel verlangt von einem, der sich vom Allerhöchsten, sein Name sei gelobt, zumindest auserwählt fühlt, wenn nicht gar – was für eine wirklich niedliche Blasphemie – an Sohnes statt angenommen! Wie wärs mit einem Regenbogen? Oder mit einem Blitz aus heiterem Himmel?

Das wars: Hier ließ er sich dann zum Vergleich mit Jonas hinreißen. Ach so ist das, sagte er, ihr, die ihr das einfache, unbedarfte Volk verachtet, fordert idiotensichere Zeichen! Aber ich denke nicht dran, die Kraft, die mir vielleicht tatsächlich vom Himmel geliehen ist, an ein bösartiges und hinterhältiges Pack, an eine heuchlerische und zynische Bagage wie euch zu verschwenden. Euch wird kein anderes Zeichen gegeben, als das Zeichen des Jonas!

Was immer er damit sagen wollte. Es kam ihm so über die Lippen. Soviel stimmte schon, Jonas hatte der Stadt Ninive tüchtig ins Gewissen geredet. Allerdings erst, nachdem er versucht hatte, sich um diese heikle Mission herumzudrücken. Statt nach Ninive zu gehen, wie es ihm Gott aufgetragen hatte, ging er in der entgegengesetzten Himmelsrichtung und wollte per Schiff aus Gottes Blickfeld entkommen.

Aber das konnte man mit Gott nicht machen. Jedenfalls damals nicht. Als Gott noch nicht schlief. Es folgte die Geschichte mit dem Sturm, in den das Schiff geriet, und mit dem Schuldigen, den die Matrosen suchten. Und dann wurde Jonas ins Meer geworfen, und da kam dann der Wal.

Oder was immer das für ein Meerungeheuer war. Und der Herr, so heißt es in der Lutherübersetzung, *verschaffte* einen großen Fisch. Mischa lächelte. Diese Übersetzung amüsierte ihn nach wie vor. Barbara war erleichtert, daß er noch lächeln konnte, obwohl sich, wie bei diesem kurzen Lächeln offenbar wurde, inzwischen ein zweiter von seinen Zähnen verabschiedet hatte.

Was also hatte das Jonas-Zitat zu bedeuten? Vielleicht wußte es Jeschua damals selbst noch nicht. Vielleicht nahm er damit etwas vorweg, was er selbst erst später begreifen sollte. Spätestens im Bauch des Schiffs, das er vorerst, noch halb und halb betäubt, für den Bauch des Wals hielt.

Ja, sagte Mischa, so könnte es gewesen sein. Das Lächeln von vorher war rasch und spurlos vergangen. Er wachte auf und wußte nicht, wo er war. Rundum war es dunkel, er sah nichts, vorerst spürte er nur die stetige Bewegung, die ihm eine leichte Übelkeit verursachte.

Ist das so, dachte er vage, wenn man tot ist? In einer Grabkammer lag er anscheinend nicht. Er wurde bewegt. Er wurde *fort*bewegt. War seine Seele schon unterwegs in die Unterwelt?

Nein, er schien noch einen Körper zu haben. Jedenfalls einen Mund, der Bitternis schmeckte. Er hatte auch eine Nase, die stickige Luft roch. Und er hatte anscheinend Lungen, die atmeten.

Im Bauch des Wals. Ja, ein paar Sekunden lang schien ihm diese Erklärung ganz logisch. Das Zeichen des Jonas. Manchmal sagen wir etwas und wissen noch nicht, was es bedeutet. Vielleicht hätte er das damals nicht sagen sollen. Vielleicht hatte er damit das gleiche Geschick auf sich gezogen.

Das gleiche Verhängnis. Denn nun war *das da* über ihn verhängt. Aber wieso eigentlich? Jonas hatte sich seiner ihm von Gott gestellten Aufgabe entziehen wollen. Aber er, Jeschua? Hatte er nicht getan, was er sollte? Und was wäre das gewesen? Er versuchte sich zu erinnern.

Nach Ninive gehen? Nein, in seinem Fall war das Jerusalem. Und? Was dort tun? Die Stadt vor ihrem Untergang warnen? Stimmt, manchmal hatte er solche Visionen gehabt. Aber war da nicht noch etwas gewesen, etwas Besonderes, das Gott von ihm, Jeschua, erwartet hatte?

Wieso ausgerechnet von ihm? Ja, das war nicht leicht zu verstehen. Er erinnerte sich jetzt, daß er gebetet hatte, im Gebet hatte er Gott gefragt. Auf der Erde zusammengekauert. Dort unter den Olivenbäumen. Rund um ihn Nacht. Über ihm ein Mond wie Blut. Wieso, Gott, erwartest du das ausgerechnet von mir? Und wozu, Gott, soll dieser Wahnsinn gut sein? Aber Gott antwortete nicht. Nur die Stimmen der Grillen klirrten. Was danach geschehen war, wußte er nicht mehr.

Jetzt aber war er im Bauch des großen Fisches. Und es war sehr fraglich, ob er je wieder ausgespien würde. Wie ehemals Jonas. Nach drei Tagen und drei Nächten. Er hatte den Eindruck, daß er schon länger hier war. In diesem schwankenden, stinkenden Innenraum. In diesem Alptraum, in den er immer wieder zurückfiel. Und erst nach und nach, sagte Mischa, begriff er. Das war kein Fischbauch, sondern der Bauch eines Schiffes.

Ja, sagte Nikodemus. Endlich sind Sie wieder bei sich. Kommen Sie, trinken Sie, das wird Ihnen guttun. Er saß am Rand des schmalen, kistenförmigen Bettes. Und das Bett gehörte offenbar zu einer Schiffskajüte.

Tut mir leid, sagte Nikodemus, hier ist es nicht besonders komfortabel. Im Grunde kein Passagierschiff, wissen Sie. Aber ein Schiff, auf dem Sie in Sicherheit sind. Trinken Sie, das ist Wein mit heilsamen Kräutern!

Es war schwer, die Flüssigkeit nicht zu verschütten. Jeschua spürte, wie sie an seinem Kinn und am Hals bis auf die Brust hinunterrann. Aber er spürte sie auch durch seine Kehle rinnen. Sie werden sehen, sagte Nikodemus, bis wir in Ostia landen, sind Sie schon wieder auf den Beinen.

9

Soviel als Antwort auf Ihre Frage, wie ich hierherkomme. Sagte Mischa. Barbara erinnerte sich nicht, ihn das gefragt zu haben. Mein Aufenthalt hier, in diesem Quartier, ist natürlich nur provisorisch. Sobald es möglich ist, werden die Freunde des Nikodemus mich drüben unterbringen.

Wo, drüben? fragte Barbara.

Am anderen Tiberufer, sagte Mischa. Am rechten Ufer. Dort wo die Juden wohnen. Traditionellerweise. Die armen Juden und die reichen. Die Geschäftsfreunde des Nikodemus gehören natürlich zu den reichsten.

Die wohnen in prächtigen Villen, sage ich Ihnen! Springbrunnen im Innenhof, Mosaiken in den Wandelhallen, in den Innenräumen natürlich Bodenheizung. Römische Innenarchitektur vom Allerfeinsten! Ein Wohnkomfort, von dem die kommenden Jahrhunderte nur träumen werden.

Ja, dort werden sie mich dann unterbringen. Das heißt, wenn ich will. Ich muß mir das noch überlegen. Klar, ich könnte dort meine Memoiren schreiben. Er kicherte. *Die Wahrheit über Jesus, der sich nie Christus nannte.*

Aber ich weiß noch nicht, ob ich das wirklich soll. Was meinen Sie? Ist diese Wahrheit den Menschen zumutbar? Vielleicht sollte ich sie aufschreiben und die Schriftrolle in eine Flasche tun. Und die Flasche dann in den Tiber werfen und es drauf ankommen lassen.

Worauf? fragte Barbara.

Ob sie im 21. Jahrhundert ankommt.

Mischa! sagte Barbara. Wir *sind* im 21. Jahrhundert!

Mit zwei Schritten war sie am Fenster und öffnete es wieder. Da: Schauen Sie hinaus! Dort oben fliegt ein Hubschrauber!

Um Gottes willen! rief Mischa. Ziehen Sie den Vorhang zu! Diese Hubschrauber sind doch hinter mir her! Verstehen Sie nicht? Ach was, Sie verstehen gar nichts!

Er sprang vom Bett auf und zerrte so fest am Vorhang, daß er ihn von der Stange riß.

Da stand er dann und der Vorhang hing ihm über der Schulter wie ein antikes Gewand. Er ergriff einen Zipfel davon und verhüllte sein Gesicht. Sagen Sie es nicht, sagte er – seine Stimme klang dumpf und fern unter dem Stoff. Sagen Sie bitte niemandem, daß ich es *bin*!

Warum sollte ich? sagte Barbara. Hören Sie Mischa, jetzt kommen Sie hervor! Seien Sie doch vernünftig, was soll der Unsinn! Er hatte sich inzwischen zu Boden sinken lassen. Und dort saß er nun, unter dem Vorhang versteckt, wie ein kleines Kind.

Da hatte Barbara einfach das Bedürfnis, ihn zu umfassen. So absurd er sich benahm, zumindest für ihre Begriffe. Sie ließ sich neben ihn sinken und legte ihm vorsichtig den Arm um die Schultern. Der Rotorenlärm des Hubschraubers war nun fast unerträglich nah.

So saßen sie immer noch, als der Lärm vorbei war. Von draußen hörte man nur mehr das Gurren der Tauben. Und dann dämmerte es. Und da zog sie ihm behutsam den Vorhang vom Kopf. Und da sah sie, daß er Blut geschwitzt hatte, aber das konnte sie jetzt auch nicht mehr erschüttern.

Mit einem Papiertaschentuch tupfte sie die Bluttröpfchen von seiner Stirn.

Und dann half sie ihm auf und legte ihn aufs Bett. Sie zog ihre Bluse aus und dann, nach kurzem Zögern, auch den Rock. Und dann lag sie neben ihm, und nach einer Weile spürte sie, daß sich bei ihm etwas rührte, und darüber war sie dann sehr gerührt.

Sechster Teil

1

Am nächsten Vormittag ging Barbara in die Villa Massimo und holte ihren Koffer. Ein paar Herrschaften vom Symposion, sagte man ihr, hätten sich zwar gewundert, daß sie nicht da war, namentlich ein Herr aus der Schweiz habe den Buschauffeur aufgeregt gestikulierend ersucht, noch einige Minuten zu warten, aber schließlich habe der Bus einfach abfahren müssen. Der Herr mit dem Schweizer Akzent habe dann vom Flughafen noch einmal angerufen und für den Fall, daß sie noch auftauche, seine Handynummer hinterlassen. Ja, danke, sagte Barbara. Sie werde sich mit ihm in Verbindung setzen.

Sie fand eine kleine Pension in der Via delle Botteghe Oscure. Das war nicht weit von Mischas Behausung entfernt. Jeden Morgen um halb neun stand sie auf, ging in die Bäckerei an der Ecke und kaufte Panini. Dann ging sie zu Mischa, stellte die Moccakanne auf den Elektrokocher, von dem sie vor dem ersten Gebrauch eine bräunliche Kruste hatte entfernen müssen, und braute einen anständigen Kaffee.

Es ist wichtig, daß du am Morgen etwas zu dir nimmst, sagte sie. Du siehst schlecht aus, sagte sie, aber es wird besser werden. Und er trank eine Tasse Kaffee, und er aß ein halbes Brötchen mit Butter. Nach und nach aß er sogar ein ganzes Brötchen; das war ein Erfolg.

Nach und nach brachte sie ihn auch dazu, mit ihr spazierenzugehen. Zuerst wollte er nicht aus dem Viertel um den

Campo de' Fiori hinaus. Nur sehr behutsam gelang es ihr, die Kreise, die sie um diesen Platz schlugen, zu erweitern. Manchmal packte er sie plötzlich fest an der Hand und zog sie in eine schützende Hauseinfahrt oder unter ein Deckung bietendes Sonnendach.

Bedroht fühlte er sich, wie es schien, auf jeden Fall von oben. Er fürchtete nicht nur Hubschrauber, sondern auch Scharfschützen. Barbara widersprach ihm vorsichtshalber nicht. Geduldig wartete sie mit ihm im jeweiligen Unterstand, bis die Gefahr, die er zu sehen, zu hören oder zu spüren glaubte, vorbei war.

Ende September wurde das langsam besser. Vielleicht lag es auch am Wetterumschwung – von einem Tag auf den anderen war es kühler geworden. Das tat gut. Vor allem in den Nächten atmete man nun freier. Da vergingen die Alpträume. Anfang Oktober schien er sie fast vergessen zu haben.

In Frankfurt begann inzwischen wieder die Buchmesse. Natürlich hätte Barbara dort sein sollen. Mittwoch vormittag hätte sie die ersten Termine gehabt – Rowohlt, Suhrkamp, 3sat, Deutschlandradio, Blaues Sofa. Statt dessen saß sie mit Mischa am Bug der Tiberinsel und schaute auf den Ponte rotto, an dessen einzig übriggebliebenem Bogen sich das Richtung Meer fließende Wasser brach.

2

Was ist eigentlich passiert in Israel?

Irgendwann mußte sie diese Frage riskieren.

Was passiert ist in Israel? Das kannst du am besten bei Flavius Josephus nachlesen ... Die Zeloten haben versucht, die Römer loszuwerden, das Ergebnis war die Zerstörung Jerusalems.

Er habe es geahnt. Er habe es leider vorweg gewußt. Als er die Stadt vor sich gesehen habe, von der Höhe des Ölbergs aus. Von Bethanien kommend hatten sie auf die Stadt hinuntergeschaut. Und plötzlich hatte er alles zerstört gesehen.

Dem Erdboden gleichgemacht. Ja, mehr als das! Die Erde rundherum aufgewühlt, da sprießte kein Halm mehr. Kein Olivenbaum, kein Weinstock, nichts, das verwüstete Land weit und breit weiß, als hätte es eine Salzkruste. Das Holz zersplitterter Bäume wie in einer zu grellen Sonne gebleichte Knochen.

Was hast du, Rabbi? fragte der junge Jochanaan.

Nichts, sagte Jeschua, nur eine kleine Geistesabwesenheit.

Aber das Wort traf nicht zu, sein Geist war ja hiergewesen. Nicht anderswo, nur anders*wann*, ein knappes Menschenalter oder viele Menschenalter weiter.

Kann man das wirklich? Quer durch die Zeiten sehen?

Ja, sagte Mischa. Ich glaube, ich fürchte, das kann man. Andererseits hoffe er, man könne es nicht. Vielleicht sieht man ja doch etwas undeutlich aus größerer Distanz.

Ich will ohnehin nur wissen, was im Frühling passiert ist.

Ach so, sagte er. Ach so, ja. Im Frühling war es noch schön. Dort in Galiläa. Dort am Genezareth. Alles schien gutzugehen. Reicher Fischfang, wunderbare Brotvermehrung.

Barbara war geduldig. Sie meine nicht jenes Frühjahr. Sie meine dieses Frühjahr. Also das letzte.

Hoffentlich, sagte er, war es nicht wirklich das letzte. Dieses Land, das uns Gott angeblich zugesichert hat, ist ja in Wirklichkeit der unsicherste Aufenthalt der Welt.

Was sagst du da? Barbara dachte plötzlich bang an Esther. Und an Esthers junge Freunde, mit denen sie in Tel Aviv in den Bars gesessen waren. Und an die Musiker, Israelis und Palästinenser, mit denen Esther nun spielte. Nächstes Jahr, hatte sie geschrieben, werden wir in Wien gastieren, da mußt du unbedingt hinkommen.

Was Mischa da sagte, durfte einfach nicht wahr sein!

Das sage nicht ich, sagte er, das hat Edelmann gesagt.

Wir werden Israel wieder nicht halten können. Ich bin gern hier, wissen Sie, ich habe dieses Land schon geliebt, bevor ich hier war, aber letzthin denke ich manchmal, ich werde es auf meine alten Tage noch einmal verlassen müssen.

Das sagte Edelmann auf der Fahrt nach Zefat. Sie saßen im Bus, draußen war ein strahlender Tag. Kurve für Kurve ging es ins galiläische Bergland hinauf. Olga, mit der Mischa in den letzten Wochen so gut wie jeden Tag verbracht hatte, war zu ihrem Mann nach Tel Aviv gefahren.

Sie müsse nun einmal mit Sergej Iwanowitsch reden. Wenn er nicht nach Tiberias komme, dann fahre sie eben zu ihm hin. Irgend etwas schien sie allmählich zu beunruhigen. Aber mach dir keine Sorgen, hatte sie zu Mischa gesagt, ich komme ja bald wieder und bringe hoffentlich gute Nachricht.

Ich weiß schon, sagte Edelmann, daß ich nur das Ersatzprogramm bin. Ich freu mich trotzdem, daß Sie mich jetzt begleiten. Wissen Sie, man sollte das alles sehen, solang es noch existiert. Vorsichtshalber sollte man solche Projekte nicht allzulang aufschieben.

Dort oben, sagte Edelmann, atmet man die beste Luft in Israel. Es gibt keinen besseren Ort, um die Tiefen und Geheimnisse der Thora zu begreifen. Das sage nicht ich, das hat Rabbi Caro gesagt. Josef Caro. Einer der klügsten Kabbalisten.

Einer von denen, die sich dort eingefunden haben, um Israel wiederzufinden. Oder um es zum x-tenmal neu zu erfinden. Damals, nachdem uns die allerchristlichsten Könige aus Spanien vertrieben haben. Ausgerechnet 1492, vielleicht aus Freude darüber, daß ihnen Kolumbus Amerika entdeckt hat.

Ja, so war das, sagte Edelmann – im Bus hatte er die Baskenmütze abgenommen, je nach dem Baumbestand draußen wurde sein kahler Kopf abwechselnd beschattet oder beleuchtet. Kolumbus ist in Amerika gelandet, ein paar spanische Rabbis aber sind in Zefat gelandet. Und das waren nicht irgendwelche Rabbis, wissen Sie! Das war damals die Elite des jüdischen Geisteslebens!

Zefat oder Safed, sagte er, auf hebräisch heißt das *Ausblick*. Hebräisch wird dieser Name wie *Zfat* ausgesprochen. Die meisten amerikanischen Touristen sprechen ihn aus wie *safed*. Aber die Amerikaner sprechen so manches falsch aus, die amerikanischen Juden, die es hierher zieht, sind diesbezüglich keine Ausnahme.

In diesem Fall aber hat die falsche Aussprache vielleicht auch etwas mit Wunschdenken zu tun. *Safed, gerettet* – wäre das nicht ein guter Name für ganz Israel? Ein guter Name für die *Idee* dieses Landes! Die Realität ist leider eine etwas andere.

3

Mein Gott, Israel, das versprochene Land! Das rettende Ufer, das man schließlich erreicht hat. Das Land, in dem man endlich aufatmen kann. Ehrlich gesagt ... das habe ich mir bißchen anders vorgestellt.

Damals, sagte Edelmann, als mir meine Tante nach England geschrieben hat ... Er lehnte sich in dem mit einer von fadenscheinigem Tuch überzogenen Kopfstütze versehenen Sitz zurück und schloß die Augen. In England, in Birmingham, hatten ihn Pflegeeltern aufgenommen. Seine richtigen Eltern hatte er in Wien, auf dem Bahnsteig des Westbahnhofs, zum letzten Mal gesehen.

Das war inzwischen nur mehr vage Erinnerung. Grau, verschwommen, verregnet, vielleicht verweint. Grauer Bahnsteig, graue Mäntel, graue Gesichter. In Wien war er acht gewesen, in Birmingham war er nun achtzehn, an die Gesichter seiner Eltern konnte er sich kaum mehr erinnern.

Der Krieg in Europa war immerhin vorbei – in England hatte man sich vor den Bombenangriffen der Deutschen gefürchtet und dann vor den V2-Raketen, aber das war nun überstanden. In Israel hingegen, wohin die Tante davongekommen war – zum Unterschied von den Eltern, die es nicht mehr geschafft hatten –, in Israel war damals, kaum hatte Ben Gurion den Staat ausgerufen, schon wieder Krieg. Aber das sind, hatte die Tante geschrieben, nur die Geburtswehen dieses Staates. Sie hieß Rosa und arbeitete als Hebamme, vielleicht, sagte Edelmann, verführte sie dieser Name und vor allem dieser Beruf zu einer trotz allem rosigen Sicht der Zukunft.

Unsere Nachbarn hier mögen uns nicht, schrieb sie, aber sie werden sich mit uns abfinden. Dieser Krieg kann nur noch ein paar Wochen dauern, schlimmstenfalls ein paar Monate. Und dann, Du wirst sehen Benjamin, dann ist Frieden. Gott hab sie selig! Seither haben wir sechs weitere Kriege geführt.

Oder sind es schon sieben? Es verdrießt mich, nachzuzählen! Sechs oder sieben Kriege in einem knappen Menschenalter! An zwei davon – dem Suez-Krieg und dem Sechstagekrieg – hab ich aktiv teilgenommen. Danke schön, kann ich nur sagen, ich habe noch heute Alpträume davon.

Als ob unsereins nicht schon genug Alpträume hätte! Meine Eltern sind, wie man so sagt, dem Holocaust zum Opfer gefallen. *Holocaust*, eigentlich ist die Verwendung dieses Wortes in diesem Zusammenhang *bodenlos*. Ich bin sicher, die meisten

Leute, die dieses nach und nach in Kurs geratene und inzwischen geradezu inflationär verwendete Wort ganz selbstverständlich verwenden, wissen nicht einmal, was das heißt.

Wer oder was ist Holocaust? Ein Ungeheuer, eine Naturkatastrophe? Ich weiß, dieses Wort wird nicht zuletzt von Juden verwendet. Aber macht es das richtiger, macht es das besser? Für mich ist und bleibt diese falsche Etikettierung eine Frechheit!

Brandopfer! Aber ich bitte Sie, was signalisiert denn das? Haben die Nazis meine Mutter und meinen Vater *geopfert*, indem sie sie verheizt haben? Wissen Sie was? Damit werden die Täter letzten Endes noch entschuldigt. Das klingt ja so, als hätten sie ein Ritual vollzogen!

Oder als hätten die Juden sich selbst geopfert! Ach ja, natürlich die Juden, das sieht ihnen ähnlich! So haben sie schon die alten Römer gesehen. Die Mörder waren nur die Werkzeuge irgendeiner wahnwitzigen Fügung!

Aber entschuldigen Sie. Davon wollte ich eigentlich gar nicht reden. Schon wieder! Man kennt das ja! Es hängt einem zum Hals heraus! Nichts mehr davon! Die Juden sollen keine Opfer mehr sein! Eben. Darum waren wir ja nach dem Sechstagekrieg auf einmal so beliebt.

Der Sechstagekrieg – unser Pyrrhussieg! Ich weiß, ich weiß, Nasser hat den Mund sehr voll genommen und wir mußten ihm das Maul stopfen. Und die vereinigten Araber hätten uns wahrscheinlich wirklich ins Meer geworfen, wenn wir sie nicht rechtzeitig in die Wüste zurückgetrieben, ja sogar noch dort vor uns hergejagt hätten. Aber dieser Sieg ist uns zu Kopf gestiegen und hängt uns heute noch nach.

Auch diese falsche Beliebtheit war ja fatal. Am beliebtesten waren wir damals bei den Nostalgikern des Dritten Reichs. Dayans Sieg in einem Blitzkrieg, der Rommel alle Ehre gemacht hätte, rehabilitierte sie ja in gewisser Hinsicht. Daß sich die Juden nun am Riemen gerissen hatten und auch noch gute Soldaten geworden waren – hatten das, wenn man es recht bedachte, nicht eigentlich *sie* herbeigeführt?

Sie konnten jetzt direkt stolz auf die Juden sein. *Ihre* Juden. Die übriggeblieben waren. Wie sich jetzt zeigte, waren das eben die besten. *Survival of the fittest.* So kam doch alles zu einem guten Ende.

Zum Kotzen, diese Vorstellung. Ich habe in diesem Krieg übrigens viel gekotzt. Gekotzt und geschissen. Verzeihen Sie, aber ich sage Ihnen einfach, wie es war. Vielleicht eine Infektion, die ich mir im Sinai zugezogen habe. Jedenfalls war ich froh, als diese glorreichen sechs Tage vorbei waren.

Und ich war am Leben und hatte noch Arme, Beine und alles, was dazugehört. Zwar hatte es, wenn die Zahlen, die damals veröffentlicht wurden, stimmten, vergleichsweise wenige Tote und Verwundete auf unserer Seite gegeben, aber nicht *doch* darunter zu sein, das war nichtsdestotrotz Glückssache. Ich hoffte auch, mit den wenigen Schüssen, die ich abfeuern mußte, niemanden ernsthaft getroffen zu haben. Im Suez-Krieg hatte ich das alles noch nicht so empfunden, aber da war ich erst Mitte zwanzig gewesen.

Damals war ich ja erst seit kurzem hier. Meine Zieheltern hatten Wert darauf gelegt, daß ich in England noch meine Schulausbildung beendete, aber dann hatten sie mich ziehen lassen. Ein junger Mensch wie du gehört doch hierher, hatte die Tante geschrieben, auf den Fotos schaust du groß und stark aus. Du kannst in einem Kibbuz arbeiten, du kannst helfen, dieses Land aufzubauen.

Du wirst sehen, es ist ein schönes Land!

Ja, und damit hat die Tante ja recht gehabt. Sagte Edelmann. Das dort drüben ist übrigens der Berg Meron. An seinem Fuß liegt der Rabbi Bar Jochai begraben.

Ein schönes Land, ich erinnere mich noch daran, wie ich hier angekommen bin. Per Schiff, denn Flugreisen waren zu dieser Zeit noch viel zu teuer. Da habe ich vorerst nichts anderes gesehen als wolkigen Dunst. Doch dann tauchten auf einmal diese zarten, violetten Umrisse auf …

Ich weiß nicht, ob Sie sich vorstellen können, was das für ein Gefühl war. Diese violette Silhouette aus dem blauen Meer auftauchen zu sehen! Für jemanden, der aus dem grauen England kam. Klar, wir waren unterwegs auch an anderen Küsten vorbeigekommen, durchwegs interessanten oder anmutigen Landstrichen, aber das waren nicht *unsere* Küsten, die sahen wir mit anderen Augen.

Ja, das ist das Gebirge von Judäa, hat jemand gesagt. Und dann sahen wir auch schon den grünen Gipfel des Berges Karmel. Lauter Juden auf dem Schiff, denen man diesen Floh mit dem Gelobten Land ins Ohr gesetzt hatte. Da waren wir also. Endlich. Man hatte tatsächlich das Gefühl, heimzukehren.

Aber kaum war ich da, wurde ich auch schon zum Militärdienst eingezogen. Und knappe zwei Jahre später, hast du nicht gesehen, bin ich schon nach Gaza marschiert.

Doch damals habe ich das noch gut gefunden. Gottseidank ändert sich der Mensch, wenn er älter wird, manchmal wird er auch gescheiter.

Als ich den Sechstagekrieg überstanden hatte, war ich etwas über Mitte dreißig, den Jom-Kippur-Krieg mußte ich dann nicht mehr haben. Wahrscheinlich hätten sie mich ohnehin nicht mehr einberufen. Aber ich habe das lieber nicht abgewartet. Bevor es wieder losgegangen ist, bin ich nach Amerika.

Das war jedoch zu spät, ich hab mich nicht mehr an das Leben dort gewöhnt. Obwohl die Bronx viel jüdischer war als das ganze Eretz Israel. Ich hab dort nicht schlecht gelebt und verdient, wissen Sie, auch nicht uninteressant, ich hab ja als Manager für ein Schallplattenlabel gearbeitet. Aber der *way of life*, die Art des Umgangs miteinander, vor allem dieses ewig jugendliche Gehabe erwachsener Menschen – ich will nicht sagen, daß das gegen meine Natur ist, aber anscheinend wurden nun, da ich ein reifer Mann war, in meiner Kindheit erworbene Abneigungen und Vorlieben manifest.

Wissen Sie was? Dort drüben habe ich Sehnsucht nach Europa bekommen! Eines Tages, nach sieben Jahren in den Staaten, habe ich also wieder meinen Koffer gepackt. Und bin zuerst einmal nach London geflogen. Mein Pflegevater war inzwischen gestorben, aber meine Pflegemutter hat noch gelebt.

Ich habe sie in einem Altenheim in Brighton besucht, wo sie medizinisch gut versorgt wurde. Aber ich glaube, sie hat mich nicht mehr erkannt. So where do you come from, Sir, hat sie gesagt, from Israel or from the United States? Maybe it's better if you come again when my husband is in.

Ich bin dann nach Bristol und habe von dort eine Zugsfahrkarte über Ostende nach Wien gelöst. Vielleicht sollte ich einfach dorthin zurückkehren, habe ich gedacht, woher ich gekommen bin. Aber kaum bin ich im Schlafwagen gelegen, habe ich einen Traum gehabt, den ich wahrscheinlich schon früher geträumt hatte. Im Traum jedenfalls habe ich mich daran zu erinnern geglaubt, daß ich diesen Traum schon kenne.

Er läuft ungefähr so: Meine Mutter holt mich von der Schule ab. Und sie nimmt mich an der Hand, und wir gehen sehr rasch, denn irgend jemand ruft irgend etwas hinter uns her. Ich glaube, es ist ein Wort im Wiener Dialekt, der nett sein kann, musikalisch, sogar charmant, wenn er freundlich gesprochen wird, aber abgrundtief häßlich, wenn die Leute ihrer lang aufgestauten Aggression freien Lauf lassen. Die Dialekt gewordene Primitivität und Gemeinheit.

Ja, das weiß ich noch aus meiner Kindheit, vor allem aus der

Erfahrung der zwei Jahre, die ich in Wien zur Schule gegangen bin. Trotzdem verstehe ich das Wort nicht, das man hinter uns her ruft. Im Traum. Vielleicht basiert dieser Traum ja auch auf einer Erinnerung. Meine Mutter hält mich an der Hand, und man ruft oder schreit etwas hinter uns her, und wir gehen immer schneller und schneller. Es muß ein böses Wort sein, denn als wir kurz darauf zu Hause sind, das heißt genaugenommen im Flur des Hauses, in dem wir wohnen, da schlägt meine Mutter das Haustor hinter uns zu. Und dann läßt sie sich, rücklings an dieses Tor gelehnt, zu mir heruntersinken. Und über ihr Gesicht, dessen Rekonstruktion mir im Wachzustand gar nicht mehr gelingt, aber nun, im Traum, sehe ich es ganz deutlich vor mir, über dieses erstaunlich junge Gesicht laufen Tränen. Und da wache ich dann auf, sagte Edelmann, dessen Stimme nun etwas belegt klang (vielleicht lag das ja auch an der Höhenluft, die durch ein schräg geöffnetes Fenster hereinzog), da bin bin ich dann aufgewacht.

Im Zug. Im Schlafwagen. Der mit mir durch die Nacht fuhr. Draußen war es finster, aber aus den Namen der Stationen, die, während der Zug dahinraste, kurz aufblitzten, schloß ich, daß wir noch in Belgien waren. Und wirklich. Einige Minuten später näherten wir uns Brüssel. Da zog ich mich in aller Hast wieder an, zerrte meinen Koffer aus dem Gepäcksnetz und schaffte es gerade noch, rechtzeitig auszusteigen.

Und bin also wieder nach Israel, wo denn sonst hin? Das war Anfang der Achtzigerjahre, meine Tante Rosa hat noch gelebt. Schau, jetzt wird doch noch Frieden, hat sie gesagt. Begin und Sadat haben einen Vertrag unterzeichnet, wir räumen die Sinaihalbinsel, und für die Westbank und den Gazastreifen wird sich auch noch eine Lösung finden.

Die gute Tante! Sie war eine unverbesserliche Optimistin. Zwei Jahre später haben wir den ersten Libanonkrieg gehabt.

Ach Gott ja, die PLO hat von dort oben auf uns geschossen. Und natürlich konnten wir uns das nicht gefallen lassen.

Also sind wir im Libanon einmarschiert. Nein, ich mußte nun wirklich nicht mehr dabeisein. Aber der Sohn einer Freundin und ein Neffe von mir mußten mit. Der eine ist gefallen, der andere ist als Krüppel zurückgekommen.

Und sicher haben sie dort ihrerseits ein paar Feinde erschossen und zu Krüppeln gemacht. Und unsere Flugzeuge sind über die Lager geflogen und haben den Palästinensern gezeigt, wozu wir imstande sind. Das ist es ja, was wir den anderen immer wieder zeigen. Für einen von uns zehn von euch, wenn es gutgeht, sind es sogar hundert!

Und zwischendurch besiedeln wir die Gebiete, die wir räumen sollten. Und wenn wir sie wieder räumen, halten sie uns für Idioten. Und immer wieder finden sich welche, die sich aus Haß auf uns in die Luft sprengen. Und wenn einer oder eine von ihnen Dutzende von uns mitnimmt, dann halten sie das, wenn schon nicht wirklich für gottgefällig, so zumindest für ausgleichende Gerechtigkeit.

Und das hört natürlich nie auf, inzwischen haben wir schon den zweiten Libanonkrieg hinter uns. Den hat meine Tante Rosa nicht mehr erlebt. Und wahrscheinlich ziehen wir demnächst in einen dritten. Und die PLO erscheint uns fast harmlos, inzwischen haben wir es nämlich mit der Hamas und der Hisbollah zu tun.

Ganz zu schweigen von denen, die dahinterstehen. In Syrien, im Iran, weiß der Satan wo noch. Und wer weiß, sagen manche, vielleicht werden wir letztendlich noch einen ganz anderen Krieg führen müssen. Vielleicht müssen wir dieser Gefahr einfach ins Auge blicken, denn dann müssen wir einfach die Schnelleren sein im finalen Showdown – aber diese Perspektive macht mir fast noch mehr Angst als die andere.

4

Was ist eigentlich passiert in Israel?

Sie haben Jerusalem belagert, sagte Mischa, das war vorauszusehen. Vier Monate lang haben sie Jerusalem belagert. Drin die Eiferer, die selbsternannten Nachfolger der Makkabäer, draußen die Römer, ein Heer bis zum Horizont.

Die Greuel der Verwüstung – so steht es beim Propheten Daniel. Die Umgebung der Stadt öd und kahl in einem Umkreis von zwanzig Kilometern. Das war einmal eine einzige Gartenlandschaft, Mandel- und Feigenbäume, Wein- und Oliventerrassen, so weit das Auge reicht. Nun ist alles abgeholzt, bis auf den letzten Stamm, sie brauchen das Holz zum Schanzen und für die Kreuze.

Der Weheruf über Jerusalem! Was für ein böswilliges Mißverständnis. Schmach und Schande über die Wortverdreher! Keinen Fluch habe der Rabbi über die Stadt gesprochen, sondern einen Kaddish. Und einen Feigenbaum zu verfluchen, so etwas wäre ihm nie in den Sinn gekommen.

Es war bloß so: Er sah diesen Baum zerfallen. Er sah ihn einfach zu weißer Asche zerfallen. So würde er wirklich niemals mehr Früchte tragen. Aber vielleicht, ja hoffentlich, war er wenigstens diesbezüglich ein falscher Prophet.

Sagte Edelmann. Ja, das können wir nur hoffen. Ein falscher *Messias* war er ohnehin. Zumindest aus jüdischer Perspektive betrachtet. Und der Messias ist bitteschön unsere Erfindung!

Entschuldigung, das ist doch einfach die Wahrheit! Die meisten Gojim wissen ja gar nicht, wovon sie reden! Man sollte einmal eine diesbezügliche Umfrage machen. Ich tippe, mindestens fünfzig Prozent der Christen von heute halten *Christus* für den Familiennamen den Herrn Jesus.

Und daß er am Kreuz hängt, scheint ihnen ganz selbstverständlich. Da hängt er, wehrlos, in ihren Amtsstuben und in ihren Schulklassen, an ihren Wanderwegen und über ihren Stammtischen. Da hängt er, festgenagelt, der Messias *ist* für sie der Gekreuzigte. Dabei wäre gerade die Kreuzigung der Beweis dafür, daß er es *nicht* war.

Sie waren aus dem Bus ausgestiegen und gingen nun die ansteigende Straße zum Synagogenviertel hinauf. Manchmal blieb Edelmann stehen, um durchzuatmen. Er begründete das erneut mit der guten Luft von Zefat, immerhin habe es hier über 800 Meter Seehöhe. Das sei nicht nur gut für die Atemwege, sondern auch für Herz und Kreislauf, hier herrscht, sagte er, ein mildes Reizklima.

Wieso war er plötzlich auf Jesus zu sprechen gekommen?

Nun ja, sagte er, ich habe den Eindruck, zu dem haben Sie eine besondere Beziehung.

Auf diese Feststellung reagierte Mischa vorerst tatsächlich etwas gereizt. Woher wissen Sie das? fragte er. – Hatte Edelmann etwa mit Olga geredet?

Und hatte Olga geplaudert? Er hatte sie ausdrücklich gebeten, es vorläufig bei sich zu behalten. Alles, was er ihr erzählt hatte, und alles, was sie miteinander vorhatten. Sag es ja niemandem! hatte er ihr eingeschärft. Meinem Mann, hatte sie gemeint, muß ich es wohl sagen.

Wenn er doch das Projekt unterstützen sollte.

Dagegen ließ sich schwer etwas einwenden.

Obschon sich Mischa nicht wohl fühlte.

Bei dem Gedanken, daß Olga mit ihrem Mann über ihn redete wie über ein Spekulationsobjekt.

Aber das war nun wahrscheinlich bereits im Gange.

Und jetzt sprach ihn Edelmann auf Jesus an. Er hätte nicht gedacht, daß zwischen dem alten Herrn und Olga überhaupt eine Gesprächsbeziehung bestand. Aber vielleicht war das ja auch gar nicht der Fall. Wissen Sie, sagte Edelmann, ich bin halt ein Menschenkenner.

Warum wollen Sie denn ausgerechnet Jesus sein? Bei all dem Unglück, das dieser Mensch über uns gebracht hat! Er hat das nicht gewollt, sagen Sie, na schön, lassen Sie uns das guten Willens glauben. Doch selbst dann müssen Sie zugeben, daß das Ergebnis katastrophal war. Für uns Juden jedenfalls – und für ihn eigentlich auch. Was alles in seinem Namen geschehen ist: Kann er das wirklich auf seine Kappe nehmen? Verzeihen Sie, ich will Ihnen nicht zu nahe treten. Aber wenn Sie sich wirklich einbilden, so eine Art von Wiedergeburt zu sein, dann haben Sie einiges zu korrigieren!

Reinkarnation, sagte Edelmann, doch, doch, so etwas haben die kabbalistischen Rabbis für möglich gehalten. Und das waren durchaus keine weltfremden Spinner. Im Gegenteil, das waren Leute mit einer reichen und infolge der Zeitläufe leider turbulenten Lebenserfahrung. Die haben geahnt oder gewußt, daß man es manchmal in *einem* Leben gar nicht schafft.

Was? sagte Mischa.

Die Erkenntnis Gottes und seiner selbst.

Das war im Garten der HaAri Synagoge. Ob es die sephardische oder die aschkenasische HaAri Synagoge gewesen war, wußte Mischa nicht mehr.

Setzen Sie sich zu mir, hatte Edelmann gesagt. Damit ich Ihnen ein bissel was erklär.

Da saßen sie nun unter Zitronenbäumen – oder waren es Orangenbäume? Sie blühten. Manche waren sogar schon abgeblüht. Obwohl die Stadt Zefat ja ziemlich hoch oben liegt. Also hören Sie zu, sagte Edelmann: *HaAri, Der Große Löwe*, das ist der Ehrenname für Isaak Luria.

Und dann erzählte er von Luria, der aus Spanien nach Ägypten geflohen und von dort nach Galiläa gegangen war.

Und zwar eben genau hierher, nach Safed, wo er die alten Schriften, die er längst kannte, mit neuer Intensität studierte und darüber meditierte. Nicht zuletzt, sagte Edelmann, über die Selbsterkenntnis des Messias. Ich hab mir gedacht, das sollte Sie interessieren.

HaAri, sein Name sei gepriesen, war nämlich der Auffassung, daß es in jeder Generation einen potentiellen Messias gibt. Aber der muß sich nicht immer realisieren. Das hängt von der Generation ab, wissen Sie. Manch eine ist es vielleicht gar nicht wert, manch eine andere hat vielleicht gar keinen Messias nötig. Es gibt also eine Menge Messiasse, aus denen sozusagen nichts wird. Oder, um es etwas ehrfürchtiger auszudrücken, die im Verborgenen bleiben. Die sich zurücknehmen, wie Gott selbst sich zurücknimmt. Und trotzdem ist es ganz einfach gut, daß sie da sind.

HaAri selbst war vielleicht einer von ihnen. Zumindest haben das seine Schüler behauptet. Vor allem Chajm Vital, der seine Lehren, die bis dahin nur mündlich verbreitet waren, aufgeschrieben hat, in seinem großartigen *Buch der Visionen*. Allerdings hat der sich selbst auch für einen möglichen Messias gehalten.

Und so weiter. Es folgten noch einige Namen verborgen gebliebener oder jedenfalls nicht voll ins Licht der Öffentlichkeit getretener Messiasse, die sich Mischa nicht gemerkt hatte. Die Verborgenheit, in der sie geblieben waren, hing wohl auch damit zusammen, daß Gott ihr Licht nicht voll zum Leuchten brachte. Denn dem eigenen Seelenlicht müsse noch das höchste Seelenlicht hinzugefügt werden. Und das könne man nicht erzwingen. Darauf könne man nur warten.

Was man in der Zwischenzeit aber auf jeden Fall tun könne, das sei, die eigene Seelenwurzel zu suchen. Man kann seine Zeit auf dümmere Dinge verschwenden. Suchen Sie nur, sagte Edelmann, suchen Sie! So, und jetzt kommen Sie, sagte er, machen Sie sich nichts draus, sehen Sie einfach die Schönheit dieser Synagoge.

Den Ablauf des Vormittags konnte Mischa noch ganz gut rekonstruieren, was den Nachmittag betraf, kam ihm schon einiges durcheinander. Es war seltsam, aber nach und nach hatte er sich immer schwindliger gefühlt. Vielleicht hing das ja mit der Höhenluft zusammen. Obwohl: Knappe 900 Meter – dieses Zefat oder Safed war doch nicht Machu Picchu oder Lhasa!

Wahrscheinlich lag es doch an der Fülle von Eindrücken und Informationen. Nicht, daß ihm alles neu war, was er da sah und hörte. Aber in seiner Erinnerung an diesen Nachmittag stiegen sie unausgesetzt treppauf, treppab. Und Edelmann, der nun, zum Unterschied von ihm, überhaupt nicht mehr außer Atem kam, Edelmann redete und redete.

Was hatte er gesehen? Eine Reihe von Synagogen, eine beeindruckender als die andere. Doch die Erinnerungsbilder all der Fassaden und Innenräume überlagerten sich wie übereinanderkopierte Fotos. Eine Menge Gräber von Rabbis und *Zaddikim*, also Gerechten, die, so Edelmann, vielleicht durch ihre bloße Existenz den Fortbestand der Welt gewährleistet hatten. Nie kennt man alle, aber einige erkennt man nach und nach; trotzdem hatte Mischa nicht einmal die Namen der bekanntesten behalten.

Und die weite Aussicht vom Burgberg hatte er gesehen, Hügel an Hügel, man konnte nicht sagen, wo der eine aufhörte und der andere anfing. Und durch ein Gewirr von Gäßchen mit Katzenkopfpflaster hatte ihn Edelmann gelotst. Diesem sogenannten Künstlerviertel sah man seinen arabischen Charakter noch an, aber die arabische Bevölkerung hatte man vertrieben. Man nannte den Sachverhalt hier beim Namen, man war sogar stolz darauf, das war die Befreiung gewesen, und das hatte man auf eine Gedenktafel geschrieben.

Ach ja, und da stand eine Kanone auf irgendeiner Terrasse, *originally handmade.* Die habe damals, im Jahr 1948, die Unabhängigkeit des Landes verkündet, die Böllerschüsse habe man bis in den Libanon und nach Syrien hinein gehört. Und in den Galerien hörte man allenthalben Musik, die klang wie von Giora Feidmann – Klezmer mit einem Touch New Orleans-Jazz im Stil Sidney Bechets, zweifellos hübsch, sagte Edelmann, aber nur mehr selten echt. Und so ähnlich verhielt es sich mit den Bildern von Chagall, der dort auch überall präsent war, wenn auch kaum persönlich.

Von all den Bildern, die Mischa in den Galerien gesehen hatte, war ihm nur eins im Bewußtsein geblieben. Das sah er noch abends vor sich, als er, nach der Rückkehr aus Zefat, auf seinem Hotelbett in Tiberias lag und auf den Anruf Olgas wartete, der nicht kam. Da stand ein eingezäuntes Schaf, wie bestellt und nicht abgeholt (diese Phrase fiel ihm dazu ein, denn das Schaf machte einen irgendwie ratlosen Eindruck), und draußen, jenseits des Gatters, das entweder als Schutz gesehen werden konnte oder als Gefängnis, draußen wartete schon der Wolf. Aber dieser Wolf sah eigentlich ganz sympathisch aus, und vielleicht wartete er auch nur auf den Tag, an dem er neben dem Lamm ruhen durfte – zweifellos handelte es sich um ein naives Bild.

5

Bilder, die durch seinen Kopf liefen, Worte, deren Echo er noch hörte, als sie aus Safed zurück waren. Er war rechtschaffen müde, ein wenig war er schon im Bus eingeschlafen. Doch im Hotel versuchte er, sich wachzuhalten. Er wartete auf den versprochenen Anruf von Olga.

Gleich an der Rezeption, bei der Entgegennahme des Zimmerschlüssels, hatte er sich erkundigt, ob er nicht schon am Telefon verlangt worden sei. Nein, kein Anruf in seiner Abwesenheit. Gut, es war ja auch noch nicht wirklich spät gewesen, obwohl er damit gerechnet hatte, früher nach Tiberias zurückzukommen. Offenbar hatte es zwei Abfahrtsmöglichkeiten aus Safed gegeben – ohne ihn lang zu fragen, hatte Edelmann für die spätere entschieden.

Nun stand Mischa also am Fenster und schaute auf den See hinaus, an dessen Ufer es einige Lichter gab. Auch am jenseitigen Ufer, dort, wo der Kibbuz En Gev sein mußte, den Olga und er demnächst besuchen wollten. En Gev, der Ort des Musikfestivals, das, seit einigen Jahren immer bekannter geworden, nicht nur Gruppen aus ganz Israel, sondern auch ein immer größeres Publikum anzog. Wir sollten uns dort umsehen, hatte Olga gemeint, für dieses Festival gibt es ja schon eine gewisse Infrastruktur, vielleicht wäre das auch der geeignete Ort für deinen ersten Auftritt.

Es war allerdings etwas zweifelhaft, ob das, was Mischa jetzt sah, wirklich die Lichter von En Gev waren. Die Sicht war nicht ganz klar, der Abend war erstaunlich schwül für die Jahreszeit, ein Wetterwechsel lag in der Luft. Konnte man überhaupt so weit über den See sehen, noch dazu unter diesen Umständen? Vielleicht waren die Lichter, die Mischa sah, die Laternen von viel näher positionierten Fischerbooten oder viel weiter entfernte Sterne.

Doch gab es die Fischerboote überhaupt noch, die hinausfuhren wie ehemals? Und gab es die Sterne überhaupt noch, deren Licht, ein jenseits der uns Menschen noch wirklich vorstellbaren Maße ausgesandtes Signal, durch den leeren Raum raste? Edelmann hatte von den Gefäßen erzählt, die das Licht der göttlichen Schöpfung ursprünglich enthalten hatten. Diese Gefäße waren zerbrochen, ja das Licht selbst war zerbrochen, indem es ausgesandt worden war, und hier unten bei uns existierte es nun sozusagen in der Diaspora, im Exil, in der Materie aufbewahrt oder gefangen, das war die Frage.

Und vielleicht ist ja das Exil die Existenzweise, die diesen sozusagen kosmologischen Bedingungen am ehesten entspricht. Und wenn es Gott gibt, der sich zurückgenommen hat, in ein Dunkel, in dem man ihn kaum mehr erkennt, so hat er diese Existenzweise für sein Volk vielleicht vorgesehen. Warum? Na ja, vielleicht, um etwas zu demonstrieren, die conditio humana sozusagen. Nicht, daß mir diese Sicht der Dinge wirklich gefällt, hatte Edelmann gesagt, ich meine, wie kommen wir dazu, immer mit dem vorsichtshalber schon gepackten Koffer zu leben, aber vielleicht entspricht sie trotzdem der Wahrheit.

Mischa stand am Fenster, und dann legte er sich aufs Bett. Und es wurde zehn, und es wurde elf, und es wurde zwölf, und Olga rief nicht an. Er versuchte, sich wach zu halten, er wollte das Telefon, wenn es vielleicht doch noch klingelte, auf keinen Fall überhören, aber manchmal nickte er doch etwas ein. Im Halbschlaf lief er, immer wieder verirrt, durch ein unendliches System verwinkelter Gassen und Treppen, es erinnerte ihn an ein Bild des Malers, der solche Systeme mit Vorliebe gemalt hatte, wie hieß der doch gleich, im Traum lag ihm der Name buchstäblich auf der Zunge, aber er konnte oder durfte ihn nicht aussprechen.

Auch am nächsten Tag hörte er nichts von Olga. Natürlich versetzte ihn das in wachsende Unruhe. Was hatte das zu bedeuten? Warum ließ sie ihn ohne Nachricht? Sie hatte versprochen, so bald wie möglich mit ihrem Mann zu reden.

Da saß er im Zimmer, in quälender Passivität. Sie hatte ihm keine Telefonnummer gegeben, er wußte auch keine Hoteladresse. Natürlich, er konnte irgendwelche Luxushotels in Tel Aviv anrufen. Aber auch wenn er das richtige erwischte, war es unwahrscheinlich, daß man ihn mir nichts dir nichts mit der Suite des Oligarchen verband.

Außerdem wollte er allfällige Schwierigkeiten, auf die Olgas so leichthin in Aussicht gestellte Aussprache mit ihrem Mann stieß, nicht noch vergrößern. Es würde, hatte sie gesagt, kein besonderes Problem sein, ihn für ihr Projekt Messias zu gewinnen. Nicht, weil er ein gläubiger Mensch sei, das eher nicht. Aber erstens könne sie sich nicht vorstellen, daß er mit seiner Nase für gute Geschäfte nicht die Chancen hinter so einem Projekt wittere, und zweitens würde er ihr, seiner Frau, keinen Wunsch abschlagen.

Mischa hielt es in seinem Zimmer nicht aus. Er ging am Seeufer entlang und überlegte, was geschehen sein könnte. Der Wetterwechsel, der sich schon in der Nacht angekündigt hatte, war erst halb und halb eingetreten. Der Himmel hing tief, das Galiläische Meer lag grau wie Blei.

Etwas lief zweifellos schief in Tel Aviv. Vor seinem inneren Auge sah Mischa ein paar mögliche Szenarien. Diese Vorstellungen hatten etwas von einem verfilmten Theaterstück. Er sah Olga und ihren Mann in einer Luxussuite, die etwas von einem Bühnenbild hatte, und Olga war drauf und dran, Sergej Iwanowitsch von ihm zu erzählen.

Erste Version: Sergej Iwanowitsch hörte gar nicht recht zu. Die Geschichte, die ihm seine Frau da erzählen wollte, interessierte ihn nicht. Er wollte nach wie vor den Fußballklub *Hapoel Tel Aviv* kaufen, das hatte er sich in den Kopf gesetzt und das würde er auch (fast um jeden Preis) erreichen. Für etwas anderes war in seinem Kopf momentan kaum Platz.

Zweite Version: Sergej Iwanowitsch hörte zwar ein wenig zu, wollte es aber gar nicht genauer wissen. Blockte nach kurzem ab: Was hatte Olga bloß für Ideen! *Wie* war das? *Was* war das? Ein Typ, der sich für den wiedergekehrten Jesus hielt? Und *den* sollte man finanzieren? Also das kam doch gar nicht in Frage!

Dritte Version: Sergej Iwanowitsch hörte etwas mehr zu, aber schöpfte Verdacht. Was versprichst du dir davon? Also ich sehe nicht, was uns das bringen soll! Oder hast du allzu private Interessen? Paß bloß auf, Olga, du weißt, daß ich nicht viel übrig habe für solche Scherze!

In allen drei Versionen sah Mischa den Oligarchen übrigens nur von hinten. Genaugenommen sah er vor allem die Speckfalte, die dieser Mann im Nacken hatte. Die ersten zwei Versionen sah er eher schwarzweiß, aber Version drei, so war ihm, sah er in Farbe. Jedenfalls sah er die Speckfalte in Farbe, denn sie wurde während der letzten, sehr deutlichen Worte, die Sergej Iwanowitsch sprach, in einem rollenden Russisch, das signalisierte, daß es Olga jetzt nicht mehr viel weiter treiben durfte, immer röter.

Das Phantasiematerial zu weiteren Versionen, die Mischa im Lauf der nächsten Tage beschäftigten, stammte zum Teil von Edelmann. So, sagte der am Abend in der Bar, Ihre Olga ist noch immer nicht zurück. Na ja, die Geschäftsabschlüsse ihres Göttergatten scheinen diesmal nicht so im Handumdrehen zu klappen. Wenn Sie mich fragen, geht es dabei natürlich nicht nur um den Fußballklub, da steckt bestimmt etwas ganz anderes dahinter.

Was konkret, darüber erging er sich nur in geraunten Andeutungen. Vielleicht Waffenhandel. Gut möglich, daß er ehemals auch einiges aus den Beständen der Sowjetarmee aufgekauft hatte. Aber daß man im modernst gerüsteten Israel daran Bedarf hatte, war doch eher unwahrscheinlich. Noch unwahrscheinlicher war, daß man ihn von Tel Aviv aus etwa mit der Hisbollah Geschäfte machen ließ.

Obwohl … Wer weiß … In dieser Welt ist ja alles hundsgemein vernetzt, sagte Edelmann … Da gibt es die unwahrscheinlichsten Allianzen … Wer sagt denn, daß es nicht auch hier, in Israel, Leute gibt, die an einer gewissen, wenn auch nicht allzu guten Bewaffnung der Hisbollah ein Interesse haben … Aber vergessen Sie es, sagte er, ich habe nichts gesagt.

Natürlich vergaß Mischa gerade solche Andeutungen nicht. Sie machten ihn noch unruhiger, als er ohnehin schon war. Am nächsten Tag reichte es nicht mehr, daß er am Seeufer entlanglief. Er erinnerte sich an die Fahrrad- und Mofa-Leihanstalt, ging hin und borgte sich wieder ein Moped aus.

Fuhr noch einmal nach Kafarnaum, saß in demselben Restaurant, in dem er mit Olga gesessen war. Aber der St. Peters-Fisch schmeckte ihm ohne sie viel weniger. Es war ihm schon klar gewesen, daß sie eine gefährdete Person war. Aber wenn ihr Mann wirklich die Geschäfte machte, die Edelmann angedeutet hatte, war die Gefahr weitaus größer.

Er aß den Fisch nicht auf und ließ den Golanwein stehen. Den Wodka danach trank er allerdings auf einen Zug, wie es sich gehörte. Das half ihm, die Bilder, an denen seine Phantasie jetzt arbeitete, am Aufsteigen zu hindern. Er wollte nicht sehen, wie Olga an der Seite ihres Gatten von Kugeln durchsiebt, von einer Bombe zerfetzt oder sonst irgendwie in ein letzten Endes doch zweifelhaftes Jenseits befördert wurde.

Durch einen Verkehrsunfall zum Beispiel, so etwas kann schließlich und endlich jedem zustoßen. Auf der Rückfahrt nach Tiberias kamen ihm trotz Wodka ein paar einschlägige Varianten in den Sinn. Über so etwas soll man beim Fahren besser nicht nachdenken, kurz vor Magdala geriet ihm auf der plötzlich von einer wässrigen Schneeschicht bedeckten Straße das Moped ins Rutschen. Gottlob passierte nicht viel, er trug ein paar Kratzer und eine Prellung davon, aber das Moped sah nachher nicht mehr ganz so neu aus.

Er hätte die Reparatur nicht bezahlen können. Aber als er ins Hotel kam, wurde ihm an der Rezeption ein Kuvert überreicht. Darin steckte nicht nur ein Kärtchen mit ein paar Zeilen von Olga, sondern auch ein Scheck. Der Betrag, den er dafür einlösen konnte, enthob ihn für ein paar Monate aller finanziellen Sorgen.

Trotzdem war er darüber zutiefst enttäuscht. Damit hatte sich Olga als Fehlbesetzung erwiesen. Magdalena hätte ihn nicht so sitzenlassen. Magdalena hätte ihn nicht so abgefertigt.

Wie genau, mit welchen Worten und mit welcher Summe das Olga getan hatte, nein, darüber wollte Mischa dann wirklich nicht mehr reden. Es reichte ja schon, daß er *so* viel (schon *zu*viel) erzählt hatte. Das sah Barbara ein, es war nicht einfach für ihn, aber sie war nicht unzufrieden. Das Eingeständnis, daß Olga die falsche Magdalena gewesen war, hatte sie jedenfalls mit Genugtuung gehört.

Inzwischen war diese Olga jedoch ein Phantom. Zwar schien es tatsächlich so, als wäre es Mischa im Umgang mit dieser Person nicht nur um Geld gegangen. Und nicht nur um Sex, falls daraus wirklich etwas geworden war. Aber das war nun Schnee vom vergangenen Jahr.

Oder genauer: Schnee vom Frühjahr in Tiberias. Nun war Herbst in Rom, das war die Realität. Er blieb übrigens dabei, daß es dort, am See Genezareth, noch im März (oder war es schon April?) geschneit habe. Sie ging dem nicht nach, auch später nicht, als sie auf all das (auch den Herbst in Rom) zurückblickte.

Eine andere Art Schnee lag nun näher, davon mußte sie ihn wegbringen. Kokain. Vom Heroin hatte er bis dahin anscheinend nur wenig konsumiert. Und nur geschnupft, nicht gefixt, dafür konnte er wirklich Gott danken. Oder sollte *sie* das tun? Wenn es nichts nützte, konnte es nichts schaden.

Und vielleicht nützte es ja doch, wenn man Hilfe braucht, soll man nichts unversucht lassen. Manchmal, auf dem Weg zur Apotheke in der kleinen Gasse hinter dem Teatro Argentina, wo man ihr bestimmte Medikamente ohne Rezept gab, tat sie einen Sprung in die Chiesa Sant' Andrea della Valle. Lieber Gott, sagte sie, er steht dir doch trotz allem ziemlich nahe. Also hilf mir, daß ich ihm helfen kann.

Bis zum vollen Ausbruch seiner Depression dort, in Israel, hatte es übrigens noch eine Weile gedauert. Zuerst, so schien es, war es ihm sogar wieder etwas besser gegangen. Das lag wahrscheinlich nicht nur an der Verbesserung seiner finanziellen Situation durch Olgas Scheck. Im Grunde seines Herzens war er wohl auch erleichtert darüber, daß er sich nun doch nicht offenbaren mußte.

Jedenfalls *noch* nicht. Das Scheitern des dubiosen Messias-Projekts, dessen Realisierbarkeit ihm Olga vorgegaukelt hatte, bedeutete ja zumindest einen Aufschub. So konnte er – wenigstens vorläufig – in Verborgenheit bleiben. Er mußte sich noch nicht outen. Er konnte noch überlegen. Das mit dem *Kairos* hatte schon etwas für sich, aber man durfte nichts überstürzen.

Er beschloß, eine besinnlichere Phase einzuschalten. Ging umher, ließ das inzwischen wieder zurückgekehrte schöne Wetter auf sich wirken, lag auf blühenden Wiesen und las. Mithilfe der Evangelien vergegenwärtigte er sich noch einmal all die gelungenen Aktivitäten um den See Genezareth. Es sah so aus, als würde er am Genezareth genesen.

In der Frühstücksbar des Hotels, in dem er nach wie vor wohnte, las er übrigens auch die Zeitungen. In der *Jerusalem Post* stieß er eines Tages auf einen Artikel über Adamov. Daraus ging hervor, daß der Oligarch und seine Frau nach Rußland zurückgekehrt waren. Vielleicht, so wurde in dem Artikel vermutet, sei der Mann wegen verfehlter Spekulationen in unerwartete finanzielle Schwierigkeiten geraten, möglicherweise aber habe ihn auch Putin zurückgepfiffen.

Gedankenverloren stand Mischa danach vor dem Plakat in der Lobby des Hotels, auf dem das Festival in En Gev angekündigt war. Das würde nun dieser Tage beginnen, und sie, Olga und er, würden nicht dabeisein. Warum aber, dachte er, fuhr er eigentlich nicht trotzdem hin. Er konnte doch die Fähre nehmen, die jetzt schon verkehrte, nach En Gev fahren und dabei mit dankbaren Gefühlen an Olga denken.

Und vielleicht würde das schön sein und vielleicht würde sie – auf telepathische Weise – etwas davon mitbekommen. Und wahrscheinlich würde ihm die Musik, die dort gespielt wurde, gefallen, und womöglich würde er nette Leute kennenlernen. Er war drauf und dran, sich für die Fahrt nach En Gev zu entschließen. Aber da spürte er, daß jemand hinter ihm stand, und als er sich umdrehte, war es Rumsfeld.

Rumsfeld himself oder nicht, jedenfalls dieser eklige Mensch. Dieses widerliche Clownsgesicht, das nun, aus so erschreckend geringer Distanz, tatsächlich geschminkt wirkte. Er erinnere sich auch, sagte Mischa, an den süßsäuerlichen Duft seines Rasierwassers. So allzu nah sei ihm der Widerling schon gekommen.

So you're also planning to go to En Gev! It's really nice, you know, we've been there last year and the year before. And this year we'll be there as well. Er sprach in der Mehrzahl. Wahrscheinlich waren also auch seine Frau und seine Töchter in der Nähe.

Nein, stammelte Mischa, er wolle nicht nach En Gev. Er *könne* nicht nach En Gev, er habe andere Verpflichtungen.

Oh, sagte Rumsfeld. Das sei aber wirklich schade. Aber sie würden schon noch zusammenkommen.

Hier zeigte er wieder einmal seine falschen Zähne.

Sie haben andere Verpflichtungen, sagte er, so so. Vergessen Sie darüber nicht Ihre wichtigste Verpflichtung! Wir sehen uns wieder! Spätestens in Megiddo.

Eine halbe Stunde später sei Mischa abgereist. Wo Rumsfeld oder Pseudo-Rumsfeld war, wollte, nein, *konnte* er nicht bleiben. Er sei in den Bus nach Jerusalem gestiegen. Das war am Freitag vormittag vor dem Palmsonntag.

6

Was ist eigentlich passiert in Israel?

Liest du keine Zeitung, fragte er, hörst und siehst du keine Nachrichten?

Doch, sagte sie, aber du weißt genau, daß ich das nicht meine. Du könntest endlich erzählen, was *dir* passiert ist!

Genau das, sagte Mischa, habe ich mich auch gefragt. Aber es gibt fatale Erinnerungslücken. Vielleicht, sagte er, bin ich gar nicht gekreuzigt worden. Aber woher habe ich dann diese Wundmale?

Er saß auf dem Bett und hatte die Pflaster an den Füßen abgenommen.

Sie sind ja schon fast verheilt, sagte Barbara, man sieht sie kaum mehr. Kratz sie nicht wieder auf, ich bitte dich! Vielleicht könntest du wirklich die Möglichkeit in Betracht ziehen, daß du es *nicht* warst.

Daß ich es *nicht* war? sagte er. Nicht Jeschua?

Ja, sagte sie.

Nein, sagte er. Das habe ich nicht gemeint!

Er sprang auf und ging barfuß im Zimmer hin und her.

Nicht! sagte sie. Du infizierst dich! Zieh dir, verdammt noch einmal, die Sandalen an!

Oder, sagte er, an seinen Gedankengang von vorher anknüpfend, sie haben mich vorzeitig vom Kreuz abgenommen. Josef von Arimathia. Und Nikodemus. Ja, sagte er, so könnte es gewesen sein. Liest man an manchen Evangelienstellen zwischen den Zeilen, so könnte man das annehmen.

Er trat an den Tisch mit den Bücherstößen und blätterte: Hier, sagte er, hör zu: *Da kam Josef von Arimathia, ein angesehener Ratsherr ... Der wagte es, ging zu Pilatus hinein und bat um den Leichnam Jesu ... Pilatus aber wunderte sich, daß er bereits gestorben sein sollte.*

Er war wahrscheinlich verrückt. Sie liebte ihn aber. Sie hatte aufgehört, sich darüber hinwegzutäuschen. Was sie an ihn band, war mehr als ein vielleicht etwas eigenartiges Begehren. Und es war keineswegs nur ihr Pflegetrieb, den das Zusammensein mit ihm befriedigte.

Manchmal schlief sie bei ihm und manchmal nicht. Sex tat ihm eindeutig gut. Aber er war nicht immer in der Verfassung. Manchmal war er, auch in der intimsten Nähe, einfach abwesend. Nach und nach hatte sie gelernt, das richtig einzuschätzen.

Manchmal mußte er sich einfach an den Tisch setzen und schreiben, das konnte dann die ganze Nacht dauern. Wenn ich gewisse Gedanken nicht fasse, solang sie da sind, sagte er, dann fliegen sie davon. Daran wollte sie natürlich nicht schuld sein. Sie wollte nicht beurteilen, ob diese Gedanken krank oder gesund waren.

Ja, vielleicht war Jeschua gar nicht gekreuzigt worden. Natürlich war ihm dieser Gedanke schon auf dem Schiff gekommen. Zum einen war dieser Gedanke eine ungeheure Erleichterung. Aber zum anderen war er das Gegenteil.

Wenn sie ihn vorzeitig vom Kreuz abgenommen hatten, lief es auf dasselbe hinaus. Wenn man das zu Ende dachte, hatte es irre Konsequenzen. Nicht gekreuzigt, oder jedenfalls nicht am Kreuz *gestorben*, nicht begraben, oder jedenfalls nicht *wirklich* begraben. Nicht hinabgestiegen ins Reich der Toten und daher auch nicht wirklich auferstanden.

Sondern. Ja, *was*? Was ist eigentlich passiert in Jerusalem? Auf dem Schiff war er noch zu benommen gewesen. Doch dann, in Rom, wird er diese Frage gestellt haben. Sagen Sie mir klipp und klar, Nikodemus, was passiert ist!

Und Nikodemus? Was hat Nikodemus geantwortet?

Später, hat er gesagt. Später werden wir Ihnen alles erklären.

Jetzt ruhen Sie sich einmal aus, und gewöhnen Sie sich ein, hatte er gesagt. Ich nehme morgen eine schnelle Galeere zurück nach Caesarea, es gibt Dinge in Israel, die dringend erledigt werden müssen, wenn ich wiederkomme, können wir über alles reden.

Und war nicht wiedergekommen. Das war die Lage. Verstehst du das? fragte Mischa.

Nein, sagte Barbara.

Nicht am Kreuz gestorben, nicht wirklich begraben, nicht abgestiegen zu den Toten, folglich nicht auferstanden! Wenn *das* die Wahrheit ist, dann bin ich ein Versager!

Und ausgetrickst haben sie mich, verdammt noch einmal! Sie haben mich einfach aus dem Spiel gemommen! Nikodemus, Josef von Arimathia, wahrscheinlich auch die Jünger. Natürlich, die Jünger, vielleicht war es ihnen ganz recht, mich los zu sein.

Nämlich auf *diese* Weise. Und nicht auf *jene* Weise. Kein Toter, den sie betrauern mußten, kein Lebendiger, der ihnen noch irgend etwas dreinredete.

Steckten sie wirklich alle unter einer Decke? Vielleicht wußten nicht alle wirklich Bescheid. Aber Simon, der sich dann Petrus nannte, war mir letzthin schon ziemlich verdächtig.

Oder vielleicht haben sie einen anderen an meiner Stelle gekreuzigt?

Ja, sagte Barbara. Vielleicht einen gewissen Brian.

Manchmal brauchte sie eine Prise Zynismus, um seine Reden auszuhalten.

Sie durfte jedoch nicht zuviel davon erwischen.

Die Anspielung auf den Monty-Python-Film war denn doch etwas zuviel. Er schien sie zuerst einmal überhört zu haben. Jedenfalls sagte er nichts, saß nur da und schwieg. Als Barbara sie allerdings wiederholte, reagierte er heftig.

Das war wieder auf der Tiberinsel gewesen, auf ihrem Lieblingsplatz, an dem sie fast jeden Vormittag saßen, solang das Wetter noch schön war. Er sprang auf, mit einer heftigen Bewegung der Arme Richtung Himmel. Einer Bewegung, die sämtliche Möwen drüben auf dem Bogenfragment des Ponte Rotto hochscheuchte. Sprang auf und ging, ohne sich nach ihr umzudrehen.

Er ging mit raschen, weit ausholenden Schritten. Es waren Schritte, die einfach zu groß für ihn waren. Unwillkürlich erinnerten sie Barbara an die Schritte von Groucho Marx. Aber vielleicht war es besser, solche Assoziationen ihm gegenüber nicht mehr zu artikulieren.

Er ging sehr schnell, über den Ponte Fabricio Richtung Marcellus-Theater. Und dann nach rechts, über die Piazza della Bocca della Verita und quer übers Areal des Zirkus Maximus, wo die Römer nun ihre Hunde spazierenführen. Hier holte ihn Barbara endlich ein, sie war ganz außer Atem. Kannst du nicht etwas langsamer gehen? keuchte sie. Er gab keine Antwort.

Ich bitte dich, Mischa, ich hab es nicht böse gemeint! Entschuldigung, sagte sie, ich wollte dich nicht kränken.

So, sagte er. Wolltest du nicht. Das ist schön von dir. Aber jetzt laß mich bitte in Ruhe, ich muß allein sein.

Beim Kolosseum lief er die Stufen zur Metropolitana hinunter. Sie fand nicht gleich Kleingeld in ihrer Geldbörse und brauchte daher etwas länger als er, um ein Ticket zu lösen. Sie schaffte es gerade noch, in den Waggon hinter ihm zu schlüpfen. Aber schon zwei Haltestellen weiter, im Souterrain der Stazione Termini, wo er von der blauen Linie B auf die gelbe Linie A umstieg, hätte sie ihn im Getümmel fast aus den Augen verloren.

Und dann, bei der Piazza di Spagna, war es wirklich soweit. Eine schnatternde japanische Reisegruppe, die sich durch den engen Fußgehertunnel drängte, war plötzlich zwischen ihm und ihr. Als sie wieder in der Oberwelt auftauchte, verwirrt durch einen engen, gemauerten, nach Urin stinkenden Gang, in den sie unten unversehens geraten war, überrascht auch durch die Stelle, an der sie nun herauskam, denn die Spanische Treppe, die sie vor sich erwartet hatte, lag gute zweihundert Meter hinter ihr, schaute sie vergebens links und rechts. Da war kein Mischa mehr zu sehen, da war nichts zu machen.

Drei Tage ließ er sie dann nicht zu sich herein. Sie klopfte an seine Tür, aber er öffnete nicht. Mischa, ich weiß, daß du da bist! sagte sie. Er antwortete nicht, anscheinend *wollte* er ganz einfach nicht antworten.

Oder war er womöglich doch nicht da? Angestrengt horchte Barbara, ob sie irgendeine Bewegung im Raum hinter der Tür wahrnahm. Nichts! Vielleicht lag er ja einfach auf dem Bett? Sie lauschte, ob sie ihn atmen hörte, aber das Gurren der Tauben auf dem Glasdach war zu laut.

Manchmal war es dunkel hinter seinen Fenstern, die sie von der Straße aus sah, aber manchmal war es hell. Er war also zu Hause oder war zumindest zu Hause *gewesen*, während sie ihn, immer wieder kreuz und quer durchs *Quartiere* laufend, auf der Straße oder in irgendeinem Lokal zu finden gehofft hatte. Allerdings bewies das eingeschaltete Licht nicht, daß er nach wie vor zu Hause *war*. Er ging oft weg und vergaß, es abzuschalten.

In der Nacht des dritten Tages hielt Barbara regelrecht Wache vor dem Haus. Nachdem sie wieder vergebens an Mischas Tür geklopft hatte. Es war nun schon Ende Oktober, da dämmert es bereits recht früh. Die Gangbeleuchtung funktionierte nicht, wenn kein Tageslicht durch das Glasdach über dem Treppenhaus fiel, war es drinnen beunruhigend dunkel. Sie wachte also lieber draußen als drinnen. Gegenüber war eine

Tischlerwerkstatt, sie setzte sich einfach auf den Schaufenstersockel und lehnte sich an den Rolladen. So saß sie und schaute hinauf zu Mischas Fenstern. Nach einer Weile ging Licht an, wahrscheinlich die Stehlampe neben dem Tisch, ein paarmal bildete sich Barbara ein, seinen Schatten auf dem Vorhang zu sehen.

Manchmal stand sie auf und rief seinen Namen, aber er hörte sie nicht. Dann setzte sie sich wieder hin, manchmal schlief sie ein bißchen ein. Im zweiten Teil der Nacht kroch die Kälte an ihren Beinen und an ihrem Rücken hoch. Sie ging auf dem Gehsteig hin und her, ein alter Trottel, der kaum mehr gerade gehen konnte, hielt sie für eine Prostituierte, aber dem zeigte sie den Stinkefinger.

Oben, bei Mischa, brannte das Licht noch immer. Dann, als es zwischen sieben und acht allmählich hell wurde, verlosch es. Barbara raffte sich zu einem letzten Versuch auf, schleppte sich bis in den dritten Stock, klopfte, so fest sie noch konnte. Da öffnete er. Sei leise, sagte er, sonst verscheuchst du sie!

Wen? fragte Barbara.

Meine Gedanken, sagte er.

Ich bitte dich! sagte sie.

Ich bitte dich auch, sagte er.

Verdammt noch einmal, sagte sie, was hast du die ganze Zeit über gemacht?!

Geschrieben, sagte er. Wichtige Briefe geschrieben.

Er kehrte zum Tisch zurück, an dem er offenbar gesessen hatte. Die Bücher, die noch drei Tage früher in Stapeln darauf gelegen waren, lagen nun zum Großteil auf dem Boden. Wie (so sah es für Barbara aus) mit einer einzigen Bewegung vom Tisch gefegt. Der Geist, sagte er, man weiß nicht, wo und wann er weht, aber wenn er da ist, muß man ihn nutzen.

Die zwei Briefe, die ich heute nacht geschrieben habe, sagte er, sind vielleicht die wichtigsten.

So, sagte sie und setzte sich aufs Bett. Es sah ziemlich schlimm aus.

Du hast wieder gekratzt, sagte sie.

Ach was! sagte er. Das ist doch jetzt nebensächlich! ... Also, was ist? Willst du hören, was ich heute nacht geschrieben habe, oder nicht?!

Doch, sagte sie. Da saß sie und liebte ihn nach wie vor. Obwohl er manchmal ein ganz schönes Arschloch war. Sie war nahe daran, ihm das zu sagen, sowohl das eine als auch das andere. Aber bevor sie es sagen konnte, begann er schon zu lesen.

Sehr geehrter Herr Ratzinger,
Sie werden gleich verstehen, warum ich nicht die Anrede verwende, die sich im Umgang gewöhnlicher Sterblicher mit Ihren abgehobenen Amtsbrüdern eingebürgert hat. Ich gehe davon aus, daß Sie Ihr Amt bona fide angenommen haben. Sie mögen ein Mann guten Willens sein, obwohl mir so manches an Ihrer Amtsführung mißfällt. Aber darum geht es nicht. Ihr ganzes Amt ist nicht autorisiert.

Erstens ist Matthäus 16,18 natürlich eine manipulierte Evangelienstelle, aber das wissen Sie auf Grund Ihrer Bildung und Ausbildung sicher ebensogut wie ich. Ich weiß es allerdings auch aus einer Erfahrung, die Sie nicht haben können. *Du bist Petrus, und auf diesen Felsen will ich meine Kirche bauen* – aber lieber Benedikt, ich bitte Sie! Sie werden doch nicht im Ernst annehmen, daß ich mit dem Fischer Simon so geredet habe.

Der Mann hat allerdings schon vor und erst recht nach meinem angeblichen Tod eine fragwürdige Entwicklung genommen. Ich muß das leider sagen, so gern ich ihn ursprünglich hatte. Er wollte ganz einfach der Chef sein, so simpel ist das.

Seine treuherzige Eifersucht auf einige andere, später zu uns gestoßene Jünger (und vor allem Jüngerinnen) hat allmählich immer bedenklichere Formen angenommen.

Aber darum geht es gar nicht. Angesichts der Mitteilung, die ich Ihnen leider machen muß, wird diese Geschichte ohnehin obsolet. Ich habe triftige Gründe zu der Annahme, daß die Erlösung in der Form, wie sie Ihre Kirche verkündet, nicht stattgefunden hat. Sie können sich vorstellen, daß ich der erste bin, der das bedauert (es wäre, bei aller Ambivalenz bezüglich des auch und gerade mir schwer verständlichen göttlichen Heilsplans, ein besseres Gefühl, das absolviert zu haben). Aber das ist die Lage. Ich wohne übrigens gar nicht weit von Ihnen entfernt. Vielleicht sollten wir uns einmal treffen und überlegen, was nun zu tun ist.

Dear Mr. President,
angeblich haben Sie sich wiederholt auf mich berufen. Falls das stimmt, ersuche ich Sie dringend, das zu unterlassen. Daß Sie von Ihrer Alkoholabhängigkeit losgekommen sind, ist vielleicht erfreulich für Sie. Für die Welt wäre es wahrscheinlich besser gewesen, Sie hätten in aller Stille weitergetrunken.

Ich jedenfalls habe nichts mit Ihrer Präsidentschaft zu tun. Und verbitte mir ausdrücklich, daß Sie mich in irgendwelche strategischen Planspiele einbauen. Ich weiß nicht, was an politischen und militärischen Desastern Sie in der Zeit, die Ihnen als Präsident der Weltmacht, deren Ruf Sie an den Rand des Ruins gebracht haben, übrig bleibt, noch anrichten können. Aber den ultimativen Krieg, der Ihnen manchmal im Kopf herumzuspuken scheint, lassen Sie um Gottes willen bleiben!

Zugegeben, ich weiß auch nicht, was Gottes Wille ist. So nahe, wie manche behauptet haben, stehe ich ihm nicht. Mir scheint, ich habe ihn ehemals sehr intensiv gesucht (oder er hat mich heimgesucht), manchmal habe ich den Eindruck gehabt, ich bin ihm nahegekommen (auch gefährlich nahe). Aber die Verwechslung meiner Person mit IHM ist, wenn schon nicht Blasphemie, so zumindest ein grobes Mißverständnis.

Niemand hat Gott je gesehen, ich auch nicht, obwohl ich inzwischen einige Zeit dazu gehabt hätte. Ich kann mich jedenfalls nicht daran erinnern. Aber ich mag mir nicht vorstellen, daß er nach wie vor aussieht wie der alte Kriegsgott. Gott häutet sich (Sie werden es nicht glauben, aber das hat mir ein weiser Moslem gesagt), jene alte Haut ist hoffentlich längst vermodert.

Was mich betrifft, so stehe ich als Galionsfigur für allfällige letzte Schlachten jedenfalls nicht zur Verfügung. Sollte Gott dabei auf Ihrer Seite sein, so muß ich mich von ihm distanzieren. Aber unterstehen Sie sich, meinen Namen auf Ihre Panzer und Bomber zu schreiben! Read my lips, stupid: No war in my name!

In den Nächten davor habe er an den israelischen Ministerpräsidenten, seine Außenministerin und den Oberrabbiner von Haifa geschrieben. Desgleichen an den iranischen Präsidenten und den hinter ihm stehenden Ayatollah. Was er noch vorhabe, sei eine Karte an Mel Gibson, der schon als Schauspieler schwer zu ertragen gewesen sei, aber als Regisseur des Jesus-Films eine Zumutung. Dear Mr. Gibson, ich fürchte, ich muß Sie enttäuschen.

Na, fragte er, was hältst du davon? Gewisse Dinge müssen ganz einfach einmal gesagt werden!

Ja, sagte Barbara. Gut. Jetzt *sind* sie gesagt.

Sie war hundemüde. Komm, sagte sie. Du mußt doch auch müde sein.

Nicht so sehr, sagte er. Doch kaum hatte er sich zu ihr gelegt, schlief er schon an ihrer Brust.

Da konnte sie trotz ihrer Müdigkeit nicht gleich einschlafen. Vielleicht, weil sein Kopf so schwer war – was machte diesen Kopf bloß so schwer? Sie kraulte sein Haar, diese rötliche, ein wenig verfilzte Wolle. Daß er nach Schaf roch, ließ sich nicht ändern, aber sie mochte das inzwischen.

7

Eine Schafherde hatte die Straße überquert, im Trott, ohne Eile. Der Bus hatte warten müssen, bis sie vorbei war. Der Hirte sah auf den ersten Blick aus wie Abdallah. Wäre er es gewesen, so wäre Mischa vielleicht ausgestiegen.

Wäre ausgestiegen, mitten auf der Strecke. Und hätte sich einfach unter die Schafe gemengt. Wäre zwischen ihnen untergetaucht. Der innige Kontakt mit diesen warmen, von weichem Pelz umwachsenen Körpern, das war eine angenehme Vorstellung.

Aber er *stieg* nicht aus. Der Hirt war nicht Abdallah. Das war nicht Abdallahs Gegend. Zu wenig Wüste. Alles andere als Wüste. Die grüne Jesreel-Ebene. Vor einer halben Stunde war er aus Tiberias abgefahren, das lag nun endgültig hinter ihm.

Dieser plötzliche, überstürzte Aufbruch! Wieder einmal. Aber das lag an Rumsfeld. Dieser Mensch hatte alles durcheinandergebracht. Von Anfang an. Der Widersacher. Der Verwirrer.

So rasch hatte Mischa seine Sachen gepackt, daß er nicht einmal das Buch zurückgeben hatte können, das ihm Edelmann geborgt hatte. Er hatte es allerdings noch nicht ausgelesen. Das würde er jetzt tun. Im Bus nach Jerusalem. Es war ein Buch über Sabatai Zwi, einen Messias, der *nicht* im Verborgenen geblieben war.

Von dem werden Sie doch schon gehört haben! hatte Edelmann gesagt. Ja, hatte Mischa geantwortet, er habe einmal einen Artikel über diesen Mann gelesen. Das war zwei oder drei Tage nach ihrem Ausflug nach Zefat. Sie trafen sich wieder auf der Strandpromenade.

Einen Artikel hatte er gelesen in irgendeiner Feuilletonbeilage. *FAZ, Süddeutsche, Zeit*? – er wußte es nicht mehr. Vielleicht war es auch eine englische oder eine italienische Zeitung. Na, wenn das so ist, sagte Edelmann, werden Sie auch über den Inhalt des Artikels nicht mehr viel wissen.

Also hören Sie zu. Ich werde Ihrer Erinnerung auf die Sprünge helfen … Und dann hatte Edelmann zu erzählen begonnen. Etwas weit ausholend, wie das so seine Art war. Mischa hatte nicht ganz konzentriert zugehört, zu sehr waren seine Gedanken noch um Olga gekreist, die nun wohl in Rußland war, aber etwas hatte er doch mitgekriegt.

Das sei also einer gewesen, der sein Messiasgefühl nicht zurückgestaut habe. Sondern eines Tages gesagt habe: Ja, ich bin es! Ungefähr ein Menschenalter nach Isaak Luria. Er habe sich in dessen Lehren vertieft, und auf einmal sei er als Messias daraus aufgetaucht. Jedenfalls habe er an sich selbst geglaubt. Was ja eigentlich schön sein muß, herzliche Glückwünsche! Auch allen Respekt für den Mut, den so was erfordert. Doch letzten Endes, so Edelmann, sei ihm das gar nicht gut bekommen.

Immer noch besser allerdings als Jesus. Wenigstens sei der Mann nicht gekreuzigt worden. Zwar mußte er alle möglichen Repressalien erdulden, Verurteilung durch ein Gericht des Sultans in Stambul – der Sabbatismus, das sollten Sie wissen, war eine Bewegung, die im östlichen Mittelmeerraum Zehntausende Menschen auf die Beine brachte – und schließlich Verbannung an einen Ort, an dem sich die Füchse gute Nacht sagten. Aber letzten Endes sei er zum Islam konvertiert und eines friedlichen Todes gestorben.

Bei dieser Feststellung hatte Edelmann gelächelt. Also ob das dann doch noch ein Happy End gewesen wäre. Ich hab das Buch oben im Zimmer, hatte er gesagt, ich bring es Ihnen heute abend in die Bar mit. Ihm schien daran gelegen zu sein, daß Mischa diese Geschichte zur Kenntnis nahm.

Diese Geschichte eines mißglückten Messias. Oder war es ein *verirrter* Messias? Das dachte Mischa im Bus nach Jerusalem. Jedenfalls mußte er dieses Buch zurückerstatten. Wenn er in Jerusalem war, würde er es in ein Kuvert stecken und mit ein paar Worten des Danks für alles an die Hoteladresse in Tiberias schicken. Jerusalem. Mein Gott, jetzt fuhr er wirklich dorthin! Wenn er daran dachte, wurde ihm bang, aber es war anscheinend unausweichlich. Bald würde der Bus auf der Autobahn sein, gerade fuhren sie am Tel Megiddo vorüber, *Armageddon*, der Ort der letzten Schlacht, den ließen sie nun rechts liegen.

8

Er hätte sich nicht verführen lassen dürfen!

Simon neigte dazu, Mirjam aus Magdala als die Verführerin seines Rabbi hinzustellen. Simon, der sich später Petrus nennen ließ, sah zum Unterschied von der Frau, die er nicht leiden konnte, alles andere als verführerisch aus, klein, breit, dickköpfig, auch wenn er, das mußte man ihm lassen, starke Arme hatte, die das Steuerruder selbst bei schwerstem Sturm halten konnten, und feste Beine, auf denen er aufrecht stand, wenn das Boot schon umzukippen drohte. Doch im Endeffekt war er der weit gefährlichere Verführer.

Rabbi, merkst du nicht, wie beliebt du bist? Siehst du nicht, hörst du nicht, wie dir die Leute zujubeln?

Es ist zuviel, hatte Jeschua geantwortet, es ist zuviel.

Ja, es sind viele, sagte Simon, und es werden mit jedem Tag mehr.

Diese raffinierte Naivität! Simon Bar Jona: Bauernschlau, fischerschlau. Als ob er den Rabbi nicht verstanden hätte.

Die Leute lieben dich einfach, sie wollen in deiner Nähe bleiben!

Jeschua hatte zu viele geheilt, das war das Problem. Aber hatte er das Recht, nein zu sagen, wenn sie ihn baten? Solang diese Kraft von ihm aus- oder durch ihn durchging? Die Frage war gar nicht, ob er es durfte, er *konnte* es nicht.

Zwei- oder dreimal hatte er es versucht. Laßt mich in Ruhe, hatte er gesagt, ich bin müde, ich muß ein wenig ausruhen. Aber es war, als hätten sie das nicht gehört. Entweder hatte er zu leise gesprochen oder sie hatten zu laut gerufen.

Wofür halten sie mich? fragte er. Wofür halten sie mich denn?!

Auch das mißverstanden die Jünger, Simon als erster.

Da waren sie unterwegs, er hatte vergessen, wohin.

Sie halten dich für den auferstandenen Jochanaan oder für den wiedergekehrten Elia oder für sonst einen Propheten.

Ich bin aber nur ein einfacher Mensch, sagte er. Er blieb stehen, als er das sagte. Die anderen kamen nach. Andreas, der Bruder Simons, Jakobus und Johannes. Hört ihr? Ich bin nur ein einfacher Mensch und sonst nichts!

Nein, Rabbi, sagte da Simon. Du bist der Messias!

Was fällt dir ein?! sagte Jeschua. Sag das ja nicht noch einmal!

Ich *glaube* es aber, sagte Simon, und die Leute da draußen glauben es auch! Jeden Tag fragen uns einige von ihnen, ob du es nicht bist.

Der, welcher da kommen soll im Namen des Höchsten. Der uns befreien soll vom Joch der Knechtschaft.

Wie Simon das zitierte, in seinem schwerzüngigen Dialekt. Das war fast peinlich, aber es ging auch zu Herzen.

Ich bitte dich, hatte der Rabbi gesagt, sei still! Und dabei hatte er Simon die Hand auf die Schulter gelegt. Sei still, es ist gefährlich, was du da sagst!

Später wurde diese Szene etwas anders erzählt.

Ja, er verbot Simon und den anderen ausdrücklich, von ihm als Messias zu reden. An so etwas, sagte er, sollt ihr nicht einmal denken! Doch wenn er allein war, dachte er selbst daran. Übrigens war er nur selten allein, sie folgten ihm ja fast überallhin, er kam sich manchmal vor wie ein gehetztes Wild.

Aber er dachte daran, diese Gedanken hatten sich nun einmal in seinem Kopf eingenistet. Das hatte Simon also wirklich geschafft. Daß es ihm immer wieder in den Sinn kam. Und daß es sich auch durch Gebet nicht daraus vertreiben ließ.

Auch wenn er und Mirjam von Magdala zu zweit waren, mußte er daran denken. Und dabei hatten sie ohnehin so wenig Zeit miteinander. Zeit, die ich brauche wie ein Stück Brot, sagte er, wie einen Schluck Wein! Sich mit ihr irgendwohin zurückzuziehen wurde ihm aber fast noch schwerer gemacht als allein zu sein.

Trotzdem. Manchmal gelang es. Dann hielt er sich an ihr fest. Dann lag er bei ihr, aber die Gedanken ließen ihn nicht zur Ruhe kommen. Wieso glauben die Leute, daß einer, der ein guter Heiler ist, auch ein guter und siegreicher Krieger wäre? Vielleicht, weil sie glauben, sagte Mirjam, daß die Kraft, die durch dich wirkt, auch *so* wirken würde.

Und du? Was glaubst *du*?

Ich liebe dich, sagte sie.

Und das heißt? fragte er.

Das heißt, daß ich nicht will, daß dir etwas zustößt.

Es ist ohnehin verrückt, sagte er. Ich bin überhaupt nicht der Mann für so was. Allerdings … Vielleicht müsse man den Messias gar nicht nur als Krieger und Sieger sehen.

Es gibt bestimmte Stellen bei den Propheten …

Ich weiß, sagte sie. Sie war eine belesene Frau.

Da wird er als schwach und unscheinbar dargestellt.

Hör auf! sagte sie. Damit kannst du auch nicht gemeint sein.

Und doch … Konnte man den Messias nicht auch anders denken? … Gewiß konnte man. Zumindest Jeschua konnte. Ein ganz einfacher Mann, den Gott sich ausgesucht hatte. Gott hatte ja manchmal recht eigenartige Ideen.

Es war nicht absehbar, auf wen er seinen Segen legte. Über wen er seinen Geist kommen ließ, von wem er Besitz nahm. Man konnte das nachlesen. Etwa in der Geschichte mit Saul und David. Als Saul König gewesen war, in prächtigen Prunkgewändern und rasselnder Rüstung, da hatte David noch Schafe gehütet, aber dann …

Wer hätte geglaubt, was uns verkündet wurde? Über wem wurde der Arm des Herrn offenbar? Wie ein Keimling wächst er, wie eine Wurzel aus dürrem Erdreich. Keine Gestalt, kein Glanz, nichts Besonderes, nichts Begehrenswertes.

So ungefähr stand das beim Propheten Jesaia.

Mirjam hatte gemeint, diese Personenbeschreibung passe nicht auf ihn.

Doch Mirjam sah ihn mit den Augen der Liebe.

Aber Herrgott noch einmal, das tat Simon auch!

Und sein Bruder Andreas tat das. Und der kleine Jochanaan und sein Bruder Yaakov taten das. Und all die anderen Jünger. Und all die Leute, die ihm zujubelten. Sie liebten ihn, sie hofften auf ihn, sie erwarteten etwas von ihm. Jedenfalls hatte er in ihnen etwas ausgelöst, das der Liebe fatal ähnlich sah.

Und trotzdem: Er hätte sich nicht verführen lassen dürfen. Und noch weniger hätte er sich überreden lassen dürfen, nach Jerusalem zu gehen. Nicht in *diesem* Jahr. Etwas in ihm sträubte sich dagegen. Es fühlte sich an, als ob seine Seele die Haare aufstellte.

Aber wie sollte er das seinen Jüngern sagen? Sie waren fromme Juden und er war der Rabbi, den sie sich erwählt hatten. Nach Jerusalem zu gehen, das gehörte sich ganz einfach. Zu Pessach ging man nach Jerusalem, wenn man nur irgendwie konnte.

Und was sollte sie dieses Jahr daran hindern? Seine Vorsicht, seine Zurückhaltung, seine Angst, die ihn manchmal nächtelang nicht schlafen ließ?

Er tat sich schwer damit, das einzugestehen. Aber wenn er nachts an Jerusalem dachte, brach ihm der Schweiß aus.

Ich gehe nicht. Geht dieses Jahr ohne mich!

Hätte er das den Jüngern gesagt, sie wären aus allen Wolken gefallen.

Durfte er sie so enttäuschen, ausgerechnet jetzt, da sie ein solcher Enthusiasmus erfaßt hatte? Ein Enthusiasmus, der ja übrigens nicht vom Himmel auf sie gefallen war, jedenfalls nicht unmittelbar, sondern – genau das war ja der Punkt – vermittelt durch ihn.

Er hatte ja nicht nur jede Art Dämonen ausgetrieben und alle möglichen Krankheiten geheilt, er hatte ja auch geredet. Wie einer, der Kraft hat, wie einer, dem die Kraft Gottes zumindest geliehen ist, und solang er sie hat, muß er diese Kraft nutzen. Eben. Das war es. Er durfte diese Kraft, auch wenn er sie von Tag zu Tag deutlicher als Last empfand, nicht einfach abschütteln. Klar, hatte er gesagt, wir gehen nach Jerusalem.

Weißt du, wann und wo ich Jerusalem zum ersten Mal wirklich gesehen habe? fragte Mischa. Das war in Amsterdam, sagte er. Im Jüdischen Museum. Er sei dort hingekommen, weil er Zippora besuchen wollte.

Ach ja, sagte Barbara. Deine barfüßige Ethnologin.

Genau, sagte er. Die wollte ich wiedersehen. Sie habe ihm ihre Adresse auf einen Zettel geschrieben. Dort oben in den Cevennen (oder waren es schon die Pyrenäen?). Für den Fall, daß du einmal zufällig in Amsterdam vorbeikommst.

Ganz zufällig sei er dort zwar nicht vorbeigekommen. Aber es habe sich, sagte er, so ergeben. Aus dem Süden Frankreichs sei er, wegen einiger Kathedralen, die er nach dem Schafehüten noch besichtigen wollte, vorerst nach Norden. Und von Rouen und Metz, wo er dann zuletzt gewesen sei, war es nach Holland ja wirklich nicht mehr sehr weit.

Und dann sei er dort in Amsterdam vor einer verschlossenen Tür gestanden. Der Briefkasten voll mit Werbematerial, anscheinend war die Wohnungsmieterin schon lang nicht da gewesen. Und das hätte er sich auch denken können, denn vermutlich war Zippora, deren Panflötenspiel ihn so nachhaltig beeindruckt hatte, noch immer in Afrika. Aber so war das nun einmal: Er hätte es gern wiedergehört.

Daraus wurde nun nichts. Aber schau, sagte Mischa, wie sich alles ergibt. Zipporas Wohnung war in der Amstelstraat. Ein paar hundert Meter weiter Richtung Zentrum war das Jüdische Museum. Auf großen Plakaten wurde auf eine aktuelle Ausstellung hingewiesen, die sich mit der Ermordung der Juden in den Niederlanden, aber auch mit dem Widerstand gegen die Naziokkupation auseinandersetzte; ich war gar nicht sicher, ob ich eine derartige Ausstellung gerade an diesem Vormittag, an dem ich mir etwas ganz anderes erhofft hatte, sehen wollte, aber irgend etwas hat mich in dieses Museum hineingezogen.

Ja, und da sei er dann an diesen Guckkasten geraten. Gleich im Foyer, noch bevor er zur aktuellen Ausstellung weiterging. Ein Dioramagerät, einer von den Apparaten, die es früher auf Rummelplätzen oder Jahrmärkten gegeben habe. Man wirft eine Münze ein und schaut hinein, und damit taucht man in eine ganz zauberhafte, eigenartig plastische Bildwelt.

Etwas absurd natürlich, daß er sich zu einer Zeit, in der er sich in jedem Spielsalon, vor jedem PC, in viel avancierter und raffinierter gestaltete virtuelle Räume hätte fallenlassen können, ausgerechnet durch so einen schlichten, alten Kasten angesprochen fühlte. Angesprochen, ja, das war es: Schau in mich hinein. Und da sah er dann eben Jerusalem. Gleich das erste Bild, trotz seiner Patina, denn es war vermutlich vor etwa hundertfünfzig Jahren aufgenommen, nicht lang nach der Erfindung der Fotografie, vermittelte ihm den Eindruck, mittendrin zu stehen in dieser Landschaft, nämlich auf dem Ölberg, und auf die Stadt, die greifbar nah war, hinunterzuschauen, und das war, sagte er, ein ganz eigenartiges Gefühl, ein mehrschichtiges *Déjà-vu*-Erlebnis, denn es habe ihn sowohl an seine Träume erinnert, als auch an etwas hinter diesen Träumen.

Er habe natürlich nicht nur das erste Bild gesehen, sondern eins nach dem anderen. Auch die Bilder, Objekte und Dokumente der aktuellen Ausstellung habe er sich dann noch angeschaut. Aber als er die hinter sich hatte, sei er noch einmal zu diesem Dioramagerät zurückgekehrt. Und als ich längst wieder aus dem Museum draußen war, sagte er, war ich noch immer nicht ganz aus *diesen Bildern* draußen.

Im Gegenteil. Er fiel immer wieder hinein. Vielleicht trug sein Besuch in einem der Coffeeshops, die damals, das war ja nun auch schon wieder ein paar Jahre her, noch relativ ungestört kleine Portionen von Gras und Hasch anboten, noch ein weniges dazu bei. Das half womöglich, die Bilder, speziell jenes eine, das Panorama vom Ölberg aus, etwas farbiger zu sehen, besonders schön, sagte er, waren die blühenden Bäume. Aber das Wesentliche war *im Museum* geschehen – die Bilder, die er dort gesehen hatte, ließen die Bilder, die er schon lang in seiner Seele trug, Bilder, die fast schon versunken waren, wieder auftauchen, und das war, sagte er, das Ende meiner Latenzphase.

Wir gehen also nach Jerusalem, sagte Yehuda, das freut mich zu hören. Yehuda, den sie den Sikarier nannten. Jeschua war nicht sicher, ob dieser Yehuda oder Judas wirklich zu den Sikariern gehört hatte, den Dolchmännern, vor denen sich die Kollaborateure und sogar die Besatzer selbst fürchteten, weil man vor ihren Dolchen im Gewimmel irgendwelcher Menschenmengen, namentlich auf Märkten oder bei Festen, nie ganz sicher war, oder ob dieser verwegen dreinsehende Jünger nicht doch ein wenig zur Großsprecherei neigte. Wißt Ihr, was wir tun sollten, wenn wir in Jerusalem sind? Zuallererst sollten wir in den Vorhof des Tempels gehen und dort die Geldwechsler und Opfertierhändler und dieses ganze Gesindel verjagen.

Ja, so stellte sich dieser Yehuda das vor. Zweifellos eine schöne Vorstellung, der auch die weniger radikalen Jünger etwas abgewinnen konnten. Sogar Jeschua ließ sich ein wenig von ihr mitreißen, sah sich selbst an der Spitze seiner Schar, eine Peitsche aus Stricken in der Hand, wie er eine aufgescheuchte Menge von Menschen und Tieren vor sich hertrieb, die dort, da hatte Yehuda schon recht, eigentlich nicht hingehörten, auch wenn ihre Anwesenheit, seit es den Tempelkult gab, für selbstverständlich gehalten wurde – was habt ihr denn eigentlich hier zu suchen, weg mit euch, macht nicht das Haus des Allerhöchsten zu einem Bazar! Aber er beherrschte die bei dieser Vorstellung fast lustvolle Aufwallung seines Blutes, und auch Yehuda, das sagte er bei aller Sympathie für seine geradlinige Art, sollte sich gefälligst beherrschen, wie oft habe ich euch schon gesagt, daß wir eine friedliche Truppe sind, wir lehnen Gewalt ab, und würden wir sie anwenden, so hätten wir ohnehin keine Chance.

Gewiß doch, sie würden nach Jerusalem gehen, vielleicht sogar schon etwas früher als sonst, in Gottes Namen. Unterwegs würden sie Psalmen singen und tanzen. Besonders der kleine Jochanaan war von dieser Idee begeistert. Schließlich hatten sie eine frohe Botschaft zu verkünden. Tanzt du mit uns, Rabbi? *Das Reich Gottes ist nahe herangekommen!* Wir werden sehen, sagte er. *Wen ihr es nur wollt, ist es schon unter euch!* Was sollte er tun? Das waren ja seine Worte! Ihm war nur bang vor einer Begegnung mit den römischen Patrouillen.

Noch bevor sie auf die Autobahn auffuhren, gab es eine Straßensperre. Mitten auf der Straße waren spanische Reiter aufgebaut. Armeejeeps, Militär mit Maschinenpistolen. Der Bus wurde an den Straßenrand gewunken, der Chauffeur und die Passagiere mußten aussteigen.

Während der Wagen durchsucht wurde (drei Männer gingen drin hin und her, sie hatten ein piepsendes Gerät dabei), gab es draußen Leibesvisitationen. Die Soldaten und Soldatinnen machten das routiniert, ohne Mutwillen, trotzdem erhoben zwei arabische Frauen ein schrilles Geschrei. Einer der Männer ereiferte sich, wild gestikulierend. Ein Unglück und eine Schande, hatte Edelmann gesagt, daß wir uns im eigenen Land benehmen müssen wie eine Besatzungsmacht.

Mischa erlebte das wie jemand, der aufgeweckt wird und noch nicht ganz da ist. Er war gerade noch woanders gewesen. Auch er mußte sich ausweisen, auch er mußte Fragen beantworten. Woher, wohin, warum. Als ob man das so leicht sagen könnte.

Für philosophische Feststellungen hatten die Soldaten nicht viel übrig.

Woher kommst du? Aus Teverya? Und vorher? Aus Deutschland? Und *vorher*?

Sie nahmen ihm seinen Paß weg und telefonierten.

Er war letzten Endes der Mann, der schuld war, daß der Bus nicht weiterfahren konnte.

Sogar die Araber hatten inzwischen wieder einsteigen dürfen.

Aber die Feststellung seiner Identität dauerte eine Weile.

Okay Mr. … Myschkin, sagte der Offizier, der telefoniert hatte, schließlich, und gab ihm seinen Paß zurück. Ich hätte nicht gedacht, daß Sie wirklich so heißen.

Es gab noch zwei weitere Kontrollen. Irgend etwas war im Gange. Oder doch nicht? War das auch auf der Autobahn die Normalität? Hubschrauber flogen. Aber vielleicht interessierten sie sich nur für die Verkehrslage. Die Fahrt dauerte doppelt so lang wie erwartet, als sich der Bus endlich Jerusalem näherte, bildete sich schon der frühabendliche Stau.

Siebenter Teil

1

Wie er dann in Jerusalem angekommen sei. Einerseits Mischa, andererseits Jeschua. Mischa von der Westseite, über die Jaffastraße mit dem schnellen (allerdings durch Kontrollen aufgehaltenen) Bus. Jeschua von der Ostseite, mit der kleinen Schar seiner Jünger zu Fuß unterwegs; auf die Eselin oder ihr Füllen, von denen in den Evangelien die Rede ist, stieg er erst einige Tage später.

Sie machten ja erst einmal Station in Betanien, sagte Mischa, erinnerst du dich? Eher vage, sagte Barbara, sie hatte das Neue Testament ganz einfach nicht so intus wie er. Betanien, sagte er, am Osthang des Ölbergs. Das Dorf, in dem Lazarus und seine zwei Schwestern wohnten.

El Azariya heißt das also inzwischen. Daß es so gut wie eingemeindet sein würde, das habe er sich schon gedacht. Ehemals war das ein angenehmer Aufenthalt, die letzte Station vor Jerusalem, wenn man die Straße von Jericho her kam, der Ort, an dem man noch einmal durchatmen konnte. Nun aber … Also die Ankunft dort war zuerst einmal ein Schock.

Er wollte dort hin, er hatte sich das in den Kopf gesetzt. Wenn schon Jerusalem, dann wollte er es von dort aus erschließen. Wie damals eben. Sich selbst auf der Spur, wie gesagt. Wo, wenn nicht hier, sollte er sich wiederfinden?

So sollte alles seine Richtigkeit haben. Gleich, als er die Sicherheitsschleuse auf dem Busbahnhof hinter sich hatte, nahm er ein Taxi. Ein palästinensisches Taxi wieder einmal. Es war Freitag. Der Bus war gerade noch vor Anbruch der Sabbatruhe angekommen.

Es war nur noch etwas mehr als eine Woche bis Ostern, aber es war kein sonniger Tag. Das schöne Licht, für das diese Stadt berühmt ist, war nicht eingeschaltet. Das Licht, das vom Osten über die Wüstenberge kommt, durch die Berührung mit diesen Bergen vergoldet. Nichts davon. Es war wohl auch schon etwas zu spät dafür.

Das Fahrtziel schien den Taxichauffeur zu wundern. Aber er sagte vorerst einmal kein Wort. Von hinten sah Mischa seine graue Haarkrause, im Rückspiegel ab und zu den etwas über die Mundwinkel hängenden Schnurrbart. Und die Augen, die den Fahrgast musterten, sehr wach und lebhaft wirkende Augen, obwohl der Mann sicher schon sechzig war.

El Azariya, sagte er schließlich, was wollen Sie denn dort?

Ich suche dort ein Quartier, sagte Mischa, wissen Sie ein Hotel?

Ein Hotel, dort drüben in El Azariya? – Hören Sie, wollen Sie sich nicht lieber irgendwo im Westen einquartieren?

Nein, sagte Mischa, warum?

Ich würde Ihnen das raten, sagte der Taxichauffeur.

Sie würden mir also von El Azariya abraten?

Der Mann hob das Kinn und schnalzte dazu mit der Zunge. Eine Geste der Verneinung, die, so kam es Mischa vor, etwas sowohl Mißbilligendes als auch Fatalistisches hatte.

Ich will Ihnen nicht abraten, sagte er, in El Azariya wohnen gute Leute. Aber es ist im Moment kein guter Ort.

Im Moment?

Leider schon seit ein paar Jahren, sagte er. Seit sie uns die Mauer dort hingebaut haben.

Er sei aus dem Nachbarort, aus Abu Dis. Er erinnere sich noch, wie er und seine Frau eines Morgens aufgewacht seien und gesehen hätten, daß die ersten Zementblöcke geliefert wurden. Da kam eine endlos lange Kolonne von Lastautos. Soldaten haben die Zementblöcke abgeladen und zuerst einmal längs der Grenze aufgestellt.

Die Grenze sei vorher schon dagewesen, aber nur auf dem Papier. Jetzt sei sie real geworden und habe die Orte geteilt. Mittendurch haben sie die Blöcke gelegt. Hunderte Zementblöcke von je einem Meter Höhe.

Anfangs, nach der ersten Lieferung, konnten wir noch darüberklettern, erzählte der Fahrer. Sogar nach der zweiten Lieferung war das noch möglich. Da standen sie noch nicht überall dicht an dicht. Wenn man die richtigen Stellen wußte, konnte man da und dort noch durchschlüpfen.

Die Kinder zum Beispiel, wenn sie zur Schule wollten. Viele von ihnen wohnten hüben, aber die Schule war drüben. Auch die Lehrerin habe das noch eine Zeitlang geschafft. Dann sei sie aber schwanger gewesen und habe beim Springen von der bis dahin schon zwei Meter hohen Mauer ihr Baby verloren.

Inzwischen sei das ohnehin alles vorbei. Neun Meter hoch sei die fertige Mauer, da stehe man hilflos davor. Hilflos und aussichtslos wütend. Die Mauer habe Familien zerrissen. Die Mauer habe natürlich auch berufliche Existenzen zerstört.

Von wegen Hotel. Mein Schwager hat eines betrieben. Die Familie war dabei, es auszubauen. Er hat aber seinen Wohnsitz im nun abgeschnittenen Ortsteil gehabt. Und er hat keine Identitätskarte für Jerusalem bekommen.

Aus. Das wars. Das Hotel ist dann leergestanden. Verlassenes Eigentum. So was wird konfisziert. Ja, Sir, so sieht das Leben dort heute aus! An der Kreuzung da vorn müssen Sie sich übrigens entscheiden, wenn Sie lieber doch im Westen wohnen wollen, müssen wir abbiegen.

Er habe sich, sagte Mischa, trotzdem in El Azariya einquartiert. Trotz oder gerade wegen dieser Erzählung. Er wollte nicht kneifen. Er wollte nicht wieder von seinem Plan abweichen. Er würde hier ein Zimmer beziehen und am nächsten Tag von hier aus ins Stadtzentrum wandern. Zu Fuß. Wie damals. Es konnte kaum länger dauern als eine Stunde. Der Taxifahrer habe ihm letzten Endes doch noch eine Pension empfohlen. Er habe das Taxi geparkt und ihn sogar selbst hingebracht. Man konnte nicht zufahren. Die Straße endete im militärischen Sperrgebiet.

Noch vor Einbruch der Dunkelheit ging er ein paar Schritte. Gesichtslose Neubauten, ein Supermarkt, die unspezifische Häßlichkeit einer Peripherie. Ein paar hundert Meter weiter hätte sich diese Vorstadt immerhin in der Landschaft verloren, ockerbraune Hügel und schon eine Ahnung von Wüste im Hintergrund. Aber vor diesem Panorama stand die Mauer.

Er hatte die Mauer ja schon ein paarmal gesehen. Gleich am ersten Tag seines Israelaufenthaltes zum Beispiel, auf dem Weg nach Nazareth. Und dann wiederholt in Betlehem, das ja nur wenige Kilometer von hier entfernt war. Aber hier hatte er sie eigenartigerweise nicht erwartet.

Diese Trostlosigkeit. Wahrscheinlich wirkte sie um diese Tageszeit besonders trist. Die Graffiti, ebenso trotzig wie hilflos darauf gemalt und gesprayt, sah er im schwindenden Licht nur noch als verblassende Farbflecken. Diese Mauer! Ausgerechnet hier, wo angeblich Lazarus auferweckt worden war. Vor den Horizont geklotztes Sinnbild einer nach wie vor unerlösten Welt.

Das war dazu angetan, ihn wieder in einen der Abgründe zu stürzen, in die er manchmal fiel. Mit etwa diesen Worten versuchte er das Heraufkommen der Depression zu beschreiben. Er habe es ja schon während der letzten Tage in Tiberias gespürt. Er hatte sich der Stelle, an der er diesmal abstürzen würde, Schritt für Schritt genähert.

Oder die Stelle habe sich *ihm* genähert. Es nütze in solchen Fällen nichts, stillzustehen. Es würde wohl auch nichts nützen, rückwärts zu gehen. So sei seine Fahrt nach Jerusalem vielleicht auch so etwas wie eine Flucht nach vorn gewesen.

In der Nacht habe er kaum geschlafen, wie schon in seiner ersten Nacht in dieser Stadt. Aber diesmal seien es nicht die Geräusche von draußen gewesen, die ihn erschreckt haben, sondern die Gedanken, die ihm gekommen seien. Auf einmal habe er an allem gezweifelt. An allem. Von der Auferweckung des Lazarus angefangen.

Das war ja, sagte er, so etwas wie die Generalprobe. Oder die Probe aufs ultimative Exempel. Daß er das wirklich konnte, daß er das schaffte. Einen Toten aufwecken, ihn einfach aus dem Grab, in dem er schon lag, herausrufen.

Das war doch, sagte er, der letzte Anstoß. Dieses Vertrauen in eine Kraft, die auch das zustande brachte. Den Tod zu überwinden, zu beweisen, daß er nicht endgültig war. Ohne die Auferweckung des Lazarus wäre er nie nach Jerusalem gegangen.

Jeschua. Damals. Jedenfalls nicht auf diese Weise. Vielleicht anonym, wie früher, als einfacher Pilger. Aber nicht so, als der Wunderrabbi, der Totenauferwecker. Und schon gar nicht auf diesem Eselchen reitend.

Das war doch ein Zeichen für jene, die es verstanden. Für die Juden, die ihre Propheten kannten. *Freue dich, Tochter Zion, dein König erscheint gewaltlos. Siehe, er ist es, er sitzt auf dem Füllen einer Eselin.*

Welcher von den Jüngern hatte bloß diese Tiere dahergebracht? Simon war es nicht, auch wenn er wahrscheinlich dahinter steckte. Vielleicht war es sein Bruder Andreas. Oder war es Jakobus? Womöglich war es wieder einmal der kleine Jochanaan!

Ach, diese Verführung durch so viel naive Begeisterung! Er hätte es merken müssen, in was sie ihn da hineinmanövrierten! Er hätte es wissen müssen, wozu das führen würde! Die römischen Soldaten am Straßenrand kapierten noch nichts, sie lächelten sogar, irgendein niedlicher Volksbrauch, dachten sie vielleicht, irgendeine harmlose Art von Mummenschanz, aber die Herrschaften oben auf dem Tempelberg wußten die Zeichen sehr wohl zu deuten und würden sie den Römern beizeiten erklären.

Palmsonntag, ach ja, damals hieß der Tag noch nicht so. Und der Karfreitag, der bald darauf folgen würde, hieß auch noch nicht so. Aber dieser Tag war eine logische Konsequenz jenes Tages. Und alles hatte mit der Auferweckung des Lazarus begonnen.

Die eben vielleicht, ja wahrscheinlich, nur Illusion war. Eine Inszenierung, auf die der dumme Rabbi hineinfiel. Das war eine quälende Vorstellung, sagte Mischa. Aber er konnte sie nicht mehr aus seinem Hirn verscheuchen. Ein Fake der Jünger. Eine grausame Gaukelei. Ob wirklich alle daran beteiligt waren? Lazarus mußte natürlich mitgespielt haben. Enttäuschend! Gerade ihn hätte er anders eingeschätzt!

Und seine Schwestern? Marta und Mirjam? Nein, das wollte er nun aber wirklich nicht glauben!

Bestimmt nicht Mirjam. Übrigens die dritte Mirjam in seinem Leben.

Sie sah der von Magdala ähnlich, aber man sollte die zwei nicht verwechseln.

So Mischa zu Barbara. In seinem Zimmer in Rom. Sie war auf dem Markt gewesen und hatte Fleisch und Gemüse gekauft. Zwar hatte der Kocher in Mischas Zimmer nur eine Platte. Aber eine anständige Suppe konnte sie darauf schon zubereiten. Der Mann mußte essen und wieder zu Kräften kommen.

Sie hatte auch Brot und eine Flasche Wein mitgebracht. Die Suppe hatte er nicht ganz aufgegessen. Aber den Wein hatte er fast allein ausgetrunken.

Sie ließ ihn trinken. Das half beim Erzählen. Das löste die Zunge. Sie hoffte jedenfalls, daß ihm das guttun würde. Obwohl es womöglich auch problematisch war. Aber vielleicht konnte er sich gewisse Dinge von der Seele reden.

Jene Nacht jedenfalls sei schrecklich gewesen. Die immer detailreichere Vorstellung der Verschwörung, die er sich nun einbildete. Dieses Betrugs auch an den Schwestern des Lazarus. Denn daß die mitgespielt hatten, das wollte er einfach nicht wahrhaben. Weder Marta noch Mirjam traute er das zu. Er erinnerte sich an ihre Gesichter. Die Trauer in ihren Augen und der Vorwurf auf ihren Lippen. Wärst du doch früher gekommen, wärst du *rechtzeitig* gekommen!

Wie er dann vor dem Grab gestanden war und alle Kraft, die er aufbringen konnte, zusammengenommen hatte. Bereit, alles daranzusetzen, und sei es seine Seele. Ja, vielleicht hatte er, um den Toten aufzuwecken, sogar den unaussprechlichen Namen Gottes ausgesprochen! Den Namen, den nur der Erzpriester aussprechen darf, nur im Allerheiligsten des Tempels, nur einmal im Jahr, und unter absolutem Ausschluß der Öffentlichkeit.

Das hatte er getan. Rollt den Stein weg! hatte er gesagt. Aber Rabbi, hatte die realistische Marta eingewandt, der Leichnam liegt schon vier Tage in der Grabkammer, er riecht schon! Den Stein weg, hatte er wiederholt, rollt den Stein weg! Und dann hatte er ins Dunkel hineingesprochen: Lazarus, komm heraus!

Und das alles sollte nun nur Komödie gewesen sein? Ein listiges Spiel, das er damals bloß nicht durchschaut hatte? War *das* die Wahrheit? War *das* die *Wirklichkeit*? Vielleicht war es ja einfach die Nacht, die Finsternis draußen, vor dem Fenster, und drinnen, im Zimmer (das Licht ließ sich nicht mehr einschalten, anscheinend hatte man dem ganzen Viertel den Strom abgedreht), vielleicht war es bloß die Nacht, die ihn auf solche Gedanken brachte: Aber die *Möglichkeit* war es.

Und dann vielleicht doch noch Magdalena, im letzten Moment erschienen, diese Szene, in der sie das Alabastergefäß öffnet, ja vielleicht sogar zerbricht, er versuchte sich daran zu erinnern, *wie* war das wirklich, *wo* war das wirklich, daß sie ihm dieses Öl übers Haupt goß und über die Füße, daß sie ihr Haar öffnete, aber nicht aus Freude, wie sonst, sondern aus demonstrativer Trauer, ihr Gesicht hinter diesem Schleier aus dunklen Strähnen, *wie* war das wirklich, *wo* war das wirklich, *was* war das wirklich, die kostspielige und für die Umstehenden peinliche Erniedrigung einer zerknirschten Sünderin oder die mißverstandene und für die Männergesellschaft, die da herumsaß oder eher -lag, bei einem Gastmahl im griechisch-römischen Stil, bestimmt provokante Erhöhung des Wunderrabbi zum Heiligen König, die Anmaßung weiblicher Priesterschaft, ach Gott, was den Leuten so alles einfällt im Lauf der wechselnden Zeiten, nein, das war auch keine symbolische Vorwegnahme der Salbung für eine Reise ins Jenseits mit Rückfahrtsticket, höherer Lebensversicherung, Auferstehungsgarantie (diese Krankheit ist nicht zum Tode, diese *Tortur* ist nicht zum Tode ...), das war vielleicht ein Versuch, ihm die Augen zu öffnen, vielleicht auch eine symbolisch vorgetragene Bitte, ich bitte dich, Rabbuni, mit Haut und Haar, mit meinem ganzen Körper, mit meiner durch diesen Körper sichtbaren, spürbaren Seele, geh unter diesen Umständen nicht nach Jerusalem – wenn du morgen nach Jerusalem gehst, kann ich deinen Leib, den ich so sehr geliebt habe, gleich fürs Begräbnis bereiten.

Trotzdem ging er am nächsten Tag nach Jerusalem. Jeschua damals, zu jener Zeit, Mischa vergangene Ostern. Auf der einen Seite auf den Ölberg hinauf, auf der anderen Seite vom Ölberg hinunter. Und dann sah er die Stadt auf einmal so, wie er sie damals, auf dem Diorama-Bild in Amsterdam, gesehen hatte, aber das war, sagte er, nur für einen einen Augenblick.

Dieses Wiedererkennen. Und die Freude darüber. Sobald er die Altstadt erreicht hatte, war es aus damit. Nicht etwa, daß ihn nun im Gegenteil ein besonderes Unbehagen erfaßt hätte, eine durch wirkliche oder eingebildete Erinnerungen gut erklärbare Angst oder gar Panik. So gut wie nichts, sagte er, kannst du dir das vorstellen – ich habe das Gefühl gehabt, als wäre der ganze Bereich, in dem sich mein Geistes- und Seelenleben sonst abspielt, anästhesiert, narkotisiert, sehr weit weg, ganz im Hintergrund meiner Selbstwahrnehmung.

Er könne auch nicht wirklich darüber erzählen. Nach wie vor nicht, beim besten Willen nicht. Er wisse nur noch, daß er durch die Stadt geirrt sei, endlos durch diese verwinkelte, labyrinthische Stadt, in der er sich eigentlich gut zurechtfinden hätte sollen, denn er war bestens über sie informiert, besser wahrscheinlich, als über jede andere Stadt auf dieser Welt. Aber Tatsache ist, sagte er, daß ich mich nicht zurechtgefunden *habe*.

Sicher sei er an einigen von den Örtlichkeiten und Gebäuden vorbeigekommen, die in all den Reiseführern und Kunstbänden beschrieben werden. Aber das war und bleibt diffus: Das war mir, verstehst du, keine Orientierungshilfe! Das ergab und ergibt in meinem Kopf keinen folgerichtigen Weg. Und schon gar keinen Passionsweg – in die Via dolorosa, diesen absurden Straßenzug mit seinem Gruselerlebnistourismus, sei er offenbar immer wieder aus der falschen Richtung geraten.

Immer gegen den Strom, da konnte er kommen, woher er wollte. Aber er wollte ja gar nicht, er wollte ja gar nichts! Er war nicht recht da, das heißt er war nicht recht dort. Und er hätte nicht sagen können, ob er schon früher hier gewesen war oder zum ersten Mal hier war, das war alles so weit weg, er war so weit weg davon, er war so weit weg von sich selbst.

Keine konkrete Erinnerung, weder an Ostern 2008 noch an Pessach 33 nach Christus. Oder doch, an eins könne er sich erinnern. Als er zurückzufinden versucht habe in sein Quartier, das ja weit außerhalb lag, in El Azariya, und der Weg dorthin kam ihm am späten Abend doch viel länger vor als am frühen Vormittag, als er ihn in der umgekehrten Richtung gegangen war, da sei er, weit draußen bereits, auf einmal durch eine Straße gekommen, in der es anscheinend eine Demonstration gegeben hatte, denn da flatterten noch ein paar Flugblätter im Wind. Und die Straße war völlig verlassen, vielleicht hatte ein Polizeieinsatz die Demonstration beendet, aber neben dem Randstein lag ein Hund.

Ein Hund, der anscheinend von einem Auto angefahren worden war, ob das etwas mit der Demonstration oder dem Polizeieinsatz zu tun hatte, keine Ahnung. Da hab ich mich, sagte Mischa, zu dem Hund hingekniet. Steh auf, Hund, habe er gesagt, ich bitte dich, Hund, steh auf! Aber der Hund, tot wie er war, sei liegengeblieben.

2

Und wenn du es *doch* nicht warst? sagte Barbara. Das war ein paar Tage später. Sie gingen am Tiber entlang. Sie gingen unten, unmittelbar am Ufer. Beim Ponte Cavour waren sie die Stufen hinuntergestiegen.

Das war ein Erfolg. Daß sie ihn wieder einmal aus der Enge seines Ghettoviertels herausgebracht hatte. So wie es ein Erfolg war, daß sie ihn wieder zum Essen und Trinken gebracht hatte. Das alles waren nur kleine Schritte, gewiß. Doch so und nicht anders ging es wohl, wenn sie ihm helfen wollte: Schritt für Schritt.

Sie gingen nebeneinander, unwillkürlich hatte sie den Arm um seine Hüfte gelegt. Nach einer Weile tat er es ihr nach und legte *seinen* Arm um *ihre* Hüfte. So gingen sie ein paar Meter beinahe im Gleichschritt. In einem etwas taumelnden Gleichschritt zwar, aber immerhin.

Und wenn du es doch nicht warst? wiederholte sie.

Was? fragte er. Wer?

Na, du weißt schon, sagte sie, Jesus.

Jeschua, meinst du.

Wie immer du ihn nennen willst! – Vielleicht solltest du die Möglichkeit, daß du es nicht warst, einmal unter ihrem positiven Aspekt betrachten.

Er ließ ihre Hüfte los und streifte auch ihren Arm ab. Ging ein paar Schritte voraus, auf Distanz von ihr. Hob einen Stein auf und warf ihn hinaus in den Fluß. Die Bewegung, mit der er das tat, wirkte ausgesprochen wütend.

Aber dann stand er still und wartete auf sie. Den Kopf ein wenig gesenkt. So stand er im Wind. Seine Haare waren kaum zu zerzausen, aber seine Jacke flatterte. Er machte auf einmal den Eindruck, als ob er friere.

Und es war ja inzwischen auch schon November. Die Robinien oben auf dem Lungotevere waren schon recht kahl. Beim Ponte Sisto stiegen sie die Treppe wieder hinauf. Rasch gingen sie dann über die Brücke und zurück in ihr *Quartiere.*

Er legte sich aufs Bett und schloß die Augen. Sie setzte sich neben ihn und nahm seine Hand. Also wenn du es *nicht* warst, sagte sie, nur einmal angenommen … Wenn man es recht bedenkt, könnte dich das doch enorm entlasten.

Ich weiß nicht, sagte er. Ich kann mir das gar nicht richtig vorstellen. Ich bin so … Ich *war* so … überzeugt davon. Trotz aller Zweifel war ich davon überzeugt. Das klingt wie ein Widerspruch, aber so ist es ... so *war* es.

Vielleicht könntest du versuchen, sagte sie, das alles als Literatur aufzufassen.

Was: *alles*?

Na ja, sagte sie, diesen ganzen ... Komplex. Du warst ja ... du *bist* ja ... auf heutzutage ganz seltene Weise *inspiriert*. Und du kannst schreiben. Versuch, ein Buch daraus zu machen!

Das geht! Das kann man! Siehst du, ich könnte dir helfen! Ich kenne doch einige Leute bei den Verlagen. Die machen das! Die drucken das! Die können froh sein, wenn sie so etwas kriegen! Versuch es. Die Literatur ist manchmal besser als das Leben.

Da saß sie also, Barbara, am Rand seines Bettes, dessen Leintuch noch immer blutige Flecken hatte, und redete auf ihn ein. Und manchmal, zur Bekräftigung ihrer Rede, drückte sie seine Hand. Und kam sich ein wenig vor wie eine Therapeutin. Aber ein bißchen, ganz jenseits aller sexuellen Projekte, kam sie sich auch vor wie eine Verführerin.

Im Lauf des Monats November schrieb Mischa viel. Er schrieb aber anders als bisher, das war schon an den äußeren Umständen erkennbar. Erstens schrieb er auf dem Laptop, den Barbara ihm in der Via Arenula gekauft hatte, das sei doch, sagte sie, zweifellos praktischer, er könne seine Gedanken besser ordnen und habe keine Probleme mehr damit, seine manchmal doch recht ausufernde Handschrift zu lesen. Und zweitens schrieb er zu halbwegs vernünftigen und einigermaßen regelmäßig eingehaltenen Tageszeiten.

Mit sanfter Konsequenz bemühte sich Barbara darum, ihn bei der Einhaltung dieser Zeiten zu unterstützen. Sie gab die Anregungen dazu und sorgte für die Rahmenbedingungen. Von dem Augenblick an, in dem sie ihn morgens weckte, mit einem Kuß, ja, das kostete sie jetzt kaum mehr Überwindung (sein Atem roch besser, seit sie ihn besser ernährte, und was die Zähne betraf, so hatte sie durch beharrliches Fragen auf dem Campo de' Fiori einen schwarzarbeitenden Dentisten gefunden, einen Rumänen, der das Nötigste zu einem erschwinglichen Preis reparierte), von diesem relativ frühen Augenblick an (spätestens halb zehn) war sie in aller gebotenen Unaufdringlichkeit damit beschäftigt, ihm manches selbstverständlich erscheinen zu lassen, das sich keineswegs von selbst verstand. Sie kaufte ein, bereitete ein meist recht anständiges Mittagessen (zu diesem Zweck hatte sie auch die Kochplatte, deren Gebrauch ohnehin immer wieder Kurzschlüsse verursacht hatte, durch einen kleinen Elektroherd mit mehreren Kochstellen ersetzt), verlockte ihn durch Stimmungsübertragung zu einem Mittagsschläfchen, bei Lust und Laune mit etwas Sex davor, natürlich in frischem Bettzeug (das alte hatte sie endgültig entsorgt). Und dann war es gut, ein paar Schritte zu tun, und danach war es Zeit, weiterzuschreiben, an das, was er am Vormittag geschrieben hatte, anzuknüpfen, einfach dranzubleiben, wenn er gut drauf war, bis neun, aber dann war Feierabend.

Das alles war angenehm und seiner Gesundheit sowie seiner mit einer neuen Zielvorstellung versehenen Produktivität zuträglich. Und tatsächlich schrieb er in diesem Monat einiges. Zuerst begann er eine Short-Story mit dem Titel *Der Schweinezüchter*, anknüpfend an die Geschichte, die er Barbara damals im Flugzeug erzählt hatte (sie hatte ihn dezent daran erinnert). Diese Geschichte wurde nun aus der Perspektive des Mannes erzählt, in dessen Schweineherde Jesus die dem Besessenen ausgetriebenen Dämonen geschickt hatte, worauf sie sich in den See stürzten.

Eine ihrer Tendenz nach heitere Geschichte, der Mann hieß Timon und war natürlich ein Grieche, der in der Dekapolis lebte. Aber ein wenig, so Mischa, stelle ich mir den Typ vor, wie Louis de Funès. Und da kommen nun diese Sklaven zu ihm gelaufen, denen die Herde dort am Ufer des Sees anvertraut war, frei weidende Schweine, bis zu jenem denkwürdigen Tag glückliche Schweine, aus deren gesundem Fleisch man den besten Prosciutto herstellen kann. Und da dreht unser Timon zuerst einmal durch, logisch, was soll das heißen, die Schweine haben sich in den See gestürzt, das darf doch nicht wahr sein.

Mit dieser Geschichte kam Mischa gut voran, unterhielt sich gern mit Barbara darüber und las ab und zu abends vor, was er untertags neu geschrieben hatte. Louis de Funès, nein, Timon heftete sich an die Spur des verrückten Juden, von dem er sich geschädigt fühlte. Auf diese Weise wurde er zum Zeugen diverser Heilungen und Wunder, hörte die Schiffs- und die Bergpredigt, war bei der Brotvermehrung dabei. Eigentlich ging es ihm darum, seine Klage gegen den Rabbi durchzubringen, irgendeine Handhabe zu finden, um gerecht für seinen Verlust entschädigt zu werden, aber nach und nach vergaß er das fast, und vielleicht, was meinst du, so Mischa, wird er am Ende noch zum Jünger.

Parallel dazu aber begann er mit einem Roman. *Messias im Exil*, sagte er, was hältst du von diesem Titel? Klingt gut, sagte Barbara, ja, klingt sehr gut. Die Geschichte, die Mischa da vorhatte, gefiel ihr allerdings nicht ganz so gut wie die andere.

Sie ging im Ernst davon aus, daß Jesus von Nikodemus nach Rom gebracht worden war. Und daß er dann hier, ausgerechnet in dieser Stadt, im Underground lebte. Jesus, der die Kreuzigung überlebt hatte oder womöglich gar nicht gekreuzigt worden war, hatte in diesem Text etwas vom Ewigen Juden. Er lebte, wenn schon nicht ewig, so doch ziemlich lang, eine Szene, die Mischa vorwegnahm, spielte beim Triumph des Titus, der Jerusalem zerstört hatte, da lief das also alles live, was in den Reliefs auf dem Titusbogen in Stein gehauen war, endlos wurden die aus dem Tempel erbeuteten Kultgegenstände vorbeigeschleppt, angefangen vom großen siebenarmigen Leuchter, die überlebenden Aufständischen wurden in Ketten vorbeigeführt, und Jesus, ein alter Mann mit dünnen, weißen Haaren, stand irgendwo in der Menge am Straßenrand und sah das alles mit an.

Barbara war dieser Text nicht ganz geheuer, wenn es nach ihr ging, sollte Mischa lieber den anderen beenden, bevor er sich allzusehr auf diesen einließ. Aber vielleicht war das Unbehagen, das sie beim Anhören der Romanpassagen empfand, auch unbegründet. Vielleicht war dieser Text sogar noch mehr dazu angetan, die Funktion zu erfüllen, die sie im Sinn gehabt hatte, als sie Mischa zum literarischen Schreiben animierte. Ja, es sah wirklich so aus, als ob es ihm damit gelänge, sich seinen Jesus (oder Jeschua) von der Seele zu schreiben.

Im Lauf dieses Monats verheilten seine Wunden jedenfalls fast völlig. Vielleicht lag es allerdings auch an der neuen Salbe, die ihr der Apotheker empfohlen hatte. Zuerst verkrusteten die Stigmata und dann fielen die Krusten ab. Die neue Haut darunter war von einem subtilen Rosa, wie die eines Babys.

So schien alles besser zu werden, aber mit Anfang Dezember wurde Mischa unleidlich. Sie bemerkte seine Verstimmung zuerst daran, daß er nicht mehr aufaß, was sie ihm auftischte. An der Qualität der Speisen konnte es nicht liegen, sie kaufte nach wie vor gute, nahrhafte Lebensmittel ein und bereitete sie zu, so gut sie konnte. Sie war beileibe keine große Köchin, aber manchmal in den vergangenen Wochen war sie selbst überrascht gewesen, was sie alles zustande brachte.

Und nun das! Habe ich, fragte sie, etwas erwischt, was dir nicht schmeckt? Oder habe ich mich beim Würzen vertan?

Nein, nein, sagte er, aber er aß trotzdem nicht auf. Saß da, kaute an einem Bissen vom besten Kalbfleisch, das sie rasch abgebraten, mit Frascati aufgegossen und mit frischem Salbei liebevoll dekoriert hatte, ewig herum, und schob schließlich den Teller von sich.

Daß er auf ihre Anregungen zu gemeinsamen Spaziergängen immer weniger einging, mochte ja am Wetter liegen. Es war manchmal wirklich nicht besonders verlockend, tagelang fiel ein enervierender Regen, kaum war der Nachmittag angebrochen, wurde es auch schon dämmrig und dunkel. Er müsse schreiben, sagte er, doch sein Schreiben schien nun ins Stocken zu geraten. Stundenlang brütete er vor dem Laptop, aber wenn er endlich ein, zwei Absätze geschrieben hatte, löschte er sie wieder.

Sie solle ihm nicht über die Schulter schauen, sagte er, das könne er nicht leiden.

Ich schau dir nicht über die Schulter, sagte sie. Aber irgendwo muß ich ja sitzen oder stehen.

Tatsächlich war die Wohnung zu klein für zwei. Doch wo sollte sie hingehen, ihr Zimmer im Hotel hatte sie schon Mitte Oktober aufgegeben.

Nicht zuletzt aus ökonomischen Gründen. Der lange Aufenthalt in Rom war, was das betraf, ohnehin Wahnsinn. Ihr Berufsleben lag praktisch still, anfangs waren ihr noch ein paar Honorare für Besprechungen angewiesen worden, die in der einen oder anderen Feuilletonredaktion monatelang liegengeblieben waren. Sonst hatte sie sich über so etwas geärgert, nun war sie froh über diese Nachzügler gewesen, aber damit war es jetzt auch vorbei.

Auf ihrem Konto war kaum mehr Geld, sie sah den Tag kommen, an dem sie nichts mehr abheben konnte. Sie mußte etwas unternehmen, bevor sie auch kein Geld mehr für die Flugkarte haben würde. Zumindest für zwei, drei Tage würde sie sich demnächst verabschieden müssen, um jenseits der

Alpen noch etwas Geld lockerzumachen. Es würde ihr wohl nichts anderes übrigbleiben, als ihre private Altersvorsorge anzutasten.

Jetzt aber, gerade in dieser Situation, wollte sie Mischa nicht sich selbst überlassen. Vielleicht wäre das sogar gut gewesen, doch sie wollte es nicht riskieren. Wer weiß, was er anstellt, dachte sie, während ich weg bin. Er konnte in mancher Hinsicht rückfällig werden.

Dabei hatte sie das Gefühl, daß er sie manchmal durchaus los sein wollte. Geh du nur allein spazieren, sagte er, ich halte dich nicht auf! Manchmal ging sie dann auch, natürlich, sie wollte ihm nicht den Eindruck vermitteln, daß sie ihn beaufsichtigte. Aber im Grunde genommen hatte sie das Gefühl, daß sie das tun mußte.

Er schlief nun kaum mehr mit ihr, weder zur Mittagszeit ließ er sich dazu animieren, noch am Abend. Er hatte geradezu Scheu davor, ins Bett zu kommen. Blieb vor dem Laptop sitzen und starrte auf den Bildschirm. Starrte die leeren Seiten an oder, sobald sich der automatisch eingeschaltet hatte, den Bildschirmschoner.

Als sie ihn einmal doch wieder dazu brachte, mit ihr spazierenzugehen, kamen sie auf die Piazza Navona. Dort fanden sie sich auf einmal zwischen den Buden eines weitläufigen Weihnachtsmarkts. Vor dem Portal der Kirche Sant Agnese war eine lebensgroße Krippe aufgebaut, zwischen den Gipsfiguren gab es lebendige Schafe. Da blieb Mischa lange stehen, irgendwie nachdenklich witternd, auch noch dann als ihn Barbara darauf aufmerksam machte, daß ihr kalt sei.

Jetzt hab ich mir, sagte sie, einen Schnupfen geholt. Diese Feststellung empfand er als Vorwurf.

Du hättest ja nicht auf mich warten müssen! sagte er. Du hättest ja ohne weiteres vorausgehen können!

Absurd, wie er reagierte. Als hätte er nur auf einen Anlaß gewartet, ihr seinerseits Vorwürfe zu machen.

Warum bist du denn nicht vorausgegangen? Warum mußt du immer an meinem Arm hängen?

Ich bin nicht an deinem Arm gehangen, sagte sie. Ich bin neben dir gestanden.

Ja, sagte er. Das ist ja eben. Du bist neben mir gestanden und hast mich angeschaut.

Na und? sagte sie. Darf ich dich nicht mehr anschauen?

Nicht so! sagte er. Nicht ständig besorgt! Glaubst du, ich spür das nicht? Wie du mich anschaust! Wie du mich beobachtest! Wie du mich bewachst! Du engst mich ein, sagte er. Du verstellst mir eine Dimension. Du hältst mich von mir selbst ab.

Das war stark – sie setzte ihre Existenz aufs Spiel für diesen Menschen, und jetzt kam er ihr mit so was! Das machte sie wütend, sie fragte sich, ob sie ihn auf der Stelle stehenlassen sollte, aus und vorbei. Aber natürlich machte sie das auch traurig. Bis sie daheim waren, in den zu engen vier Wänden, überwog die Trauer – sie legte sich aufs Bett, steckte den Kopf unters Kissen und heulte.

Später berührte er sie behutsam an der Schulter. Komm, sagte er, ich hab es nicht so gemeint. Dann legte er sich neben sie und schlief rasch ein. Sie aber, typisch, *konnte* dann nicht mehr einschlafen.

Kein Wunder. Er hatte ja auch vergessen, das Licht abzuschalten. Die kleine Tischlampe, die sie ihm besorgt hatte, damit er sich nicht die Augen verderbe, warf ihren Schein auf ein aufgeschlagenes Buch. Barbara, vorsichtig aufgestanden, um ihn nicht zu wecken, wollte das Licht schon ausknipsen. Aber da sah sie, daß er ein paar Zeilen mit Bleistift unterstrichen hatte.

Über sich verzweifeln, las sie, *verzweifelt sich selbst los sein wollen, ist die Formel für alle Verzweiflung* … Sie sah sich um, ob Mischa noch schlief – er schien fest zu schlafen … *Sodaß auch die andere Form der Verzweiflung, daß jemand verzweifelt er selbst sein will, auf die erste zurückgeführt werden kann … Ein Verzweifelter will verzweifelt er selbst sein. Aber wenn er verzweifelt er selbst sein will, so will er ja nicht von sich selbst los.*

Ein paar Tage später, so gegen fünf oder halb sechs, stand er vom Laptop auf und sagte, er gehe Zigaretten holen. Zigaretten holen, ach ja, das kennt man. Barbara nickte, jetzt war es also soweit. Aber als er draußen war und die Tür hinter sich geschlossen hatte, trat sie ans Fenster.

Dann sah sie ihn unten aus der Haustür kommen. Und sah ihm nach, wie er bis an die Ecke ging. Und dann sah sie ihn nicht mehr, und überlegte, ob es das jetzt gewesen war. Aber zwei Minuten später warf sie ihren Mantel über und lief die Treppe hinunter.

Draußen hatte es leicht zu schneien begonnen. Sie sah Mischas Spuren noch im frischen Schnee. Das Profil seiner Schuhe. Auch nach der Ecke gab es noch ein paar Meter keine anderen Spuren. Aber in der Via Chiavari verlor sich die Fährte bald zwischen fremden Profilen.

So geht das also zu Ende, dachte sie. Es war kalt, aber vielleicht war diese Kälte ja gut. Sie tat weh im Gesicht, aber das gehörte so. Sie würde sich dieser Kälte ein wenig aussetzen, bevor sie zurückging und ihre Sachen packte.

Sie war dann schon auf dem Rückweg, als sie die Osteria sah. Ein Lokal, in dem sie eigenartigerweise nie gewesen waren. Mischa und sie. Solang sie sich noch vertragen hatten. Dabei war es nur ein paar Häuserblocks von Mischas Bude entfernt.

Ein Lokal, das nach nichts Besonderem aussah. Aber vielleicht war das jetzt gerade das Richtige für sie. Vielleicht, dachte Barbara, würde ihr jetzt doch etwas Wärmendes guttun. Sie öffnete also die Tür und schaute hinein.

Der Innenraum war winzig, er bot nur Platz für drei Tische. An einem Tisch etwas weiter vorne saßen zwei alte Männer, am hintersten saß Mischa. In der Ecke über diesem Tisch war ein Fernseher montiert. Da lief irgendeine Show, ein als Weihnachtsmann kostümierter Komiker hampelte zwischen als Häschen verkleideten Mädchen.

Darunter aber saß Mischa, er wirkte versunken. Vor ihm stand eine Karaffe Wein und ein Korb mit Brot. Barbara stand noch im Türspalt, er sah sie nicht. Er brach das Brot und murmelte irgend etwas, dann schenkte er sich ein Glas Wein ein, richtete seinen Blick kurz zur Decke, die mit einem Fischernetz drapiert war, und trank.

Die beiden Alten saßen da und sahen ihm zu. Dann flüsterte der eine dem anderen etwas ins Ohr. Der zuckte zuerst die Achseln, aber dann nickte er. Und dann standen sie beide auf und näherten sich Mischas Tisch.

Scusi, Signore, sagte der eine, Sie kommen uns so bekannt vor. Ja, sagte der andere, haben Sie was dagegen, wenn wir uns zu Ihnen setzen? Wie Sie hier sitzen, erinnern Sie uns an jemand.

Barbara stand an der Schwelle und fragte sich, ob sie eintreten oder draußen bleiben sollte.

Danksagung

Für seine inspirierende Auseinandersetzung mit dem Manuskript und beflügelnde Gespräche danke ich Adolf Holl.

Für seine freundliche und aufmerksame Lektüre danke ich Rudolf Schmidt.

Ganz besonders danke ich Vladimir Vertlib für wertvolle Hinweise.